Magische Verführung

D1933641

Feuer der Leidenschaft – große Liebesromane

Sandra Marton, **Nur mit deiner Liebe** (TB 27700)
Delia Parr, **Die Elfenbeinprinzessin** (TB 27701)
Elizabeth Graham, **Rivalinnen des Glücks** (TB 27702)
Alexa Smart, **Tausend Küsse im Paradies** (TB 27703)
Elizabeth Graham, **Vergib mir meine Liebe** (TB 27704)
Delia Parr, **Gefangene des Herzens** (TB 27705)
Dorothy Garlock, **Schöner, wilder Mann** (TB 27706)
Dorothy Garlock, **Geheime Passionen** (TB 27707)
Constance O'Banyon, **Die Flammen der Liebe** (TB 27708)
Susan Wiggs, **Wild wie deine Träume** (TB 27709)
Tracy Grant, **Verratenes Herz** (TB 27710)
Delia Parr, **Ein Himmel voller Rosen** (TB 27711)
Karen A. Bale, **Sinnliche Versprechen** (TB 27712)
Maura Seger, **Magische Verführung** (TB 27713)

Maura Seger

Magische Verführung

Aus dem Amerikanischen
von Annika Tschöpe

Econ & List Taschenbuch Verlag

Veröffentlicht im Econ & List Taschenbuch Verlag 1998

Der Econ & List Taschenbuch Verlag ist ein Unternehmen
der Econ & List Verlagsgesellschaft, München
Deutsche Erstausgabe

© 1999 für die deutsche Ausgabe by Econ Verlag
München – Düsseldorf GmbH
© 1989 by Maura Seger
First published by Warner Books, Inc., New York
Titel des Originals: Before the Wind
Aus dem Amerikanischen übersetzt von: Annika Tschöpe
Umschlagkonzept: Büro Meyer & Schmidt, München – Jorge Schmidt
Umschlagrealisation: Reinhard Soll, München
Titelabbildung: Agentur Schlück, Garbsen
Lektorat: Esther Hansen/RR
Gesetzt aus der Cochin, Linotype
Satz: Josefine Urban – KompetenzCenter, Düsseldorf
Druck und Bindearbeiten: Ebner Ulm
Printed in Germany
ISBN 3-612-27713-8

Magische Verführung

Kapitel 1

Paris, Sommer 1792

Das Mädchen blieb zögernd an der Tür zum Vorzimmer stehen. Sie ignorierte die Müdigkeit, die auf ihr lastete, straffte die Schultern und zwang sich, tief Luft zu holen. Sie mußte unbedingt ruhig bleiben. Es würde nicht von Vorteil sein, wenn sie ihre innere Aufruhr preisgab. Das könnte sogar sehr von Nachteil sein.

Trotz ihrer Entschlossenheit zitterte ihre schmale Hand, als sie die Tür öffnete und hineinging. Das Zimmer war klein, dunkel und stickig wie alle Zimmer in der ungeschlachten Steinmasse des Tuilerien-Palastes. An diesem Spätjunitag war es noch dazu lähmend heiß.

Dem Mann, der sie erwartete, schien die Hitze nichts auszumachen. Wie immer wirkte er immun gegen solche menschliche Schwäche. Einen kurzen Augenblick lang, bevor er ihre Anwesenheit wahrnahm, hatte Dominique die Gelegenheit, ihn unbeobachtet zu mustern. Paul Delamare war genauso groß, wie sie ihn in Erinnerung hatte – deutlich größer als ein Meter achtzig. Seine Schultern und seine Brust unter dem dunklen Gehrock waren breit und muskelbepackt. Er stand ganz entspannt da und strahlte gleichzeitig körperliche Kraft und inneres Selbstbewußtsein aus. In dem Dämmerlicht, das durch die schmalen Fenster einfiel, schimmerte sein leicht zerzaustes Haar wie Blattgold. Als er sich unvermittelt umwandte, glänzte in seinen türkisfarbenen Augen ein Schein, an den sie sich nur zu gut erinnerte.

»Dominique«, murmelte er. Seine Stimme war leise und tief,

doch mit einem rauhen Unterton. Dadurch klang er hart und unerbittlich, genauso, wie sie erwartet hatte.
Aber sie nahm ebenfalls eine Spur von Mißbilligung wahr, die ihr einen Schauer über den Rücken sandte. Trotz der Hitze fröstelte sie plötzlich. Sie zog sich den Schal fester um die Schultern und sah ihm unverwandt in die Augen.
»*Monsieur.*« Das Wort wurde mit einem Hauch von Verachtung ausgesprochen, der Paul nicht entging. Seine Brauen zogen sich unheilverkündend zusammen.
»Ich hatte gehofft«, sagte er, »es würde ein Mißverständnis vorliegen. Was in Gottes Namen machst du noch hier?«
Dominique errötete. Unwillkürlich fiel ihr ein, wie sanft und geduldig er sie in der Vergangenheit immer angesehen hatte. Seine seltenen Temperamentsausbrüche, so schrecklich sie auch waren, hatten sich damals stets gegen andere gerichtet. Sie hatte fasziniert zugesehen, wie er mit denen umging, deren Arroganz, Faulheit und schlichte Gier dazu führten, daß andere Menschen leiden mußten. Sie hatte immer gespürt, daß diese Leute es wirklich verdient hatten, zur Zielscheibe seines Zorns zu werden – und nie geglaubt, daß er sich eines Tages gegen sie selbst richten würde.
Unwillkürlich griff sie zu der einzigen Waffe, die ihr zur Verfügung stand – eisige Verachtung. »Haben Sie ein schlechtes Gedächtnis?« fragte sie hochmütig. »Vor sechs Jahren, als ich zum ersten Mal an den Hof kam, hat Ihre Majestät mir gütigerweise eine Anstellung in ihrem Gefolge angeboten. Ich bin stolz darauf, daß ich diese noch immer innehabe.«
»Äußerst dumm von dir«, entgegnete Paul barsch. Wegen seiner Größe blickte er von hoch oben finster auf sie herab, so daß sie sich noch kleiner und verletzlicher fühlte.
Nicht, daß sie sich das anmerken ließ. Sie starrte hartnäckig zurück, nicht bereit, auch nur einen Zoll nachzugeben.
»Jeder, der etwas Verstand hat, ist weg«, fuhr er grimmig fort. »Ich bin davon ausgegangen, daß du nicht mehr hier sein wür-

dest, sondern in Sicherheit bei deinen Verwandten in England. Statt dessen sitzt du hier, mitten in der Höhle des Löwen.«

Das Bild, das er heraufbeschwor, entsetzte Dominique, und sie trat einen Schritt zurück. Ihr Gesicht war blaß, ihre Augen dunkel und glänzend. Zitternd sagte sie: »So schlimm ist es nicht.«

Paul schnaubte verächtlich und wandte ihr den Rücken zu. Er starrte in den leeren Kamin und sagte: »Wenn du das wirklich glaubst, dann gibst du dich größeren Illusionen hin, als ich dachte. Frankreich steckt mitten in einer Revolution; die alte Welt bricht zusammen, und es ist noch nicht zu erkennen, was folgen wird. Auf jeden Fall ist es für ein junges und schutzloses Mädchen nicht die richtige Zeit, sich völlig frei zu bewegen.«

Dominique verzog das Gesicht. Seine Beschreibung paßte so wenig auf ihre tatsächlichen Lebensumstände, daß sie in ihren Ohren geradezu absurd klang. Sie war alles andere als frei, sondern lebte unter Einschränkungen, die schlimmer waren, als sie sich jemals hätte vorstellen können. Obgleich sie in einem der berühmtesten Paläste Europas lebte, in einer der größten Städte des Kontinents, mußte sie jeden Tag darum kämpfen, auch nur die einfachsten, lebensnotwendigen Dinge zu beschaffen. Nahrung, Bekleidung und Medizin wurden mit Absicht knapp bemessen; es war eine Demoralisierungstaktik, die bei den wenigen Tapferen, die der königlichen Familie weiterhin dienten, ihre Wirkung nicht verfehlte.

Demütigungen und kleine Grausamkeiten waren an der Tagesordnung. Dominique tat ihr Bestes, um sie zu ignorieren, aber von Zeit zu Zeit geriet selbst ihr unerschütterlicher Optimismus ins Wanken. Jetzt war so ein Augenblick. Sie war körperlich und geistig verausgabt, erschöpft nach einer Nacht, die sie an der Seite der Königin durchwacht hatte. Die zusätzliche Belastung, dem Mann gegenüberzutreten, dessen bloße Anwesenheit eine Woge von quälenden Erinnerungen in ihr auslöste, war beinahe zuviel für sie.

Vor sechs Jahren war sie ein zwölfjähriges Kind gewesen und er ein junger Mann von dreiundzwanzig. Für ihre erwachenden Sinne war er der Inbegriff all dessen gewesen, das sie bewunderte. Sie hatte von ganzem Herzen für ihn geschwärmt. Sie war ihm bei seinen Rundgängen gefolgt, auf denen er die Menschen ärztlich versorgte, die bis zu diesem Zeitpunkt nur selten, wenn überhaupt jemals, von einem Arzt untersucht worden waren. Wenn es nach Dominiques Vater, dem Duc de Montfort, gegangen wäre, dann wäre das auch nicht geschehen, denn er lehnte es strikt ab, »die Bauern zu verhätscheln«. Nur der Respekt gegenüber seinem Freund und Nachbarn, Pauls Vater, dem Marquis de Rochford, hatte dazu geführt, daß er die Tätigkeiten des jungen Mannes tolerierte.

Dominique verspürte Bitterkeit, als sie sich daran erinnerte, wie Paul ihm diese Toleranz vergolten hatte. Er war zu einem Verräter der schlimmsten Sorte geworden – jemand, der seiner gesellschaftlichen Herkunft, seinem Erbe und seinen Verantwortungen den Rücken zugekehrt hatte, um eine Sache zu unterstützen, die einfach wahnsinnig war.

Trotz allem war er jedoch noch immer Arzt, und sie brauchte seine Hilfe.

»Ich hätte nie geglaubt, daß man gerade Sie schicken würde«, sagte sie.

Paul runzelte die Stirn. Er hatte nicht gewußt, was er erwartete, als Dominique das Zimmer betrat, aber was er sah, machte ihn sprachlos. In seiner Erinnerung bewahrte er das Bild eines jungen Mädchens – glücklich, unschuldig, und durchs Leben tanzend. Dieses Kind schien unwiederbringlich der Vergangenheit anzugehören, denn nun stand ihm eine schöne, selbstbewußte Frau gegenüber, die ihn ganz eindeutig als Feind betrachtete.

Obwohl er fest entschlossen war, Distanz zu wahren, kam er

nicht umhin, von ihrer Anmut berührt zu sein. Ihr nachtschwarzes Haar war zu einer Kaskade von Locken aufgetürmt, die ihr makelloses, herzförmiges Gesicht umrahmten. Ihre Gesichtszüge waren zart, ihre Brauen hoch, ihre Nase schmal und gerade, ihr Mund weich und reif. Nur die Festigkeit ihres Kinns deutete auf ihr störrisches Wesen hin – ebenso wie das Funkeln in ihren Augen, die gegenwärtig grün wie das Meer waren, so undurchsichtig wie der Ozean, und ebenso verlockend.
Ihre Kleidung war schlicht: ein rosagefärbtes Wollgewand, das zu locker an ihr saß. Paul schmerzte es unerwartet, als er wahrnahm, daß sie in letzter Zeit abgenommen haben mußte. Sie war beinahe zu dünn. Unter ihren Augen lagen dunkle Schatten, und ihr bleiches Gesicht deutete darauf hin, daß es ihr wohl nicht sehr gut ging.
Wut überkam ihn. Er war zornig auf die Anführer der Revolution, die sich mehr für Vergeltung als für Reformen zu interessieren schienen, aber er war auch zornig auf die königliche Familie, die selbstsüchtig duldete, daß diejenigen, die noch immer loyal zu ihr standen, sich in solche Gefahr begaben. Vor allem ärgerte er sich darüber, daß Dominique es erduldete, in einer so unerträglichen Lage gefangen zu sein, obwohl sie es mit einem Fünkchen von Verstand hätte verhindern können.
Er sagte kalt: »Du hast der Versammlung zu verstehen gegeben, es werde ein Arzt benötigt. Wie du dich vielleicht erinnerst, bin ich einer.«
»Gewesen«, korrigierte Dominique. »Ich hatte den Eindruck, daß Sie in letzter Zeit eine andere Berufung gefunden haben – die eines ... Politikers.«
Das letzte Wort klang mindestens genauso verächtlich wie ihre vorherige Anrede. Dennoch wollte Paul sich nicht provozieren lassen. So kühn und herablassend sie auch wirken wollte, er merkte nur zu gut, wie verletzlich sie wirklich war. Das

war der einzige Grund, wieso er zugestimmt hatte, diese vermutlich außerordentlich lästige Aufgabe zu übernehmen.
Als er erfahren hatte, wer die Hofdame war, die wegen der Erkrankung der Königin an die Versammlung geschrieben hatte, war er erst entsetzt, dann zutiefst besorgt gewesen. Für gewöhnlich hätte es ihm sehr widerstrebt, sich um die königliche Familie zu kümmern – nicht, weil er mögliche Nachteile für sich selbst fürchtete, sondern weil seine Dienste seiner Ansicht nach an anderer Stelle dringender gebraucht wurden. Er war gegenwärtig damit beschäftigt, die Verbreitung der Cholera unter den Soldaten der Nationalgarde aufzuhalten. Nach seinem Ermessen war das viel wichtiger als das Wohlergehen einer Handvoll Menschen, für die jeder fähige Arzt sorgen konnte. Aber die Information, daß Dominique in den Tuilerien war, hatte alles geändert. Er würde sich darum kümmern müssen, zumindest so lange, bis er die Situation ändern konnte.
»Es stimmt«, sagte er ruhig, »daß ich mit der Regierung zu tun habe. Meinen Arztberuf habe ich jedoch nicht aufgegeben. Als die Versammlung von der Erkrankung Ihrer Majestät erfuhr, wurde ich um Hilfe gebeten.«
Dominique hörte ihn zu Ende an. Sie bedauerte bereits, daß sie die Nachricht abgeschickt hatte, in der die Versammlung darüber unterrichtet wurde, daß die Königin unpäßlich war und ärztliche Betreuung benötigte. In ihren kühnsten Träumen hätte sie nicht damit gerechnet, daß die Folge davon Paul Delamare sein könnte.
»Das ist allein die Schuld von Dr. Chantain«, murmelte sie leise.
Paul hob fragend seine schrägstehenden Brauen. »Soweit ich weiß, ist der gute Herr nicht länger bei euch?«
Dominique nickte zögernd. Sie gab es nur ungern zu, aber sie konnte kaum etwas leugnen, was er bereits wußte. »Er ist seit etwa vierzehn Tagen nicht mehr aufgetaucht.«

Paul zuckte die Schultern. Anders als gewisse Kollegen hatte er nichts dagegen, daß Sympathisanten der Royalisten Frankreich verließen. Ganz im Gegenteil, je mehr gingen, desto größer war die Aussicht auf ein relativ friedliches Ende der Revolution, die drei Jahre zuvor mit dem Sturm auf die Bastille begonnen hatte.

Paul bedauerte es sogar ein wenig, daß König Louis XVI und seiner Königin ihr Fluchtversuch im Jahr zuvor nicht geglückt war. Statt dessen hatte man sie gewaltsam zurückgebracht und in den Tuilerien praktisch eingesperrt.

Das einzige Zugeständnis an ihre einst so unermeßlichen Privilegien war der Fortbestand der Gardewache, der traditionellen Beschützer der königlichen Familie. Der kleine Rest von Sicherheit, den diese Männer schufen, war zwar nur eine Illusion, aber Paul hoffte inständig, daß sie niemals zerstört werden würde.

»Mir ist klar«, sagte er ruhig, »daß Ihre Majestät zweifelsohne jemanden vorziehen würde, von dem sie mehr Mitgefühl für ihre Situation erwarten könnte. Ich habe jedoch zumindest den Vorzug, daß ich ihr nicht vollkommen unbekannt bin. Noch dazu ist es sehr unwahrscheinlich«, ergänzte er, »daß es mir plötzlich in den Kopf kommen wird, Frankreich zu verlassen.«

Dominique mußte widerwillig einräumen, daß er recht hatte. Obwohl das keinerlei Unterschied machte.

Die Sachlage war schlicht und einfach so, daß die königliche Familie und diejenigen, die ihr dienten, trotz ihrer vornehmen Umgebung vollkommen davon abhängig waren, daß die Revolutionäre ihnen das Leben erträglich gestalteten. Wenn es irgendeine Möglichkeit gegeben hätte, die Dienste eines anderen Arztes in Anspruch zu nehmen, so hätte sie diese wahrgenommen. Zum jetzigen Zeitpunkt ging sie jedoch davon aus, daß sie dankbar sein mußte, daß überhaupt jemand gekommen war.

»Ihre Majestät schlief, als ich sie verlassen habe«, sagte sie steif. »Aber sie hat eine sehr unruhige Nacht verbracht, und ich fürchte, daß sie bald wieder aufwachen wird.«
Paul nickte. Niemand mußte ihm sagen, wer für die Königin gesorgt hatte. Ein Blick auf Dominique genügte ihm, um sicher zu sein, daß ihre Ergebenheit unerschütterlich war. Einen kurzen Moment lang verspürte er Neid und fragte sich, wie es wäre, so umsorgt zu werden.
»Hilft dir niemand?« fragte er. »Mir ist klar, daß die Lage hier schwierig ist, aber die Familie könnte dich doch sicher etwas unterstützen.«
»Sie wissen ja nicht, wovon Sie sprechen«, wandte Dominique wütend ein. »Die Majestäten tun füreinander und für ihre Kinder alles, was möglich ist. Ich kenne keine liebevolleren und aufmerksameren Menschen.«
Sie verstummte, weil sie plötzlich merkte, daß sie den Tränen nahe war. Zweifellos hatte größtenteils die Erschöpfung Schuld daran, aber in letzter Zeit verspürte sie immer, wenn sie den König und die Königin und ihre beiden kleinen Kinder ansah, ein so finsteres Grauen, daß ihr angst wurde. Es schien, als würde das Vorzeichen einer Katastrophe wie der dunkle, flatternde Flügel eines Aasvogels über ihnen schweben.
»Kümmern Sie sich nicht darum«, sagte sie rasch. »Wenn Sie uns helfen wollen, dann kommen Sie jetzt am besten mit.«
Ohne seine Antwort abzuwarten, rauschte sie aus dem Zimmer. Paul folgte ihr und holte sie im Korridor ein. Er sagte kein Wort, während sie die Strecke zu den königlichen Gemächern zurücklegten.
Ein Mitglied der Gardewache stand direkt vor den Doppeltüren. Er trug die traditionelle, verzierte blauweiße Uniform und salutierte und trat beiseite, um sie vorbeizulassen, wobei er jedoch einen argwöhnischen Blick auf Paul warf.
Die Nachricht über seine Identität war ihm offenbar vorausgeeilt. In einem Palast unter Belagerungszustand, in dem das

kleinste Ereignis drastische Folgen haben konnte, war das nicht verwunderlich.
»Warten Sie hier«, sagte Dominique, als die Doppeltüren sich hinter ihnen geschlossen hatten. Sie befanden sich in einem weiteren kleinen Vorzimmer, das nicht kühler war als das vorherige und in dem willkürlich einige wenig einladende Stühle standen. Paul seufzte und richtete sich auf eine längere Wartezeit ein, aber zu seiner Überraschung kehrte Dominique schon nach wenigen Minuten zurück.
»Ihre Majestät ist wach«, sagte sie. »Sie wird Sie jetzt empfangen.«
Paul folgte ihr ohne Kommentar. Das Boudoir der Königin war größer, aber nicht behaglicher als die anderen Zimmer des Palastes. Dennoch hatte man sich bemüht, es einigermaßen freundlich und bequem wirken zu lassen.
Die Fenster waren geöffnet und ließen eine dringend nötige, wohltuende Brise herein, die jedoch den Geruch der nahen Seine mit sich brachte. In der Mitte des Zimmers stand ein vierpfostiges Bett mit burgunderfarbenen Vorhängen. Sie waren zurückgebunden und gaben den Blick auf eine kleine, blasse Frau frei, die sich an einen Stapel Kissen lehnte.
Die Königin lächelte und streckte die Hand aus. Ihr Haar, das in lose, weiche Locken gelegt war, war jetzt eher grau als rotblond, und ihr Gesicht hatte seine jugendliche Schönheit verloren. Doch Marie Antoinette war noch immer eine bemerkenswerte Frau – insbesondere, weil ihr graziöses, sanftes Aussehen so wenig zu den skurrilen Gerüchten paßte, die ständig über sie im Umlauf waren. Die fanatischeren der Revolutionäre stellten sie gerne als unmoralisches, niederträchtiges Wesen dar, das sich jeder vorstellbaren Sünde hingab. Paul schenkte dem keine Beachtung; er hielt sie für eine recht harmlose Frau, die einfach das Pech gehabt hatte, zur falschen Zeit am falschen Ort geboren worden zu sein.
»Madame«, sagte er, als er ihre Hand ergriff und sich darüber

verneigte. In Anbetracht seiner Verantwortung für das emotionale und körperliche Wohlbefinden seiner Patientin fügte er galant hinzu: »Ich bedauere die Umstände, aber es ist mir nichtsdestoweniger ein Vergnügen, Euch wiederzusehen.«
Die Königin lächelte. Einen Augenblick lang sah sie beinahe wieder wie das junge, sorglose Mädchen aus, das sie einst gewesen war. »Wie nett von Ihnen, Monsieur le Marquis.« Um ihn zu necken, sagte sie: »Oh, bitte verzeihen Sie. Das ist eine überholte Anrede, nicht wahr? Zweifellos ziehen Sie Monsieur le Docteur vor, oder vielleicht sogar Citoyen.«
»Es stimmt, daß ich den Titel, den ich von meinem verstorbenen Vater geerbt habe, nicht verwende«, bestätigte Paul. »Aber ich beharre auch nicht auf allem, was neu eingeführt wurde. Doktor ist vollkommen akzeptabel, zumal ich in dieser Eigenschaft hier bin.«
Bei der Erinnerung daran machte die Königin eine leichte Bewegung, die Mißfallen ausdrückte. »Dominique ist ein liebes Kind, aber manchmal macht sie sich zu viele Sorgen. Mir geht es wirklich recht gut.«
Paul gab eine unverbindliche Antwort, während er seine Finger um das Handgelenk der Königin legte und ihr diskret den Puls fühlte. Er ging schnell, aber nicht beunruhigend schnell.
Das Problem war ihre Atmung. Paul konnte die Blockade in ihren Lungen hören. Ihre Haut war trocken und heiß, und ihre Wangen glühten dunkelrot. Er warf einen raschen Blick auf Dominique, die still und unbeweglich am Fußende des Bettes stand.
»Mademoiselle de Montfort hat gut daran getan, mich zu rufen, Eure Majestät«, sagte er sanft. »Ihr habt eine Lungenentzündung, die behandelt werden muß.«
»Nur eine kleine Unpäßlichkeit«, beharrte Marie Antoinette. Mit bezaubernder Offenheit ergänzte sie: »Um ehrlich zu sein, Monsieur le Docteur, ich hasse es, geschröpft zu werden, und

ich schätze auch die üblen Tränke nicht, die Ihr Berufsstand unweigerlich verordnet.«
»Dann werden wir uns gut verstehen, Madame«, sagte Paul beruhigend. »Ich halte nämlich nichts davon, Patienten zu schröpfen.« Auf ihren überraschten Gesichtsausdruck hin erläuterte er: »Ich weiß, daß es die übliche Behandlungsmethode ist, aber ich glaube, die Theorie, die dahintersteckt, ist falsch. Ein Mangel an Blut ist viel gefährlicher als zuviel davon. Und was die Tränke betrifft...«
Er machte eine Pause und lächelte sie beruhigend an. »Ich glaube, daß alles, was ich verschreibe, recht schmackhaft gemacht werden kann. Zunächst möchte ich, daß Ihr dreimal täglich eine Tasse Milch mit einem ganzen Ei zu Euch nehmt.«
Der Blick, den die Königin und Dominique tauschten, entging ihm nicht. Er nahm sich vor sicherzustellen, daß für angemessene Lieferungen gesorgt wurde. Es würde damit keine weiteren Querelen geben – nicht, wenn diese Dummköpfe in der Versammlung ernsthaft wollten, daß er seine Pflicht tat.
Ruhig gab er Anweisungen zur Anwendung einer Salbe und einer Infusion, von der er hoffte, sie würde die notwendige Linderung verschaffen. Der Zustand der Königin war nicht direkt bedrohlich, aber er wußte nur zu gut, daß solche Leiden plötzlich einen tödlichen Ausgang nehmen konnten.
Obwohl es in der Versammlung Männer gab, denen ein solcher königlicher Tod entgegenkommen würde, verlangte die Pflicht als Arzt sowie einfache Menschlichkeit von Paul, alles für eine rasche Genesung zu tun. Er würde häufig nach seiner Patientin sehen müssen.
»Ich komme heute nachmittag wieder«, sagte Paul, als Dominique ihn hinausführte. »Versuch, dafür zu sorgen, daß sie mehr schläft.«
»Heute? Aber ich dachte...« Sie verstummte und starrte mit großen, besorgten Augen zu ihm auf.
»Was?« fragte Paul ruhig. »Daß ich einfach vorbeikommen

würde, um festzustellen, daß sie nicht auf der Schwelle zum Tode steht, und dann wieder zu verschwinden?« Ihr Schweigen bestätigte seine Vermutung. Er verzog das Gesicht und schüttelte den Kopf. »Ich habe eine andere Auffassung von meinem Beruf.«

»Von welchem Beruf?« fragte Dominique. Sie hatte sich von ihrer Überraschung soweit erholt, daß sie ihn wieder herausfordern konnte. »Wir haben hier schon genug Spione.«

Die Anschuldigung, die ihn ohne Vorwarnung traf, machte Paul für kurze Zeit sprachlos. Er sah verwirrt zu ihr hinab und überlegte, was er gesagt oder getan haben könnte, daß sie zu einer solchen Schlußfolgerung kam.

»Du hast doch selbst nach einem Arzt verlangt«, erinnerte er sie. »Wie kommst du jetzt darauf, ich wäre aus einem anderen Grund hier?«

»Weil deine Kollegen in der Versammlung für alles Bezahlung verlangen«, sagte sie matt. »Selbst das kleinste Zugeständnis an unsere Bedürfnisse kostet einen hohen Preis.«

Er wollte gerade wieder darauf beharren, daß er nur gekommen sei, um für die königliche Familie zu sorgen, als er plötzlich zögerte. Auch wenn er es nur ungern zugab, hatte sie wahrscheinlich recht. Es konnte gut sein, daß die Männer, die ihn hergeschickt hatten, von ihm erwarteten, daß er über alles Bericht erstattete, was er sah oder hörte. In diesem Fall würde er sie enttäuschen müssen.

»Weißt du, was der Hippokratische Eid ist?« fragte er.

Dominique blickte ihn ausdruckslos an. »Was hat das mit alledem zu tun?«

Geduldig erklärte er ihr: »Das ist der Eid, den Ärzte ablegen und mit dem wir schwören, alle Informationen, die wir bei der Ausübung unserer Tätigkeit erfahren, vertraulich zu behandeln. Der Schwur, der uns bindet, ist genauso heilig wie derjenige, der die Beichte versiegelt. Er darf aus keinem Grund gebrochen werden.«

Dominique hörte ihn skeptisch an. Sie bezweifelte nicht, daß es einen solchen Eid gab. Sie war sogar bereit zu glauben, daß Paul ihn sehr ernst nahm, zumindest im Augenblick. Aber wenn sie in den letzten paar Jahren etwas gelernt hatte, dann, daß man dem Wort eines Mannes nur selten, wenn überhaupt jemals, Vertrauen schenken durfte. In Zeiten des Aufruhrs ließ sich jeder Verrat ganz einfach dadurch rechtfertigen, daß man überleben wollte.

»Wir werden sehen«, murmelte sie, als sie die Tür zum Korridor öffnete. Mit einem kühlen Kopfnicken verabschiedete sie sich.

Es blieb Paul überlassen, darüber nachzugrübeln, was das fröhliche Kind, das er in Erinnerung hatte, zu einer so mißtrauischen und sogar zynischen jungen Frau gemacht hatte. Diese Gedanken waren ihm nicht angenehm. Mit finsterem Gesichtsausdruck stieg er die breiten Steinstufen des Palastes hinunter.

Wie immer hatte sich direkt hinter dem Spalier von Soldaten, die Tag und Nacht Wache hielten, eine Menschenmenge versammelt. Sie teilte sich widerwillig für ihn, wobei Flüche und Beschimpfungen gemurmelt wurden.

Er ignorierte sie, während er sich seinen Weg bahnte, bedrängt von den Gerüchen nach Knoblauch, ungewaschenen Körpern, billigem Wein und altem Käse. Über allem lag ein Gestank nach Gewalt, der kaum zu unterdrücken und unendlich gefährlich war.

Der Mob von Paris wurde mit jedem Tag wilder. Einige der Revolutionsführer hielten das für vorteilhaft, doch Paul war anderer Ansicht. Instinktiv glaubte er an Ordnung und Respekt gegenüber dem Gesetz. Doch das schien in letzter Zeit immer weniger Bedeutung zu haben.

Eine Wolke verdeckte die Sonne. Einen Augenblick lang ließ sie den Spätjuninachmittag verschwinden und brachte einen Schatten der nahenden Nacht mit sich.

Kapitel 2

»Er ist so attraktiv«, rief die Königin aus. Sie saß aufrecht im Bett, ein Lächeln lag auf ihrem Gesicht, und ihre Augen blickten kokett drein. »Wirklich, Dominique«, fuhr sie fort, »du hättest mich ruhig vorwarnen können.«
»Es tut mir leid, Madame«, murmelte Dominique trocken. »Ich war mehr mit Eurer Gesundheit als mit dem Aussehen von Monsieur le Docteur beschäftigt.«
»Wie reserviert«, neckte Marie Antoinette. »Aber so ist es nicht immer zwischen euch gewesen, nicht wahr? Mir war, als hätte ich etwas gespürt ... ein gewisses Einvernehmen vielleicht. Oder«, fügte sie sanft hinzu, »sollte ich mich irren?«
Dominique zögerte. Die Erinnerung war so unglaublich stark und so durchdringend süß. Dennoch wäre es für sie eine Qual, sie erneut zu durchleben.
»Als Kind habe ich ihn gekannt«, gab sie schließlich zu. »Aber es war nur eine ... flüchtige Bekanntschaft. Als er an den Hof kam, haben wir uns nicht mehr gesehen.«
Das war nicht ganz die Wahrheit; ihre Wege hatten sich gelegentlich gekreuzt. Sie erinnerte sich noch lebhaft daran, vor einigen Jahren in einem entlegenen Winkel des großartigen Château de Versailles auf Paul gestoßen zu sein, der fest umschlungen in den Armen einer Hofdame lag, von der bekannt war, daß sie mit ihren Reizen nicht geizte.
Reumütig fiel Dominique ein, daß sie eine Zeitlang tatsächlich geglaubt hatte, ihr könne niemals eine größere Kränkung widerfahren.

»Die Familie stammt ursprünglich aus Irland, nicht wahr?« fragte die Königin nachdenklich.
Dominique nickte. »Sie gehörte zu den ›Wildgänsen‹, die nach ihrer Niederlage gegen die Engländer vor hundert Jahren ins Exil vertrieben wurden. Der Name lautete eigentlich Delaney. Delamare ist eine Korrumpierung; und erinnert außerdem daran, wo sie herstammen: *de la mar* – vom Meer.«
»Wie faszinierend«, murmelte Marie Antoinette, deren Augen sprühten, während sie das junge Mädchen beobachtete. »Du mußt Monsieur le Docteur gut gekannt haben, zumindest früher einmal, wenn du so viel weißt.«
Dominique, der klar wurde, daß sie mehr über Paul offenbart hatte, als ihre Absicht gewesen war, fügte rasch hinzu: »Ist es nicht merkwürdig, woran man sich manchmal erinnert? Sonst weiß ich fast gar nichts mehr über ihn.«
Die Königin war viel zu gütig und rücksichtsvoll, um darauf hinzuweisen, daß Dominique alles andere als ehrlich war. Sie lächelte nur sanft und klopfte neben sich auf das Bett.
»Setz dich, und unterhalte dich eine Weile mit mir. Es langweilt mich so, hier im Bett zu liegen.«
Dominique erfüllte ihr die Bitte. Sie wußte, daß die Königin weniger unter der Langeweile ihrer Bettruhe litt als unter der immer größer werdenden Anspannung, die sie so unbarmherzig im Griff hatte. Sie alle hatten in zunehmendem Maße das Gefühl, sich einer Art Wendepunkt zu nähern.
Frankreich, das seit mehreren Jahren in beständiger Krise gelebt hatte, stand jetzt kurz vor einem Krieg. Schlimmer noch war, daß es sich bei dem Feind um Österreich handelte, Marie Antoinettes Geburtsland, dem sie nach Meinung vieler noch immer loyal war.
Dominique wußte, daß das nicht der Wahrheit entsprach, aber es war unmöglich, den Mob oder die Männer, die an der Macht waren, davon zu überzeugen, denn ihnen kam es entgegen, solche Verleumdungen Glauben zu schenken.

Sanft ergriff sie die Hand der älteren Frau und lächelte tröstend. »Es wird Euch bald besser gehen, da bin ich mir sicher.«
Marie Antoinette lachte leise. »Also vertraust du dem guten Doktor noch immer, obwohl du es abstreitest.«
Dominique seufzte. Die Königin war unverbesserlich romantisch, ihrem Gatten zutiefst ergeben, aufopferungsvoll gegenüber ihren Kinder, ihren Freunden treu. Trotz der Erfahrungen der letzten Zeit neigte sie dazu, von allen Menschen das Beste zu glauben. Vor allem wollte sie, daß jeder glücklich war – so glücklich, wie sie zu Beginn ihrer Ehe gewesen war, bevor das Schicksal so grausam zugeschlagen hatte.
Dominique, die ihre Worte sorgfältig wählte, sagte: »Ich bin überzeugt, daß Monsieur Delamare ein fähiger Arzt ist.«
Mit einigem Zögern fügte sie hinzu: »Und er wirkt vernünftiger als die anderen – nicht so haßerfüllt und nach Vergeltung trachtend.«
In den sanften Zügen der Königin spiegelte sich Schmerz. Ihre Augen füllten sich mit Tränen der Verwirrung. »Ich werde niemals verstehen können, warum sie uns so hassen. Louis hat lange und hart dafür gearbeitet, die Lebensumstände für die einfachen Leute zu verbessern. Er hat die Steuern gesenkt, den Handel unterstützt, Frieden gewahrt – alles ihretwillen. Zunächst hatte es den Anschein, sie wüßten zu schätzen, was er tat, aber dann ...«
Die Worte erstarben, als ein Krampf sie schüttelte und sie heiser hustete. Dominique griff nach der Tinktur, die Paul auf einem Tisch zurückgelassen hatte.
Behutsam half sie der Königin, sie zu schlucken. Es vergingen einige Augenblicke, bis ihr Atmen leichter wurde und sie ein schwaches Lächeln zuwege brachte.
»Wie dumm von mir«, murmelte sie. »Ich darf keinen düsteren Gedanken nachhängen; sie regen mich nur auf.«
Die Worte klangen beinahe wie eine Predigt, als hätte die

Königin sie schon viele Male vor sich hergesprochen. Sicherlich fehlte es ihr nicht an Gelegenheiten, das zu tun.
Dominique wartete noch einige Minuten, halb über dem Bett kauernd, einen Arm um die Schultern der Königin gelegt. Allmählich entspannte sich die kleine, schmale Gestalt. Ihre Augen schlossen sich. Einen Moment später war sie fest eingeschlafen.
Dominique atmete erleichtert auf. Vorsichtig legte sie die Königin in die Kissen und deckte sie leicht zu. Dennoch wollte sie nicht gehen, bis sie sich sicher war, daß ihre Dienstherrin nicht bald wieder aufwachen würde. Und selbst dann ging sie nur, weil sie wußte, daß die Kinder auf sie warteten.
Sie waren wie üblich in einem kleinen Zimmer zwischen den Gemächern ihrer Mutter und ihren eigenen versammelt. Louis, Dauphin von Frankreich und Erbe des Throns seiner Ahnen, lächelte schüchtern, als Dominique hereinkam. Er war ein schmaler, sanfter Junge von sieben Jahren mit schulterlangem, kastanienbraunem Haar und großen blauen Augen.
Dominique konnte ihn nicht ansehen, ohne sich zu sorgen. Krankheit und Schwäche waren unter den königlichen Vorfahren häufig vorgekommen. Louis XVI. war glücklicherweise nicht davon betroffen, jedoch einer seiner Brüder; die Knochentuberkulose hatte ihn so geschwächt, daß er kaum aufrecht gehen konnte. Es gab Befürchtungen, daß den Dauphin vielleicht ein ähnliches Schicksal ereilen könnte, auch wenn diese niemals laut geäußert wurden.
Über der Prinzessin, Maria Theresa, lag kein solcher Schatten. Mit vierzehn Jahren war sie bereits eine beherrschte, selbstbewußte junge Dame, die außerdem zu unwiderstehlicher Liebenswürdigkeit und wacher Intelligenz fähig war, was sehr dazu beitrug, die Trübseligkeit ihrer Umgebung zu lindern.
Jetzt machte sich Theresa jedoch Sorgen. »Wie geht es Maman?« fragte sie. »Papa sagte, sie wird sich erholen, aber

das würde er in jedem Fall sagen, damit wir uns nicht beunruhigen.«

»Er hat recht«, beeilte sich Dominique zu sagen. Sie trat ganz in das Zimmer, schloß die Tür hinter sich und senkte die Stimme.

Schon seit langem hatten sie sich angewöhnt, alles, was auch nur im Geringsten heikel war, im Flüsterton zu besprechen. Das mußte so sein, denn niemand konnte wissen, ob nicht ein Lauscher in der Nähe hockte, der es nicht erwarten konnte, über alles, was gesagt wurde, Bericht zu erstatten.

»Wir haben einen neuen Arzt«, fuhr Dominique fort. »Er heißt Paul Delamare, und er scheint mir ... recht fähig zu sein.«

»Delamare?« wiederholte ein zweites junges Mädchen, das auf einem Roßhaarsofa saß. Nicole de Montfort neigte ihren kleinen Kopf zur Seite und musterte ihre Schwester ernst. »Ist das nicht der Familienname des Marquis de Rochford, Dominique?«

Woher kam es nur, fragte sich Dominique, daß Nicole im zarten Alter von neun Jahren, in dem die meisten jungen Damen sich nur mit ihrem Unterricht und ihren Tagträumen befaßten, bereits ein enzyklopädisches Gedächtnis für aristokratische Beziehungen hatte? Sie konnte anscheinend ohne große Mühe die kompliziertesten Abstammungsverhältnisse entschlüsseln. Dominique erinnerte sich daran, daß Nicole mit kaum fünf Jahren, als sie noch alle in Versailles lebten, im glitzernden Spiegelsaal gestanden und munter erläutert hatte, daß ein gewisser Herzog und seine Frau in Wirklichkeit Cousin und Cousine sechsten Grades seien. Nicole war es sogar gelungen, ihre Behauptung nachvollziehbar klingen zu lassen!

»Ja«, sagte Dominique etwas erschöpft, »er ist ein de Rochford.«

»Dann ist er ein Verräter«, stieß ein kleiner Junge hervor. Es war nicht der Dauphin, der viel zu höflich und wohlerzogen war, um jemals so etwas zu sagen, sondern es war Dominiques eigener Bruder, David, der kein Blatt vor den Mund nahm. Mit acht Jahren war er nur ein Jahr älter als der königliche Erbe, aber mehr als einen Kopf größer und von robuster Statur.

»Er ist uns allen in den Rücken gefallen«, fuhr David fort, »als er sich den Revolutionären angeschlossen hat.«

Obwohl Dominique dem zustimmte, wollte sie Pauls Schuld mindern, um die Kinder zu beruhigen. »Unter den Rebellen gibt es eine Vielzahl von Auffassungen. Nicht alle von ihnen sind so radikal wie die Wenigen, die offenbar am lautesten schreien. Außerdem kommt es nur darauf an, daß er ein sehr guter Doktor ist.«

Davon war sie überzeugt, nachdem sie ihn bei der Arbeit gesehen hatte. Was immer er sonst auch getan haben mochte, Paul hatte nichts von dem Mitgefühl verloren, das ihn zu einem so fähigen Arzt machte. Es gelang ihm sogar, dieses Mitgefühl für eine Frau aufzubringen, die andere von seinem Schlag vielleicht lieber sterben sehen würden.

Dominiques Kehle schnürte sich zu. Obwohl sie den ganzen Tag über nur wenig gegessen hatte, wußte sie, daß es ihr jetzt nicht gelingen würde, irgend etwas zu schlucken.

Es war schlicht und einfach Angst, die sie umklammert hielt. Nicht nur um ihre eigene Person, sondern um alle, die sie liebte: um Nicole und David, Maria Theresa und den kleinen Louis, den König und die Königin, die für sie beinahe wie Eltern geworden waren.

Sie alle würden sterben, wenn sich nicht irgend etwas drastisch zum Besseren wendete. Dessen war sie sich sicher, obwohl sie es nicht in Worte fassen konnte.

Solche finsteren Gedanken waren ihrer Natur fremd, und dennoch erkannte sie sie als das, was sie waren: eine Warnung, die sie nicht ungehört lassen durfte.

»Ich muß gehen«, murmelte sie und lächelte den Kindern zu. Auf den raschen, beunruhigten Blick, den sie untereinander tauschten, fügte sie hinzu: »Aber ich komme bald zurück.

Sucht euch doch inzwischen ein neues Buch aus, das wir heute abend anfangen können. Vielleicht etwas Lustiges und Fröhliches?«

Sie versprachen, daß sie das tun würden, als Dominique wieder lächelte und davoneilte.

Es kam ihr entgegen, daß die Tuilerien ein Gewirr von Korridoren und Treppen waren, so daß jemand, der sich nicht auskannte, sich hoffnungslos verlief. Denjenigen, die unbeobachtet sein wollten, bot dieser Umstand jedoch reichlich Möglichkeiten zum Verstecken.

Eine solche Möglichkeit war ein Eckturm, der nur über eine schmale, schiefe Treppenflucht erreicht werden konnte, die an einer eisenbeschlagenen Tür endete. Die Lederscharniere quietschten, als Dominique die Tür aufdrückte. Sie betrat den winzigen Raum, der mit abgestandener Luft gefüllt war und von einer einzigen, flatternden Kerze erleuchtet wurde.

»Schließen Sie die Tür«, zischte eine Stimme. »Schnell.«

Dominique gehorchte und stand dann schweigend da, bis sich ihre Augen ausreichend an das Dämmerlicht gewöhnt hatten. Als ihr Blick auf die Gestalt fiel, die in der Ecke kauerte, unterdrückte sie ein ungeduldiges Stöhnen.

»Alles in Ordnung, Monsieur Renault. Man ist mir nicht gefolgt.«

»Das sagen Sie«, entgegnete der Mann barsch, während er widerwillig aufstand und auf sie zukam. Er trug die schlichte, dunkle Kleidung eines guten Bourgeois, welche einen seltsamen Kontrast zu der verwegenen roten Kappe bildete, die er sorgsam über seinen Kopf gezogen hatte. Einst nur den Armen von Paris vorbehalten, war sie mittlerweile ein beliebtes Symbol der Revolution geworden, das jeder übernahm, der ängstlich darauf bedacht war, seine Loyalität zu der neuen Regierung unter Beweis zu stellen.

»Man kann nie wissen, wer an diesem Ort was tut«, murmelte Monsieur Renault. Er war ein junger Mann, Mitte Zwanzig,

wirkte durch sein schmales, mißtrauisches Gesicht und seine hängenden Schultern aber viel älter.
Sein Vater besaß eine Handelsgesellschaft, die für die gute Qualität ihrer Seide und Brokate bekannt war; die Königin war einst ihre beste Kundin gewesen. In letzter Zeit hatte das Unternehmen Renault et Fils andere Güter im Angebot, die für diejenigen, die noch immer loyal zur Monarchie standen, interessanter waren.
»Es könnte mich das Leben kosten«, jammerte der junge Mann. »Das ist sogar sehr wahrscheinlich. Vater ist verrückt, daß er sich darauf einläßt.«
»Er wird außerordentlich gut bezahlt«, erinnerte Dominique ihn kühl. Sie griff in die Tasche ihres Kleides und zog einen Beutel hervor. »Hier ist der vereinbarte Betrag. Der Rest wird bezahlt, wenn das Projekt erfolgreich abgeschlossen ist.«
Selbst hier, in diesem verborgenen Raum, war sie so vorsichtig, daß sie nicht direkt aussprach, was sie vorhatten. Das Wort *Flucht* kam nicht ein einziges Mal über ihre Lippen. Das würde niemals geschehen. Sie bemühte sich, es nicht einmal zu denken.
»Verrückt«, murmelte Renault erneut. »Die gesamte königliche Garde konnte ihnen nicht helfen, als sie letztes Jahr versucht haben zu fliehen. Wie kann man nur auf die Idee kommen, ein einfacher Händler könnte es schaffen?«
»Weil niemand damit rechnen wird, daß wir es auf diese Weise versuchen«, unterbrach Dominique ihn entschlossen. »Jeder glaubt, daß wir es genauso wie beim ersten Mal angehen würden, wenn wir wieder entkommen wollten, eine verzweifelte Flucht zur Grenze mit der königlichen Garde. Statt dessen wird es viel einfacher und stiller ablaufen. Und dieses Mal«, fügte sie angespannt hinzu, »wird es gelingen.«
Monsieur Renault sah weiterhin skeptisch aus, aber das Gewicht des Beutels in seiner Hand half ihm bei seiner Entscheidung.

»In Ordnung«, sagte er widerwillig, »wir werden den Plan fortführen. Ich setze mich mit Ihnen in Verbindung, wenn alles bereit ist.«

»Verlieren Sie keine Zeit«, mahnte Dominique. »Es muß bald geschehen.«

»Alles zu seiner Zeit. Das Risiko, das wir eingehen werden, ist begrenzt.«

Als er fort war, stand Dominique da und starrte auf die Schatten, die von der flackernden Flamme der Kerze geworfen wurden, die er zurückgelassen hatte. Vor langer, längst vergessener Zeit war der kleine Raum als Kapelle genutzt worden. An der mit Ruß und Schimmel beschmutzten Wand war noch der Umriß eines schon lange verschwundenen Kreuzes zu erkennen.

Sie richtete ihren Blick darauf, fiel auf die Knie und begann zu beten. Doch der Trost dieser einfachen und aufrichtigen Andacht war ihr nicht vergönnt. In ihrem Herzen herrschte zu große Aufruhr. Die ungebetenen Erinnerungen, die sie bereits zuvor zu bekämpfen versucht hatte, stiegen in ihr auf und verhöhnten sie.

Die sechs Jahre hätten nur Stunden sein können, so wenig hatte sie vergessen. Sie erinnerte sich an alles – den Duft von frischgeschnittenem Heu an dem milden Frühlingstag; die fröhlichen Stimmen der Arbeiter auf den Feldern, die sangen, während sie sich die Reihen goldener Ähren entlangbewegten; das plötzliche Aufflattern der Krähen, als ein Reiter sich näherte.

Benommen schüttelte sie den Kopf. *Bitte, nicht jetzt – später, wenn ich diesen Ort verlassen habe.* Aber ihr Flehen wurde nicht erhört. Die dunklen, feuchten Steinwände, die sie umgaben, schienen sich aufzulösen, als sie erneut den Verwalter ihres Vaters rufen hörte.

Lefauche, komm her!

Am entlegenen Ende des Feldes erhob sich ein junger Mann. Er war etwa zwanzig Jahre alt, kräftig gebaut, mit breiten

Schultern und einem rauhen Schopf schwarzen Haars. Sein Gesicht war offen und unbefangen, bis er den Ruf des Verwalters vernahm. Dann wurde es vorsichtig.

»Sir?« fragte er zögerlich, als er sich dem Mann näherte.

Von ihrem Sitz auf einem Kastanienbaum in der Nähe aus beobachtete Dominique die Unterredung. Sie mochte den Verwalter nicht – ein lauter, vulgärer Mann, den sie für grausam hielt. Aber sie war nicht vorbereitet auf die Gefühllosigkeit, mit der er sagte: »Deine Frau wirft. Der Pfarrer schickt nach dir.«

Die Anordnung stieß ganz offensichtlich auf Ablehnung, aber nicht einmal der Verwalter wagte es, gegen den Willen des Kirchenvertreters zu handeln. Lefauche hatte nicht die Gelegenheit, das anzuerkennen. Er war blaß geworden.

»Geht es ihr gut ... meiner Frau?«

Der Verwalter zuckte die Schultern. »Glaubst du, dann würden sie nach dir rufen? Geh schon, verschwinde, aber denk dran, morgen früh bei Tagesanbruch bist du wieder auf dem Feld. Ich dulde keine Drückeberger.«

Ohne eine Antwort abzuwarten, riß er sein Pferd herum und ritt davon. Lefauche war fast eine Meile Fußweg vom Dorf entfernt; er hatte keine andere Möglichkeit, dieses zu erreichen, außer zu laufen. Oder zu rennen.

Entsetzt über diese Rücksichtslosigkeit glitt Dominique von ihrem Ast. »Kommen Sie«, sagte sie sanft, »mein Pferd steht in der Nähe.«

Der junge Mann starrte sie dumpf an. Sie mußte ihre Worte wiederholen, bevor er verstand. Und selbst dann zögerte er, obwohl er unbedingt zu seiner Frau wollte.

»Mam'selle«, murmelte er und zog seine Mütze, »es gehört sich nicht ...«

»Seien Sie doch kein Dummkopf«, sagte Dominique. Mit der ihr angeborenen Gabe zum Kommandieren packte sie ihn kräftig am Arm und zog ihn auf das Pferd zu.

»Wir können zusammen reiten«, wies sie ihn an, als sie sich geschickt in den Sattel schwang. Lefauche war viel weniger elegant. Zum einen hatte er nie zuvor auf einem gesattelten Pferd gesessen. Zum anderen beunruhigte es ihn sehr, der jungen Tochter seines Herrn so nahe zu sein, einer Person, die er eigentlich nicht einmal direkt anschauen sollte.
Dominique nahm seine Besorgnis sehr wohl wahr; doch sie entschloß sich, sie einfach zu ignorieren. Sie gab ein rasches Tempo vor und trieb ihre Stute voran. Das kleine, grazile Pferd trug das zusätzliche Gewicht ohne Schwierigkeiten. Sie erreichten das Dorf schnell und hielten vor einer kleinen, fensterlosen Hütte.
Lefauche stürzte aus dem Sattel, wobei er beinahe hinfiel, und rannte hinein. Dominique folgte ihm langsamer. Obwohl sie die Pächter ihres Vaters von Zeit zu Zeit besuchte, hatte sie sich nie an die Lebensumstände gewöhnen können. Die dunklen, feuchten Löcher, in denen sie wohnten, waren für sie der Hölle ähnlicher als alles andere, was sie bisher erlebt hatte.
Für andere waren sie jedoch selbstverständlich. Nicht einmal der gütigste Pfarrer schien der Ansicht zu sein, daß die Bauern etwas Besseres verdient hatten. Sie lebten so, wie sie es immer getan hatten und immer tun würden. Die Ordnung der Welt war unabänderlich. Es war weise, das zu akzeptieren.
Doch der Mann, der neben dem zerschlissenen und schmutzverkrusteten Strohlager kniete, tat das nicht. Paul Delamares Augen sprühten vor Zorn. Mit einer Stimme, die durch ihre Sanftheit um so bedrohlicher wirkte, sagte er: »Man hätte mich schon vor Stunden rufen sollen. Warum zum Teufel ist das nicht geschehen?«
Die zahnlose alte Frau, die neben ihm hockte, schüttelte den Kopf. »Das macht man nicht.«
In seinem zusammengebissenen Kiefer pulsierte eine Ader. »Warum nicht? Sie wissen, daß ich Arzt bin, und Sie wissen, daß ich helfen will, also warum mußte es mit diesem

armen Wesen so weit kommen, bevor man mich gerufen hat?«
Die Frau blickte stur zur Seite, doch in ihren Augen lag leichte Verwirrung. Inzwischen brach Lefauche neben seiner Frau auf dem Boden zusammen. Er ergriff ihre weiße, leblose Hand und begann, hilflos zu schluchzen.
Paul stieß gerade einen heftigen Fluch aus, als sein Blick auf die Tür fiel. Dominique, deren Silhouette sich gegen das Licht abzeichnete, spürte seine Augen auf sich gerichtet.
»Du ...«, sagte er überrascht. Sein Tonfall wurde sanfter. »Dominique, was tust du hier?«
Sie machte einen Schritt in den Raum. Ihr smaragdfarbener Blick glitt ängstlich zu der Frau, die auf dem Boden stöhnte. Kaum hörbar murmelte sie: »Ich ... ich habe Lefauche hergebracht.«
Paul starrte sie einen Moment lang an. Langsam entspannten sich seine harten Gesichtszüge. Er lächelte sanft.
»Komm her, Dominique.«
Das war das Letzte, was sie wollte. Die Frau auf dem Boden, ihr zerrissener Rock, der um ihre Taille geschlungen war und ihren grotesk angeschwollenen Bauch entblößte, jagten ihr Angst ein. Obwohl sie auf dem Land aufgewachsen war und wußte, wie alle Lebewesen geboren wurden, hatte sie noch nie eine Frau bei der Geburt gesehen, geschweige denn eine, bei der die Geburt schrecklich falsch gelaufen war.
Doch die Kraft von Pauls Stimme und sein entschlossenes Auftreten duldeten keinen Widerstand. Zögernd trat sie an seine Seite.
Seine Hand schloß sich um ihre. Seine Haut war warm, sein Griff kraftvoll, und dennoch beinahe unerträglich sanft. Ihre Knie begannen zu zittern.
»Dominique«, sagte er leise, »kannst du sehr tapfer sein?«
Ihre Augen weiteten sich und trafen die seinen. »Ich kann es versuchen«, flüsterte sie.

Er lächelte, als sei sie das klügste und beste Mädchen auf der Welt. »Gut, ich brauche deine Hilfe. Genauso wie diese junge Frau hier. Hab keine Angst vor ihr. Sie kann dir nichts tun. Wenn du und ich es nicht schaffen, wird sie sterben.«

»Oh nein«, stieß Dominique hervor. Aber er hatte natürlich recht. Der Tod schwebte im Zimmer und wartete geduldig und einfallsreich darauf, seine Schuld einzufordern.

Dominique hob den Kopf. Ihr kleines Kinn schob sich vor. »Wir müssen sie retten.«

Wenn Paul sich darüber amüsierte, daß sie das Wort *wir* gebrauchte, so zeigte er es nicht. »Geh hinaus zum Brunnen und hol einen Eimer sauberes Wasser. Dann mach das Feuer an und koche es. Schaffst du das?«

Dominique nickte rasch. Es machte nichts, daß sie im Haus ihres Vaters selten mehr tat als ihre eigene Kleidung aufzuheben, die sie auf den Boden fallen ließ. Sie war sich sicher, daß sie die ihr anvertraute Aufgabe ausführen konnte.

Diese erwies sich jedoch als schwieriger als erwartet. Der einzige Eimer, den sie entdecken konnte, war schmutzig und mußte geschrubbt werden, bevor er benutzt werden konnte. Sie riß sich mehrere Finger an den splitterigen Seiten auf und mußte die Augen zukneifen, um die Tränen zurückzuhalten.

Doch schließlich gelang es ihr, ihn in den alten Steinbrunnen hinabzulassen, wobei sie feststellte, daß Wasser viel schwerer war, als sie erwartet hatte. Wie schafften es die Dienstmädchen nur, Eimer für Eimer davon hinauf in ihr Zimmer zu tragen, damit sie ihr geliebtes tägliches Bad nehmen konnte? Ihr gelang es kaum, einen einzigen Eimer voll zurück zur Hütte zu schleifen.

Paul kniete noch immer neben der Frau. Blutige Tücher lagen neben ihm. Lefauche schwankte hin und her und stöhnte hilflos. Seine Frau gab kein Geräusch mehr von sich, sondern lag aschfahl und still da, als sei sie bereits tot.

»Ist sie ...?« murmelte Dominique.
Paul schüttelte den Kopf. »Noch nicht. Mach jetzt Feuer.«
Es schien ihm nicht in den Sinn zu kommen, daß sie so etwas noch nie im Leben getan hatte. Glücklicherweise hatte sie oft genug dabei zugesehen, so daß sie wußte, wie man es machte. Dennoch mußte sie lange und heftig auf die feuchten Späne pusten, bis die Flamme endlich loderte.
Grauer Rauch kräuselte sich zu dem Loch empor, das in die Decke der Hütte geschnitten war. Mit aller Kraft hob Dominique den Eimer an einen Haken über dem Feuer.
Paul warf einen Blick über die Schulter. »Leg mehr Holz nach; wir haben nicht viel Zeit.«
Sie nickte verbissen. Eine halbe Stunde später hatte sie ein stetiges Feuer in Gang gebracht und war stolz, daß das Wasser anfing zu kochen.
»Es ist fertig«, sagte sie.
»Gut, nimm das hier.« Er gab ihr eine Sammlung von seltsam aussehenden Gerätschaften und wies sie an, diese in das Wasser zu tauchen. Während sie das tat, fuhr er fort, den aufgeblähten Bauch der Frau sanft zu kneten, wobei er die ganze Zeit über ermutigende Worte murmelte, obwohl sie vollkommen bewußtlos zu sein schien.
»Das Baby ...?« fragte Dominique, als sie sich neben ihn kniete. Merkwürdigerweise schüchterte sie der Anblick der Frau nicht mehr ein. Ihr Kampf mit dem Wasser und dem Feuer hatte ihr ein Gefühl von Tüchtigkeit verliehen, das sie vorher nicht verspürt hatte.
»Es lebt noch«, sagte Paul sanft, »aber es liegt nicht richtig. Ich versuche, es zu verschieben.«
Dominique erblaßte. Plötzlich wurde ihr deutlich klar, was für ein Kampf in der stillen Dunkelheit im Inneren der Frau ausgefochten wurde. Ihre Hände zitterten, als sie sich aufrichtete.
»Ich hole diese Sachen ... was immer sie sind.«

»Sei vorsichtig; verbrenn dich nicht.«
Das geschah trotz seiner Warnung, aber es schien ihr nichts auszumachen. Sie war viel zu fasziniert von dem, was Paul tat. Er hob die Frau so weit an, daß er ein sauberes Laken unter sie legen konnte, dann wandte er sich um und wusch sich Hände und Unterarme.
»Ich habe noch nie einen Arzt gesehen, der sich wegen etwas Schmutz so angestellt hat«, versuchte Dominique schwach, ihn zu necken.
Paul nickte, als er an das Lager zurückkehrte. »Die meisten meiner Kollege halten Sauberkeit nicht für wichtig, aber meine Erfahrung lehrt mich etwas anderes. Mehr Patienten überleben, wenn ich diese Prozedur einhalte.«
Er nahm eines der Instrumente, die Dominique aus dem Wasser geholt hatte, und wandte sich wieder der Frau zu. Dominique sah einige Augenblicke zu, bis ihr Magen plötzlich rebellierte. Sie blickte rasch weg, bis Paul anordnete: »Drück mit deinen Händen auf ihren Bauch.« Als sie einen Moment zögerte, ergänzte er: »Sofort!«
Instinktiv gehorchte Dominique. Sie fuhr erschrocken zusammen, als das Baby nach ihr trat. Es fühlte sich so kräftig und lebendig an, und dennoch trennten es nur Augenblicke vom Tod. Sie alle – Mutter, Kind, Ehemann, Paul und sie selbst – befanden sich in einer Region zwischen dem Licht der Welt und der unergründlichen Finsternis. Ihre Entschlossenheit nahm zu. Die Finsternis durfte um keinen Preis gewinnen.
Sekunden später durchbrach ein durchdringender Schrei die Stille. Dominique sah erstaunt zu, wie das Baby, das noch immer mit der milchigen Substanz aus dem Mutterleib überzogen war, aus dem Körper seiner Mutter glitt. Paul wickelte es rasch in ein sauberes Tuch, das er für diesen Zweck mitgebracht hatte.
»Paß auf ihn auf«, sagte er, als er Dominique das Kind in den Arm drückte.

Paß auf ihn auf. Sie hatte nicht die leiseste Ahnung, was sie tun sollte. Glücklicherweise schien das Baby sich nicht daran zu stören. Es verzog wütend sein kleines Gesicht und brüllte aus Leibeskräften. Dominique lachte erleichtert, bis ihr die Mutter wieder einfiel.
Sie blickte rasch zurück auf das Lager. Paul hatte die Nachgeburt geholt und war bemüht, die Blutungen zu stillen. Auf seine Anweisungen hin gelang es Lefauche, seine Frau etwas aufzusetzen, damit sie die Flüssigkeit trinken konnte, die Paul ihr an die Lippen hielt. Sogar das alte Weib raffte sich auf.
»Was ist das?« wollte sie wissen.
»Eine Tinktur aus Mutterkorn«, sagte Paul ruhig.
Ihre wässerigen Augen verengten sich. »Die meisten Ärzte würden das nicht verwenden. Sie sagen, es ist Aberglauben.«
Paul zuckte die Schultern. »Was immer es ist, es stillt Blutungen, wie Sie sicher wissen. Wenn Sie selbst nichts davon haben, das Sie ihr geben können, lasse ich Ihnen einen Vorrat da. Sie sollte es jeden ...«
»Ich weiß, wie oft ich es ihr geben muß«, unterbrach ihn die alte Frau, »und ich brauche nichts von Ihnen, weil ich selbst genug davon in meiner Arzneikiste habe.« Ihr Tonfall wurde sanfter, als sie ihn mürrisch ansah. »Trotzdem hätte ich das nicht geschafft, was Sie gemacht haben, das Baby so zu drehen. Sie haben sie beide gerettet.«
Paul neigte den Kopf, als hätte er es mit einer Dame von hoher Geburt zu tun. »Vielen Dank«, sagte er schlicht.
Kurze Zeit später standen Dominique und er an der segensreichen frischen Luft hinter der Hütte. Eine kühle Brise wehte. Um sie herum herrschte tiefe Stille, bis auf das Brummen von Grashüpfern und Fröschen. Überrascht stellte sie fest, daß es bereits dunkel war.
»Ich habe gar nicht gewußt, daß wir so lange hier waren«, murmelte sie.

Er lächelte sanft. »Du warst da drinnen wunderbar.«
Sie errötete und blickte zur Seite. Sie verspürte die quälende Regung neu erwachter Gefühle – Gefühle, die eine Ewigkeit später noch immer beunruhigend lebendig waren.

Kapitel 3

Paul blieb vor dem großen, eleganten Gebäude an der Avenue de Liberté stehen. Auf dem Bürgersteig an der Vorderseite wimmelte es von eiligen Passanten. Männer und auch Frauen strömten in das Gebäude und wieder heraus. Einige sahen höchst zuversichtlich aus, aber die meisten wirkten besorgt.

Er konnte es ihnen nicht verdenken. Das Gebäude war das Hauptquartier der Nationalversammlung, und als solches beherbergte es die Büros der Anführer der Revolution – Männer, die so mächtig und so autokratisch waren wie der Bourbonenkönig, den sie hatten verdrängen wollen.

Liberté et Égalité. Freiheit und Gleichheit, die Leitmotive der Revolution. Sie bildeten die Eckpfeiler Pauls eigener Überzeugung, daß es sich lohnte, eine Lebensweise zu zerstören und durch etwas Neues und Besseres zu ersetzen. Nur erfüllte ihn alles, was er in seiner Umgebung sah, mit Abscheu. Frankreich schien im Begriff zu sein, sich selbst bei lebendigem Leibe zu verschlingen. Es war eine schreckliche Vorstellung, aber er konnte sie nicht abschütteln, so sehr er sich auch bemühte.

Und jetzt war er kurz davor, dem Mann gegenüberzutreten, der für ihn mehr als alles andere die Schuld daran trug, daß der Kampf um die Freiheit gescheitert war – dem Mann, an den Paul einst leidenschaftlich geglaubt hatte; für den er bereitwillig durchs Feuer gegangen wäre. Dem Mann, den er zu verraten plante.

Mit einem schweren Seufzen schüttelte er seine Gedanken ab

und betrat das Gebäude, in dem er sich rasch unter die wogende Masse mischte.
Er war recht klein – kaum größer als einen Meter fünfzig – und schlank. Wie üblich schritt er in dem großen, üppig eingerichteten Büro auf und ab. Seine nervöse Energie war immens. Er war kaum dazu in der Lage, länger als einige Minuten still zu sitzen.
Er war Maximilien Robespierre, der Anführer der jakobinischen Fraktion in der Nationalversammlung – ein mitreißender Redner, ein strahlender Idealist, ein Wahnsinniger.
Paul beobachtete ihn aufmerksam. Robespierre diktierte einem Sekretär, die Worte strömten aufgeregt aus seinem Mund, seine Stimme war durchdringend, schrill, immer kurz davor, sich zu überschlagen.
Er hatte kastanienbraunes, leicht gewelltes Haar. Zu offizielleren Anlässen trug er eine Perücke oder puderte sein eigenes Haar. Seine Haut war blaß und pockennarbig, da er als Kind die Blattern gehabt hatte. Seine Augen waren groß, quollen leicht hervor, und er schielte.
»Sind Sie das, Delamare?«
Paul warf einen Blick auf den Sekretär – einen großen, jungen Mann mit Backenbart, der heftig schwitzte, und das nicht nur wegen des warmen Wetters. Mit einem schwachen Lächeln sagte er: »Sie lassen Hebert zu hart arbeiten. Er sieht aus, als könne er eine Pause brauchen.«
In Wirklichkeit war es Robespierre, der bis zum Zerreißen gespannt wirkte. Mit jedem Mal, das Paul ihn sah, war er mehr und mehr davon überzeugt, daß der Mann ernsthaft krank war, wenn auch nur im Kopf.
Der Instinkt, der ihn zu einem guten Arzt machte, verlieh ihm die Fähigkeit, das Gift zu spüren, das den anderen Mann durchströmte und den einst so brillanten und weitsichtigen Intellekt verzerrte. Es war eine Tragöde, aber es war auch eine Gefahr, die beseitigt werden mußte.

»Setzen Sie sich«, wies ihn Robespierre mit einer Handbewegung an. Er zog ein spitzengesäumtes Taschentuch aus seinem Brokatgehrock und preßte es leicht an die Lippen. Als er es zurückzog, war die Maske der Liebenswürdigkeit wieder an Ort und Stelle.

»Wie lange ist es her, Paul?« fragte er lächelnd. »Zwei Monate ... oder drei, seit ich Sie das letzte Mal gesehen habe? Aber schließlich«, fügte er schelmisch hinzu, »sind Sie ein vielbeschäftigter Mann, wie ich höre.«

Paul zuckte die Schultern. Er streckte seine langen Beine vor sich aus und machte es sich so bequem, wie die steife Stuhllehne es zuließ. »Wir alle haben unsere Pflichten.«

»Oh ja«, stimmte Robespierre zu. »Das ist natürlich richtig. Aber die Ihren haben sich kürzlich vermehrt, nicht wahr?«

Paul unterdrückte ein mißmutiges Stöhnen. Obwohl der Revolutionsführer nicht zu denen gehört hatte, die ihn gebeten hatten, für die leidende Königin zu sorgen, war er mit Sicherheit über den Auftrag unterrichtet worden. Es war sogar sehr wahrscheinlich, daß Robespierre Paul für diese Aufgabe vorgeschlagen hatte.

Wenn das in der Erwartung geschehen war, Paul würde sich im Gegenzug als Informationsquelle zur Verfügung stellen, so würde er ihn enttäuschen müssen.

»Gibt es einen besonderen Grund dafür, daß Sie mich sehen wollten?« fragte Paul ruhig. Sein Tonfall zeigte genau das richtige Maß an unterdrückter Ungeduld, das jemandem zukam, dessen Zeit und Aufmerksamkeit von wichtigen Dingen in Anspruch genommen sind – einem Mann, von dem nicht erwartet werden konnte, daß er einen Nachmittag mit freundschaftlicher Plauderei verbrachte, so gerne er das auch tun mochte.

Robespierre runzelte die Stirn. Die Macht hatte ihn eitel werden lassen. Er war Achtung gewöhnt; fand mittlerweile, sie stehe ihm zu. Niemand – nicht einmal seine politischen Gegner

– wagten es, ihn direkt herauszufordern. Alle zahlten ihm den Tribut, ihn zu fürchten.

Mit Ausnahme von Paul. Er war schon immer die Ausnahme gewesen, der Einzige, den Robespierre nicht durch Drohungen oder Unterdrückung zum Gehorsam zwingen konnte. Und somit war er derjenige, nach dessen Respekt der Revolutionär am meisten strebte.

»Holen Sie uns Tee, Hebert«, befahl Robespierre unvermittelt.

Der Sekretär war so überrascht, daß der große Mann sich als gastfreundlich erwies, daß er auf dem Weg zur Tür ins Stolpern geriet. Als sie sich hinter ihm geschlossen hatte, lachte Paul leise.

»Wie ich sehe, führen Sie noch immer ein strenges Regiment.«

Robespierre winkte ab. »Ich bin von Mittelmäßigkeit umgeben – nicht wie in den alten Tagen, als noch alles möglich war.« Er beugte sich vor, seine schmalen Schultern angespannt und straff. »Mehr denn je brauchen wir Männer wie Sie, die sich direkt einbringen. Sie müssen nur einwilligen, und ich kann Ihnen einen Posten in meinem Gefolge anbieten, um den Sie ganz Frankreich beneiden wird.«

Paul zögerte. Er wußte, daß seine Antwort diplomatisch sein mußte: Sie mußte zeigen, daß er das Ausmaß der Ehre, die ihm erwiesen wurde, angemessen zu schätzen wußte, und diese gleichzeitig entschieden zurückweisen.

Es war nicht so, daß er Robespierres Angebot nicht erwartet hatte oder daß er nicht versucht war, es anzunehmen. Von innen heraus könnte er vielleicht mehr Gutes bewirken – eventuell sogar einige der schlimmsten Maßnahmen, die er von den Jakobinern erwartete, durchkreuzen.

Nur war er kein Spion, geschweige denn ein Saboteur. Sein Charakter war so ehrlich, daß er nicht darauf hoffen durfte, er könne eine solche Rolle wirkungsvoll spielen. Für ihn war es

besser, genau das zu tun, was er tat – ruhig und zielstrebig darauf hinzuarbeiten, die Revolution wieder zur Vernunft zu bringen.
Er sah Robespierre direkt an und hielt seinem Blick stand. »Wußten Sie, daß allein in der letzten Woche zweihundertundzwölf Mitglieder der Nationalgarde an der Cholera gestorben sind? Und das betrifft nur die Divisionen im Raum Paris. Für den Rest des Landes habe ich die Zahlen noch nicht bekommen.«
Der ältere Mann zuckte die Schultern. »Krankheit und Tod gibt es zu jeder Zeit. Sie gehören zum Leben dazu.«
»Aber man kann sie besiegen, oder sie zumindest verringern. Es ist nicht zwingend, daß wir so früh Opfer unserer Sterblichkeit sein müssen.«
Robespierre lächelte, ein wenig nachsichtig. »Das ist immer Ihr Credo gewesen, nicht wahr, Paul? Das Leben könnte besser sein. Sie glauben wirklich daran.«
Paul hob die Brauen. »Sie etwa nicht?« Die Frage war alles andere als harmlos. Wenn Robespierre nicht daran glaubte, daß die Lebensumstände der Menschen verbessert werden konnten, dann stand es ihm nicht zu, eine Revolution anzuführen, deren Ziel genau darin bestand.
»Was ich glaube ...«, murmelte Robespierre. Er verstummte, sein Blick kehrte sich plötzlich nach innen, als böten sich ihm verborgene Einblicke, die sich einer genaueren Betrachtung entzogen.
»Was ich glaube«, setzte er wieder an, »ist, daß der Mensch vom Übel unserer Gesellschaft verdorben worden ist. Gier und Aberglaube sind wie ein Krebsgeschwür, das an uns frißt. Bis es nicht herausgeschnitten ist, kann es keine Hoffnung auf Besserung geben.«
Paul hielt seinen Gesichtsausdruck fest unter Kontrolle, aber innerlich hatte ihn Robespierres Ankündigung schockiert und beunruhigt.

So unbekümmert von Herausschneiden zu sprechen ... und was genau meinte er mit Gier und Aberglauben? Für einen kranken Geist könnten schon die normalen Tätigkeiten von Handel und Religion unter diese Kategorie fallen.
Er schüttelte den Kopf, denn er wollte nicht über die Gerüchte nachgrübeln, die in Paris kursierten. Man munkelte, die Nationalversammlung habe, vor allem auf Veranlassung von Robespierre, vor, an den König Forderungen zu stellen, die noch ungeheuerlicher waren als die bisherigen. Die Forderungen konnten nicht erfüllt werden, ohne alles zu zerstören, was die französische Kultur zusammenhielt. Ohne den Rückhalt seiner Geschichte und seines Glaubens, wie sollte das Land da zu überleben hoffen?
Aus einem plötzlichen Stimmungswechsel heraus lächelte Robespierre wieder und setzte sich Paul gegenüber in einen Stuhl. Sein Tonfall wurde einschmeichelnd vertraulich, als er fragte: »Sagen Sie mir, wie geht es denn nur der Bürgerin Capet?«
Er meinte die Königin, die er mit dem Namen bezeichnete, den die Revolutionäre der königlichen Familie zugewiesen hatten, denn sie weigerten sich, ihr irgendeinen anderen Titel oder ein Zugeständnis an ihre vornehme Herkunft zu gewähren. Paul hielt die Überzeugung, man könne Menschen allein dadurch herabsetzen, daß man sie nicht bei ihrem richtigen Namen nannte, insgeheim für ziemlich dumm.
»Die Königin ist krank«, sagte er sachlich, »aber nicht schwerkrank. Sie benötigt jedoch ärztliche Betreuung.«
»Ich verstehe«, murmelte Robespierre, die Augen auf Paul gerichtet. »Und Sie werden für sie sorgen?«
»Ich habe mich dazu bereit erklärt«, bestätigte Paul.
»Tun Sie das ... gerne?«
Paul runzelte die Stirn. Die Frage erschien ihm nicht ganz klar. Er hatte eine Verpflichtung, und er hatte sie übergenommen. Nur das zählte – es sei denn, Robespierre hätte irgendwie

etwas über Dominique herausgefunden. Ihn durchfuhr eine plötzliche Befürchtung, die er jedoch sorgfältig verbarg. Nicht einen Augenblick lang ließ er den anderen die Besorgnis spüren, die er für die junge Hofdame der Königin hegte. Wenn er das täte, dann würde er Dominique in noch größere Gefahr bringen.

»Irgend jemand muß es tun«, sagte er vorsichtig. »Es wäre politisch sicher nicht sinnvoll, die Königin von Frankreich sterben zu lassen, weil sie nicht in angemessener Weise ärztlich behandelt worden ist.«

»Besteht denn diese Gefahr?« fragte Robespierre. »Daß sie sterben könnte?«

Paul zuckte die Schultern. Er wollte diesen Aspekt nicht übertreiben, aber er konnte ihn auch nicht vollkommen ausschließen. »Die Gefahr besteht immer. Wie Sie bereits gesagt haben, Krankheit und Tod sind ständig unter uns.«

»Ja, aber ist ihr Leben unmittelbar bedroht?«

Paul schüttelte den Kopf. Er konnte das, was er über Robespierres Haß auf die königliche Familie wußte, nicht mit seiner offensichtlich aufrichtigen Sorge um Marie Antoinette in Einklang bringen. Er schien den Tod der Königin ganz und gar nicht herbeizuwünschen, sondern fürchtete offenbar wirklich, sie könne ihrer Krankheit erliegen.

»Ihre Konstitution scheint von Natur aus kräftig zu sein«, sagte Paul, »und wenn sie meine Anweisungen befolgt, sollte sie sich recht bald erholen.«

Robespierre lehnte sich mit einem erleichterten Seufzen zurück. »Das hoffe ich wirklich. Die niederträchtige Schlampe wird nicht so leicht davonkommen.«

Paul erstarrte, doch es gelang ihm, seine Abscheu zu verbergen. Robespierre wirkte vollkommen ruhig. Die außerordentliche Boshaftigkeit seiner Worte wurde durch keinerlei Änderung in Tonfall oder Gesichtsausdruck verraten, was sie um so unheilvoller wirken ließ.

»Nun gut«, fuhr er fort, als habe er nichts Besonderes gesagt, »ein Mann muß Geduld haben. Das war schon immer mein Motto, nicht wahr, Paul? Und auch Sie verstehen es ausgezeichnet, den richtigen Zeitpunkt abzuwarten, nicht wahr?« Er lachte leise und stand auf, wobei er ihn mit einer Handbewegung entließ.

»Dann gehen Sie nur. Zurück zu Ihren Soldaten und Ihrer Cholera. Aber vergessen Sie nicht, von Zeit zu Zeit nach Bürgerin Capet zu sehen. Ihre Gesundheit darf nicht vernachlässigt werden.«

Paul hörte Robespierre lachen, als er das Büro verließ und sich erleichtert aus dem Gebäude begab. Seine Gedanken weilten bei den Tuilerien und den beiden Frauen darin, denen seine besondere Sorge galt, jeder auf ihre Weise.

Den kleinen Mann mit dem dunklen Gesicht, der ihm in angemessener Entfernung folgte, bemerkte er nicht.

Kapitel 4

Dominique verzog das Gesicht, als sie in den Spiegel blickte. Das rosafarbene Kleid sah abgetragener aus als je zuvor. Den Kragen würde sie wieder einmal wenden müssen.

Noch dringender war es, ein neues Kleid für Nicole zu besorgen. Sie wuchs so rasch, daß ihr nichts, was sie hatte, richtig paßte. Dann war da noch David. Seine Hosen platzten beinahe aus den Nähten. Auch um ihn würde sie sich kümmern müssen.

Automatisch fügte sie diese Aufgaben zu der bereits langen Liste hinzu, die sie in Gedanken gemacht hatte. Ihre Majestät brauchte neue Bücher zum Lesen, der Dauphin hatte um ein neues Kartenspiel gebeten, Seiner Majestät war die Tinte zur Neige gegangen.

So vieles war zu tun, und immer fiel es ihr zu, weil sie sich einfach am geschicktesten erwiesen hatte, wenn es darum ging, den Machthabern diese kleinen Zugeständnisse abzuringen, die das Leben erträglicher gestalteten.

Ihr war es recht; sie hatte lieber viel Arbeit, als zuviel Zeit mit ihren Gedanken zuzubringen.

Sie zerrte ein letztes Mal an ihrem Kleid und eilte hinaus. In der vergangenen Woche war das Wetter glücklicherweise kühler geworden. In den königlichen Gemächern war es sogar recht angenehm, obwohl das wahrscheinlich nicht lange währen würde.

Die Erfahrung hatte gezeigt, daß es bald wieder brütend heiß sein würde, aber zumindest im Augenblick war sie weder be-

nommen vor Hitze, noch zitterte sie vor Kälte, und dafür war Dominique dankbar.
Außerdem schien die Sonne. Draußen, in den Gärten, die den Palast umgaben, sangen die Vögel. Die Kieswege waren frisch geharkt, und die Hyazinthen blühten, und wenn sie sich auf ihre Aufgaben konzentrierte, würde sie vielleicht genug Zeit für einen Spaziergang finden, bevor der Tag vorüber war.
In dem Moment, in dem sie das Wohnzimmer der Königin betrat, verschwand Dominiques Optimismus. Marie Antoinette war nicht allein. Der König war bei ihr, und sie blickten beide außerordentlich düster drein.
Louis sah auf, als Dominique hereinkam, und ihm gelang ein mattes Lächeln. Er war ein kleiner, etwas gedrungener Mann mit rundem Gesicht und gütiger Miene. Allgemein galt er als dumm, aber Dominique wußte mit Sicherheit, daß das nicht der Wahrheit entsprach. Louis hatte einen wachen, methodischen Verstand.
»Guten Morgen, meine Liebe«, sagte er ruhig. »Du siehst sehr gut aus.«
Seine Bemerkung zeigte, daß Seine Hoheit in Gedanken ganz woanders war. Normalerweise schenkte er seinen Mitmenschen viel mehr Aufmerksamkeit.
Dominique warf der Königin einen kurzen, besorgten Blick zu. Nach einer Woche Behandlung durch Paul ging es Antoinette schon besser.
Ihre Lungen waren nicht mehr blockiert, und sie hatte wieder mehr Energie als zuvor. Man konnte sagen, daß sie wiederhergestellt war, nur war sie genauso geistesabwesend und sorgenvoll wie der König.
Dominiques Hände verkrampften sich in ihren Rockfalten. Vorsichtig fragte sie: »Ist etwas geschehen?«
Das königliche Paar zögerte. Schließlich sagte die Königin: »Die Nationalversammlung hat Seiner Majestät einen Erlaß vorgelegt, den er nicht unterzeichnen wird.«

»Gut«, sagte Dominique unmißverständlich. »Es ist an der Zeit, daß dieser Haufen in seine Grenzen gewiesen wird.«
Die Königin lächelte sanft. »Manchmal vergesse ich, wie jung du noch bist. Als ich in deinem Alter war, neigte ich auch dazu, alles idealistisch zu sehen.«
»Ideale haben damit nichts zu tun«, beharrte Dominique. »Ich bin nur der Ansicht, daß die Dinge zu weit gegangen sind.« Rasch ergänzte sie: »Ich möchte keine Kritik üben, aber es gibt doch sicher einen Punkt, an dem Geduld und Toleranz nicht mehr angebracht sind?«
»Und du glaubst«, fragte der König ruhig, »daß wir an diesem Punkt angekommen sind?«
»Zweifellos. Es ist an der Zeit, den Radikalen entgegenzutreten und darauf zu bestehen, daß ein gewisser, grundlegender Anstand bewahrt wird.«
Louis seufzte. Er lehnte sich in seinem Stuhl zurück und starrte aus dem Fenster in den Garten. Einige Momente verstrichen. Sanft, als könne er noch immer nicht richtig glauben, was vor sich ging, sagte er: »Sie wollen die Pfarrer deportieren.«
Dominique öffnete stumm den Mund. Sie starrte ihn an. »Ich verstehe nicht ...«
»Nicht genug, daß Hunderte von ihnen eingesperrt worden sind«, fuhr Louis fort, »der Untreue beschuldigt, nur weil sie nicht anerkennen wollen, daß die neue Regierung höher steht als Gott. Jetzt wollen die Radikalen, daß ich einwillige, sie in irgendeine gottverlassene Gegend zu schicken, in der sie höchstwahrscheinlich alle an Lepra und Malaria sterben werden. Ich kann das einfach nicht tun.«
Dominique hörte ihn wie aus weiter Ferne. Ihr war, als hätte man sie geschlagen und sie taumele nach dem Hieb. So etwas Schreckliches hatte sie nicht erwartet.
Es waren natürlich Gerüchte kursiert, aber daraus war nicht genau hervorgegangen, wie boshaft und unverfroren die Revolutionäre sein würden.

Sie hatten den König in eine absolut ausweglose Lage gebracht. Wenn er ihren Forderungen nachgäbe, wäre sein Schicksal besiegelt, nicht nur in dieser Welt, sondern auch in der folgenden. Es gab für ihn keine andere Möglichkeit, als sich zu weigern.

Was bedeutete, das sie ihn genau da hatten, wo sie ihn haben wollten – er verstieß gegen die neue, sogenannte konstutionelle Regierung, deren Unterstützung Louis geschworen hatte.

»Was werden die tun?« fragte sie schwach. Sofort wurde ihr klar, daß sie die Antwort nicht hören wollte. Fast ebenso rasch begriff sie, daß sich das nicht vermeiden ließ.

Doch noch bevor Louis antworten konnte, wurden sie durch ein dumpfes, schnüffelndes Geräusch unterbrochen, wie von einem großen Tier, das umherstreift. Es war so laut, daß es die dicken Steinmauern durchdrang. Es kam direkt hinter den Toren zum Palast hervor.

Zuerst hatte Dominique keine Ahnung, was das sein könnte. Einige Augenblicke verstrichen, bevor ihr klar wurde, daß sie das Geräusch des Mobs hörte – nicht die übliche Ansammlung von Gefolgsleuten vor dem Palast, sondern Hunderte, vielleicht Tausende aufgebrachter Menschen.

Marie Antoinette hörte es auch. Sie erhob sich, die Hände an ihre Brust gepreßt, das Gesicht weiß. »Oh, mein Gott ...«

Louis hielt sie rasch fest. »Du mußt dich verstecken«, sagte er, »und die Kinder auch. Der Mob darf dich nicht finden.«

»Sie werden nicht hereinkommen«, protestierte Marie Antoinette.

»Wer sollte sie aufhalten – die Bürgerarmee? Auf deren Gnade möchte ich mich lieber nicht verlassen. Sie ...«

Er mußte nicht weitersprechen. Beide Frauen wußten, was er meinte. Sie lebten bereits so lange auf der Schwelle zur Katastrophe, daß sie sich jetzt vollständig darüber im Klaren waren. Es war bekannt, daß der Mob in seinem Zorn Men-

schen zerrissen hatte. Niemand konnte dafür garantieren, daß sie diesem Schicksal entgehen würden.
»Nein«, rief Marie Antoinette aus. »Ich werde dich nicht verlassen. Dominique, such die Kinder, bitte die Wache um Hilfe. Es ist noch genug Zeit...«
Doch bevor sie aussprechen konnte, wurde die Tür zum Vorzimmer aufgestoßen, und ein Mann marschierte in den Raum.
»Kommt«, sagte Paul barsch. »Hier könnt Ihr nicht bleiben.«
»Was haben Sie...?« setzte der König an. Paul war ihm als neuer königlicher Arzt vorgestellt worden, und er kannte ihn noch aus der lange zurückliegenden Zeit in Versailles. Aber er hatte nicht erwartet, daß er so plötzlich erscheinen würde, und er war einen Augenblick lang verwirrt.
»Das da draußen ist nicht die übliche Menge«, unterbrach ihn Paul. »Es sind mehr als tausend, und sie schreien nach Blut.«
»Die Nationalgardi sie aufhalten«, beharrte Marie Antoinette. Das hatten sie bereits in der Vergangenheit getan, als wütende Massen gedroht hatten, die Tuilerien zu stürmen. Es gab keinen Grund zu der Annahme, daß sie sich jetzt anders verhalten würden.
Sofort machte Paul diese Hoffnung zunichte. Seine türkisfarbenen Augen funkelten zornig, als er sagte: »Sie greifen nicht ein. Ich vermute, daß ihnen direkt der Befehl dazu erteilt wurde. Robespierre und die anderen haben offenbar die Absicht, den Dingen freien Lauf zu lassen.«
Louis hatte genug gehört. Für gewöhnlich war er seiner Frau gegenüber so sanft, wie ein Mann nur sein kann, doch jetzt schob er sie ohne weitere Umstände beiseite. »Geh«, ordnete er scharf an. »Such die Kinder und versteckt euch.«
Er wandte sich an Paul und streckte die Hände aus. »Monsieur le Docteur, ich bitte Sie inständig, ihnen zu helfen. Sie sind unschuldig und schutzlos.«

In der dunklen Wölbung von Pauls Kiefer pulsierte eine Ader. Sein Blick war unergründlich, während er den König anstarrte, dessen Sturz er so entschlossen befürwortet hatte, der im Augenblick jedoch wie der Inbegriff von Ehre und Anstand wirkte.
»Was ist mit Ihnen, Sire?«
Dominique fuhr überrascht auf. Sie fragte sich, ob Paul sich überhaupt bewußt war, welche Anredeform er gewählt hatte. Weder er noch Louis schienen darauf zu achten.
»Ich werde hierbleiben«, sagte der König ruhig. »Vielleicht ist es doch noch möglich, die Menge zu beruhigen und Blutvergießen zu vermeiden.«
Marie Antoinette hatte angefangen zu weinen. Ihre schmale Gestalt wurde von der Macht ihres Schluchzens geschüttelt. Dominique legte ihr einen Arm um die Schultern und drückte die Königin an sich. Während sie ihr sanfte Worte zumurmelte, führte sie sie aus dem Zimmer.
Paul folgte ihnen rasch. Der Korridor war leer, aber ganz in der Nähe konnten sie die Schreie des Mobs hören. Paul rief über diesen markerschütternden Lärm hinweg: »Wo sind die Kinder?«
»Oben«, sagte Dominique zu ihm, während sie betete, sie möge Recht haben. Er nickte und bückte sich, um die Königin auf seine Arme zu heben. »Geh weiter«, sagte er.
Gehorsam stürmte Dominique voran. Sie konnte hören, daß Paul ihr folgte und ihre Dienstherrin leise stöhnte, doch ihre Gedanken waren bei den Kindern. Zu dieser Tageszeit sollten sie sich eigentlich ihrem Unterricht widmen. Aber es bestand die Möglichkeit, daß sie sich nach draußen gewagt hatten.
Ein leiser Laut der Erleichterung entfuhr ihr, als sie sah, daß dem nicht so war. Alle vier – Louis, Maria Theresa, Nicole und David – waren im Salon. Sie hatten ihren Unterricht aufgegeben, doch nur, um aus dem Fenster auf den versammelten Mob hinabzustarren.

»Maman«, rief der Dauphin aus, als er die Königin in Pauls Armen sah. »Was ist geschehen? Bist du verletzt?«
Die Kinder scharten sich rasch um sie, aufgeregt und besorgt, ohne jedoch die harte, brutale Wahrheit der Gefahr zu spüren, in der sie schwebten. Nur Maria Theresa war mit ihren vierzehn Jahren alt genug, um zu begreifen, wovor die anderen glücklicherweise noch bewahrt waren.
»Man wird sie nicht aufhalten, nicht wahr?« fragte sie, während sie sich noch an einen schwachen Hoffnungsschimmer klammerte.
Paul machte ihn mit einem einzigen Kopfschütteln zunichte. »Leider nicht. Kommt, wir müssen fort.«
»Wohin?« wollte der Dauphin wissen. Er hatte sich aufgerichtet und sah Paul direkt an. Dominique konnte plötzlich den Mann – und Herrscher – erkennen, der er eines Tages werden könnte, wenn das Schicksal so gütig war, ihn am Leben zu lassen.
»In den Versammlungssaal«, sagte Paul rasch. Von seinen früheren Besuchen im Palast her kannte er den Grundriß gut genug, um zu wissen, wo der beste Schutz zu erhoffen war.
Der Versammlungssaal lag an der Rückseite des Gebäudes, am weitesten entfernt vom tobenden Mob. Seine Fenster konnten mit Läden verriegelt werden, und er hatte kräftige Doppeltüren, welche die Angreifer zumindest eine Weile aufhalten würden.
Für die Gruppe, die sich darin zusammenkauerte, war das ein schwacher Trost, insbesondere, als ihr klar wurde, daß Paul nicht bleiben würde.
»Gehen Sie nicht«, flehte die Königin. Sie hatte ihre Fassung soweit wiedergewonnen, daß sie ihre Kinder trösten konnte, aber dennoch wurde sie offensichtlich von Angst verzehrt.
»Es ist alles in Ordnung«, sagte Paul beruhigend. »Ich werde Sie hier drinnen verbarrikadieren, und direkt vor der

Tür werden sich Mitglieder der königlichen Wache postieren. Sie werden in Sicherheit sein, solange Sie nicht versuchen, den Raum zu verlassen, was immer Sie auch sehen oder hören mögen.«
Über den Kopf der Königin hinweg traf sein Blick den Dominiques. Sie schluckte heftig und nickte, um ihm zu zeigen, daß sie verstand, was er sagte. Sie würde dafür sorgen, daß die Königin und die Königskinder im Versammlungssaal blieben, bis die Gefahr vorüber war, koste es, was es wolle.
Das laute Zuschlagen der Türen war das Zeichen für sein Gehen und ihre Isolierung. Danach hörten sie einige Minuten lang das Geräusch von Möbeln, die zurechtgeschoben wurden, um eine primitive Barrikade zu errichten. Dann waren nur noch die bedrohlichen Schreie des Mobs zu hören, die immer näher kamen.
»Sie sind drinnen«, sagte Maria Theresa leise. Sie stand in der Mitte des Zimmers, ihre Arme hingen schlaff herab, ihr Gesicht war weiß und angespannt.
Dominique ging zu ihr. Sanft führte sie die junge Prinzessin hinüber zu einem Stuhl und setzte sie hin. »Wir müssen auf Monsieur Delamare hören«, sagte sie. »Es wird alles gut werden.«
Maria Theresa glaubte ihr ganz eindeutig nicht, Nicole dagegen schon. »Ich bin mir sicher, daß Monsieur Delamare recht hat«, verkündete sie, während ihre Augen bewundernd glänzten. »Er ist so viel netter, als ich zuerst angenommen hatte, und sehr tapfer, findest du nicht, Dominique?«
Ihre ältere Schwester brachte ein leises Lächeln zustande. »Aber sicher, Nicole. David, bleib von den Fenstern weg! Und Sie auch, Hoheit, wenn ich bitten darf.«
Die Jungen gehorchten widerwillig und kamen hinüber zu den Frauen. Die kleine Gruppe verstummte. Von draußen konnten sie die Rufe und Schreie von Menschen hören, das Poltern von rennenden Füßen und gelegentlich ein metalli-

sches Geräusch, das sie im ersten Moment nicht deuten konnten.
»Spieße«, murmelte Dominique leise. »Sie sind mit Spießen bewaffnet, mit denen sie sich ihren Weg bahnen.«
Instinktiv blickten sie alle auf die dicken Doppeltüren. Wie lange würden sie standhalten, wenn die Barrikaden einmal beiseite geschoben waren und die Spieße zum Einsatz kamen?
Sie hatten reichlich Zeit, diese Möglichkeit zu erörtern. Die Minuten zogen sich dahin. Nach einer halben Stunde, als ihnen klar wurde, daß ihre Notlage kein rasches Ende nehmen würde, legte sich eine seltsame, bleierne Erschöpfung über sie.
Dominique erkannte, was es war – die Müdigkeit von Geist und Körper, die unmittelbar auf Panik folgt. Eine solche fieberhafte Angst konnte einfach nicht andauern. Letztendlich mußte sie abklingen und ihr Opfer wie den Überlebenden eines Schiffbruchs zurücklassen, überwältigt und verwirrt.
Sie gab ihr Bestes, um die Müdigkeit zu bekämpfen, doch ohne viel Erfolg. Teilnahmslos sah sie zu, wie sich die Zeiger der verzierten, goldenen Uhr auf dem Kaminsims bewegten. Sie warteten schon eine gute Stunde, als sie erneut Rufe aus dem Hof hörten.
Dominique sprang auf. Sie eilte zur Tür, preßte ein Ohr dagegen und lauschte angestrengt. Diese Stimmen waren anders – nicht wie die wütenden Schreie des Mobs, sondern sie klangen beherrschter, offizieller, aber auch ein wenig unsicher, als wüßten die Männer, daß sie nur eine Aufgabe auszuführen hatten.
Das spielte jedoch keine Rolle. Innerhalb kürzester Zeit gaben die königlichen Wachen, die tapfer ihre Stellung auf der anderen Seite der Tür gehalten hatten, Entwarnung. Rasch räumten sie die Barrikade beiseite.
Kaum war die Tür geöffnet, rief Marie Antoinette ängstlich: »Ist Seine Majestät in Sicherheit? Ist der Pöbel verschwunden?«

»Beide Fragen kann ich bejahen, Madame«, sagte Paul sanft. Er sah müde, doch erleichtert aus. Die tiefen Furchen um seinen Mund und die Schatten in seinen kristallklaren Augen sagten mehr als Worte. Als sein Blick Dominiques kreuzte, durchfuhr sie eine Welle der Besorgnis.
»Ist das wahr?« flüsterte sie, nachdem die Königin und die Kinder vorausgegangen waren. »Sie sind friedlich wieder abgezogen?«
Paul nickte kurz. »Nachdem dieser Idiot von Bürgermeister endlich aufgetaucht ist. Petion ist für die Sicherheit der Tuilerien zuständig. Er hätte sofort eingreifen müssen, aber er hatte Angst, den Mob zu provozieren. Vielleicht hat er aber auch gefürchtet, Robespierres Mißfallen zu erregen.«
»Aber dann ist er doch gekommen?«
»Oh ja, und endlich ließ auch er sich davon überzeugen, daß Louis den Erlaß nicht unterzeichnen wird. Zum Schluß haben sie den armen Mann alle in Ruhe gelassen.«
Dominique hob ihre Röcke, als sie nach oben eilten. Leise murmelte sie: »Ich bin überrascht, daß Sie soviel Mitgefühl zeigen, Monsieur Delamare. Man könnte beinahe den Eindruck gewinnen, daß sich Ihre Gesinnung gewandelt hat.«
»Tu das lieber nicht«, wies er sie barsch an. »Meine Einstellung ist unverändert. Frankreich muß eine Republik werden. Aber das schließt nicht aus, daß ich einen Mann bewundern kann, der seinen Feinden so mutig gegenübertritt.«
Doch zu einem hohen Preis. Louis saß zusammengesunken in einem Sessel, sein rundes Gesicht war weiß und schweißüberströmt. Dennoch gelang ihm ein schwaches Lächeln, als seine Frau, die vor Freude schluchzte, auf ihn zugestürzt kam.
»Schon gut, meine Liebe«, sagte er und tätschelte sanft ihre Schulter. »Es ist alles in Ordnung. Ein wenig Geduld war alles, was nötig war.«
»Sie hätten dich töten können«, rief sie aus. »Wirklich, es ist ein Wunder, daß sie es nicht getan haben.«

Im Stillen stimmte Dominique ihr zu. Ihrer Meinung nach war der König dem Abgrund so nahe gekommen, wie es nur möglich war, ohne hinunterzustürzen.
Wieder kreuzte ihr Blick sich mit Pauls. Sie verständigten sich stumm. In der Gewißheit, daß die Familie zu abgelenkt sein würde, um ihre Abwesenheit zu bemerken, glitt sie zur Tür hinaus.
Paul traf sie ihm Korridor. Mitglieder der Wache eilten umher und beäugten jeden, der vorbeikam, mißtrauisch.
»Komm mit«, sagte Paul. Mit festem Griff, der keinen Widerstand duldete, zog er sie in einen kleinen Raum am entlegenen Ende des Korridors. Nachdem er die Tür hinter ihnen geschlossen hatte, wandte er sich, die Hände auf die Hüften gestützt, um und starrte sie an.
»Ist dir klar, was heute beinahe geschehen wäre?« fragte er kalt.
»Natürlich. Wir standen kurz vor einer Katastrophe.« Sie glaubte, er verlange Dankbarkeit, und fuhr fort: »Selbstverständlich sind wir Ihnen alle sehr verbunden. Wenn Sie nicht gekommen wären und so entschlossen gehandelt hätten ...«
»Das ist gleichgültig«, unterbrach sie Paul. »Worauf ich hinauswill, ist, daß ihr alle auf Messers Schneide sitzt. Eine falsche Bewegung, und ihr werden hinabstürzen.«
»Das weiß ich, aber ...«
»Tatsächlich?« Wütend durchschritt er den Raum und packte sie an den Schultern. Seine Finger gruben sich in ihr weiches Fleisch, als er fragte: »Wenn du dir der Gefahr so gut bewußt bist, dann sag mir, süße Dominique, wieso bist du so dumm, dich Leuten wie den Renaults anzuvertrauen?

Kapitel 5

Dominique starrte verblüfft zu ihm auf. Sie konnte nicht glauben, daß sie richtig gehört hatte. Wie war es möglich, daß er von Renault wußte?

Ihr Gesichtsausdruck spiegelte ihre Überraschung wider. Paul sagte kalt: »Hast du wirklich gedacht, daß ich nicht mit so etwas rechnen würde? Ich kenne dich zu gut, Dominique. Du warst schon immer impulsiv und hast gehandelt, ohne zu überlegen.«

Dominique zuckte zusammen. Die Worte, die so barsch ausgesprochen wurden, waren zutreffend – wie sie beide nur zu gut wußten. Ihr Blick wurde von Schmerz überschattet, sie versuchte, sich abzuwenden, aber Paul ließ es nicht zu. Sein Gesichtsausdruck wurde sanfter, als ihm im nachhinein klar wurde, was sie denken mußte.

»So habe ich das nicht gemeint«, sagte er leise. Er verzog den Mund zu einem Lächeln, das tröstlich wirken sollte. »Obwohl es kein schlechtes Beispiel ist.«

»Bitte ...« murmelte Dominique kaum hörbar. Sie wußte, daß sie sich dumm verhielt, aber der Vorfall, auf den er sich bezog, den er offenbar amüsant fand, war für sie alles andere.

Sie konnte sich noch zu gut daran erinnern, wie sie in den Tagen nach der Geburt in der Bauernhütte beständig an Paul denken mußte. Während sie die hektischen Augenblicke erneut durchlebte, wurde er in ihrer Phantasie zu einem heroischen Wesen, das weit über die Grenzen eines gewöhnlichen Menschen hinauswuchs.

Sie war zwölf Jahre alt, auf der Schwelle dazu, eine Frau zu

werden. Die Gefühle, die er in aller Unschuld geweckt hatte, waren für sie fremd und beunruhigend, und dennoch waren sie gleichzeitig unwiderstehlich.
»Dominique«, sagte er leise und rief sie in die Gegenwart zurück, »es gibt nichts, wofür du dich schämen müßtest. Wenn jemand von uns sich Vorwürfe machen müßte, dann ich.«
Das war nicht nur freundlich gemeint. Erinnerungen, gegen die er jahrelang angekämpft hatte, kehrten mit aller Macht zurück. Viel zu deutlich erinnerte er sich an jenen Spätsommertag in den Hügeln hinter dem Haus ihres Vaters, als sie auf ihn gestoßen war, während er sich nach seinen ärztlichen Rundgängen einige Stunden wohlverdiente Ruhe gönnte. Wäre sie einige Minuten früher gekommen, hätte sie ihn splitternackt vorgefunden, denn er hatte in dem Fluß gebadet, der an ihre beiden Grundstücke grenzte. Glücklicherweise hatte er die Geistesgegenwart besessen, seine Hosen überzuziehen, obgleich seine Brust nackt war und noch immer Wasser aus seinem goldenen Haar tropfte.
Unsicher wie ein Rehkitz stand sie da und starrte ihn an. Er verspürte eine plötzliche Leidenschaft, sein Bedürfnis nach Einsamkeit war auf einmal vergessen. Er rief einen Gruß, und sie kam näher, hielt den Blick jedoch gesenkt.
Die kleine Dominique. Er kannte sie schon ihr ganzes Leben. Mit seinen großartigen dreiundzwanzig Jahren, und noch dazu als Arzt, war sie für ihn nichts weiter als ein Kind – ein seltsam liebenswertes und nettes Kind, aber dennoch nur ein Kind.
Irgendwo tief in seinem Inneren hegte er den Gedanken, sie könne kein sehr leichtes Leben haben, denn ihre häufig abwesenden Eltern vertrauten sie dem Dienstpersonal an, welches offenbar dazu neigte, sie sich selbst zu überlassen. Er wollte freundlich zu ihr sein, wenn auch nur aus dem Grund, daß sie ihm so tapfer geholfen hatte.
Sie schien sich nach Zuwendung zu sehnen. Ihr Gesicht hellte

sich auf, als er einen kleinen Scherz machte. Eine gute Stunde verstrich, während sie gemütlich den Fluß betrachteten. Auf ihr Drängen hin berichtete er von Paris und seiner ärztlichen Ausbildung. Er bemerkte, daß er ihr über Dinge erzählte, von denen er noch nie zuvor gesprochen hatte – über den Zorn, den er auf diejenigen verspürte, die entschlossen zu sein schienen, ihre Armut als Ausrede dafür zu benutzen, so tief zu sinken, wie es nur möglich war, und über seine Scham darüber, daß er nicht gütiger und versöhnlicher war.

Bis auf ein gelegentliches überraschtes oder empörtes Murmeln hörte sie stumm zu. Ihre smaragdfarbenen Augen waren unbeirrbar auf ihn gerichtet. Allmählich wußte er nichts mehr zu sagen, so als wäre ein lange unterdrücktes Gift ausgelaufen. Er bemerkte, wie er in diese Augen starrte und fand, sie wirkten viel älter als ihre zarten Jahre – als hätten sie schon viel gesehen und verstanden.

Selbst Jahre später war er sich nicht sicher, wer die erste Bewegung gemacht hatte. Er wollte glauben, daß sie nicht von ihm ausgegangen war, aber er hatte keine Gewißheit darüber. Der Strahl goldenen Sonnenscheins, der sie trennte, wurde beinahe unmerklich immer schmaler. Die unterdrückten Geräusche aus dem Wald verstummten. Selbst die Zeit schien stillzustehen.

Der Kuß konnte nur wenige Sekunden gedauert haben, aber das war lange genug, um jede Einzelheit in ihrer beider Gedächtnis einzugraben. Er erinnerte sich an Lippen, die warm und unendlich weich waren, an den verlockenden Duft von Lavendel, der sich mit Sommererde mischte, und an das überwältigende Gefühl, warm und süß willkommen geheißen zu werden, das alles andere übertraf, was er je gespürt hatte.

Sie dachte zurück an einen Mund, der zugleich fest und zärtlich war, an das gemeinsame Klopfen ihrer Herzen, den Duft reiner, ungezähmter Männlichkeit und das angsteinflößende,

doch frohlockende Empfinden, kopfüber mitten ins Leben zu stürzen.
Dann war es vorüber. Paul wich zurück und sprang auf die Füße. Er sah mitgenommen und plötzlich finster aus.
»Steh auf«, sagte er. Es kam ihr nicht einmal in den Sinn, ihm nicht zu gehorchen. Auf die erste freudige Entdeckung ihrer Fähigkeit zur Leidenschaft folgte unmittelbar ein Schamgefühl, das heftiger war, als sie es je zuvor empfunden hatte. Ohne ein Wort wandte sie sich von ihm ab und lief davon.

Doch diesmal würde es kein Entkommen geben. Bemüht, ruhig zu bleiben, sagte sie: »Sie haben mir noch immer nicht gesagt, wie Sie es herausgefunden haben.«
»Ich hatte den Verdacht, du könntest so etwas versuchen«, sagte Paul geradeheraus. Der Themawechsel kam ihm genauso entgegen wie ihr. Dieser Sommertag rief noch immer Gefühle in ihm hervor, mit denen er nur schlecht zurechtkam. Er zog es vor, sich mit dem zu beschäftigen, was unmittelbar bevorstand und greifbar war.
»Ich habe gewissen Nachforschungen angestellt«, fuhr er fort. »Zu deiner Information, Renault und Sohn sind zusammengefallen wie faulige Melonen. Beim ersten Zeichen von Schwierigkeiten waren sie nur zu gerne bereit, alles auszuspucken.«
Dominique wurde blaß. Sie begriff nur zu gut, was Paul da sagte. Wenn die Regierungsleute die Renaults verhört hätten, wären sie und die gesamte königliche Familie jetzt in viel schlimmerer Notlage.
Dennoch gab sie nur widerwillig zu, daß Paul mit dem, was er getan hatte, richtig gehandelt hatte – wo sie doch so große Hoffnungen gehegt hatte.
»Es hätte trotzdem klappen können«, wandte sie störrisch ein. »Und es war die beste Möglichkeit – unauffällig, ohne viel Aufhebens.« Sie verstummte, ein plötzlicher Verdacht stieg in ihr auf. »Wem haben Sie noch davon berichtet?«

Sofort bereute sie ihre Worte. Paul hatte sowieso schon aufgebracht gewesen. Jetzt sah er wirklich erbost aus.
Er holte lang und zitternd Luft, bemüht, sich unter Kontrolle zu halten. Mit eiserner Stimme sagte er: »Es gibt Momente, in denen ich glaube, ich hätte weniger nachsichtig mit dir sein sollen. Als Kind hätten dir ein paar ordentliche Hiebe auf die geeignete Stelle wahrscheinlich gut getan.«
Dominique wurde dunkelrot. Sie spürte deutlich, wie ihre Haut erglühte. Wie konnte er es auch nur wagen, so etwas zu denken? Sie war jetzt eine Frau, erwachsen, und was immer er auch dachte, ihr stand die Achtung zu, die ihrem Geschlecht gebührte. Es konnte einfach nicht geduldet werden, daß er, wenn auch indirekt, auf einen solch intimen Teil ihrer Anatomie verwies und noch dazu anregte, er hätte diesen berühren sollen.
»Sie sind unausstehlich«, zischte sie zwischen den Zähnen hervor. »Ich habe noch nie einen anmaßenderen, arroganteren, bornierteren ...«
»Das reicht.«
»Nein, das glaube ich nicht.« Sie richtete sich zu voller Größe auf, wobei sie die Tatsache ignorierte, daß sie ihm dennoch nur bis ans Kinn reichte.
Ihr eigenes war kampflustig emporgereckt, als sie sagte: »Ich kann Sie nicht leiden, Paul Delamare – kein bißchen. Sie sind ...« Sie verstummte und suchte nach den richtigen Worten, und schließlich entschied sie sich für eine Wendung, die ihre Gefühle nur schwach wiedergab. »Sie sind ein schlechter Einfluß.«
Paul starrte sie einen Augenblick lang ausdruckslos an. Er hatte sich innerlich auf etwas viel Schlimmeres vorbereitet und war ein wenig enttäuscht. Belustigt fragte er: »Ist das das Schlimmste, was dir einfällt?«
»Das ist schlimm genug«, versicherte Dominique. Weil sie merkte, daß er sie noch immer nicht ernst nahm, ergänzte sie:

»Da gibt es nichts zu lachen. Als Kind habe ich geglaubt, die Erde würde sich um Sie drehen. Aber Sie haben alles zerstört, die ganze Welt auf den Kopf gestellt, nur weil ...«
Sie hielt unvermittelt inne, denn sie bemerkte erst jetzt, daß sie weinte. Mit einem entsetzten Murmeln versuchte sie, sich abzuwenden.
Paul hätte es beinahe zugelassen. Mitgefühl, Schuld und verschiedene andere Gefühle führten beinahe dazu, daß er ihre Begegnung hier und jetzt beendete. Aber sie hatte bereits zu lange gedauert.
Plötzlich begriff er in aller Deutlichkeit, wieso er sie niemals vergessen hatte – warum er in dem Augenblick herbeigeeilt war, in dem ihm klar geworden war, daß sie in Gefahr schwebte.
Liebe. Was für ein unglaublich idiotisches Gefühl, in diesem Moment, in dem er uneingeschränkt im Besitz all seiner Fähigkeiten sein mußte, in dem er sich nicht die kleinste Ablenkung oder Verpflichtung gestatten durfte. Er liebte nicht nur, sondern noch dazu liebte er eine Frau, die ihn als ihren Feind betrachtete. Dennoch war er entschlossen, das zu tun, was er tun wollte – ganz gleich, wohin ihn das führen würde.
»Ein schlechter Einfluß«, murmelte er kaum hörbar. »Warum, Dominique? Weil ich nicht zulasse, daß du dein Leben für eine Sache wegwirfst, die es nicht wert ist? Denn dazu wäre es gekommen, das weißt du selbst. Eine gescheiterte Flucht hätte deinen Tod bedeutet. Aber statt dessen wirst du leben. Du kannst damit ruhig schon jetzt anfangen.«
Mit seinen letzten Worten senkte sich sein Kopf, der im Schatten der Sonne wie der eines Löwen wirkte und schimmerte wie Blattgold. Ihr blieb eine Sekunde, um seine Absicht zu durchschauen, doch keine Zeit, um ihn aufzuhalten, selbst wenn sie das gewollt hätte, was ganz und gar nicht sicher war.
Sein Mund, der den ihren in Besitz nahm, rief ein durchdrin-

gendes, betörendes Entzücken hervor, das sie noch nie verspürt hatte. Er schmeckte nach Weinbrand und Tabak – alles andere als eine unangenehme Kombination, vielmehr eine überwältigend männliche.
Seine Berührung dagegen war weitaus sanfter, als sie erwartet hatte. Er verlangte nicht, er schmeichelte, zog sie mit auf Wege, die ihr neu, jedoch instinktiv vertraut waren.
Ein leises Stöhnen entfuhr ihr. Sie preßte sich näher an ihn, ihre Brüste wurden gegen seine starke Brust gedrückt, und ihre Hände durchwühlten sein dichtes, goldenes Haar. Wäre er jemand anderes gewesen als der geliebte Freund und Vertraute ihrer Kindheit, hätte sie sich niemals in dieser Form gehen lassen.
Instinktiv war ihr das klar. Aber das hier war Paul, und wenn jetzt auch Unstimmigkeit zwischen ihnen herrschte, so hatte es doch eine Zeit gegeben, in der er ihr mehr bedeutet hatte als jeder andere Mensch. Tief im Inneren war das vielleicht noch immer so.
Das war ein beängstigender Gedanke – sie vermochte nicht, ihn auszudenken. Denkvermögen, Vernunft, sogar Verstand entglitten ihr rasch. Sie ließ sie mit Freuden fahren. Für den Augenblick war es genug, nur für das Empfinden zu leben, gefangen in der Entdeckung ihrer eigenen Leidenschaft und in dem Bedürfnis, das sie freisetzte.
Sie fühlte sich gleichzeitig unendlich wagemutig und vollkommen geborgen. Als Pauls Hand – hart und schwielig, doch so sanft – auf ihre Brust glitt, zitterte sie vor Glück. Ihr Körper blühte unter seiner Berührung auf, erwachte mit einer Wärme, die sie für immer festhalten wollte. So lange schon hatte sie unter der eisigen Kälte von Angst und wachsender Hoffnungslosigkeit gelitten. Es hatte sogar Tage gegeben, an denen sie sich alt gefühlt hatte – absurd für jemanden, der kaum zwei Monate zuvor neunzehn Jahre alt geworden war. Aber vielleicht war das verständlich, denn selbst als ihre Eltern noch

gelebt hatten, hatten sie kaum Interesse an ihr gezeigt. Sie war immer auf sich selbst gestellt gewesen.
Die quälende Isolation des Palastgefängnisses, die wachsende Schärfe der Belagerung und das Bewußtsein, daß sie allein letzten Endes nicht nur für ihr eigenes Leben, sondern auch für David und Nicole verantwortlich war, hatten dazu geführt, daß sie sich in einer Weise belastet fühlte, die ihrem Alter nicht entsprach.
Das änderte sich durch Paul. In diesem ewigen, der Angst und der Trauer abgerungenen Augenblick entdeckte sie wieder, was es bedeutete, jung zu sein. Hoffnung durchströmte sie, berauschender als jeder Wein, und verlockte sie, die letzte Gelegenheit zu ergreifen.
Seinetwegen wollte sie glauben, die Welt sei ein freundlicher Ort, an dem tatsächlich Gutes geschehen konnte. Sie wollte die Maske des praktischen Wesens und der Entschlossenheit, mit der sie sich verkleidet hatte, abwerfen und wieder das verletzliche, unschuldige Mädchen sein, das sie einst gewesen war. Doch niemand – nicht einmal Paul – konnte die Zeit zurückdrehen und das wiederherstellen, was für immer verloren war.
In seinen Armen eingeschlossen, an ihn geklammert, mit einer Leidenschaft, die der seinen entgegenströmte, fiel ihr das wieder ein. Und das brachte sie ungewollt zurück auf den Boden der Tatsachen.
Ihrer Kehle entfuhr ein ärgerlicher Laut der Ablehnung, der Paul sogar durch den Nebel seiner eigenen Erschütterung und Gier erreichte. Er war erschüttert, weil sie so viel sinnlicher war, als er erwartete hatte, und er war gierig, weil er zu keiner anderen Reaktion fähig war, nicht in der Lage, sich zu mäßigen oder zu beherrschen. Es erging ihm wie einem Verhungernden, der sich plötzlich bei einem Bankett wiederfindet.
Aber es wurde ihm entrissen. Natürlich leistete er Widerstand, wollte er sie mit all seiner Kraft festhalten. Doch ihre kleinen

Hände, die plötzlich gegen seine Brust drückten, und die Steifheit ihres Körpers waren so deutlich, daß er sie nicht ignorieren konnte.
Gerade noch hatte er eine leidenschaftliche, willige Frau in den Armen gehalten; im nächsten Augenblick hatte sie sich in eine zornige, fauchende Katze verwandelt. Wenn er es darauf angelegt hätte, hätte sie sich gegen ihn nicht zur Wehr setzen können. Aber dazu wäre er niemals in der Lage. Angeborenes Ehrgefühl und Anständigkeit hinderten ihn daran.
Mit einem wütenden Fluch schob er sie von sich. Dominique stand da, atmete heftig, ihre waldgrünen Augen funkelten.
»Ich habe mich geirrt«, sagte sie mit rauher Stimme. »Rücksichtslos ist noch eine zu milde Beschreibung für Sie. Gibt es denn nichts, vor dem Sie haltmachen?«
»Wenn dem so wäre«, sagte Paul langsam und betont, »würdest du jetzt mit gespreizten Beinen dort auf dem Boden liegen, süße Dominique. Und außerdem würde es dir gut gefallen.«
Er hatte die Genugtuung zu sehen, wie sie bei seiner Roheit aschfahl wurde. Doch das Vergnügen war nur flüchtig und verdrießlich. Sie war ihm entwichen, noch weiter weg, als sie es bei ihrem ersten Treffen vor einigen Wochen gewesen war.
Er wandte sich auf dem Absatz um und ging auf die Tür zu. Ohne sie anzusehen, sagte er: »Du belügst dich selbst, Dominique. Wenn du bereit bist, das zuzugeben, laß es mich wissen.«
Ihr lag eine wütende Entgegnung auf den Lippen, doch sie bekam nicht die Gelegenheit, diese auszusprechen. Paul war fort.
Trinken half nicht. Das stellte Paul einige Stunden später fest, als er an einem Tisch hinten in dem Café saß, das er besuchte, wenn er das Bedürfnis nach etwas anonymer Geselligkeit verspürte.

Es befand sich in der Nähe des Gebäudes, in dem er eine bescheidene Wohnung gemietet hatte – zwei willkürlich eingerichtete Zimmer, die er genommen hatte, weil sie über genug Bücherregale für seine Privatbibliothek verfügten. Der Rest war ihm gleichgültig.

Seine Vermieterin kochte für ihn, wenn er daran dachte, sie darum zu bitten, und ihre runde, fröhliche Tochter hielt die Unterkunft einigermaßen sauber. Wie viele Familien im Paris dieser Zeit waren sie peinlich darauf bedacht, unpolitisch zu sein, was ihm sehr entgegenkam.

Das Café gefiel ihm aus genau dem gleichen Grund. Es wurde hauptsächlich von Arbeitern besucht, die zu müde und zu beschäftigt waren, um sich groß darum zu scheren, was in der Welt draußen vor sich ging. Das Essen war nicht übel, der Wein anständig, und der Besitzer kümmerte sich um seine eigenen Angelegenheiten. Er hatte Paul als ungefährlich eingestuft und es dabei belassen.

Joseph war ein anderer Fall. Kaum war er durch die dunklen, abgeblätterten Türen des Cafés getreten, hoben sich Augenbrauen. Von seinem Platz im Hintergrund aus beobachtete Paul das Geschehen mit einer Mischung aus Ärger und Belustigung.

Sein Freund hatte sich sehr bemüht, seine wahre Identität zu verbergen. Joseph Descampes, Baron de Champion, trug die Tracht eines bretonischen Fischers, oder zumindest eine exzentrische Abart derselben.

Trotz der Hitze hatte er einen schweren Pullover aus rauher, farbloser Wolle und ein Paar blaue Hosen an, die zwei Zentimeter über seinen Knöcheln endeten. Sein dunkles Haar hing ihm wild über den Kragen, und Bartstoppeln bedeckten sein Gesicht.

Als er das Café betrat, blickte er sich mit einstudierter Lässigkeit um und schleppte sich dann hinüber an Pauls Tisch. Er setzte sich schwerfällig und sah seinen Freund an.

»Bist du dir sicher, daß es hier ungefährlich ist?«

»Das war es«, murmelte Paul trocken. »Aber jetzt, da deplazierte bretonische Fischer hierher kommen, wird sich das vielleicht ändern.«

Joseph war so freundlich, ein wenig verunsichert auszusehen. »Ich nehme an, ich habe etwas dick aufgetragen, aber ich hätte hier wohl kaum mit seidenem Gehrock und gepuderter Perükke auftauchen können, oder? Es geht doch schließlich darum, anonym zu bleiben.«

»Nein«, sagte Paul sanft, »es geht darum, keine Aufmerksamkeit zu erregen. Diese guten Leute hier wissen, wer ich bin. Sie werden sich über dich wundern, das ist sicher. Aber sie sind klug genug, keine Fragen zu stellen.«

»Ich hoffe, du hast recht«, murmelte Joseph unsicher. »Wir leben weiß Gott in gefährlichen Zeiten. Es gibt viele, die einem nur zu bereitwillig ein Messer in den Rücken stechen würden.«

Paul unterdrückte ein Seufzen. Er mochte Joseph und hatte Achtung vor der Intelligenz des jungen Mannes. Aber er hielt ihn auch für einen frischgebackenen Zyniker – jemanden, der erst vor kurzer Zeit mit der Schlechtigkeit der Welt konfrontiert worden war und noch immer mit dieser Erkenntnis zu kämpfen hatte.

»Wie geht's deinem Bein?« fragte er leise, während er Claude Zeichen machte, ihnen einen weiteren Krug Wein zu bringen.

»Besser«, sagte Joseph. »Die Übungen, die du mir empfohlen hast, helfen.«

»Denk an die heißen Bäder.« Joseph war bei einer der vielen Schlägereien, die in letzter Zeit in Paris stattfanden, verletzt worden. Er war auf dem Heimweg von der Nationalversammlung gewesen, als eine Gruppe Krawallmacher über ihn herfiel, ihn mitriß und mit einem zweifach gebrochenen Bein zurückließ.

Das war vor sechs Monaten gewesen, und das Bein heilte nur langsam. Paul hatte es gerichtet, den jungen Mann überzeugt, Ruhe zu halten, bis der schlimmste Schaden sich gebessert hatte, und seitdem hatte er ihn mit Ermutigungen und Ratschlägen unterstützt, damit er nicht die Hoffnung verlor, das Bein eines Tages wieder vollständig benutzen zu können. Unterdessen waren sie Freunde geworden – und Verbündete.

»Du bist fleißig gewesen«, sagte Joseph, nachdem er einen langen Schluck Wein genommen hatte. Es war ein neuer Jahrgang, ein wenig schwer, doch angenehm fruchtig, so daß er sich gut trinken ließ.

Paul hob eine Braue. Als er Josephs – angemessen verschlüsselte – Nachricht erhalten hatte, in der er um ein Treffen gebeten hatte, hatte er nicht geahnt, was ihn erwartete. Dennoch beunruhigte es ihn, daß er plötzlich merkte, daß die Unterhaltung sich um seine Person drehen würde.

Mit einem Schulterzucken sagte er: »Das sind die meisten Leute in letzter Zeit.«

»Ja, aber nicht so wie der berühmte Doktor Delamare. Du bist ständig unterwegs zwischen Palast und Hauptquartier des Militärs und Nationalversammlung, sogar im Büro des großen Robespierre persönlich. Und wo immer du hingehst, gibt es Spekulationen, Gerüchte, Andeutungen. Niemand weiß genau, was er von dir halten soll, Paul.«

Der Gegenstand dieser Analyse lächelte schwach. Ohne es zu wissen, beschrieb Joseph Pauls Lebensgeschichte. Niemand hatte je gewußt, was er vom Sohn des Marquis halten sollte, der darauf bestanden hatte, Arzt zu werden, der die Privilegien und die Arroganz, die sein Geburtsrecht waren, verschmähte.

Selbst Joseph mit all seinem fortschrittlichen Denken fühlte noch immer eine Spur von Überlegenheit, die sich nicht auslöschen ließ. Er war ehrlich überzeugt, daß er und seinesgleichen besser waren als die überwältigende Mehrheit der

Menschen – nicht aufgrund irgendwelcher besonderer Fähigkeiten, sondern einfach aufgrund ihrer Geburt.
Paul war anderer Ansicht. Für ihn waren alle Menschen gleichberechtigt, verdiente jeder den gleichen Respekt, den gleichen Schutz und die gleiche Chance wie der andere. Was nicht bedeuten sollte, daß alle gleich waren. Es würde immer einige geben, die intelligenter, stärker oder ehrgeiziger waren als andere.
Der Punkt war, daß diese Unterschiede vor den Augen der Regierung nicht zählen sollten. Alle Menschen – ungeachtet ihrer Herkunft und Fähigkeiten – waren gleichwertige Bürger. Das war es, worum es sich nach Pauls Auffassung bei der Revolution gedreht hatte, bevor die Verrückten sie in einen Kreuzzug zur persönlichen Vergeltung und Selbstverherrlichung verwandelt hatten.
»Ich bin mir nicht ganz sicher, ob ich dich richtig verstehe«, sagte Paul ruhig. »Willst du mir sagen, daß deine Leute mich beobachtet und meine Bewegungen verfolgt haben? Denn wenn es so ist, dann war das eine verdammte Zeitverschwendung.«
Joseph nahm noch einen Schluck Wein und sah ihn unverwandt an. »Das würde ich nicht sagen, mein Freund. Aber es ist interessant, daß du erwähnst, daß dir gefolgt wird. Hast du es gewußt?«
Paul fuhr zusammen. Er starrte den anderen Mann über den Tisch hinweg an. »Von wem?«
»Seine Name ist unwichtig. Was zählt ist, daß er zu Robespierres Schoßhündchen gehört. Oh ja«, fuhr er vor, während Paul die Nachricht verdaute, »der große Mann selbst wollte dich an die Leine nehmen. Was ihm allerdings nicht viel gebracht zu haben scheint.«
»Seit wann?« fragte Paul grimmig. Er schalt sich selbst einen Idioten. Er hätte vorsichtiger sein sollen, aufmerksamer. Doch statt dessen war er so mit seinen eigenen Sorgen beschäftigt gewesen – mit der Cholera, der Revolution, Dominique...

besonders Dominique –, daß er nicht einmal bemerkt hatte, was direkt vor seiner Nase vor sich ging, oder genauer gesagt hinter seinem Rücken.

Aber Joseph, oder jemand, der ihm nahe stand, hatte es bemerkt. Und dafür sollte er dankbar sein.

»Ich will ganz offen zu dir sein«, sagte der junge Mann. »Wir waren etwas neugierig, was dich betrifft. Schließlich hattest du den Ruf eines absolut soliden Revolutionärs, während wir dazu neigten, viel gemäßigter zu sein. Plötzlich schienst du deine frühere Einstellung jedoch zu bedauern und dich gegen diejenigen zu wenden, die so dachten.«

»Es war nicht plötzlich«, protestierte Paul. »Ich wünschte vielmehr, es wäre so gewesen, doch statt dessen habe ich lange gebraucht, um den Fehler, den ich begangen habe, einzusehen.«

»Und zwar welchen?« hakte Joseph nach.

Paul unterdrücke ein Seufzen. Er hatte das alles schon einmal durchdiskutiert – nicht nur mit Joseph, sondern mit anderen Männern, die mit ihm die Girondisten, den gemäßigten Flügel der Revolution, bildeten. Sie waren die Gegner von Robespierre und seinen weitaus fanatischeren Jakobinern. Er hatte verstanden, daß sie ihm nur zögernd vertrauten, aber er fand auch, daß er sich mittlerweile bewährt hatte.

Als er das gesagt hatte, grinste Joseph. »Um ehrlich zu sein, hast du das wirklich. Aber es gab immer noch einige unter uns, die den Eindruck hatten, man müßte ein wenig auf dich achten – genauso, wie du immer auf andere achtest, aber offenbar wenig auf dich selbst.«

Paul sah ihn verblüfft an. Joseph hatte mit der rauhen Herzlichkeit und Aufrichtigkeit eines Mannes gesprochen, der weiß, daß das, was er sagt, die Wahrheit ist. Paul war diese Form der Aufmerksamkeit nicht gewöhnt – zumindest nicht gegenüber seiner Person.

»Also«, sagte er vorsichtig, »habt ihr mich im Auge behalten und herausgefunden, daß Robespierre das Gleiche tat.«

»Genau. Wir haben auch herausgefunden, was sein Schoßhündchen ihm gesagt hat.«

»Und zwar was?«

»Nicht genug. Offenbar ist der große Mann verärgert. Er wollte etwas Handfestes gegen dich – etwas, das deinen Wohnsitz von deiner verschwiegenen Wohnung in die Conciergerie verlegen würde.«

Die Conciergerie war bei weitem nicht das einzige Gefängnis, das es nach dem Abriß der Bastille zu Beginn der Revolution noch in Paris gab, aber es war das berüchtigtste. Seine bloße Erwähnung genügte, um den meisten Menschen Angst einzujagen.

Paul schüttelte das ab. Er wußte ganz genau, was Robespierre tun würde, wenn er jemals herausfand, daß Paul der Gruppe angehörte, die aktiv darauf hin arbeitete, ihn zu stürzen. Er akzeptierte das als notwendiges Risiko seiner Treue zu sich selbst und zu Frankreich. Aber er war in anderer Hinsicht verletzbar, wie er herausfinden sollte.

»Das Schoßhündchen hat seinem Herrchen einen Knochen gebracht«, fuhr Joseph fort. »Irgend etwas über eine gewisse Mademoiselle de Monfort, Hofdame der Königin.« Er lächelte gewinnend. »Offenbar bist du im Verdacht, ein *Tendre* für sie zu haben.«

Pauls Gesicht spannte sich merklich an. Die straffen Linien um seinen Mund wurden noch fester. Seine Augen wurden schmal und durchdringend wie eisblauer Stahl.

»Glaubt Robespierre das?«

»Wer weiß? Wirklich wichtig ist, ob er glaubt, daß er das gegen dich verwenden kann.« Mit einstudierter Harmlosigkeit fragte Joseph: »Hast du denn mit der vorzüglichen Dominique zu tun?«

Anstatt direkt zu antworten, fragte Paul: »Kennst du sie?«

Joseph schüttelte den Kopf. »Nur dem Vernehmen nach, leider. Sie wird entweder als Geschöpf von makelloser Schönheit beschrieben oder als Eisprinzessin, deren Blick allein genügt, um Männer zu vernichten. Aber vielleicht«, ergänzte er pfiffig, »kennst du sie besser.«

Tat er das? Er war sich gar nicht so sicher. Früher am Tag hatte er einen kurzen Augenblick lang geglaubt, er würde sie ganz und gar kennen. Doch dann war sie zurückgeschreckt, hatte sich gegen ihn gewandt, und seine Gewißheit war verschwunden.

Das war jedoch gleichgültig. Nach dem, was Joseph ihm erzählt hatte, hatte er über zwei Dinge Gewißheit: Er mußte sich von Dominique fernhalten, um Robespierres Aufmerksamkeit abzulenken, und, was noch wichtiger war, er mußte sie aus den Tuilerien und aus Frankreich herausbringen.

Das einzige Problem war, wie ihm beides gleichzeitig gelingen sollte.

Kapitel 6

In den folgenden Wochen sah Dominique sehr wenig von Paul. Er erschien weiterhin im Palast, um die Gesundheit der königlichen Familie zu kontrollieren, doch er kam stets, wenn sie beschäftigt war. Ihre Wege kreuzten sich nur wenige Male, und dann war er kühl und distanziert.
Das machte ihr zu schaffen. Sie war beherrscht von einer verzweifelten Sehnsucht nach ihm und dem schrecklichen Gefühl, daß sie alles, woran sie glaubte, opfern würde, wenn sie dieser Sehnsucht nachgäbe.
Er hatte sie bereits den Fluchtweg über die Renaults gekostet; sie hatte von Monsieur Renault seit Wochen nichts gesehen oder gehört. Pauls Warnung war offenbar ernst genommen geworden. Dominique hatte sich noch immer nicht eingestanden, daß er richtig gehandelt hatte.
Sie klammerte sich an die Hoffnung – oder vielmehr den Traum – daß sie alle still und leise hätten entkommen können. Statt dessen waren sie gefangen, und obgleich niemand darüber sprach, hatten sie alle das Gefühl, daß die Schlinge sich immer fester um ihren Hals zog.
Sogar David und Nicole spürten das. Als sie an einem Spätnachmittag Anfang August mit ihren jüngeren Geschwistern zusammensaß und die Ruhe und die relative Kühle des Gartens genoß, war Dominique krampfhaft bemüht, ihrer Unterhaltung keine Beachtung zu schenken. Sie tat so, als würde sie lesen – Thomas Malorys Geschichten über König Artus in der englischen Ausgabe – doch ihre Aufmerksamkeit wandte sich immer wieder Nicole und David zu. Sie räkelten sich auf dem

Boden neben ihrer Bank, spielten müßig mit einem Satz Karten und unterhielten sich.
»Der alte Girard meint, sie werden uns alle umbringen«, sagte Nicole nüchtern. »Er sagt, sie werden keine Ruhe geben, bis der letzte Aristokrat tot ist.«
David nickte nachdenklich. »Madame Santerre sagt, daß die Straßen rot vor Blut sein werden. Sie glaubt, das wird das Ende der Welt sein. Ob sie wohl recht hat?«
Dominique hörte mit wachsendem Entsetzen zu. Sie redeten leichthin, aber sie ließ sich davon nicht täuschen. Kinder taten oft so, als sei etwas nicht wirklich von Bedeutung, obwohl es im Mittelpunkt ihrer Alpträume stand. Es war eine Art von Selbstschutz.
Wie lange schon sprachen sie so über den Tod? Warum war es ihr nicht eher aufgefallen?
Vielleicht hatte sie es bemerkt und war einfach nicht damit zurechtgekommen. Sie hatte gewußt, daß die beiden wie alle anderen die Belastung spürten, und sie hatte sich immer wieder vorgenommen, sich darum zu kümmern.
Sie legte ihr Buch mit einem Knall zur Seite. »Kommt bitte mal her.«
Sie sahen sie erstaunt an, als fiele ihnen gerade erst wieder ein, daß Dominique auch da war.
»Was ist los?« fragte David, noch nicht beunruhigt, aber mißtrauisch, in der Befürchtung, sie könne eine schlechte Nachricht haben.
»Nichts«, sagte sie rasch und streckte ihre Arme aus. »Ich möchte nur mit euch reden.«
Zögernd kamen sie und hockten sich zu beiden Seiten neben sie auf die Bank. Sie legte ihnen die Arme um die Schultern und zog sie an sich. Einige Augenblicke lang reichte es, sie einfach so zu halten, ihre jungen, vertrauensseligen Körper zu spüren, die sich instinktiv an sie schmiegten.
So war es schon immer gewesen, von Anfang an. Sie war zehn

Jahre alt gewesen, als Nicole kam; elf bei Davids Geburt. Jedes Mal hatte sie sich auf den ersten Blick in ihr Geschwisterchen verliebt.
Ihre Eltern hatten sich darüber amüsiert. Keiner von beiden hatte viel für die Kinder gesorgt, sondern das fröhliche, unkomplizierte Leben am Hof bevorzugt. Dominique war zu Anfang ihrer Ehe der Versuch gewesen, einen Erben für de Montfort zu zeugen. Weil sie ein Mädchen geworden war, hatten sie ihre Bemühungen aufgegeben, bis die Verbindung von zuviel Wein und dem vorübergehenden Fehlen anderer Partner zufällig zu Nicole geführt hatte.
Dominique konnte es nicht mit Sicherheit sagen, aber sie nahm an, daß das Zusammentreffen für beide überraschend angenehm gewesen war, trotz der Folge. Nach mehr als einem Jahrzehnt in einer arrangierten und höflich distanzierten Ehe hatte es dazu geführt, daß aus dem Marquis und der Marquise ein Liebespaar wurde. Und so war David entstanden.
Zwei Jahre später war ihre Mutter tot, bei einem zu wilden Galopp von ihrem Pferd gestürzt, und Dominique wurde in den Haushalt der Königin aufgenommen, zu deren Freundinnen ihre Mutter gezählt hatte. Sechs Monate später verließ der Marquis de Montfort das Haus seiner Mätresse in der Rue de Plessis, ging eine schmale Gasse hinab und verschwand.
Vier Tage später fand man seinen Leichnam, der in der Seine trieb. Es gab keine Anzeichen für Gewalteinwirkung. Entweder war er versehentlich in den Fluß gefallen und ertrunken, oder er hatte sich das Leben genommen.
Die Kirche hatte gebührende Diskretion gewahrt; da es keinen eindeutigen Beweis für einen Selbstmord gab, wurde Charles de Montfort in der Familiengruft an der Seite seiner Frau bestattet. Bis zum heutigen Tage wußte Dominique nicht, was wirklich geschehen war.
Mittlerweile dachte sie nur noch selten daran. So viel war seitdem geschehen. Doch jetzt, als sie ihren Bruder und ihre

Schwester an sich drückte, gestand sie sich ein, wie allein sie auf der Welt waren.
»Es ist alles in Ordnung«, sagte sie sanft. »Ich weiß, daß die Lage im Augenblick ziemlich schlecht aussieht, aber alles wird gut werden. Das verspreche ich.«
Von ganzen Herzen betete sie, daß sie dieses Versprechen würde halten können. Im Garten herrschte nichts als Schönheit und Frieden, doch außerhalb sah es ganz anders aus. Und damit würden sie bald konfrontiert werden.

Nicht weit entfernt dachte Paul ungefähr das Gleiche, während er dasaß und Joseph zuhörte. Sie hatten sich wieder in dem Café getroffen. Es war brütend heiß, doch keiner von beiden nahm das wahr. Sie waren zu sehr mit ihren Gedanken beschäftigt. »Das ist Wahnsinn«, sagte Paul. »Das wird das ganze Land zerreißen. Es sei denn natürlich«, fuhr er fort, »deine Information ist nicht zutreffend.«
Joseph sah ihn vorwurfsvoll an. »Ich muß leider bestätigen, daß sie nur zu richtig ist.«
Er lehnte sich über den zerkratzen, schartigen Tisch. »Diese Leute – Robespierre und die anderen – wollen uns mit einer großen Welle der Vernichtung überschwemmen. Sie glauben, das neue Frankreich – ihr Frankreich – werde wie Phönix aus der Asche steigen. Louis ist ein Symbol für das alte. Er muß vernichtet werden, vorzugsweise so öffentlich und dramatisch wie möglich.«
Paul ließ ihn stumm ausreden. Trotz seiner instinktiven Ablehnung mußte er Joseph einfach glauben. Das Szenario, das er ausmalte, war allzu furchteinflößend realistisch.
»Wieviel Zeit haben wir?« fragte er ruhig.
Der Jüngere streckte seine Hände aus. »Das weiß ich leider nicht – zumindest nicht mit Sicherheit. Ich kann nicht genau sagen, ob es einen exakten Zeitplan gibt oder ob sie einfach einen weiteren Zwischenfall wie vor einigen Wochen abwar-

ten wollen, um dann die Gelegenheit zu nutzen. Wie dem auch sei, es macht keinen großen Unterschied – es wird auf das Gleiche hinauslaufen.«

Paul mußte ihm zustimmen. Doch im Augenblick gab es noch dringendere Angelegenheiten, um die er sich kümmern mußte. Was Joseph ihm enthüllt hatte, erhöhte nur noch die Dringlichkeit, Dominique aus den Tuilerien hinauszubringen.

Ihn überkam Frustration, die mit Angst gemischt war. Nicht um seine Person – er war sich über die Gefahren im klaren und akzeptierte sie. Aber er hatte Angst um sie, um das schöne, stolze, aufreizend störrische Mädchen, in das er verliebt war.

»Was ist los?« fragte Joseph. »Du siehst aus, als wolltest du jemanden bei lebendigem Leibe zerreißen.«

»Ganz so schlimm ist es nicht«, sagte Paul. Ihm gelang sogar ein Lächeln, das alles andere als aufrichtig war. »Gut, dieser Zwischenfall wird eintreten, und dann bricht die Hölle los. Doch bevor das geschieht, möchte ich dich um einen Gefallen bitten.«

Joseph lehnte sich in seinem Stuhl zurück und faltete die Hände über seinem flachen Bauch. »Schieß los.«

»Ich muß jemanden herausschaffen, aber es gibt dabei Probleme, und bislang ist es mir noch nicht gelungen, mir einen geeigneten Plan auszudenken.«

Während er ihm zuhörte, hatten Josephs Augen sich geweitet. Er warf ihm einen Blick zu, der zeigte, daß er sich nicht sicher war, ob Paul verrückt war oder scherzte. »Ich glaube nicht. Du weißt doch, wie streng die Grenzen bewacht werden. Niemand, der auch nur ein Fünkchen Verstand hat, versucht sie zu überqueren.«

»Trotzdem kommen Leute heraus«, erinnerte Paul ihn.

»Einige wenige«, gab Joseph zu. »Weitaus mehr werden jedoch direkt wieder zurückverfrachtet – in die Conciergerie, den Tempel und einige weniger angenehme Gefängnisse unse-

rer schönen Stadt. Und dann ist da noch die große Menge, die schlicht und einfach tot wieder auftaucht. Ich hoffe, du hast nicht vor, dich denen anzuschließen?«
Paul hatte noch keinen Gedanken an seine eigene Sicherheit verschwendet. Für ihn zählte nur Dominique. Er war gerne bereit, sein eigenes Leben aufs Spiel zu setzen, um sie zu retten. Aber ihm fiel keine Möglichkeit ein, wie er eine einigermaßen große Chance hätte, sie ungefährdet zu befreien, geschweige denn gemeinsam mit ihren jüngeren Geschwistern.
Joseph, der seine Besorgnis wahrnahm, seufzte tief. »Diese Person, an der dir so gelegen ist, gehört wohl nicht zufällig zur Bourgeoisie – jemand Hübsches aus der Mittelklasse, den niemand vermissen wird?«
»Ich fürchte nicht«, sagte Paul.
Joseph ließ ein halblautes Murmeln hören. Er nahm einen langen Schluck Wein und füllte den Becher rasch neu. Während er den leeren Korb betrachtete, der auf dem Tisch stand, sagte er gedankenverloren: »Arbeitet eigentlich niemand mehr? Es gibt in Paris kaum noch einen Laib Brot oder irgend etwas anderes zu essen. Es ist, als wäre ein ungeheurer, wahnsinniger Feiertag ausgerufen worden.«
Paul gab keine Antwort; es war sinnlos. Sie wußten beide, daß die Grundmauern ihrer Zivilisation zerstört wurden. Doch beide waren entschlossen, soviel wie möglich aus den Ruinen zu retten.
»Du weißt«, sagte Joseph abwesend, »daß ich Frauen mag – manchmal sogar *außerordentlich* gern.« Er sah Paul durchdringend an. »Trotzdem war ich noch nie versucht, für eine von ihnen ein aussichtsloses Risiko einzugehen.«
Paul wollte antworten, doch Joseph kam ihm zuvor. Ruhig sagte er: »Wenn sie die ist, die ich glaube, mein Freund, dann sitzt sie in der Falle. Da läßt sich einfach nichts machen, das kann man nicht beschönigen. Sie hätte vor einem Jahr ent-

kommen müssen, oder auch vor sechs Monaten. Jetzt ist es zu spät.«
An Pauls schmalem Kiefer zuckte ein Nerv. Er stand auf, die Hände an die Seiten gepreßt, die Stimme mühsam beherrscht. »Ich kann das nicht akzeptieren.«
Jetzt war es an Joseph, stumm zu bleiben, doch er starrte seinen Freund mit großer Sorge an, als betrachte er einen Mann, der sich am Rande einer Klippe bewegte und unweigerlich hinabzustürzen drohte.
Kurze Zeit später verließ Paul das Café. Er kehrte ins Militärkrankenhaus zurück, um Patienten zu besuchen und die jüngsten Berichte über neue Cholerafälle zu prüfen. Für gewöhnlich hätte es keiner besonderen Anstrengung bedurft, seine Gedanken in diese Richtung zu lenken, doch sein beunruhigendes Gespräch mit Joseph hatte dies geändert. Er konnte nicht einfach vergessen, daß der Jüngere davon überzeugt war, es gäbe keinen sicheren Weg, Dominique zu befreien.
Er arbeitete lange und verließ das Krankenhaus erst, als es beinahe Mitternacht war. Trotz alledem, was er in den dazwischenliegenden Stunden gesehen und getan hatte, beherrschte Dominique noch immer seine Gedanken.
Der Vollmond am wolkenlosen Himmel beleuchtete seinen Heimweg. Er schritt wie von selbst voran, während er über das Problem ihrer Flucht nachgrübelte, als seine Überlegungen von einem plötzlichen, heftigen, trommelnden Geräusch unterbrochen wurden, das aus der Straße aufzusteigen schien. Es fühlte sich an wie eine riesige Maschine, etwa eine von denen, die man benutzte, um die gigantischen mechanischen Spielzeuge zu betreiben, die für Festdarbietungen gebaut wurden, doch instinktiv spürte er, daß es etwas anderes war.
Einen Augenblick später erklärte sich die mysteriöse Gewalt. Der grölende, wogende Mob bog um die Ecke und kam direkt auf ihn zu. Im gespenstischen Mondlicht waren die Gesichter

ohne jede Farbe. Sie sahen aus wie graue Geister, die aus Gräbern aufgestiegen waren und mit dem Morgengrauen wieder darin verschwinden würden.
Über ihren Köpfen tanzten schwankende Spieße, deren rasiermesserscharfe Spitzen im silbernen Licht glänzten und sie noch bedrohlicher wirken ließen.
Unwillkürlich trat Paul in einen Hauseingang, während der Mob vorbeiströmte. Er beobachtete ihn wie in Zeitlupe, jedes Gesicht und jede Geste prägte sich ihm unauslöschlich ein. Seltsamerweise hatte er keine Angst. Er fühlte nur eine kalte, nüchterne Gewißheit.
Ohne zu wissen, wieso, war ihm klar, daß dies *der* Mob war – der, den ganz Paris seit vielen Monaten erwartet hatte, für den all die anderen nur als Probe gedient hatten. Dies war der Mob, der sich schließlich ungehemmt erhob, um die letzten schwachen Reste der Beherrschung zu durchbrechen und einen dunklen Vorhang über das zu senken, was einst eine der schönsten und elegantesten Städte der Welt gewesen war.
Der Mob – angetrieben von unbestimmter Wut und blutrünstiger Lust, ohne jede Spur von Menschlichkeit – war wie ein reißendes Untier. So etwas gab es nicht in der Natur, die dafür viel zu ausgeglichen war, sondern nur in den Abgründen der menschlichen Seele. Mit entsprechender Sorgfalt konnten Männer, die klug und skrupellos genug waren, um normale Menschen in eine tödliche Waffe zu verwandeln, es zum Vorschein bringen. Der Mob richtete sich direkt gegen die Tuilerien. Es gab keinen Zweifel an der Route, die er wählte, oder an seiner Absicht. Während er zusah, wußte Paul mit absoluter Gewißheit, daß ihn diesmal kein Mut und keine Geduld der Welt würde aufhalten können.
Er begann zu laufen.

Dominique schlief, als sie das Geräusch hörte. Plötzlich wachte sie auf und dachte zuerst, ein Sommergewitter entlüde sich über der Stadt. Sie rannte zum Fenster, sah hinaus und stellte überrascht fest, daß der Himmel vollkommen klar war. Das war seltsam, denn sie konnte schwören, sie hätte Donner gehört.

Doch das Geräusch war etwas anderes. Es hämmerte, rollte, kam immer näher.

Atemlos rannte sie zurück zum Bett, das Nicole mit ihr teilte. Rasch weckte sie ihre Schwester und sagte ihr, sie solle sich anziehen.

Nicole war benommen und verwirrt, aber sie gehorchte. Währenddessen eilte Dominique hinüber zu der Tür, die ihr Zimmer von der kleinen Kammer trennte, in der David schlief. Sie riß sie auf und stellte fest, daß er bereits wach war und sich in seine Kleidung zwängte.

Rasch tat Dominique das Gleiche. Kaum waren sie alle fertig, als an die andere Tür gehämmert wurde, die zum Korridor führte. Dominique öffnete sie und stand dem Kammerherrn der Königin gegenüber, der außer sich und ganz blaß war, jedoch sein Äußerstes tat, um sich zusammenzunehmen.

»Sie müssen sofort mitkommen, Mademoiselle. Ihre Majestät braucht Sie.«

Dominique zögerte nicht; sie kannte ihre Pflicht und war gerne bereit, sie zu erfüllen. Doch sie sorgte auch dafür, daß David und Nicole mit ihr kamen. Instinktiv begriff sie, daß jetzt nicht der Zeitpunkt war, sich zu trennen.

Die Gänge der Tuilerien waren in heller Aufruhr. Mitglieder der Gardewache rannten hin und her und befolgten widersprüchliche Kommandos, die von Offizieren gebrüllt wurden, die den nahenden Mob gesehen und seine Absicht erraten hatten, sich aber nicht sicher waren, wie sie ihn aufhalten sollten.

Dominique sah einen Jungen – er wirkte kaum alt genug, um das Blauweiß eines Wachposten zu tragen – der mit bleichem, angespannten Gesicht seine Muskete so fest umklammerte, daß sie sich wunderte, daß seine Finger nicht brachen.

Einen Augenblick lang kreuzten sich ihre Blicke. Die Panik und Verzweiflung in seinen Augen war so groß, daß sie spürte, wie ihr ein eiskalter Schauer den Rücken hinunterlief. Eilig sah sie weg.
Vor dem Versammlungssaal erteilte Louis höchstpersönlich die Anweisung, seine Truppen zu versammeln. Der König wirkte müde und besorgt, doch ansonsten ruhig. Er lächelte Dominique freundlich zu, als sie im Vorbeigehen vor ihm knickste.
Die Nacht verging nur langsam. Gegen Morgen füllte eine riesige Menschenmasse den Hof vor den Tuilerien und erstreckte sich weit in die umliegenden Straßen. Dominique hörte, daß die Größe des Mobs auf zwanzigtausend geschätzt wurde, und hatte keinen Grund, daran zu zweifeln.
Es gab weitere, noch beunruhigendere Anzeichen. Während die Gardewache sich um den König geschart und Verteidigungsposten bezogen hatten, war die Nationalgarde, die ihn schützen sollte, zum Mob übergelaufen. Man konnte Gardisten sehen, die mit dem Pöbel scherzten und lachten. Um keinen Zweifel an ihrer Position zu lassen, waren sie sogar so weit gegangen, ihre Kanone zu entladen.
Der König, der an einem verriegelten Fenster stand, durch das er hinausblicken konnte, ohne gesehen zu werden, schüttelte düster den Kopf.
»Diese Dummköpfe«, sagte er, nicht verächtlich, sondern so unendlich traurig, daß es Dominique zutiefst berührte. »Sie unterstützen genau die Männer, die ihnen alles nehmen werden, was ihnen etwas wert ist.«
Marie Antoinette sah von ihren fest zusammengepreßten Händen auf und betrachtete ihren Gatten. »Ich verstehe nicht, wie du so mitleidig von ihnen sprechen kannst. Sie sind Tiere – Wilde, die darauf aus sind, uns zu vernichten. Glücklicherweise«, fuhr sie mit einem harten Funkeln in den Augen fort, »können wir ihnen standhalten.«

Ihr Gatte wandte sich zu ihr um. Er ging hinüber zu dem Stuhl, auf dem sie saß, und nahm sanft und nachdrücklich ihre Hand in seine. Während er ihr direkt in die Augen sah, sagte er leise: »Nein, *Mignon,* ich glaube nicht, daß wir das können.«
Die Königin wurde noch bleicher. Heiser flüsterte sie: »Was sagst du da?«
»Daß ich an die Sicherheit und das Wohlergehen meiner Familie und derjenigen denken muß, die uns dienen. Der Mob ist diesmal auf Gewalt aus, das ist klar. Es ist nicht so wie zuvor, als er sich damit zufriedengab, nur mit mir zu sprechen. Die Truppen werden nicht eingreifen; das ist ebenfalls offensichtlich. Unsere eigenen Leute werden tapfer kämpfen – und sterben, aber sie sind nicht genug, um uns zu schützen.«
Er richtete sich auf und sah sich in dem Raum um, in dem seine Frau und seine Kinder sowie etwa ein Dutzend Gefolgsleute versammelt waren. Ruhig sagte er: »Es gibt hier nichts mehr zu tun.«
Dominique trat an die Seite ihrer Dienstherrin. Sie sagte nichts, sondern legte Marie Antoinette nur eine Hand auf die Schulter. Die Königin stieß ein leises Seufzen aus, als sei mit dem Licht und der Hoffnung auch die ganze Luft aus ihr gewichen. Eine einzige Träne rollte ihre bleiche Wange hinab.
Sie gingen zu Fuß, mit raschen Schritten und erhobenen Köpfen. Dominique folgte direkt hinter dem König und der Königin und ihren Kindern. Sie hielt Nicole und David an den Händen. Die Grenadiere der Gardewache bildeten eine Phalanx um sie herum.
Es gab nur einen Ort, an dem sie Sicherheit erwarten konnten – die alte Reitschule neben dem Palast, welche mittlerweile von den Revolutionären übernommen und in die Nationalversammlung umgewandelt worden war.
Sie hatten sie beinahe erreicht, als Dominique ein wenig abseits Tumult wahrnahm. Aus Angst, der Mob könne durchbrechen, erstarrte sie. Doch es war nur ein einzelner Mann,

der sich seinen Weg durch die Wachen bahnte, wobei er ihr vergebliches Bemühen, ihn aufzuhalten, abwehrte.
Paul kam auf sie zu – dunkel und kraftvoll, seine türkisfarbenen Augen funkelten voller Wildheit wie der sonnendurchglühte Himmel. Selbst der König blieb stehen, als er ihn bemerkte.
»Eure Majestät«, sagte er und neigte den Kopf. Sein Blick verharrte auf Dominique. Er sprach genauso zu ihr wie zum König. »Daß Ihr hier seid, läßt mich erkennen, daß Ihr den Ernst der Lage vollkommen erfaßt habt.«
Louis nickte knapp. »Uns ist klar, daß uns die Krise nun erreicht hat, Doktor. Jetzt zähle ich darauf, daß Sie verstehen, daß wir uns hier nicht aufhalten dürfen.«
Der König wandte sich zum Weitergehen, blieb jedoch erneut stehen, als Paul direkt vor ihn trat. Sein Gesicht war voller Mitgefühl, sogar reumütig, doch es war ebenfalls klar, daß er nicht bereit war, auch nur einen Zoll zu weichen.
»Wartet«, sagte er. »Außer Euch selbst sind noch andere in Gefahr. Sobald Ihr die Versammlung betretet, kann nicht dafür garantiert werden, was geschehen wird. Laßt darum diejenigen, denen es möglich ist, jetzt gehen.«
Ein Murmeln entstand in der kleinen Gruppe von Gefolgsleuten. Niemand wollte den Wunsch zu fliehen direkt zugeben, doch es war eine Qual, sich plötzlich dieser Möglichkeit gegenüber zu sehen. Selbst Dominique mußte trotz ihrer unerschütterlichen Loyalität zugeben, daß der Gedanke in ihr ein verzweifeltes Verlangen weckte.
Ruhig und mit großer Würde nickte Louis. »Monsieur le Docteur hat recht. In Anbetracht des bitteren Ernstes der Lage haben wir vollstes Verständnis für jeden, der den Wunsch hat, den Dienst bei uns unverzüglich zu quittieren. Denken Sie jedoch daran«, ergänzte er warnend, »daß es nicht genügen wird, einfach aus dem Palast zu fliehen und dem Mob auszuweichen. Danach muß man irgendwie in Paris überleben

oder alles daran setzen, die Stadt möglichst rasch zu verlassen.«

Das Murmeln wurde zu einem Flüstern voller Angst und Enttäuschung. Sie alle begriffen, was der König sagte. Jeder von ihnen war so bekannt, daß er ein direktes Ziel der Revolutionäre werden würde. Der Gedanke daran, was der blutrünstige Mob tun würde, reichte aus, um selbst das tapferste Herz in Angst und Schrecken zu versetzen.

Erneut wandte Louis sich zum Gehen, doch Paul hielt ihn wiederum auf, diesmal, indem er ihm beschwörend eine Hand auf den Arm legte. »Eure Majestät«, murmelte er, als der König ihn erstaunt ansah, »mir ist klar, wie unangemessen das ist, aber die Umstände sind hoffnungslos. Ich glaube, daß ich Mademoiselle de Montfort, ihren Bruder und ihre Schwester retten kann. Laßt sie mit mir kommen. Ich schwöre Euch, daß ich mein Äußerstes geben werde, um sie zu schützen.«

Dominique holte heftig Luft. Nicht einen Augenblick lang bezweifelte sie die Aufrichtigkeit seiner Bitte, doch trotzdem war sie davon schockiert.

Wenn sie mit Paul ginge, würde sie ihm nicht nur ihr eigenes Leben, sondern auch das Leben ihrer Geschwister anvertrauen. Außerdem wußte sie, daß sie das Gefühl, die königliche Familie verlassen zu haben, als sie sie am nötigsten gebraucht hatte, nie verwinden würde.

Trotzdem war es verlockend. Er stand dort im goldenen Sonnenlicht, mit kräftigem, starkem Körper, zum Äußersten entschlossen und unnachgiebig, und bot ihr einen Hafen der Sicherheit, der beinahe unwiderstehlich war.

Es lag ihr auf der Zunge zu sagen, daß sie mit ihm käme, als sie plötzlich zögerte. Unwillkürlich dachte sie an die Gefühle, die er so mühelos in ihr hervorgerufen hatte. Erst die süße Sehnsucht in ihrer Kindheit, dann der Haß wegen des Betrugs, gefolgt von der dunklen, ursprünglichen Leidenschaft, deren Heftigkeit ihr Angst machte und die noch beunruhigender

wurde durch die Anzeichen für etwas, von dem sie fürchtete, es könne Liebe sein.
Paul trieb sie in Dimensionen, in die sie mit anderen Männern einfach nicht gelangte. Dennoch war er ihr ein Rätsel – jemand, dessen Leben von Prinzipien gelenkt wurde, die sie weder verstand noch teilte.
Wie konnte sie ihm vertrauen?
Und wie konnte sie Menschen, die sie liebte, verraten, um mit ihm zu gehen?
Ihre Kehle war wie zugeschnürt, als sie auf David und Nicole hinabsah, die sie beide ängstlich beobachteten. Sie erwarteten, daß sie sie rettete. Konnte sie ihr Leben einem Mann anvertrauen, der sie letzten Endes vielleicht alle verraten würde? Konnte sie sich dagegen entscheiden?
Die Schreie des Mobs wurden immer durchdringender. Der König wartete. Vor sich konnte sie die Reitschule sehen, in der die Versammlung zusammenkam. Soweit sie wußte, waren das vernünftige Männer, die, obwohl ihre Überzeugung sie auf den falschen Weg geführt hatte, nicht an dem großen und schrecklichen Verbrechen des Königsmords teilhaben würden. Sie würden geschmeichelt sein, daß der König ihnen vertraute, und sie würden darauf reagieren, indem sie ihre Pflicht gegenüber Frankreich und gegenüber der königlichen Familie erfüllten. Sie würden in Sicherheit sein.
Zumindest war sie bemüht, das zu glauben, als sie Paul ansah und langsam, doch entschlossen den Kopf schüttelte.

Kapitel 7

Paris, Winter 1792–1793

Dominique stand im Dunkeln auf. Es war bitter kalt. Hinter den feuchten Steinmauern heulte der Wind. Ihre Hände zitterten, als sie nach der Kerze neben ihrem Bett tastete. Mit einiger Mühe gelang es ihr, sie anzuzünden.

Als die Flamme entfacht war, entfuhr ihr ein leises Seufzen. Es war der erste Sieg des Tages, klein, aber bedeutsam. Sie sah über die Schulter auf Nicole, die noch schlief, in Decken eingewickelt wie in einen Kokon, nur die Spitzen ihres wirren Haars waren zu sehen.

Laß sie schlafen, dachte Dominique, *zumindest noch für ein paar Stunden. Laß sie so lange in das süße Vergessen entschwinden, wie sie kann.*

Für sie gab es kein solches Entkommen – weder körperlich noch geistig. Das war seit dem Augusttag so, an dem die Nationalversammlung sie im Stich gelassen hatte. Trotz Louis' bestem Bemühen hatten die Politiker nicht den Mut besessen, die Verfassung aufrecht zu erhalten, für die sie selbst gestimmt hatten.

Statt dessen hatten sie dagegen verstoßen und gestattet, daß die königliche Familie und ihr Gefolge ins Gefängnis gebracht wurden, in dem sie seit vier langen Monaten schmachteten, ohne daß irgend jemand von ihnen angeklagt worden war.

Während die Tuilerien nur unbequem und langweilig gewesen waren, war das Tempel-Gefängnis – benannt nach den Tempelrittern, denen es einst gehört hatte – weitaus schlimmer. Im zwölften Jahrhundert erbaut, verfügte die düstere Steinfe-

stung nicht einmal über die primitivsten Einrichtungen. Die Steinmauern waren mit Eis überzogen, die Kamine qualmten, und die Luft stank.
Dominique litt an einem dumpfen, hartnäckigen Husten, den sie zu verbergen suchte, wenn sie mit Louis oder Marie Antoinette zusammen war. Beide hatten deutlich gemacht, daß sie es bedauerten, ihr nicht befohlen zu haben, sie zu verlassen, als die Möglichkeit bestanden hatte. Allerdings hatte niemand damit rechnen können, wie die Versammlung sich verhalten würde.
Fest entschlossen, nicht daran zu denken, was hätte sein können, zerrte sie ihr schäbiges Kleid zurecht und verließ die Kammer. Der Wachposten, der die ganze Nacht über vor ihrem Zimmer stand, grinste anzüglich, als sie vorbeiging. Dominique ignorierte ihn, wie sie es mit allen Beleidigungen und Unverschämtheiten dieser Art tat.
Ihre Bewacher stammten alle aus niederen Schichten, Männer, die durch ihr hartes Leben gefühllos geworden waren und die Gelegenheit genossen, sich denen gegenüber aufzuspielen, die einst über ihnen gestanden hatten. Sie konnte das verstehen, obwohl das die Situation nicht erträglicher machte.
Vor der Kammer der Königin stand ein weiterer Wachposten. Er blickte finster drein und murmelte halblaut einen Fluch, versuchte aber nicht, ihr den Eintritt zu verwehren. Sie betrat das Zimmer leise, für den Fall, daß Marie Antoinette noch schlafen sollte, doch wie üblich war sie bereits wach.
Sie lächelte sanft, als sie Dominique erblickte. »Komm herein, meine Liebe. Wir haben heute morgen einen Leckerbissen – frische Brioches und Butter dazu.«
Das war eine Seltenheit, die Dominique sehr zu schätzen wußte. Obwohl ihnen Nahrung nicht verwehrt wurde, war sie für gewöhnlich von schlechter Qualität und selten frisch. Im Vergleich dazu schien das goldene Backwerk aus süßem Teig, das

noch das Aroma des Bäckerofens verströmte, wie für Götter gemacht.
Dominique zögerte nicht. Sie nahm gegenüber der Königin Platz und ergriff den Teller, der ihr entgegengestreckt wurde. Einen Augenblick später schloß sie genüßlich die Augen, als ihr der erste flockige Bissen auf der Zunge zerging.
»Oh, wie köstlich«, sagte sie mit einem leisen Lachen. »Viel, viel besser, als ich es in Erinnerung hatte.«
Marie Antoinette nickte sanft. »Ist es nicht seltsam, daß unsere Wahrnehmung hier drinnen offenbar viel schärfer wird? Die kleinste Kleinigkeit erscheint plötzlich exquisit. Erst gestern habe ich einen winzigen Finken singen gehört und fand, daß all die Orchester und Choräle, die uns in Versailles unterhalten haben, es nicht mit ihm aufnehmen könnten.«
»Das stimmt«, entgegnete Dominique. »Zumindest sorgen diese Erfahrungen dafür, daß wir nichts mehr als selbstverständlich hinnehmen.«
»Nicht einmal die banalsten Dinge«, sagte die Königin mit einem gequälten Lächeln. Sie deutete auf einen Stapel Leinenwäsche, der auf einem Stuhl aufgetürmt war. »Ich glaube, wir machen uns lieber wieder an die Arbeit.«
Dominique verzog das Gesicht. Die dringend benötigte Wäsche war am Tag zuvor gebracht worden, zur großen Erleichterung von Dominique und der Königin, die sich beide gefragt hatten, wie lange sie die Unterwäsche, die nur noch aus Fetzen bestand, noch würden flicken können.
Kaum war die neue Lieferung eingetroffen, stellte der Gefängnisverwalter fest, daß sie mit den königlichen Initialen bestickt war, die wie üblich mit Kronen verziert waren. In einer gellenden Tirade hatte er gedroht, alles zu konfiszieren.
In ihrer Verzweiflung hatten die Frauen versprochen, die anstößigen Verzierungen zu entfernen. Da es ihn befriedigte, sie wieder einmal unterdrückt und erniedrigt zu haben, hatte er eingewilligt, wobei er jedoch die boshafte Gehässigkeit zur

Schau stellte, die er immer zeigte, wenn er mit ihnen zu tun hatte.
Keine der Frauen sprach darüber, als sie ihr Frühstück beendeten und die Arbeit an der Wäsche wieder aufnahmen. Sie hatten vielleicht eine halbe Stunde lang in geselligem Schweigen gearbeitet, als Dominique erneut einen Hustenanfall erlitt. Die Königin sah besorgt auf.
»Meine Liebe, dagegen muß wirklich etwas unternommen werden.«
»Es ist nichts weiter«, sagte Dominique, als sie wieder sprechen konnte. »Nur die Feuchtigkeit.«
»Ganz im Gegenteil, das kann sehr schlimm sein. Ich weiß noch, wie krank ich war, als wir noch in den Tuilerien wohnten, und damals war noch Sommer. Hier ist es viel schlimmer. Wenn nur Doktor Delamare kommen würde ...«
Sie verstummte, da sie plötzlich bemerkte, welche Wirkung ihre Worte auf das junge Mädchen hatten. Dominique war auf einmal blaß geworden. Ihre graugrünen Augen senkten sich, doch die Königin hatte ihre Ausdruckslosigkeit bereits bemerkt.
»Es tut mir so leid«, murmelte Marie Antoinette. »Ich habe unüberlegt gesprochen. Natürlich macht dir seine Abwesenheit zu schaffen.«
»Nur weil es für Eure Majestäten besser wäre, wenn noch immer ein Arzt für Euch sorgte«, erwiderte Dominique.
Die Königin warf ihr sanft einen skeptischen Blick zu, hakte aber nicht nach. Dominique war ihr dafür dankbar. Die Wunde, die Pauls Überlaufen ihr zugefügt hatte, war noch zu frisch, als daß in ihr gebohrt werden könnte, nicht einmal von jemandem, der so gute Absichten hatte wie die Königin.
Obwohl sie ihm keine schweren Vorwürfe machte. Sie hatte seine Hilfe zurückgewiesen, und wenn auch nicht mit Verachtung, so doch ohne erkennbare Dankbarkeit. Von Anfang an hatte sie deutlich gemacht, daß sie ihn weder mochte noch ihm

vertraute. Das Fehlen dieser beiden Gefühle hatte allerdings nicht verhindert, daß sie in einen Mahlstrom des Verlangens geraten war, als ihre Körper sich berührt hatten. Doch daran wollte sie partout nicht denken.

Paul war fort, zu seiner Revolution, seinen Idealen und seinem Traum von einem neuen Frankreich zurückgekehrt. Obwohl sie sich nicht vorstellen konnte, wie es ihm angesichts der Folgen, zu denen er beigetragen hatte, gelang, das zu vertreten.

Ein Schauer durchfuhr sie, als sie sich an den Tag wenige Wochen nach ihrer Inhaftierung im Tempel erinnerte, als der Mob von Paris wieder einmal revoltiert hatte. Diesmal hatte er sich gegen die unglücklichen Aristokraten, Pfarrer und anderen gerichtet, die in verschiedenen Gefängnissen eingesperrt waren.

Da ihm königliche Opfer verwehrt blieben, stürzte er sich mit nie dagewesener Wildheit auf diesen Ersatz. Die schrecklichen, tragischen Überreste dieses Zorns waren auf Spießen an den Fenstern des königlichen Gefängnisses vorbeigetragen worden, was bewirkt hatte, daß die Königin in Ohnmacht fiel und der König Gott anrief, er möge diesen Wahnsinn enden lassen.

Wie konnte Paul – ein Mann, der sein Leben dem Wohl anderer Menschen widmete – eine solche Brutalität vor sich selbst rechtfertigen? Wie gelang es ihm, jeden Morgen aufzustehen, sich im Spiegel anzusehen, während er sich rasierte, und zu vermeiden, daß er sich selbst die Kehle durchschnitt?

Dominique konnte es nicht begreifen. Sie wußte nur, daß sie sich erneut von ihm betrogen fühlte. Tief in ihrem Herzen hatte sie geschworen, daß sie niemals wieder die leiseste Zärtlichkeit oder Leidenschaft für Paul Delamare empfinden würde.

Er war ihr ein Greuel – der Inbegriff von allem, was sie haßte und verachtete. Sollte sie ihn jemals wiedersehen, so würde sie ihm das ins Gesicht sagen, ungeachtet der Folgen. Da fiel eine

Träne auf das Wäschestück, das sie umklammerte, gefolgt von einer zweiten. Schweigend streckte die Königin ihre Hand aus und legte sie auf Dominiques. Gemeinsam warteten die beiden Frauen, was der Tag bringen würde.

Paul schritt rastlos in Josephs Salon auf und ab. Der junge Mann, der sich in einem bequemen Stuhl räkelte, beobachtete ihn argwöhnisch.

Er hatte das Gefühl, keinen Menschen, sondern einen Tiger oder einen Leoparden vor sich zu sehen – eines dieser exotischen Tiere, die aus dem entlegenen Indien in den königlichen Zoo gebracht worden waren.

Auch sie waren stolz, ungezähmt, und besaßen einen so starken Tötungsinstinkt, der beinahe mit Händen zu greifen war. Vorsichtig sagte er: »Es scheint dir gut zu gehen, mein Freund.«

Paul betrachtete ihn kalt, nicht, weil er auf ihn wütend war, sondern weil er die Welt und jeden ihrer Bewohner in letzter Zeit immer so anblickte.

»Du meinst«, sagte er, »für jemanden, der gerade erst aus den Klauen des großen Robespierre entlassen wurde?«

Joseph zuckte die Schultern. Noch immer argwöhnisch sagte er: »Dein Aufenthalt im Gefängnis scheint dir nicht viel ausgemacht zu haben.« Ganz im Gegenteil, er hatte ihn offenbar noch feiner ausgefeilt, rasiermesserscharf und tödlich.

»Warum nicht? Ich war dort so gut wie allein. Wenn sich da irgendwelche Geister der armen Teufel herumtreiben sollten, die abgeschlachtet worden sind, dann haben Sie mich nicht belästigt.«

Joseph erbleichte. So jung er noch war, und trotz der Unverwüstlichkeit der Jugend, war seit den Massakern im September nicht ein Tag vergangen, an dem er nicht Gott dafür gedankt hatte, nicht zu den Opfern gehört zu haben. Es wäre schlimm genug, in den Händen des Mobs zu sterben, aber hilf-

los und eingesperrt zu sein, ohne auch nur die leiseste Hoffnung – das schien unerträglich.
»Vielleicht«, sagte er leise, »haben sie dich in Ruhe gelassen, weil du versucht hast, ihnen zu helfen.«
»Ich habe es versucht und bin gescheitert«, sagte Paul finster. Er konnte nicht an die Massaker denken, ohne daß Wut in ihm hochkochte.
Ohne daß er genau sagen konnte, wieso, war ihm klar, daß Zorn das beste Mittel gegen die Bilder war, die sich für immer in seinem Gedächtnis eingegraben hatten. Sie waren der Stoff, aus dem Alpträume gemacht waren . . . und der Wahnsinn.
»Aber das ist jetzt Vergangenheit«, fuhr er rasch fort, »und nicht mehr zu ändern. Wir müssen uns ganz darauf konzentrieren, was sich tun läßt, um Robespierre und seinesgleichen aufzuhalten.«
Joseph seufzte. Er stand auf und ging hinüber zur Anrichte. Als er Weinbrand aus einer Karaffe in zwei Kristallkelche goß, sagte er: »Mein Freund, es gibt Zeiten, in denen ein Mann das Risiko abwägen und erkennen muß, daß die einzige Chance auf Sieg in der Geduld liegt. Im Augenblick ist so eine Zeit.«
Pauls hohe Wangen röteten sich matt. Er nahm den Weinbrand entgegen, stellte ihn jedoch beiseite, ohne davon zu trinken. »Du und die anderen, ihr verzögert mit euren Beratungen alles. Wißt ihr überhaupt, was die Jakobiner beabsichtigen?«
Joseph sah zwar beschämt drein, doch er unternahm keinen Versuch, seine Position zu rechtfertigen. Für ihn erfüllte sie das wichtigste Kriterium des Revolutionsgeschehens – Überleben.
Robespierre hatte seinen Willen so gerissen und unbarmherzig durchgesetzt, daß die meisten seiner Gegner in den Untergrund oder ganz aus Frankreich herausgetrieben worden waren. Die wenigen – unter ihnen Paul –, die es gewagt hatten,

im Anschluß an die Massaker im September Kritik an ihm zu üben, waren gefangengenommen worden.
In letzter Zeit hatte man jedoch viele von ihnen wieder freigelassen. So sehr ihre Freilassung auch begrüßt wurde, bezweifelten jedoch nur wenige, daß sie eine neue, noch gefährlichere Phase einleitete.
»Robespierre und seine Leute sind darauf bedacht, ihre Macht zu festigen«, sagte Joseph. »Sie glauben, daß sie ihre Fähigkeit, jeglichen Widerstand zu zerschlagen, ausreichend unter Beweis gestellt haben, so daß sie es sich jetzt leisten können, Personen wie dich aus dem Gefängnis zu entlassen. Ein so offensichtlicher Größenwahnsinn ist ihre Motivation.«
»Und der Auftakt zu noch größeren Unruhen.«
»Nun, da stimme ich dir zu, aber du mußt zugeben, daß die Stimmung sich noch nicht gegen sie gewandt hat. Die Armee unterstützt Robespierre und seine Leute noch immer, ebenso der Mob. So lange sie diese beiden Kräfte auf ihrer Seite haben, sind sie unangreifbar.«
Leise, wie zu sich selbst, murmelte Paul: »Welchen Preis hat solche Geduld?«
Joseph schluckte seinen Weinbrand hinunter, ohne den ausgezeichneten Jahrgang zur Kenntnis zu nehmen. Er schenkte sich nach. Ohne Paul anzusehen, sagte er: »Du denkst an das Fräulein.«
Ein leises Lächeln umspielte Pauls harten Mund. Er konnte es nicht leugnen. »Natürlich.«
»Du bist ein Dummkopf.«
»Das streite ich nicht ab.«
»Sie hat ihre Chance gehabt und sich geweigert, mit dir zu gehen«, erinnerte Joseph ihn barsch.
Paul zuckte die Schultern. »Das ändert nichts.«
Der Jüngere stieß einen kurzen, scharfen Fluch aus. »Die Heiligen mögen mich vor Liebe bewahren, die einen Mann zu einem Geisteskranken macht.«

Paul mußte sich dieser Meinung anschließen, obwohl er wußte, daß es nicht in seiner Macht stand, die Gefühle, die Dominique in ihm hervorrief, zu ändern. Während der langen Wochen seiner Gefangenschaft, als er in der schmalen, feuchten Zelle gelegen hatte, ohne zu wissen, ob er das nächste Morgengrauen noch erleben würde, hatte ihn nur der Gedanke an sie aufrecht gehalten. Er würde sie befreien, koste es, was es wolle.
Doch die Zeit wurde knapp. Er hatte es im Gefängnis kaum aushalten können und jeden Tag verflucht, weil er ihm wieder eine Chance raubte. Wenn er handeln wollte, mußte es sofort geschehen.
»Tu, was du willst, Joseph«, sagte er, als er seinen Mantel nahm und zur Tür ging. »Vielleicht kannst du es dir leisten zu warten. Ich kann es nicht.«
»Du wirst sie umbringen«, protestierte Joseph, »und dich mit ihr.«
Paul ignorierte seine Worte. Er marschierte weiter, mit finsterem Blick und dem kalten Glanz der Entschlossenheit in den Augen.

»Mademoiselle«, flüsterte eine leise Stimme, »Sie müssen unbedingt kommen.«
Dominique wandte sich von dem Gewand ab, das sie mühsam glättete. Verwunderung legte sich über ihr Gesicht, als sie die Dauphine von Frankreich neben sich bemerkte.
»Es geht um Maman«, murmelte Maria Theresa. »Sie müssen mitkommen.«
In der Annahme, die Königin sei krank, beeilte Dominique sich, der Bitte nachzukommen. Doch als sie mit der Prinzessin auf den Fersen die königliche Kammer betrat, sah sie Marie Antoinette aufrecht in einem Stuhl neben ihrem Arbeitstisch sitzen, offenbar wohlauf.
Nur ihr ausdrucksloses Gesicht und ihr wirrer Blick deuteten darauf hin, daß etwas Schreckliches geschehen war.

»Madame«, sagte Dominique, als sie sich vor der Königin niederkniete und ihre Hände in die ihren nahm. »Was ist los?«
Die ältere Frau schien sie nicht zu hören. Dominique mußte ihre Frage zweimal wiederholen, bevor sie eine Reaktion erhielt.
Mit sichtlicher Mühe raffte Marie Antoinette sich auf. Sie blickte in Dominiques tiefbesorgte Augen und sagte leise: »Die Nationalversammlung hat beschlossen, Seiner Majestät den Prozeß zu machen.«
Im ersten Moment dachte Dominique, sie habe nicht richtig gehört. Dem König den Prozeß machen? Allein der Gedanke daran war absurd. Was sollten sie ihm denn vorwerfen? Dann begriff sie, daß es ein Leichtes wäre, die Wahrheit so zu verdrehen, daß sie ihren eigenen Zwecken diente, und Angst überkam sie.
»Sicher nicht, Madame«, murmelte sie. »Nicht einmal die würden es wagen, so weit zu gehen.«
Der Blick, den die Königin ihr zuwarf, war beinahe mitleidig, als würde Marie Antoinette die Unschuld und Loyalität, von denen eine solche Versicherung zeugte, traurig stimmen.
»Ich fürchte«, flüsterte sie, »daß die Welt viel schrecklicher ist, als ich es jemals zu glauben gewagt habe.«
Mit diesen Worten verbarg sie den Kopf in den Händen und begann zu schluchzen. Instinktiv legte Dominique die Arme um sie. Über den Kopf der Königin hinweg sah sie die Dauphine, die ihre Mutter blaß und angespannt anstarrte.
Sie zwang sich, ruhig zu sprechen und sagte: »Wo sind Nicole und David?«
»Im Vorzimmer, glaube ich«, antwortete das junge Mädchen mit zitternder Stimme.
»Gehen Sie zu ihnen und bleiben Sie dort. Ich werde mich um Ihre Majestät kümmern.«
Maria Theresa zögerte, doch einen Augenblick später tat sie, was Dominique sie geheißen hatte. Die beiden Frauen blieben

allein zurück, als draußen die große Glocke von Notre Dame düster zur Mittagsstunde zu läuten begann.

Louis Auguste Bourbon, Fünfter seiner Dynastie, sechzehnter Herrscher Frankreichs dieses Namens, wurde am elften Dezember im Jahre des Herrn 1792 vor Gericht gestellt. Ihm drohte die Todesstrafe. Doch die Dokumente, die von den Gerichtsschreibern, die der Verhandlung beiwohnten, eifrig abgefaßt wurden, datierten den Monat Nivose im ersten Jahr der Republik. Der gesamte Prozeß war gekennzeichnet von dem Anspruch, die Vergangenheit sei vorüber und die Welt habe einen neuen Anfang genommen. Alles, was alt war – Gesetz, Tradition, selbst gesunder Menschenverstand –, wurde über Bord geworfen. An seiner Stelle regierte der Wahnsinn, getarnt durch eine Maske starrer Formalität.

Die Anklagen wurden vorgetragen, Beweise vorgebracht. »Es tut nichts zur Sache«, sagte Joseph finster, als er und Paul sich einmal in einem Korridor vor dem Verhandlungssaal begegneten, »daß die Anschuldigungen unbegründet und die Beweise gefälscht sind. Sie haben trotzdem ihr kleines Drama und spielen Justiz, wie andere Menschen Würfel spielen.«

Paul war überrascht von der Leidenschaft des jungen Mannes. In der Regel war Joseph viel zu vorsichtig, um sich in solcher Weise zu offenbaren, doch es schien so, als hätte der Zorn seine Selbstbeherrschung schließlich besiegt.

»Ganz ruhig«, sagte er sanft und legte seinem Freund eine Hand auf den Arm. »Hier ist nicht der richtige Ort.«

Diese Umkehrung ihrer früheren Rollen genügte, um Joseph wieder auf den Boden der Tatsachen zu bringen. Er holte tief Luft, um sich zu beruhigen, und sah sich um. Für gewöhnlich war sein Gesichtsausdruck undurchsichtig und leicht gelangweilt. Jetzt sah er eingeschüchtert aus.

»Sie werden ihn töten.«

»Ja«, sagte Paul ruhig, »ich weiß.«

Joseph warf ihm einen überraschten Blick zu. »Das akzeptierst du?«
»Natürlich nicht. Ich akzeptiere nichts, das irgend jemandem von uns zustößt. Aber andererseits gibt es auch nichts, was ich tun kann, um Louis zu helfen. Er ist das Symbol für all das geworden, was sie hassen, und sie werden ihm eher das Herz herausreißen, als ihn weitermachen zu lassen.«
Selbst während er das aussprach, hoffte Paul, daß er nicht recht behalten würde. In dem Chaos, das Frankreich überflutet hatte, waren Menschen auf schreckliche Weise ums Leben gekommen. Das Beste, worauf Louis hoffen durfte, war, daß ihm ein rasches und gnädiges Ende gewährt wurde.
»Glaubst du, er ist sich darüber im klaren?« fragte Joseph unwillkürlich.
Paul zuckte die Schultern. »Ich habe keine Ahnung. Schließlich ist es Monate her, seit ich näheren Kontakt zu der königlichen Familie gehabt habe.«
Joseph verzog das Gesicht. »Sicherlich hast du versucht, das zu ändern.«
Das entsprach der Wahrheit. Paul, der fest entschlossen war, Dominique zu sehen, hatte den Beschluß gefaßt, die Situation direkt anzugehen. Er war zum Tempel-Gefängnis gegangen und hatte Einlaß verlangt, indem er sich als Arzt der königlichen Familie auswies. Erwartungsgemäß war er weggeschickt worden. Doch der Versuch würde Robespierre mit Sicherheit zu Ohren kommen. Er hoffte, daß der Anführer der Jakobiner in angemessener Weise reagieren würde.
Wie sich herausstellte, mußte er nicht lange auf Robespierres Reaktion warten. Kaum hatte Joseph sich verabschiedet, sah Paul, daß der kleine, bebrillte Revolutionär den Korridor hinunter auf ihn zukam. Wie üblich war Robespierre von einer Schar Gefolgsleute und Speichellecker umgeben – von Männern, die danach gierten, an der Quelle so furchteinflößender Macht zu sein.

Er blieb stehen, als er Paul sah. Ein schwaches Lächeln umspielte seine Lippen. »Delamare«, sagte er, »was für eine nette Überraschung. Ich hatte schon die Hoffnung aufgegeben, Sie hier wiederzusehen.«
Die Scheinheiligkeit dieser Worte – ausgesprochen von dem Mann, der seine Verhaftung angeordnet hatte – reichte beinahe aus, um Paul zu einer wütenden Antwort zu provozieren. Doch auch er lächelte.
»Wo sollte ich sonst sein, mein lieber Maximilien? Schließlich schlägt in letzter Zeit doch hier das Herz Frankreichs.«
Robespierre runzelte leicht die Stirn. Die absichtliche Lässigkeit von Pauls Anrede war ihm nicht entgangen. Nur wenige wagten es, so vertraulich mit ihm zu sprechen. Dennoch paßte es zu seinem Bemühen, großmütig und wie ein Mann des Volkes zu wirken, anders als die heuchlerischen Aristokraten, deren Auslöschung er so ungeduldig anstrebte.
»Wohl gesprochen, mein Freund«, verkündete er jovial, während er Paul auf den Rücken klopfte. »Das Herz Frankreichs, das stimmt. Trotzdem«, fügte er schelmisch hinzu, »habe ich gehört, daß es zumindest einen anderen Ort gibt, den Sie kürzlich gerne aufsuchen wollten.« Tadelnd hob er den Finger und ergänzte: »Der Tempel ist nicht der richtige Ort, um Höflichkeitsbesuche abzustatten.«
»Das war nicht meine Absicht«, erklärte Paul ruhig. »Vor etlichen Monaten wurde ich zum Arzt der königlichen Familie ernannt. Leider war es mir vorübergehend nicht möglich, meine Pflichten zu erfüllen, aber jetzt gibt es keinen Grund, sie nicht wieder aufzunehmen.«
»Keinen Grund?« wiederholte Robespierre sanft. »Es gibt nur wenige Menschen, die dieser Tage so etwas sagen würden.«
Paul ging achselzuckend darüber hinweg. »Mir ist klar, daß alle Welt von der Politik besessen ist, aber das Leben geht weiter. Menschen werden noch immer krank und brauchen noch immer Ärzte, die für sie sorgen.«

»Mir ist von keiner Krankheit bei den Capets und ihrem Abfall bekannt.«

Vorsichtig, da er wußte, wieviel davon abhängen konnte, sagte Paul: »Wäre es nicht besser, da ganz sicher zu sein?«

Robespierre warf ihm einen fragenden Blick zu. In einer Stadt, in der Verschwörungen und Gegenverschwörungen an der Tagesordnung waren, konnte man nie wissen, wer Informationen hatte und wie sie übermittelt werden würden. Paul hatte absichtlich die Möglichkeit ins Spiel gebracht, die königliche Familie könne eine Krankheit geheimhalten und so Robespierre vielleicht sein lang erwartetes Blutvergießen vereiteln.

»Das stimmt«, sagte er nachdenklich, während er sich über das Kinn strich und die Männer, die ihn umgaben, betrachtete. »Warum hat keiner von euch daran gedacht?«

Niemand wagte eine Antwort. Sie starrten ihn nur mit großen Augen an, wie eine Maus die Schlange, der sie ausgeliefert ist.

»Also wären Sie bereit«, fuhr Robespierre fort, »Ihre Pflichten wieder aufzunehmen?«

Da Paul das bereits gesagt hatte, erschien es ihm nicht notwendig, das erneut zu bestätigen. Dennoch nickte er.

»Gut, gut«, sagte Robespierre. »Gehen Sie doch heute nachmittag dort vorbei.«

Paul entgegnete, das käme ihm entgegen. Robespierre hielt sich noch einige Augenblicke auf, dann ging er weiter, seine Gefolgschaft im Schlepptau. Paul sah zu, wie er sich entfernte, während ein schwaches Lächeln seinen harten Mund umspielte.

Möge Gott dafür sorgen, daß Robespierre ihn weiterhin für einen Idioten hielt, wenigstens noch ein klein wenig länger.

Kapitel 8

Als Paul zum Tempel zurückkehrte, war der König ebenfalls dort. Die Verhandlung war vertagt worden – um zehn Tage, in denen Louis seine Verteidigung vorbereiten sollte. Offenbar sollten die juristischen Formalitäten bis zum bitteren Ende gewahrt werden.
Den König, der sich mit Beratern zurückgezogen hatte, sah er nicht, doch er wurde der Königin vorgeführt. Marie Antoinette saß an einem kleinen Tisch nahe dem Fenster. Dieses war die einzige Lichtquelle in dem schmalen Raum mit niedriger Decke.
Man hatte sich bemüht, die Umgebung ein wenig wohnlicher zu gestalten – auf dem Boden lag ein Teppich, und um das Bett hingen Vorhänge. Doch insgesamt wirkte alles bedrückend, selbst auf ihn, der die letzten paar Monate unter rauheren und bedrohlicheren Umständen zugebracht hatte.
Ihre Majestät blickte auf, als er eingelassen wurde. Einen Moment lang spiegelte ihr Gesicht Überraschung wider, unmittelbar gefolgt von einem Stirnrunzeln.
»Was für eine unerwartete Ehre, Doktor Delamare«, sagte sie kalt. »Aber ich bin mir ganz und gar nicht sicher, ob wir uns darüber freuen.«
Paul trat ganz in das Zimmer und schloß die Tür hinter sich. Er nahm der Königin ihre Verärgerung nicht übel. Da sie nicht wissen konnte, daß er gefangen gehalten worden war, konnte er es ihr kaum verdenken, daß sie ihm sein offensichtliches Überlaufen vorwarf.
Er neigte andächtig den Kopf und sagte: »Madame, ich be-

dauere, daß die Umstände mich daran gehindert haben, Euch eher aufzusuchen. Leider sind die Herren, die für die Conciergerie zuständig sind, nicht entgegenkommender als die Wachleute hier.«

Antoinettes Augen weiteten sich. Sie betrachtete ihn verwirrt, während sie langsam begriff. »Monsieur le Docteur, habe ich Sie richtig verstanden? Sie sind verhaftet worden?«

Er nickte. »Im September.« Er skizzierte kurz die Umstände. Es war kaum erforderlich, weitere Einzelheiten darzulegen. Die bloße Erwähnung des Monats genügte, um die Königin erschauern zu lassen.

»Mon Dieu«, murmelte sie. Impulsiv streckte sie ihm eine Hand entgegen. »Es tut mir so leid, Doktor. Ich konnte nicht ahnen, daß Sie in Not waren, doch jetzt sehe ich ein, daß ich die Möglichkeit zumindest hätte in Betracht ziehen müssen.«

»Ich hätte niemals erwartet, Madame«, sagte er lächelnd, »daß Ihr überhaupt einen Gedanken an mich verschwenden würdet. Außerdem bin ich viel mehr an Eurer Lage interessiert als an meiner eigenen. Ich hoffe, es ist Euch gut ergangen?«

Die Königin deutete auf einen Stuhl neben sich. Während er sich setzte, sagte sie: »Dank Gottes Gnade. Doch da fällt mir etwas ein. Ich habe viel an Sie denken müssen – nicht zuletzt, weil ich mir gewünscht habe, Sie wären hier, um nach Mademoiselle de Montfort zu sehen.«

Paul erstarrte. Er hatte gehofft, die Königin sanft dazu zu bringen, über Dominique zu sprechen. Statt dessen war sie ihm zuvorgekommen.

»Was fehlt Dom – Mademoiselle?«

Antoinette verbarg ein Lächeln. Sie hatte die ganze Zeit über geglaubt, daß es zwischen diesem Paar mehr gab, als sie beide zugeben wollten, und jetzt war sie sich dessen sicher.

Romantische Verknüpfungen waren wie ein Sonnenstrahl, der in das dunkle, feuchte Gefängnis schien, denn sie deuteten darauf hin, daß es noch eine andere Welt gab als das Irren-

haus, in dem sie alle lebten – eine Welt, in der ein Mann und eine Frau noch immer zueinander finden konnten.
»Was ihr fehlt?« wiederholte sie sanft. »Nichts, nehme ich an, das eine Flucht von diesem schrecklichen Ort nicht kurieren würde. Doch wenn sie hier bleibt ...«
Sie seufzte tief, ihre eigenen Schuldgefühle und Vorwürfe machten ihr sehr zu schaffen. »Ich habe einen Fehler begangen, Monsieur. Ich hätte Dominique schon vor langer Zeit wegschicken sollen. Doch sie hat ein so liebevolles und gütiges Wesen, daß ich mich aus meiner eigenen Angst heraus an sie geklammert habe.«
»Das kann man Euch kaum zum Vorwurf machen, Madame«, sagte Paul sanft. Er hatte sich zwar darüber geärgert, daß die Königin Dominique bei sich behalten hatte, doch angesichts Marie Antoinettes verzweifelter Not mußte er einfach Mitleid mit ihr haben.
Schließlich war sie ihr ganzes Leben lang beschützt und verhätschelt worden. Natürlich war sie bestrebt, das beizubehalten, selbst wenn es nicht mehr möglich war.
»Auch ich habe über Dominique nachgedacht«, sagte er ruhig, »und über die Erfordernis, sie von hier wegzubringen.«
Die Königin seufzte tief. Ihr Mund zitterte. »Sie wissen, was heute geschehen ist?«
Er nickte. »Der Prozeß hat begonnen.«
»Natürlich wird Seine Majestät eine hervorragende Verteidigung vorbereiten. Nachdem sie vorgebracht worden ist, wird es niemandem mehr möglich sein, ihn wegen dieser lächerlichen Vorwürfe für schuldig zu befinden.«
Paul gab keine Antwort. Es wäre eine Lüge, ihr zuzustimmen. Und es wäre unnötig grausam, ihr die Wahrheit zu sagen.
»Dennoch ist es nur vernünftig«, fuhr die Königin mit hoher und angespannter Stimme fort, »mit dem Schlimmsten zu rechnen, wenn auch nur in der Absicht, es zu verhindern. Wenn Dominique jetzt geht, dann kann sie vielleicht irgendwann spä-

ter zurückkehren, nachdem sich alles wieder beruhigt hat. Wir könnten vielleicht sogar zurück nach Versailles, wo wir alle so glücklich gewesen sind ...«

Sie verstummte, Tränen rannen ihr die bleichen Wangen hinunter. Instinktiv beugte Paul sich vor. Er nahm die Königin in die Arme und hielt sie sanft fest, während ihre Tränenflut abebbte.

So fand Dominique ihn vor, als sie die königliche Kammer betrat.

Sie blieb wie angewurzelt stehen, ohne begreifen zu können, was ihre Augen ihr vorgaukelten. Paul, hier? Und er umarmte die Königin?

Nein, er umarmte sie nicht. Er tröstete sie, wie sie rasch feststellte, als ihre erste Überraschung nachließ. Darüber hinaus wirkte Marie Antoinette alles andere als beschämt, sondern nur erschöpft und auf seltsame Weise erleichtert.

»Komm herein, Liebes«, sagte sie, während sie die letzten Tränen trocknete. Mit sichtlicher Mühe riß sie sich zusammen. »Setz dich. Wir haben viel zu besprechen.«

Dominique hörte sie kaum. Ihre ganze Aufmerksamkeit war auf Paul gerichtet. Er wirkte genauso fest und stark, wie sie ihn in Erinnerung hatte; sie fand so gut wie kein Anzeichen dafür, daß das Chaos der letzten Monate ihn irgendwie beeinflußt hatte, bis sie ihm in die Augen sah und in den kristallenen Tiefen Schatten entdeckte, die sie nicht zu deuten vermochte.

Ohne es richtig zu bemerken, glitt sie auf den Stuhl, den die Königin ihr zuwies. Ihr Puls raste, und der Kloß in ihrer Kehle erschwerte ihr das Atmen. Dominique war selbst den Tränen gefährlich nahe, dennoch fest entschlossen, keine zu vergießen. Um nichts in der Welt würde sie ihm die Genugtuung bieten und ihm zeigen, daß seine bloße Anwesenheit eine solche Wirkung auf sie hatte.

Paul seinerseits nahm kaum etwas anderes wahr als Dominique. In erster Linie war er von ihrer Schönheit überwältigt. Im harten Winterlicht glänzte ihr ebenholzschwarzes Haar wie polierte Seide.

Ihr Gesicht war blaß, was das lebhafte, smaragdgrüne Funkeln ihrer Augen noch unterstrich. Das Gewand, das sie trug, war einfach – so schlicht, daß es beinahe häßlich wirkte, doch konnte es die sanfte Wölbung ihrer Brüste und die flüssige Biegung ihrer schmalen Taille nicht verbergen.

Zu schmal, befand er, nachdem die erste freudige Erregung, sie zu sehen, einer sachlicheren Beurteilung gewichen war. Schon im Sommer hatte er sie zu dünn gefunden, doch jetzt hatte sie noch mehr abgenommen. Sie wirkte zerbrechlich, was nicht zu ihrem stolz gereckten Kopf und der beharrlichen Gewißheit ihrer Kraft paßte.

»Dominique«, sagte er ruhig, als er sich zur Begrüßung erhob. »Wie schön, dich wiederzusehen.«

Bevor sie antworten konnte, warf die Königin ein: »Paul hat mir gerade etwas Schreckliches erzählt. Er ist die ganzen letzten Monaten in der Conciergerie inhaftiert gewesen. Deshalb konnte er uns nicht aufsuchen.«

»Tatsächlich?« murmelte Dominique. Ihr Blick suchte den seinen. Sie wirkte nicht direkt ungläubig, nur außerordentlich vorsichtig.

»Das muß sehr unangenehm für Sie gewesen sein«, sagte sie ausdruckslos.

Paul unterdrückte eine Grimasse. Wenn er die Hoffnung gehegt hatte, sie würde seine Gefühle erwidern, so war diese gerade eben vollkommen vernichtet worden.

Die Vorstellung, wie er im Gefängnis schmachtete, schien sie nicht sehr zu beeindrucken. Zugegeben, sie sah jetzt etwas blasser aus als noch vor einem Augenblick, aber es konnte sein, daß das Licht ihm einen Streich spielte.

»Ich habe es überlebt«, murmelte er. »Jetzt geht es darum, daß Ihre Majestät und ich über die unmittelbare Zukunft gespro-

chen haben.« Er warf der Königin einen Blick zu und wartete ab, ob sie das Wort ergreifen wollte, doch Marie Antoinette nickte nur leicht mit dem Kopf.
»Wir sind beide der Ansicht«, fuhr Paul ruhig fort, »daß es für dich das Beste wäre, diesen Ort zu verlassen.«
Dominiques Augen weiteten sich. Sein plötzliches Auftauchen war für sie schwierig genug, auch ohne die Tatsache, daß er zudem noch mit der Königin über sie gesprochen hatte. Außerdem hatte er Marie Antoinette offenbar etwas eingeredet, auf das sie nach Dominiques Überzeugung niemals von sich aus gekommen wäre.
»Eure Majestät«, setzte sie nach Worten ringend an, »das ist wirklich äußerst dubios. Selbst mit dem größten Wohlwollen können wir Monsieur Delamare kaum als Verbündeten betrachten. Daß er nach so langer Zeit plötzlich wieder hier erscheint und versucht, Euch davon zu überzeugen, ich solle nicht länger bleiben, ist – um es nicht zu hart auszudrücken – verdächtig.«
Aus den Augenwinkeln sah sie, wie Paul die Stirn runzelte, und wußte, daß es ihr wieder einmal gelungen war, ihn zu verärgern. Doch das ließ sich nicht ändern. Die Königin mußte begreifen, wie dumm sie sich verhielt.
Marie Antoinette war jedoch anderer Ansicht. Ruhig und mit für sie ungewöhnlicher Entschlossenheit sagte sie: »Paul hat nichts dergleichen getan. Ich hatte diesen Entschluß bereits gefaßt, bevor er gekommen ist.«
In sanfterem Tonfall fügte sie hinzu: »Du mußt gehen, meine Liebe. Es tut mir leid, aber es gibt keine andere Möglichkeit mehr. Um deinetwillen, und ebenso um Nicoles und Davids willen, mußt du Pauls Hilfe annehmen.«
Es entging Dominique nicht, daß die Königin Paul dreimal kurz hintereinander bei seinem Vornamen genannt hatte. Eine solche Vertraulichkeit war eine seltene Bekundung königlicher Gunst – und des Vertrauens.

Eigentlich hätte es unbegreiflich sein sollen, daß er solche Gefühle hervorrief. Dennoch fiel es Dominique nicht schwer, es zu verstehen. In ihr hatte er die gleichen Gefühle zum Vorschein gebracht, obwohl sie nach Kräften bemüht gewesen war, sie zu leugnen.

Dominique bemerkte das blasse Gesicht der Königin und das nervöse Zittern ihrer Hände und ging zu ihr hinüber. »Bitte, Eure Majestät«, murmelte sie, »ich fürchte, Ihr habt Euch überanstrengt. Ich bin mir sicher, daß Monsieur le Docteur dafür Verständnis haben wird, daß Ihr Euch jetzt ausruhen müßt.«

Letzteres sagte sie mit einem Blick in Pauls Richtung, der deutlich machte, daß Dominique ihm persönlich den Kopf abreißen würde, wenn er versuchen sollte, sich der Königin noch weiter aufzudrängen.

Da er selbst den Wunsch hatte, so rasch wie möglich mit Dominique allein zu sein, stimmte er nur zu bereitwillig zu. Er wartete im Gang, während die Königin sich zurückzog, wobei er das einschüchternde Starren des Wachpostens ignorierte.

Als Dominique schließlich herauskam, nahm er ihren Arm und führte sie rasch davon, wobei er laut verkündete: »Kommen Sie schon, Bürgerin, es warten noch andere Patienten auf mich und ich habe keine Zeit zu verschwenden.«

Dominique murrte leise, machte jedoch keine Anstalten, sich von ihm zu befreien – zumindest so lange nicht, wie der Wachposten sie noch sehen konnte. Sobald sie um die Ecke bogen, riß sie ihren Arm los.

»Wie können Sie es wagen?« fuhr sie ihn an. »Wie niederträchtig und verachtenswert müssen Sie sein, daß Sie nach all den Monaten wieder hier auftauchen und versuchen, sich das Vertrauen Ihrer Majestät zu erschleichen? Und noch dazu gerade jetzt, wo sie sich um den König sorgt und die Zukunft fürchtet?«

»Sie hat auch allen Grund dazu, sich zu fürchten«, unterbrach Paul kalt. Er wollte weder Zeit noch Energie damit verschwenden, sich wieder einmal zu rechtfertigen. Wenn sie glauben wollte, er sei ein unverschämter Schurke, dann mochte sie das tun. Zumindest würde sie nicht leugnen können, daß sie selbst in Gefahr schwebte.

»Die Schlinge zieht sich immer fester zusammen«, sagte er. »Wenn du etwas anderes glaubst, dann bist du einfach nur dumm.«

Dominique holte heftig Luft. Es war eine Sache, tief in ihrem Herzen ihren Ängsten ins Auge zu sehen. Doch es war etwas ganz anderes, sie laut auszusprechen.

»Hör mir zu«, sagte Paul, als er sie wieder ergriff. Er hatte die Geduld verloren, ihr Mangel an Vertrauen machte ihn wütend, und er war verzweifelt bemüht, sie zu überzeugen. Für einen Augenblick verlor er seine Beherrschung und schüttelte sie heftig. »Wenn du deinetwillen nicht das Richtige tun willst, dann denk zumindest an Nicole und David. Willst du, daß auch sie sterben müssen?«

Sofort bereute er seine Heftigkeit. Dominique war schon vorher blaß gewesen, doch jetzt wurde ihr Gesicht grau. Sie ließ ein Stöhnen hören und schwankte hilflos.

Er fluchte vor sich hin, als er sie in seinen Armen auffing. Sie war beunruhigend leicht. Außerdem fühlte sich ihre Haut heiß und trocken an, was seine Besorgnis weckte.

Weiter hinten im Korridor fand er einen kleinen Raum, der mit zwei Feldbetten, einem rohen Holztisch und einigen ebenso rohen Stühlen ausgestattet war. Es hätte sich um die Wohnung eines Bauern handeln können – eines sehr reinlichen Bauern. Das Zimmer war ordentlich gefegt, und die Decken auf den Betten waren sorgfältig geglättet.

Vorsichtig legte er sie auf die Decke. Sie war bei Bewußtsein, doch ihr Puls war schwach. Kaum hatte ihr Kopf das Kissen berührt, bemühte sie sich, wieder aufzustehen.

»Lassen Sie mich gehen«, protestierte sie mit schwacher, atemloser Stimme. In ihrer Aufregung schubste sie ihn so schwach wie ein Vogel, der gegen eine Steinmauer schlägt. Sie wollte noch etwas sagen, etwas zweifellos wenig Schmeichelhaftes. Doch bevor sie die Gelegenheit dazu hatte, erlitt sie einen plötzlichen Hustenanfall.

Paul beobachtete das finster. Er war nicht überrascht; alles wies darauf hin, daß sie krank war – der Gewichtsverlust, ihre ungewöhnliche Schwäche, das Fieber. Selbst die Königin hatte es angedeutet.

Doch trotz alledem änderte sich seine Reaktion nicht. Überraschenderweise verspürte er nackte Angst. Der bloße Gedanke, Dominique könne ihm genommen werden, bevor er die Chance gehabt hatte, sie zu retten, traf ihn mit solcher Gewalt, daß er beinahe aufschrie. Es gelang ihm, sich zusammenzureißen, wenn auch nur mit großer Mühe. Auf dem Tisch stand ein abgeblätterter Krug mit Wasser und ein hölzerner Becher. Diesen füllte er, brachte ihn zu ihr und wartete, bis das Husten soweit abgeklungen war, daß sie trinken konnte.

»Langsam«, murmelte er, den Arm um ihre Schultern gelegt, und hielt ihr den Becher an die Lippen.

Sie trank, hustete, trank wieder. Schließlich schob sie den Becher beiseite und setzte sich auf.

»Bitte gehen Sie.« Ihre Stimme hatte ein wenig ihrer Kraft zurückgewonnen, wenn auch keinesfalls die gesamte. Zusätzlich hatte der Husten ihr einen rauhen und heiseren Klang verliehen. Aus ihrem Haar hatten sich etliche Nadeln gelöst, so daß tiefschwarze Strähnen wirr um ihre Schultern fielen. Sie sah aus und klang wie eine Frau, die vor Leidenschaft erschöpft ist.

Er ignorierte ihre Forderung und setzte sich statt dessen auf einen Stuhl.

»Wie lange geht das schon so?« Als sie nicht antwortete, machte er eine verärgerte Handbewegung. »Ich bin Arzt, Dominique – der einzige, den du in nächster Zeit sehen wirst. Warum nimmst du die Gelegenheit nicht wahr und erzählst mir, was geschehen ist?«

Unter diesem Gesichtspunkt war es schwierig, sich zu weigern. Ihr immer schlechter werdender Gesundheitszustand hatte sie beunruhigt, obwohl sie sich bemüht hatte, nicht darüber nachzudenken. Leise sagte sie: »Etwa einen Monat.«

»Seit das kalte Wetter begonnen hat?«

Sie nickte. »Es ist mal besser, mal schlechter. Ich nehme heißes Wasser mit etwas von der Arznei, die noch von der Behandlung Ihrer Majestät übrig ist.«

»Das wird nicht reichen – nicht, solange du in diesem gottverlassenen Loch gefangen bist.«

»Unsinn«, sagte sie knapp. Ohne ihn anzusehen, schwang sie die Beine über die Bettkante und stand auf. Sie glättete ihren Rock, um das Zittern ihrer Beine zu verbergen, und fuhr fort: »Ich weigere mich, dem eine Bedeutung zuzumessen, die es nicht hat. Es geht mir ausgezeichnet, und Sie werden mich nicht vom Gegenteil überzeugen.« Spitz ergänzte sie: »Ich nehme an, bei euch Medizinern ist das so üblich, aber ich werde es nicht dulden.«

Mit einiger Mühe gelang es Paul, seinen aufkeimenden Zorn zu unterdrücken. Er musterte sie, während er nachdachte. Schließlich sagte er: »In Ordnung, reden wir nicht mehr davon. Es gibt wichtigere Dinge, über die wir sprechen müssen. Ich werde dafür sorgen, daß du in einem oder zwei Tagen hier fort kannst.«

Dominique starrte ihn an. Sein Gesicht war gelassen – nichts verriet, was er dachte oder fühlte. Nur der eine, stumpfe Finger, der auf der Stuhllehne neben ihm trommelte, verriet seine Verärgerung.

Sie holte tief Luft und war erleichtert, daß sie nicht wieder husten mußte. Das war jetzt nicht angebracht.

Ruhig sagte sie: »Ich kann nicht fort.«

Einen Moment lang befürchtete sie, Paul könne, völlig unabhängig von ihrer Äußerung, etwas Schreckliches geschehen sein. Sein Gesicht wurde leichenblaß. Sein Mund verzog sich hart und verkrampft. Er sah in jeder Hinsicht aus, als verspüre er einen quälenden Schmerz und sei bemüht, das nicht zu zeigen.

Langsam stand er auf und kam hinüber zu ihr. Seine Augen, so blau wie ein Stück vom Himmel, funkelten bedrohlich. Sorgfältig betonte er jedes Wort, als er sagte: »Du bist die störrischste, dümmste und unerträglichste Frau, die ich je kennengelernt habe.«

»Trotzdem«, fuhr er fort, bevor sie ihn unterbrechen konnte, »habe ich nicht gewußt, daß du noch dazu egoistisch, gefühllos und gleichgültig bist, was die Sicherheit deines Bruders und deiner Schwester betrifft.«

»Das ist nicht wahr«, entgegnete Dominique entgeistert. »Ich mache mir schreckliche Sorgen um die beiden.«

»Aber du willst nicht fort.«

»Ich *kann* nicht«, murmelte sie, wobei das Elend sich auf ihrem Gesicht abzeichnete. Ohne richtig zu merken, was sie tat, breitete sie beschwörend die Hände aus. »Bitte versuchen Sie doch, mich zu verstehen. Die Königin ist für mich viel mehr als nur Monarchin und Dienstherrin. Ich kann ohne Übertreibung sagen, daß sie mir mehr eine Mutter war als meine eigene.«

Paul runzelte die Stirn. Das konnte er kaum bestreiten. Die Marquise de Montfort war eine oberflächliche, selbstsüchtige Frau gewesen, die ihren Kindern weder Zeit noch Geduld geopfert hatte.

»Wie können Sie erwarten, daß ich mich jetzt von ihr abwende, wo sie mich am nötigsten braucht?« fragte Dominique. »Was wäre ich für ein Mensch, wenn ich dazu fähig wäre?«

Paul war versucht zu sagen, daß sie leben würde, in Freiheit, ohne Einschränkung und mit der Chance, ihr Leben neu zu

beginnen. Doch er hielt sich zurück. Ihr Gewissen würde es ihr einfach nicht erlauben, seinem Wunsch nachzukommen, ganz gleich, was ihre Weigerung sie kosten würde.
Das bedeutete jedoch nicht, daß er sich geschlagen geben mußte.
Unnachgiebig sagte er: »Was ist mit Nicole und David?«
Dominique holte tief Luft, um sich zu beruhigen, und sah ihn flehend an. »Ich weiß, daß es viel verlangt ist. Sie sind wütend auf mich, und ...«
»Das bin ich nicht.«
»Oh ... nun gut, ich hatte den Eindruck. Egal. Wenn Sie uns drei hinausschaffen könnten, dann könnten Sie doch sicher auch nur Nicole und David retten? Sie sind noch Kinder, das stimmt, aber sehr intelligent und gehorsam. Sie würden Ihnen keine Schwierigkeiten bereiten.«
Ihre Schultern zitterten. Sie wandte sich einen Augenblick lang von ihm ab, bemüht, ihre Fassung wiederzugewinnen.
Bevor sie ansetzen konnte, ihn erneut zu bitten, sagte Paul: »In Ordnung, ich bringe sie heraus. Morgen abend müssen sie fertig sein. Natürlich muß ich dir nicht erst sagen, daß du mit niemandem darüber sprechen darfst, auch nicht mit den Kindern. Sie dürfen es erst im letztmöglichen Moment erfahren.«
Dominique nickte stumm. Seine plötzliche Zustimmung überraschte sie. Sie hatte erwartet, er würde argumentieren und versuchen, sie mit ihrer Sorge um ihre Geschwister zu erpressen, damit sie selbst auch mitkam. Wenn er das getan hätte, hätte sie sich in einer ausweglosen Lage befunden. Doch statt dessen hatte er einfach eingewilligt, das zu tun, was sie so verzweifelt erbeten hatte. Sie überlegte, ob sie gewünscht hätte, er hätte sich stärker bemüht, sie zu überzeugen.
Was war nur mit ihr los, daß sie einem Mann mißtraute, dem fast jeder zugestehen würde, daß er nur aus einfacher Menschlichkeit handelte? Noch dazu war er bereit, zu einer Zeit nach

diesem Gefühl zu handeln, zu der die meisten anderen Menschen nur an ihr eigenes Überleben dachten.
Lange nachdem Paul gegangen war, saß Dominique da und grübelte dieser Frage nach. Sie hatte ihm die Wahrheit gesagt als sie sagte, sie liebe die Königin wie eine Mutter und könne es nicht übers Herz bringen, sie zu verlassen. Aber sie war auch nur ein Mensch ... und sie hatte Angst. Sie wollte nicht sterben.
Mit einem leichten Zittern gewann sie die Kontrolle über sich selbst zurück. Es gab Grenzen für das, was die Menschen zulassen würden, selbst in Zeiten des Wahnsinns. Der Prozeß gegen den König würde seinen Lauf nehmen, er würde sich geschickt verteidigen, und jeder würde einsehen, wie absolut verrückt und absurd die Jakobiner waren. Sie war sich sicher, daß dies ein Wendepunkt sein würde. Der König würde entlastet werden und Robespierre in Ungnade fallen, ehrbare Männer würden die Regierung übernehmen, und das Leben würde allmählich wieder seinen normalen Lauf nehmen.
Dann, in sechs Monaten oder so, könnten Nicole und David ungefährdet zurückkehren. Sie alle würden wieder das Leben aufnehmen, das sie von früher kannten, und die Ereignisse der vergangenen paar Jahre würden nichts weiter sein als ein Alptraum, an den man sich nur noch dunkel erinnerte.
Sie war neunzehn Jahre alt, ihr ganzes Leben lag noch vor ihr. Sie konnte einfach nicht sterben. Mit dem unbezwingbaren Glauben an die eigene Unsterblichkeit, der der Segen und der Fluch der Jugend ist, verdrängte sie ihre Ängste und begann zu überlegen, was von ihren dürftigen Habseligkeiten Nicole mitnehmen sollte.

Kapitel 9

Für den Rest dieses Tages und den ganzen nächsten Tag war Paul sehr beschäftigt. Er suchte das Krankenhaus auf und vergewisserte sich, daß alle seine Unterlagen auf dem neuesten Stand waren.

Nachdem er das erledigt hatte, nahm er in dem Café nahe seiner Wohnung ein leichtes Abendessen zu sich und blieb eine Weile beim Wein sitzen. Er ging erst, als es vollkommen dunkel geworden war. Doch statt nach Hause zurückzukehren, machte er sich zu Fuß auf den Weg.

Schon normalerweise waren die Straßen von Paris so unsicher wie in jeder großen Stadt. Nur wenige wagten sich hinaus und blieben lieber hinter verschlossenen Türen. Diejenigen, die keine andere Möglichkeit hatten, waren darauf bedacht, eine Kutsche zu nehmen.

Nur jemand, der äußerst dringende Erledigungen zu machen hatte und nach Diskretion strebte, würde sich nach Einbruch der Dunkelheit allein in die schmalen Gassen und Durchgänge von Les Halles wagen. Dieser Bezirk am Fluß – die Stelle des früheren Marktes, der im Laufe der Jahre zu einem Labyrinth aus Lagerräumen und Geschäften geworden war – lag zu dieser Tageszeit verlassen da. Einige Stunden später, kurz bevor sich der erste graue Lichtstrahl am Horizont zeigte, würde die Gegend von Händlern und Käufern nur so wimmeln. Jetzt schlummerte sie unter einer Kloake von verfaulendem Abfall, über den Ratten hinweghuschten.

Paul ging rasch, eine große, kräftige Gestalt mit Mantel, Reitstiefeln und Kniehosen. Sein Kopf war unbedeckt, obwohl es begonnen hatte, vom mondlosen Himmel zu schneien. An einer Ecke blieb er stehen und sah sich um, als überlege er, welchen Weg er einschlagen sollte; dann ging er weiter.

Er fand den schmalen Eingang auf halber Höhe an einer Reihe von heruntergekommenen Gebäuden, die aneinandergedrängt standen und sich weit über die Straße hinaus streckten, als reiche ein kräftiger Wind aus, um sie umzustoßen. Die Tür quietschte, als er sie öffnete und in die Dunkelheit trat. Er fluchte leise. Zunder wurde entfacht, und der Docht einer Kerze fing Feuer.

»Kommen Sie schon«, sagte eine Männerstimme. »Bleiben Sie nicht die ganze Nacht da stehen.« Die Stimme klang hart, ungebildet und ein wenig undeutlich, als habe der Mann die finsteren Stunden nur mit Hilfe einiger Gläser überstehen können.

Paul nahm an, daß es nicht der Mangel an Tageslicht war, der den Mann beunruhigte. Er war in einer Finsternis der Seele gefangen, aus der es kein Entkommen geben konnte.

»Monsieur Crenay?« fragte er.

Der Mann nickte zur Bestätigung. Er war fett und hatte langes, strähniges Haar von unbestimmter Farbe und schmale, mißtrauische Augen. Seine übrigen Gesichtszüge wurden beinahe vollständig von den herabhängenden Wangen verdeckt. Er trug ein Hemd und Pantalons, die zwar teuer, aber fleckig und zerknittert waren, als hätte er sich seit vielen Tagen nicht die Mühe gemacht, sie zu wechseln.

»Setzen Sie sich«, schnaufte er an Paul gerichtet und wies auf einen Stuhl neben sich. »Habe lange genug auf Sie gewartet. Bringen wir es hinter uns.«

Paul war das recht. Er griff in die Innentasche seines Mantels und zog einen Beutel hervor, den er auf den Tisch zwischen ihnen warf. Crenay griff gierig danach, schüttete die Münzen in seinen Schoß und zählte sie Stück für Stück.

»Es fehlt nichts«, sagte Paul, der sich eine Spur Verärgerung in der Stimme zugestand.

»Kontrolle kann nichts schaden. Ich bin ein vorsichtiger Mensch.« Er leckte sich die Lippen und betrachtete Paul mit aufrichtiger Freundlichkeit. »Nun, wie ich höre, haben Sie eine Sache, die aus dem Land transportiert werden soll.«
»Vier Sachen«, sagte Paul. »Morgen nacht.«
»Ziel?«
»Dover.«
Der Mann stieß einen leisen Pfiff aus. »Sie verlangen recht viel.«
»Deswegen werden Sie ja so gut bezahlt«, stellte Paul kühl klar. »Wenn die Entschädigung Sie jedoch nicht interessiert, werde ich mich an jemand anderen wenden.« Er wollte sich erheben.
»Warten Sie«, sagte der Mann. »Ich habe nicht gesagt, daß ich es nicht mache; nur, daß es nicht leicht sein wird.«
Paul wies auf den schweren Beutel in der Hand des Mannes. »Ich bin mir sicher, daß Ihnen das da hilft, einen Weg zu finden.«
Crenay runzelte die Stirn. »Ja, ich glaube schon.« Er gab vor zu zögern, aber seine Entscheidung stand bereits fest. Er war viel zu gierig, um sich eine solche Belohnung entgehen zu lassen.
»Wo soll es abgeholt werden?« fragte er.
Paul zögerte, als würde er es sich plötzlich anders überlegen.
»Kommen Sie, kommen Sie«, murrte Crenay. »Sie müssen es mir sagen; wie soll ich Ihnen sonst helfen?«
»In Ordnung ... es ist der Tempel.«
Der Mann stieß einen Pfiff aus. Er sah Paul an, als fürchte er, er könnte verrückt sein. »Sie haben doch nicht vor ...«
»Natürlich nicht«, unterbrach ihn Paul. »An denen habe ich kein Interesse. Es handelt sich um Dienerschaft, die herauskommen wird – gewöhnliche Menschen, die überhaupt nicht dort hätten eingesperrt werden dürfen.«

Crenay wirkte nicht überzeugt. Erneut wog er den Beutel in der Hand. »Das wird mehr kosten.«
»Ich haben Ihnen doch gesagt, es sind Diener.«
»Spielt keine Rolle, wer es ist. Wenn sie aus dem Tempel kommen, brauche ich mehr.«
Paul zögerte wieder, als würde er überlegen, ob er diskutieren solle oder nicht. Schließlich zuckte er die Schultern. »In Ordnung, Sie bekommen noch einmal soviel, wenn wir die Stadt verlassen haben.«
»Ich kriege es jetzt, oder das Geschäft platzt.«
»Das ist lächerlich . . .« Mit plötzlicher Ungeduld lenkte er ein. »Oh, schon gut, nehmen Sie es. Aber«, ergänzte er drohend, »ich rate Ihnen, auch wirklich aufzutauchen, Crenay, oder Ihr Kopf wird rollen.«
Crenay stand auf, jetzt die Freundlichkeit in Person, und sie besprachen die Einzelheiten ihres Plans. Dann verabschiedeten sie sich eilig. Der Schmuggler war sichtlich darauf bedacht, ihn schnell los zu werden.
Eine halbe Stunde später war Paul in seiner Wohnung. Er verbrachte den Rest der Nacht damit, seine Bücher durchzusehen und diejenigen auszuwählen, die ihm am wichtigsten waren. Diese legte er in ein Bündel, das er neben die Tür stellte.
Aus einem Schrank nahm er einen langen, flachen Gürtel, den er ausrollte, so daß eine Reihe von seidengefütterten Beuteln zum Vorschein kam. Diese füllte er mit dem Inhalt einer kleinen Kiste, die unter den losen Bodenbrettern unter seinem Bett versteckt war.
Dann legte er sich aufs Bett, noch immer voll angekleidet, und starrte an die Decke, bis die Dunkelheit dem Tag wich.

***

Bei seiner langen Wache war Paul nicht allein. Auch Dominique lag wach, lauschte auf das ruhige Atmen ihrer Schwester

und dachte an ihren Bruder, der ganz in der Nähe auf der anderen Seite der Wand lag.
Morgen würden sie fort sein. Trotz all ihrer optimistischen Gedanken mußte sie die Möglichkeit in Betracht ziehen, daß sie sich vielleicht niemals wiedersehen würden, und nicht etwa, weil ihre Flucht mißlingen würde. Daran durfte sie nicht einmal denken. Nein, weil die Ereignisse sich so entwickeln könnten, daß es der Familie unmöglich werden würde, wieder zusammenzufinden.
Dennoch, was immer ihr zustoßen würde, sie konnte sich mit der Gewißheit trösten, daß für Nicole und David gut gesorgt sein würde. Obwohl Dominique ihre englische Großmutter seit beinahe zehn Jahren nicht gesehen hatte, hatte sie diese unbeugsame Dame in bester Erinnerung.
Im Unterschied zu ihrer Tochter, der verstorbenen Marquise de Montfort, war Lady Amelia Haverston, Herzogin von Clarendon, alles andere als leichtfertig oder egozentrisch. Obwohl sie jetzt weit über siebzig war, war sie noch immer das unbestrittene Oberhaupt der Familie, die Matriarchin, der sich niemand zu widersetzen wagte.
Mit Ausnahme von Dominique. Sie zuckte innerlich zusammen, als sie sich daran erinnerte, wie sie drei Jahre zuvor das Flehen ihrer Großmutter, nach England zu kommen, ignoriert hatte. Lady Amelia hatte vorausgeahnt, welchen Lauf die Ereignisse in Frankreich nehmen würden, und hatte versucht, ihre Enkel zu retten, doch Dominique hatte das verhindert und darauf beharrt, sie hätten nichts zu befürchten. Lady Amelia würde Nicole und David mit offenen Armen aufnehmen. Ohne Zweifel würde sie sich auch recht eindeutig zu Dominiques Entschluß, zurückzubleiben, äußern.
Würde Paul die Kinder persönlich nach England bringen? Ihr wurde klar, daß sie darauf bestanden haben sollte, nähere Einzelheiten über den Fluchtplan zu erfahren, aber sie war einfach zu überwältigt gewesen, um klar zu denken.

Sicher mußte er die Absicht haben, auch selbst zu fliehen. Nachdem er ihnen geholfen hatte, konnte er unmöglich in Paris bleiben, denn er würde ganz sicher als ihr Fluchthelfer verdächtigt und darum gejagt und bestraft werden.

Also würden sie alle in England sein – Nicole, David und Paul – fern der rachsüchtigen Klauen Robespierres, während sie noch immer in Paris sein würde, im Tempel-Gefängnis, gefangen wie ein Vogel in einem Käfig und leicht zugänglich, wann immer es einem Verrückten in den Sinn kam, sich mit ihr zu befassen. Sie preßte die Augen zusammen und kämpfte gegen ihre Angst an. Stumm erinnerte sie sich daran, daß sie einer langen, ununterbrochenen Reihe tapferer Männer und Frauen entstammte, die ihre Pflicht gekannt und ohne Zögern erfüllt hatten. Sowohl auf französischer als auch auf britischer Seite war ihre Abstammung makellos. Zugegeben, auch die Haverstons und die de Montforts hatten ihre Taugenichtse, Schurken und Nichtsnutze, doch es gab unter ihnen keine Feiglinge. Und sie würde nicht der erste sein.

Schließlich schlief sie ein und träumte von blattgoldfarbenem Haar und von Augen, die aus Himmel und Sonne gemacht waren – Augen, die sie seltsamerweise anlächelten und ihr versprachen, alles würde gut werden.

Kurz nach Tagesanbruch verließ Paul seine Wohnung. Auf dem Weg hinaus klopfte er an der Tür seines Vermieters. Gaston Foulard war ein großer, stämmiger Mann, der noch immer das rauhe, gute Aussehen der Lombardei bewahrte, in der er geboren war, obwohl er bereits seit zwanzig Jahren in Paris lebte. Eigentlich war er Silberschmied, obwohl in letzter Zeit wenig Bedarf für solche Fähigkeiten bestand. Er hatte sich mit Gelegenheitsarbeiten in einer Schmiede durchgeschlagen, die von einem Freund betrieben wurde.

Zum Glück hatten seine Frau und er schon lange genug Geld beiseite gelegt, um das Haus zu kaufen, in dem sie wohnten.

Dadurch hatten sie ein Dach über dem Kopf und die Einnahmen von Mietern, die Foulards instinktive Vorsicht zu schätzen wußten.
Paul übergab ihm die Bücher. »Ich wäre Ihnen sehr verbunden, wenn ich die hier eine Zeitlang bei Ihnen unterbringen könnte.«
Foulard betrachtete ihn aufmerksam. Er sah einen jungen Mann von achtundzwanzig Jahren, auf harte, unbarmherzig männliche Weise attraktiv, einen Mann, der unzweifelhaft intelligent und anständig war und ihm niemals Anlaß zur Beunruhigung gegeben hatte. Ganz im Gegenteil, durch seine bloße Anwesenheit hatte er seiner Einrichtung ein gewisses Prestige verliehen. Foulard hatte angenommen, er besäße genug Verstand, um sich aus allen Schwierigkeiten herauszuhalten.
Es stimmte ihn traurig, daß das offenbar nicht länger der Fall war, doch er hatte nicht die Absicht, sich mehr einzumischen als nötig. Weil er die Idioten, die sein geliebtes Frankreich zugrunde richteten, verachtete, und weil er von Natur aus ein verschwiegener Mensch war, würde er nichts zu Paul sagen – oder zu irgend jemandem sonst.
»Ich verstehe«, murmelte er, als er die Bücher entgegennahm. Sie ließen sich über den Dachbalken in der Küche sehr leicht verstecken. Dort gab es einen Zwischenboden, der nützlichen Lagerraum für jede Art von Dingen bot, die ein kluger Mann in dieser Zeit nicht offen zur Schau stellte.
»Ich werde gut auf sie aufpassen«, ergänzte er aus Respekt und vielleicht Mitgefühl.
Paul nickte zufrieden. Er neigte wohlwollend den Kopf und verabschiedete sich. Der Schnee der vergangenen Nacht hatte sich entlang des Kopfsteinpflasters in kleinen Verwehungen und Häufchen gesammelt. Schon jetzt wurde er zu Matsch.
Paul runzelte die Stirn. Er hatte gehofft, der Tag würde kälter werden, weniger einladend – die Art von Wetter, die einen ge-

langweilten und überarbeiteten Wachposten dazu führen würde, weniger aufmerksam zu sein.
Egal; er würde einfach das beste aus der Situation machen. Es gab keine andere Möglichkeit.
Er fühlte nach seiner Innentasche, als er rasch auf die Ecke zuging, an der es einfacher sein würde, eine Kutsche herbeizuwinken. In der Gewißheit, daß er alles bei sich hatte, was er brauchte, beschrieb er dem Fahrer den Weg zum Tempel. Der Mann murrte, erhob jedoch keine Einwände. Zahlende Kunden waren dieser Tage in Paris selten genug, auch ohne daß er sie abwies.
Am Tempel wurde er bereitwillig von einem Wachposten eingelassen, der aussah, als hätte er die Nacht damit zugebracht, starken Wein zu trinken, und es am nächsten Morgen bereut.
Die Königin erwartete ihn in ihrer Kammer. Dominique war bei ihr. Beide Frauen sahen blaß und düster aus. Paul redete einige Zeit mit ihnen und erklärte ruhig und sanft, was geschehen würde. Dann ließ er sie allein. Das schien der Anstand zu verlangen.
Er verließ den Tempel gegen Mittag und kehrte erst am frühen Abend zurück. Mittlerweile war alles vorbereitet.
Nicole und David waren informiert worden. Sie glühten vor Aufregung – und Angst. Als er die kleine Kammer betrat, in der sie alle versammelt waren, sahen sie ihn an, als sei er eine Erscheinung. Er lächelte ihnen freundlich zu, doch er machte sich nicht die Illusion, das das helfen würde.
»Ist alles bereit?« fragte er.
Dominique nickte. Sie hatte sich von ihren Geschwistern bereits verabschiedet, und sie von ihr. Jetzt, als die letzten Sekunden verstrichen, kämpfte sie darum, wenigstens eine Spur von Selbstbeherrschung zu bewahren. Verzweifelt konzentrierte sie sich auf das, was Paul sagte, richtete ihre ganze Aufmerksamkeit auf seine Worte, damit sie an nichts anderes dachte.

»Crenay wird mit einem Karren am Südtor warten. Natürlich werden Robespierres Leute irgendwo in unmittelbarer Nähe sein.«

»Sind Sie sich da sicher?« fragte David. Obwohl er noch ein Kind war, verstand er die Gefahr, in die sie sich begaben, nur zu gut. Wenn Paul sich verkalkuliert hatte, waren sie alle verloren.

»Daran gibt es keinen Zweifel«, sagte Paul ruhig. »Crenay hat eine Zeitlang für Robespierre gearbeitet. Er ist ein Grund dafür, warum so viele Fluchtversuche gescheitert sind.«

Nicole riß die Augen auf. »Sie meinen, die Leute haben bei ihm Hilfe gesucht, und er hat sie verraten?«

»Genau, obwohl bis vor kurzem niemand gewußt hat, daß Crenay dafür verantwortlich war.«

»Wer hat ihn entlarvt?« fragte David.

Paul schüttelte den Kopf. Er hatte nicht vor, Joseph zu verraten, der sich ihm so widerwillig anvertraut hatte. Der Jüngere hielt ihn wegen seines Vorhabens noch immer für verrückt. Paul war nicht gerade überzeugt davon, daß er sich irrte.

»Das braucht ihr nicht zu wissen«, sagte er ruhig. »Ihr könnt euch jedoch darauf verlassen, daß man sich um Crenay kümmern wird, wenn diese Nacht vorbei ist.«

Er ging auf die Tür zu und öffnete sie. Nach einem kurzen Blick hinaus sagte er: »Wir nehmen das Nordportal. Jeden Abend werden dort zu dieser Zeit leere Weinfässer hinaustransportiert. Nur wird sich heute etwas in ihnen befinden.«

Nicole und David schien die Aussicht zu faszinieren, die trotz aller Angst und Gefahr ihre Phantasie anregte. Selbst Dominique war beruhigt.

Ganz offensichtlich hatte Paul alles mit äußerster Sorgfalt geplant. Während Robespierre und seine Leute in die eine Richtung sahen, würden sie in der anderen entkommen.

Sehr erleichtert machte sie einen Schritt vor und streckte Paul die Hand entgegen. »Ich kann Ihnen gar nicht genug danken«, setzte sie an. Ihre Stimme war leise und heiser, er konnte nicht ausmachen, ob das an ihrem verbleibenden Husten oder irgendeiner Emotion lag. Doch ihre Augen versenkten sich in seine. Sie waren groß und leuchteten, fingen das harte Winterlicht auf und verwandelten es in etwas, was man sonst nur mitten im Sommer auf einer Waldlichtung findet, wenn alles frisch und lebendig ist, voller Hoffnung und Zuversicht.

Ihre Lippen waren leicht geöffnet. Er betrachtete die feuchte Fülle und fühlte, wie sein Körper sich straffte, fühlte das drängende Bedürfnis, sie zu besitzen, das sich über das rein sexuelle Verlangen hinaus in Sphären erstreckte, in die er sich nie zuvor gewagt hatte.

Doch jetzt war nicht der richtige Zeitpunkt, daran zu denken. Durch das schmale, vergitterte Fenster konnte er sehen, daß es beinahe dunkel war. Der Tag neigte sich dem Ende zu. Bald würden die letzten Routinearbeiten verrichtet sein, und das Gefängnis würde wieder einmal für die Nacht abgeriegelt werden.

»Komm«, sagte er ruhig, »geh noch ein Stück mit uns.«

Dominique zögerte. Sie hatte vorgehabt, sich direkt hier von ihrem Bruder und ihrer Schwester zu verabschieden, doch die Aussicht, noch ein paar Minuten länger bei ihnen zu sein, war zu verlockend. Mit einem raschen Nicken stimmte sie zu.

Der Anblick der jungen Hofdame der Königin, die durch die Gefängniskorridore schritt, war so alltäglich, das er nur von wenigen wahrgenommen wurde. Gleichermaßen gehörten ihre Geschwister schon so zum Inventar, daß ihr augenscheinlich normales Verhalten kein Aufsehen erregte. Mit Paul wäre es etwas anderes gewesen, doch seine Anwesenheit war am Tag zuvor erklärt worden. Die Wachleute nahmen an, er müsse Robespierres Mann sein, und machten dementsprechend einen weiten Bogen um ihn.

»Ich glaube, nur durch Ihren Befehl hätten Sie uns schon hier

herausbringen können«, sagte Nicole mit einem leisen Kichern, als sie voraneilten.
Die Zuversicht des Kindes ließ Paul sanft lächeln, und er wünschte, ihre Schwester möge ihm nur halb soviel Vertrauen schenken.
Sie bogen um eine Ecke unweit der Küchen und stießen auf die Weinfässer, die ordentlich an einer Wand gestapelt waren. Es waren ein halbes Dutzend, alle etwa einen Meter zwanzig hoch und so breit, daß ein Mann sie unmöglich allein hochheben konnte.
Paul dankte stumm für die glückliche Fügung, durch die die Fässer genau zu der Zeit an dem Ort aufgestellt worden waren, an dem sie am nötigsten gebraucht wurden. So hart die Bedingungen im Tempel-Gefängnis auch waren, es wäre den Wärtern niemals in den Sinn gekommen, den Insassen ihr übliches Getränk zu verweigern.
Wenn man ihnen nur Wasser zugestanden hätte, hätte nur ein Bruchteil bis zur Verhandlung überlebt, so sehr war es verschmutzt. Statt sich ihre Opfer entgehen zu lassen, hielten die Machthaber sich an die Tradition und lieferten den billigen, jedoch relativ ungefährlichen Wein.
Und die Weinfässer.
»Wie lange werden wir da drin bleiben müssen?« fragte David flüsternd. Es war keiner der Wachposten zu sehen, die es schon lange aufgegeben hatten, den absolut routinemäßigen Abtransport der Fässer zu beobachten und denen es nicht auffallen würde, daß die Arbeiter bestochen und durch Pauls Leute ersetzt worden waren.
»Nicht lange«, sagte Paul tröstend. Ruhig ergänzte er: »Ich weiß, wie schwer das für euch beide ist.« Er blickte die Kinder an, während er sagte: »Ihr wollt nicht, daß eure Schwester hierbleibt, nicht wahr?«
Dominique, die neben ihm stand, fuhr zusammen. Sie konnte nicht glauben, daß er so gefühllos, so grausam sein konnte,

dieses Thema gerade jetzt anzusprechen. Was fiel ihm nur ein, das David und Nicole gegenüber zu erwähnen?
Es war schon so schwer genug für sie gewesen, die beiden davon zu überzeugen, daß sie nicht anders handeln konnte. Sie wußte nicht, wie sie damit zurechtkommen sollte, wenn sie jetzt anfingen, wieder zu weinen oder sie anzuflehen, mit ihnen zu kommen, wie sie es bereits zuvor getan hatten.
Abrupt endeten ihre Gedanken. Paul sah sie finster an. Nicole und David blickten plötzlich verschämt zur Seite. Was hatte Paul da in der Hand? Ein Taschentuch? Warum hielt er es ihr entgegen? Dieser Geruch...
Einen Augenblick zu spät begriff sie, was er vorhatte. Sie versuchte, ihn abzuwehren, doch er war viel zu stark. Es gelang ihr nicht, das in Kampfer und Laudanum getränkte Tuch von ihrem Gesicht zu ziehen.
Der widerlich süße Geruch füllte ihre Lungen. Sie schnappte nach Luft und schrie, doch sie spürte nur, wie die Welt sich um sie drehte, als sie in einen langen, finsteren Tunnel stürzte, der in die Unendlichkeit führte.

Kapitel 10

Dominique träumte. Sie war wieder ein Kind, saß auf ihrem Pony Chantal und ritt durch die Wälder, die sich auf dem riesigen Besitz der de Montforts befanden. Der Tag war warm und sonnig. Unter sich spürte sie das rhythmische Stampfen des kleinen Pferdes, das sie immer weiter auf ein bezauberndes Abenteuer zutrug.

Sie seufzte leise und rollte sich herum, doch plötzlich bemerkte sie, daß nicht alles so war, wie es sein sollte. Noch im Halbschlaf runzelte sie die Stirn. Da gab es etwas, an das sie sich erinnern mußte.

Sie riß die Augen auf. Direkt vor sich sah sie eine Wand aus rohem Holz, die auf und ab schwankte.

Panik erfaßte sie – die schreckliche Verwirrung, die einen befällt, wenn man das Gefühl hat, von der bekannten, vorhersehbaren Welt abgeschnitten zu sein.

Direkt darauf folgte die Erinnerung. Sie setzte sich abrupt auf und stieß dann einen Schmerzensschrei aus, weil sie sich den Kopf an der Decke der Koje gestoßen hatte, in der sie lag.

Sie rieb sich die lädierte Stelle und schimpfte leise vor sich hin, als sich die Kabinentür öffnete. Paul kam in den Raum marschiert.

Sein goldenes Haar war wirr und klebte feucht an seinem Kopf. Er trug ein rauhes Baumwollhemd und Kniehosen. Nichts an ihm ließ den vornehmen Herren erahnen, geschweige denn den Arzt und Gelehrten.

»Dominique«, sagte er, deutlich erleichtert, als er sie dasitzen sah, trotz des Schreis offenbar unversehrt. »Du bist wach.«

»Sieht ganz so aus.« Sie warf ihm einen vernichtenden Blick zu. »Ich bin Ihnen keineswegs dankbar. Ist das Betäuben von Frauen ein neuartiges medizinisches Verfahren, oder bereitet es Ihnen einfach Freude?«

Seine Augen verengten sich zu eisblauen Schlitzen. Mit einer wütenden Handbewegung trat er weiter in den Raum und warf die Kabinentür hinter sich zu.

»Anscheinend auch völlig wiederhergestellt. Deine scharfe Zunge scheint jedenfalls wieder bestens zu funktionieren.«

»Wie konnten Sie nur?« rief Dominique aus. Ungeachtet der dünnen Decke, die ihr bis zur Taille hinuntergerutscht war, fuhr sie fort. »Gerade, als ich anfing, Ihnen zu vertrauen, zu glauben, daß Sie vielleicht wirklich verstehen würden, was mir wichtig ist – wie konnten Sie mich da so hintergehen?«

Pauls Mund wurde zu einer harten, schmalen Linie. In seiner schmalen Wange pulsierte hektisch eine Ader. Als sie das sah, mußte Dominique schlucken. Sie kannte dieses Vorzeichen und wußte, was es bedeutete. Er war erbost, so wütend auf sie, daß er sich kaum beherrschen konnte. Doch das war ihr gleich, zumindest redete sie sich das ein. Es war falsch gewesen, so zu handeln, wie er es getan hatte. Sie hatte ihm vertraut, und er hatte sie hintergangen.

»Dich hintergangen?« wiederholte er mit bedrohlich sanfter Stimme. »Weil ich nicht zulassen wollte, daß du dich für eine absolut falsche Auffassung von Liebe opferst? Weil ich nicht tatenlos zusehen wollte, wie du Robespierre in die Hände fällst? Weil ich die Unverschämtheit besessen habe zu glauben, daß dein Leben es wert sei, gerettet zu werden – so sehr, daß ich mein eigenes riskiert habe? Meinst du das, wenn du sagst, ich hätte dich hintergangen, Dominique?«

Sie versuchte gar nicht zu antworten, sondern starrte ihn nur an, mit großen, dankbaren Augen. Gegen eine solche Äußerung konnte sie kaum etwas einwenden. Er hatte sein eigenes Leben aufs Spiel gesetzt, das ließ sich nicht bestreiten. Und vielleicht – nur vielleicht – hatte er das ihre gerettet. Aber sie war sich noch immer nicht sicher, was sie von dem, was er getan hatte, halten sollte, als könne sie mit nichts anderem mehr zurechtkommen, weil sie ihm so viel schuldig war.

»Es tut mir leid«, murmelte sie und senkte den Blick. Sie war so geistesabwesend, daß sie erst einige Augenblicke später bemerkte, daß sie oberhalb der Taille nur ein dünnes Nachthemd trug, das sehr wenig der Phantasie überließ. Ihre Wangen erröteten tief, als sie die Decke ergriff und wieder über sich zog.

Paul nahm das kaum wahr. Unter anderen Umständen wäre er sich ihres Negligés quälend bewußt gewesen. Doch in diesem Augenblick hatte er weitaus wichtigere Dinge im Kopf.

»Wofür entschuldigst du dich?« wollte er wissen, während er auf sie herabstarrte. Er konnte sich nicht daran erinnern, daß sie jemals zuvor um Verzeihung gebeten hatte. Ganz im Gegenteil, sonst griff sie ihn immer an und provozierte ihn. So war Dominique.

Er durchquerte die schmale Kabine und stellte sich direkt neben die Koje. Seine Pose sollte einschüchtern, wirkte aber seltsamerweise beruhigend.

»Dafür, daß ich so undankbar bin«, sagte Dominique leise. Sie hob den Kopf und sah ihn direkt an. »Sie sind ein schrecklich großes Risiko eingegangen.«

»Andere haben mehr gewagt.«

»Vielleicht. Der Punkt ist, daß Sie es nicht hätten tun müssen.«

Sein Ärger klang langsam ab, doch er blieb mißtrauisch. »Ich bin mir nicht sicher, ob dem so ist, aber zumindest bist du jetzt draußen.«

»Wo genau ist draußen?« fragte sie mit einem schwachen Lächeln.

Froh über die Gelegenheit, über ein neutrales Thema zu sprechen, sagte er bereitwillig: »An Bord eines kleinen Handels-

schiffes, der *Saint Honore.* Für gewöhnlich fährt es die Route von Le Havre nach Amsterdam und transportiert Waren aus der Normandie. Doch diesmal wird es in der Nähe von Dover einen Zwischenstop einlegen. Dort gehen wir an Land.«
Er sagte nicht, daß die *Saint Honore* das bereits mehrere Male zuvor getan hatte. Der Kapitän war ihm von dem widerstrebenden Joseph wärmstens empfohlen worden.
Dominique fragte nicht, wie es ihm gelungen war, ihren Transport zu arrangieren. Sie war sich sicher, daß er es ihr nicht sagen würde, um die anderen zu schützen, die daran beteiligt sein mußten. Doch das bedeutete nicht, daß es nicht eine Vielzahl von anderen Fragen gab, auf die sie eine Antwort erwartete.
»Wie lange war ich bewußtlos?«
»Wir haben Paris vor zwei Tagen verlassen.«
Das schockierte sie. Wie hatte sie so lange Zeit besinnungslos daliegen können? Doch so mußte es sein, wenn sie bereits die Küste erreicht und das Schiff bestiegen hatten. Als sie den Rest ihrer Benommenheit von der Betäubung abschüttelte, kamen vage Erinnerungen zurück an die Oberfläche.
Da war ein anderes Boot gewesen – nein, das stimmte nicht, eine Barke. Eine Flußbarke. Sie erinnerte sich daran, in einem schmalen Bett gelegen zu haben, erinnerte sich an etwas Süßes, das ihr auf die Lippen gepreßt worden war – mehr Laudanum.
»Sie haben mich die ganze Zeit über betäubt«, sagte sie vorwurfsvoll.
Er versuchte nicht, das zu leugnen. »Ich durfte nicht das Risiko eingehen, du könntest aufwachen und versuchen, umzukehren.« Er sagte ihr nicht, daß er sie ununterbrochen beobachtet und sorgfältig ihren Herzschlag und ihren Atem kontrolliert hatte, um sicher zu sein, daß sie nicht in Gefahr schwebte. Erst als er die Gewißheit hatte, daß die Droge nachließ, hatte er sie allein gelassen, und selbst dann nur für wenige

Minuten. Er hatte jede neue Dosis genaustens abgestimmt, so daß sie für den größten Teil von achtundvierzig Stunden sanft geschlafen hatte.
»Die Möglichkeit besteht jetzt wohl nicht mehr, oder?« fragte Dominique leise.
»Nur, wenn du schwimmen möchtest.« Für gewöhnlich hätte ihre Niedergeschlagenheit ihn gestört. Doch jetzt war er nur froh, daß sie die Unabänderlichkeit der Situation akzeptierte. Mittlerweile würde man die Flucht von Dominique – und von David und Nicole – sicherlich bemerkt haben. Robespierre würde wissen, daß man ihn hinters Licht geführt hatte, und er würde vor Wut toben. Wenn sie ihm wieder in die Hände fallen sollte, würde sie schrecklich leiden müssen. Doch das, erinnerte Paul sich durch den Nebel seiner eigenen Müdigkeit, würde nicht geschehen. Mit jedem Augenblick, der verstrich, kamen sie ihrer Rettung näher.
Dominique fragte leise: »Hat Ihre Majestät gewußt, was geschehen würde?«
»Die Einzelheiten an sich habe ich ihr genauso wenig enthüllt wie dir«, gab Paul zu, »aber ich bin mir sicher, daß sie Bescheid wußte. Sie hat von sich aus darauf beharrt, du müßtest fort, und ich bin davon überzeugt, daß sie das mir gegenüber erwähnt hat, weil sie spürte, ich würde dafür sorgen.«
Dominique nickte langsam. Während die heftigen politischen Stürme, die um sie herum tosten, die Königin verwirrten, hatte sie die Menschen immer verstanden und stets gewußt, wie sie sie dazu bringen konnte, nach ihren Wünschen zu handeln. Dominique beneidete sie um diese Fähigkeit, selbst als ihre Augen sich bei dem Gedanken an die Königin, die jetzt einsamer war als je zuvor, mit Tränen füllten.
Vergeblich suchte Paul nach Worten, um sie zu trösten. Sie würde mit der Situation selbst zurechtkommen müssen.
»Ich werde jetzt gehen«, sagte er ruhig. »Nicole und David wollen dich unbedingt sehen.«

Bei der Erwähnung ihrer Geschwister fuhr Dominique auf. Sie konnte kaum glauben, daß sie sich nicht sofort nach ihrem Wohlergehen erkundigt hatte. Sie konnte sich das nur damit erklären, daß sie Paul so vollkommen vertraute, daß ihr gar nicht in den Sinn gekommen war, etwas könne schief gegangen sein.

Dennoch war sie dankbar, als er sagte: »Es geht den beiden ausgezeichnet. Ich muß wirklich sagen, daß ich noch nie intelligentere und mutigere Kinder gesehen habe.« Seine Augen leuchteten auf. Er blickte sie plötzlich so zärtlich an, daß ihr die Luft wegblieb.

»Es sei denn«, fuhr er heiser fort, »man zählt ein gewisses junges Ding dazu, das ich früher mal kannte.«

Er sagte nichts weiter, sondern wandte sich um, verließ die Kabine und schloß die Tür leise hinter sich. Einige Momente lang war sie allein, doch nicht lange genug, um die wirbelnden, widersprüchlichen Gefühle zu ordnen, die er in ihr ausgelöst hatte. Bevor sie damit überhaupt anfangen konnte, wurde die Tür wieder aufgestoßen, und Nicole und David stürmten herein.

Sofort war sie in einem Durcheinander von Armen und Beinen gefangen, als sie sich auf sie stürzten. Vergessen war für einen Augenblick, daß sie eine junge Dame von neun und ein junger Herr von acht Jahren waren. Sie waren nur noch Kinder, aufgeregt und ängstlich, wiedervereint mit der Person, die sie auf der ganzen Welt am meisten liebten und die für sie die Quelle aller Sicherheit war.

»Geht es dir sehr schlecht?« fragte Nicole, die Stirn besorgt gerunzelt. »Monsieur Delamare hat gesagt, das könnte sein, aber das würde schnell vorbeigehen.«

»War es schlimm?« wollte David mit der Neugier eines kleinen Jungen wissen. »Hat das Mittel schrecklich gerochen?«

»Nein, nein und ja«, sagte Dominique, während sie die beiden an sich drückte und stumm dafür dankte, daß sie alle zusammenwaren. So sehr sie es auch bedauerte, die Königin verlassen zu haben, ihr wurde im nachhinein klar, daß ihre Geschwister sie dringender brauchten. Es reichte nicht aus, daß in England Verwandtschaft auf sie wartete. In einer Welt, die fremd und fürchterlich neu sein würde, brauchten sie den Trost ihrer Anwesenheit.

Nur weil sie sich geweigert hatte, den tatsächlichen Ernst der Lage einzugestehen, hatte sie das nicht eher eingesehen. Jetzt mußte sie zugeben, daß die Hoffnungen, die sie gehegt hatte, nur Einbildung gewesen waren, denn wäre sie geblieben, wäre sie einfach ein weiteres Mittel geworden, das gegen die königliche Familie eingesetzt werden konnte. Vielleicht hatte die Königin das oder ähnliches im Kopf gehabt, als sie beschlossen hatte, Dominique solle fort.

Wenn sie in diesem Moment länger an diejenigen gedacht hätte, die noch immer im finsteren Tempelgefängnis eingesperrt waren, wäre sie in Tränen ausgebrochen. Besser, sie konzentrierte sich auf etwas anderes und beunruhigte Nicole und David nicht noch mehr.

»Nun«, sagte sie so ruhig, wie es ihr möglich war, »das ist ein ganz schönes Abenteuer geworden, nicht wahr? Ich habe gehört, wir sind auf einem Handelsschiff.«

Sofort nickten die beiden und begannen, zusammen die *Saint Honore,* ihre Besatzung und alles andere zu beschreiben, das sie gesehen und getan hatten, seitdem sie in die Weinfässer geklettert waren.

»Monsieur Delamares Leute haben uns hochgehoben«, erklärte David, »nicht die normalen Arbeiter. Darum hat niemand etwas darüber gesagt, daß einige der Fässer so schwer waren, daß sie unmöglich leer sein konnten.«

»Seine Leute«, wiederholte Dominique. »Ja... so wird es gewesen sein.« Also war der Fluchtplan noch besser ausgearbeitet gewesen, als sie vermutet hatte. Paul mußte über Kontakte verfügen, von denen sie nichts wußte, ganz zu schweigen

von Leuten, die bereit waren, ihm Informationen anzuvertrauen, die zu ihrem Tod führen konnten, wenn sie an der falschen Stelle enthüllt würden.
Während sie noch immer versuchte, das zu verarbeiten, sagte sie: »Ich glaubte, ich habe lange genug im Bett gelegen. Nicole, würdest du bitte mein Kleid suchen ...«
»Ich warte draußen«, sagte David mit ernstem Anstand. Eifriger ergänzte er: »Madame Renée sagt, wir sollen dich in die Kombüse bringen, sobald du fertig bist.«
»Wer ist Madame Renée?« fragte Dominique, nachdem David gegangen war.
»Die Frau von François«, sagte Nicole, als würde das alles erklären. »Oh, ich habe ganz vergessen, daß du François noch nicht kennst. Er ist der Kapitän; das hier ist sein Schiff. Madame Renée ist seine Frau. Sie begleitet ihn auf allen Fahrten. Ich habe gehört, wie einer der Männer gesagt hat, in Wirklichkeit ist sie der Chef.«
»Sie ist sehr nett«, plauderte Nicole munter weiter, während sie Dominique half, ihr Kleid am Rücken zuzuknöpfen. »Sie hat dich ausgezogen, nachdem wir an Bord gekommen waren.« Sie kicherte hinter vorgehaltener Hand. »Sie hat Monsieur Delamare ganz schön Vorwürfe gemacht für das, was er getan hat. Sie sagte, du sähest aus wie ein krankes Hühnchen und er solle sich schämen.«
Dominique runzelte die Stirn. Sie konnte nur hoffen, daß sie nicht wirklich so schrecklich ausgesehen hatte. Selbst unter diesen Umständen mußte man eine gewisse Eitelkeit beibehalten.
Nachdem sie wieder angemessener, wenn auch sehr schlicht gekleidet war, folgte sie Nicole aus der Kabine und einen schmalen Korridor hinunter zu einer kurzen Treppe. Direkt davor, in Sichtweite der Luke, die zum Deck hinauf führte, war ein offener Bereich, der als Kombüse diente. Darin befand sich ein kleiner Ofen, einige Becken, ein Tisch und Bänke.

Außerdem war er fast vollständig ausgefüllt von der Frau, die darin stand, einen Eintopf rührte und vor sich hin schimpfte.
Dominique hatte noch nie eine Person gesehen, die so mächtig war wie Madame Renée – zumindest keine Frau. Sie maß einen Meter achtzig und wog gut dreihundert Pfund, die allesamt in rot und blau bedruckten Baumwollstoff gewickelt waren, offenbar dieses neumodische, aus Indien importierte Material. Sie hatte eine gigantische weiße Schürze umgebunden. Auf ihrem Kopf thronte eine absurd kleine Spitzenhaube, wie sie die Küchenmädchen in vornehmen Haushalten tragen.
In einer riesigen, abgearbeiteten Hand hielt sie einen Holzlöffel, mit dem sie den Inhalt des Topfes umrührte.
»Da seid ihr ja«, sagte sie, als sie am Eingang zur Kombüse auftauchten. »Steht nicht herum und glotzt. Kommt herein und setzt euch.«
Als sie das taten, betrachtete sie Dominique mit kritischen Augen. »Nun, Sie sehen jetzt wirklich besser aus, das muß ich schon sagen. Offenbar wußte Monsieur le Docteur doch, was er tat. So sehr, wie er sich um Sie bemüht hat, bestand wohl wirklich keine Gefahr, daß Sie Schaden nehmen.«
Während Dominique diese Information schweigend verdaute, sagte Madame Renée: »Setzen Sie sich.« Sie fing an, Eintopf in hölzerne Schüsseln zu füllen und jedem der drei de Montforts eine davon vorzusetzen. Dann verteilte sie Blechlöffel, die sie zuvor sorgfältig an der enormen Schürze abgerieben hatte.
»Eßt. Ihr seht allesamt aus, als könnte eine kräftige Brise euch umwehen.«
Nicole und David warfen einen Blick auf Dominique und warteten gewohnheitsmäßig auf ihre Erlaubnis. Der Eintopf duftete köstlich; ihr lief das Wasser im Mund zusammen. Doch noch mehr beeindruckte sie die Freundlichkeit dieser Frau,

die guten Grund hätte, es ihnen übel zu nehmen, daß sie sie und die ihren in Gefahr brachten.

»Vielen Dank«, murmelte Dominique und nahm ihren Löffel. Ihre Geschwister mußten nicht weiter ermutigt werden; sie langten tüchtig zu. Einige Minuten lang war die Kombüse still bis auf das Geräusch von Eintopf, der in hungrige Münder gelöffelt wird, und das leise Knistern des Feuers im eisernen Ofen.

Als ihr Magen voll war, legte Dominique den Löffel zur Seite und lächelte die ältere Frau an. »Das ist das beste Essen, das ich seit langem gehabt habe«, sagte sie aufrichtig.

Madame Renée nickte sachlich. »In der Freiheit schmeckt alles besser«, sagte sie, während sie eine Zwiebel aus einem Korb heraussuchte und rasch begann, sie zu schälen.

Ohne wieder aufzusehen, sagte sie: »Monsieur le Docteur ist an Deck. Er wollte, daß Sie zu ihm hinaufkommen, nachdem Sie gegessen haben.«

Den Kindern mußte das nicht zweimal gesagt werden. Sie sprangen vom Tisch auf und waren schon fast an der Tür, als Dominique sie zurückrief, damit sie sich ordentlich bei Madame Renée bedankten. Mochten sie auch Sohn und Tochter von Adeligen sein, sie war immer der Auffassung gewesen, sie müßten gute Manieren haben.

Dominique bestand darauf, beim Tischabräumen zu helfen. Unter den gegebenen Umständen fand sie, sei es das Mindeste, was sie tun könne, und außerdem wollte sie Paul nur ungern wiedersehen. Als die letzten verbleibenden Reste des Betäubungsmittels nachließen, wurde ihr klar, wie zänkisch und undankbar sie geklungen haben mußte. Langsam gestand sie sich ein, daß die hilflose Angst und Wut ihre Wahrnehmung verzerrt hatten. Sicher verdiente die königliche Familie im vollen Maße ihre Loyalität und ihren Respekt. Dennoch war sie es sich selbst schuldig, am Leben zu bleiben. Indem er darauf bestand, das sie das tat, hatte Paul sie gezwungen, sich

kopfüber ins Leben zu stürzen. Das war eine beängstigende und gleichzeitig anregende Aussicht.
Während sie die letzten Schüsseln abtrocknete und sorgfältig im Schrank verstaute, spürte sie, daß Madame Renée sie beobachtete. Zögernd lächelte sie.
»Nochmals vielen Dank für das Essen und für Ihre Freundlichkeit.«
Die große Frau zuckte die Schultern. »Der Eintopf war sowieso hier, da konnten Sie ihn genauso gut essen. Und was die Freundlichkeit betrifft, die ist kostenlos.«
Dominique dachte an all die Menschen, die sie am Hof und anderswo kennengelernt hatte und die sich so verhielten, als würde sie die kleinste Freundlichkeit Jahre ihres Lebens kosten. Entweder war Madame Renée einfältig – angesichts ihres Milieus sehr unwahrscheinlich – oder sie war entschlossen, der Welt auf ihre Weise zu begegnen.
»Sie und Ihr Mann«, sagte Dominique, »gehen ein großes Risiko ein, indem Sie Menschen wie mir helfen.«
Madame Renée warf ihr einen kurzen, durchdringenden Blick zu. »Sie glauben doch wohl nicht, daß Sie mir da etwas Neues sagen?«
Eilig schüttelte Dominique den Kopf. »Ich wollte nur sagen, daß Sie auch sehr tapfer sind, nicht nur freundlich. Ich kann Ihnen gar nicht sagen, wie dankbar ich Ihnen bin. Mein Bruder und meine Schwester ...«
Unvermittelt wurde das Gesicht der älteren Frau sanft. Mit ihrer abgearbeiteten Hand tätschelte sie leicht Dominiques Wange. »Den Kleinen wird nichts geschehen, Mademoiselle, und Ihnen auch nicht. Wenn wir könnten, würden wir sie alle retten, aber zumindest ein paar schaffen wir hinaus.«
Dominique blickte in die tiefen, schwarzen Augen, die beinahe undurchdringlich wirkten, und murmelte: »Wieso? Was veranlaßt Sie, das zu tun?«
Madame Renée schwieg einen Augenblick lang. Sie wich von

Dominique zurück und stand mit dem Rücken zum Zimmer. Schließlich sagte sie: »Nicht nur die Vornehmen sterben, Mylady. Gewöhnliche Menschen werden von der Straße geholt und auf die Guillotine geführt, ohne auch nur den Anschein von Gerechtigkeit. Mein Bruder war einer von ihnen.«

Sie wandte sich um und sah Dominique direkt an. »Vor der Rebellion war die Lage schlimm. Überall entlang des Flusses sahen wir Menschen, die sich verzweifelt bemühten, genug Nahrung zu finden, um ihre Kinder am Leben zu halten. Sie lebten in Löchern und starben an Seuchen, weil die feinen Herren und Damen kein Interesse daran hatten, ihnen zu helfen.«

Dominique öffnete den Mund. Sie wollte abstreiten, was die Frau sagte, doch sie wußte aus eigener Erfahrung, daß sie recht hatte. Ihr Vater war ein solcher *Seigneur* gewesen, dem das Wohlergehen seiner Leute gleichgültig war, und er war wohl kaum ein Einzelfall. Trotz ihrer Güte war es dem König und der Königin niemals gelungen, das System selbst wesentlich zu ändern. Es mahlte weiter und weiter und ließ die Menschen immer mehr verrohen.

»Ich war von ganzem Herzen für den Aufstand«, fuhr Madame Renée fort. »In der Nacht, in der sie die Bastille niedergebrannt haben, habe ich gejubelt, bis ich heiser war. Ich dachte, jetzt wird sich alles ändern, das Leben wird gut.« Sie lachte rauh. »Wie dumm ich war. Das Böse hört nicht auf; es wütet in unserem armen Land. Wir müssen es bekämpfen, selbst wenn das bedeutet, daß jemand wie ich, die ich die Aristokraten immer gehaßt habe, schließlich jemandem wie Ihnen bei der Flucht hilft.«

Die Vorstellung, gehaßt zu werden, war Dominique nicht neu. Im Gefängnis hatte sie das schon oft erfahren. Doch es war ihr immer gelungen, sich gegen die rohen, ignoranten Wachtposten abzuschirmen, die nur nachzuplappern schienen, was man ihnen gesagt hatte.

Madame Renée war etwas anderes. Sie war aufrichtig, unverblümt und direkt. Sie konnte man nicht einfach abtun. Langsam sagte Dominique: »Es tut mir leid.«
Zum ersten Mal zeigte das Gesicht der älteren Frau eine Spur von Zweifel. »Was?«
»Ich weiß nicht ... genau. Vielleicht einfach, daß ich bin, wer ich bin.«
Schweigen breitete sich zwischen ihnen aus, bis Madame Renée schließlich sagte: »Sie sind ein junges Mädchen auf dem Weg in ein neues Leben. Nutzen Sie das zu Ihrem Vorteil, und wenn Sie die Möglichkeit haben, Freundlichkeit zurückzuzahlen, dann tun Sie das.«
Nach einem weiteren langen, durchdringenden Blick war sie fort, verließ die Kombüse und zog einen Schwall von Zwiebeln, Salbei und schlichtem, gesunden Menschenverstand hinter sich her.
Langsam betrat Dominique das Deck. Die frische Küstenbrise vertrieb die Hitze ihrer Wangen und munterte sie auf. Ihre Neugier wurde geweckt, während sie sich umsah.
Das Handelsschiff sah aus wie alle Schiffe dieser Art – ein langes, niedriges Deck, in der Mitte breiter, gegen Bug und Heck schmaler werdend. Hinter der Luke stand ein einzelner Mast, von dem ein breites, ramponiertes Segel flatterte.
Eine Vielzahl von Bündeln und Fässern lag verstreut herum, offenbar willkürlich. Erst bei genauerem Hinsehen wurde klar, daß sie in Wirklichkeit sorgfältig vertäut waren.
Zwei Männer – eher noch Jungen – wanden ein Seil. Sie warfen ihr einen kurzen, verstohlenen Blick zu, sagten jedoch nichts. David und Nicole waren bereits vorne am Bug. Beide lachten, ihre Gesichter waren gerötet, und ihr Haar wehte im Wind. Mit einem Schlag wurde ihr klar, daß es sehr lange her war, daß sie so entspannt und glücklich gewirkt hatten.
Der unbestrittene Ursprung ihres Vergnügens lächelte auf sie herab. Pauls Gestalt zeichnete sich gegen die Sonne ab. In dem

groben, weißen Hemd und den Kniehosen und mit dem Mantel, der achtlos über seine Schulter geworfen war, wirkte er kühn und männlich.
Sein Kopf war unbedeckt, und sein Haar schimmerte wie brennendes Gold. Seine Haut glänzte, und seine Augen funkelten vor Freude. Während sie zusah, warf er seinen Kopf zurück und lachte – ein tiefer, warmer Klang, der ihr durch Mark und Bein fuhr.
»Da ist sie«, sagte David. Er rannte zu ihr, ergriff ihre Hand und zog sie zum Rand des Decks. »Sieh nur«, sagte er mit ausgestrecktem Finger, »ist das nicht schön?«
Dominique wandte langsam den Kopf und sah um sich herum das graue, winterliche Meer, trotz des klaren Wetters mit Schaumkronen bedeckt und düster. Nur jemand, dessen Blick so lange eingeschränkt gewesen war, konnte diese Szene so enthusiastisch aufnehmen.
Sanft sagte sie: »Es ist wunderbar, aber das ist England auch. Wenn wir dort ankommen, werdet ihr sehen, wie schön es ist.«
Das schien sie zufriedenzustellen. Seite an Seite beugten sie sich über die Reling und sprachen leise über das, was sie sahen.
Dominique beobachtete sie einen Augenblick lang, bevor sie sich sicher war, daß es ihrem Bruder und ihrer Schwester wirklich gut ging. Gott sei Dank waren sie, wie Paul gesagt hatte, intelligent und mutig. Beide Eigenschaften würden sie oft genug brauchen, bevor alles vorüber war.
Sie schlang ihren Mantel fester um sich, während sie aufs Wasser hinaus starrte. »Was geschieht, wenn wir in England angekommen sind?«
»Ich werde euch nach London begleiten«, sagte Paul.
Und dann? Sie wollte weiter nach seinen Plänen fragen, aber sie konnte sich nicht dazu überwinden. Jegliche Verpflichtung, die er verspüren mochte, würde sicher nicht weiter füh-

ren, als dafür zu sorgen, daß sie sicher bei ihrer Familie eintrafen. Dann würde er sein eigenes Leben in einem fremden Land neu ordnen müssen.
Der Gedanke, daß sie bald von ihm getrennt sein würde, durchfuhr Dominique wie ein Blitz. Tapfer bemühte sie sich, ihn zu bekämpfen, doch es gelang ihr nicht.
Mutig sah sie ihn an und betrachtete sein Profil, das sich gegen den Himmel abzeichnete. Er wirkte absolut entspannt, unberührt von jeglicher menschlichen Schwäche. Ganz offensichtlich machte ihm die Aussicht, von vorne zu beginnen, keine Sorge.
Aber warum sollte sie auch? Seine Fähigkeiten als Arzt würden gewährleisten, daß er bereitwillig aufgenommen würde, wo immer er hinkam. Selbst seine republikanischen Neigungen würde man ihm angesichts seiner Verhaftung und seines Exils verzeihen. Noch dazu sprach er fließend Englisch, genau wie sie selbst. Nein, Paul würde keine Schwierigkeiten haben, sich neu einzurichten.
Und sie selbst? Dominique schloß für einen Augenblick die Augen und kämpfte gegen die Gefühle an, die sie zu übermannen drohten. Sie mußte stark und vernünftig sein, schon allein der Kinder wegen.
Es machte keinen Sinn, zuviel an diesen Mann zu denken, mit dem sie gekämpft und gestritten hatte. Sie hatte gegen ihn die schlimmsten Anschuldigungen erhoben, ihn als Verräter und Spion bezeichnet. Sie war immer dazu verleitet, ihn anzugreifen, einen Keil zwischen sie zu treiben.
Warum?
Einst hatte sie ihn geliebt – es war der Traum eines Kindes gewesen, nichts weiter. Es wäre dumm, etwas anderes zu glauben.
Einst hatte sie in seinen Armen Leidenschaft verspürt – zitternd, unerfüllt, und dennoch unwiderstehlich. Es war eine Erinnerung, die sie vergraben und vergessen mußte.

Kühle, salzige Gischt spritzte an die hölzerne Reling. Dominique nahm es kaum wahr. Innerlich war sie wie erstarrt und kämpfte gegen Gedanken, Hoffnung, Verlangen an, die sie vernichten könnten. Sie mußte durchhalten – stark sein, vernünftig sein. Das Leben ließ keine andere Möglichkeit zu.
Über ihrem Kopf schrie eine Möwe. Sie sah auf, und ihr Blick fiel auf eine Wand aus weißen Klippen, die sich am fernen Horizont erhob. Darüber schimmerte die Sonne einladend durch leichten Dunst.
Hinter dieser Wand – stark, unbezwingbar, stolz – lag England, die Festung, die dem heulenden Sturm des Wahnsinns trotzte. Die Zuflucht voller Sicherheit und Freiheit. Der Ort, den sie von nun an als ihre Heimat betrachten mußte.
Ihr Blick fiel wieder auf Paul. Der Anblick schien ihn unberührt zu lassen, so sehr war er in sich selbst versunken. Sie standen nur Zentimeter von einander entfernt, dennoch war es, als lägen Meilen zwischen ihnen.
Und mehr als alles andere ließ das diesen goldenen, glitzernden Tag grau werden.

Kapitel 11

Der Wayfarers' Inn lag in einer kleinen Seitenstraße unweit der Docks von Dover, jedoch in ausreichender Entfernung von dem Chaos, das dort herrschte.

Nein, dachte Dominique müde, es war kein Chaos. Das rasche Kommen und Gehen der Menschen auf den breiten, hölzernen Docks unterlag einer Ordnung. Sie war nur so lange von normalen Tätigkeiten des Alltags abgeschnitten gewesen, daß es ihr ungewöhnlich vorkam.

Der Gasthof war zumindest ruhig und sauber. Paul hatte ihr gesagt, daß er ihn noch aus seiner Studienzeit in London kenne. Er hatte einen Teil seiner medizinischen Ausbildung dort an der Chirurgischen Hochschule absolviert. Er war häufig hin- und zurückgereist und hatte in dem Gasthof Station gemacht, so daß er den Inhabern gut bekannt war – so gut, daß sie nicht übermäßig überrascht waren, als er mit einer zerlumpten jungen Frau und zwei Kindern im Schlepptau auftauchte.

»Nun, nun, Doktor«, sagte eine runde Frau mit Apfelwangen, »Sie sind ja wirklich ein schöner Anblick, nicht wahr? Wie lange haben wir uns nicht gesehen? Drei oder vier Jahre?«

»Noch länger, Mrs. Mullworth«, sagte er lächelnd. »Ich gehe davon aus, daß Sie alle wohlauf sind?«

»Ja, Sir, obwohl es mir besser ginge, wenn man das auch über Sie sagen könnte.« Sie wies mit dem Kopf grob in Richtung des Ärmelkanals, den sie gerade überquert hatten. »Da geht es ja schlimm zu. Man traut sich kaum, dem Geschwätz am Hafen zuzuhören, aus Angst, was wohl als Nächstes geschieht.«

Trotz dieser Behauptung ließ Mrs. Mullworths neugieriger Blick erkennen, daß sie in Wirklichkeit sehr erpicht darauf war, weitere Neuigkeiten zu erfahren. Sie nahm Dominique genau in Augenschein und musterte das gute, doch abgetragene Kleid, das blasse, doch makellos geformte Gesicht und die weichen, schmalen Hände.

»Sie ist Französin, oder?« murmelte sie, als könne Dominique selbst weder hören noch sprechen.

Paul antwortete nicht direkt. Er nahm Dominique nur am Arm und wies die Kinder an, sie sollten ihm folgen. »Wir werden drei Zimmer brauchen, Mrs. Mullworth. Ich gehe davon aus, daß das kein Problem sein wird. Außerdem würden Ihre ausgezeichneten Kochkünste uns allen guttun. Insbesondere die Cottage Pie habe ich in bester Erinnerung. Wäre es wohl möglich, heute abend etwas davon zu bekommen?«

Mrs. Mullworth war, wenn auch nur für einen kurzen Augenblick, hin- und hergerissen zwischen ihrer Gier nach Neuigkeiten und ihrem Stolz darauf, so gelobt zu werden.

Ihre Eitelkeit und die angeborene praktische Veranlagung einer Gastwirtin siegten. Ohne weitere Umstände zeigte sie ihnen den Weg nach oben und versprach, das Essen würde bald fertig sein.

Nicole und David konnten es kaum erwarten, ihre neue Umgebung zu erkunden; schließlich waren sie so lange eingesperrt gewesen. Sie ließen sich nur davon abbringen, als Paul darauf hinwies, daß es schon beinahe dunkel war.

»Dover ist, wie beinahe jede andere Hafenstadt auch«, sagte er, »nicht der richtige Ort, um dort nach Einbruch der Dunkelheit herumzuirren. Außerdem werden wir uns morgen auf den Weg nach London machen, dort gibt es für euch mehr als genug zu sehen.«

So vertröstet willigten sie ein, im Haus zu bleiben und sich für das Abendessen fertig zu machen. Paul hatte das erste Zimmer nahe der Treppe. Da es zu klein war, um mehr als ein einzelnes

Bett und eine Kiste zu fassen, hatte David direkt nebenan ein Zimmer für sich. Dominique und Nicole schliefen am Ende des Korridors im größten Zimmer.
Kaum hatten sie es betreten, kam ein Dienstmädchen mit einem Eimer heißes Wasser, damit sie sich waschen konnten. Sie musterte sie genauso neugierig wie Mrs. Mullworth, wagte jedoch nicht, ihnen Fragen zu stellen.
»Das ist also England«, murmelte Nicole, während sie sich in dem spärlich möblierten Zimmer umsah. Auf typisch französische Weise zuckte sie die Schultern. »Ich nehme an, wir werden uns daran gewöhnen.«
»Laß dich doch nicht so schnell entmutigen«, sagte Dominique mit einem leisen Lachen. Sie zog ihren Mantel aus und hing ihn an einen Haken neben der Tür. Das Dienstmädchen hatte ihnen das Feuer entfacht, das bereits eine wohltuende Wärme ausstrahlte.
Draußen wurde es Nacht, und ein kühler Wind wehte vom Meer herüber, doch drinnen war es angenehm und behaglich.
»Selbst das ist ein Fortschritt gegenüber den Umständen, unter denen wir in letzter Zeit gelebt haben«, sagte Dominique, als sie Wasser aus einem Krug in eine Schüssel goß und begann, sich Gesicht und Hände zu waschen. »Aber wenn wir erst einmal in London sind, wirst du von dem Komfort überrascht sein.«
In Wirklichkeit hatte sie keine genaue Vorstellung davon, was sie erwarten würde, wenn sie in der Hauptstadt angekommen waren. Sie wollte nur ihre Schwester beruhigen, die trotz ihres tapferen Bemühens nicht verhindern konnte, daß sie müde und ängstlich aussah.
Sie plauderte weiter, beschwor alles Gute herauf, daß sie jemals über London gehört hatte, und beschrieb die großartigen Häuser und Parks, die Bälle und Feste, die Spazierfahrten und Theater – alles Dinge, die ein junges Mädchen begeistern würden.

Und sie wurde nicht enttäuscht. Nicoles kleines Gesicht verlor seinen gequälten Ausdruck und wurde entspannter. Sie lachte sogar freudig, als Dominique ihr von dem Lustgarten in Vaux Hall erzählte, in dem nachts Feuerwerke stattfanden.
»Gehen wir dorthin?« fragte sie, als sie sich ihrerseits an die Schüssel begab. »Und zu den Geschäften in Mayfair und St. James, in den Hyde Park und Covent Garden? Ich will das alles sehen, jedes bißchen. Es ist, als würde ich neu geboren, Dominique, wo ich doch die ganze Zeit über gedacht habe ...«
Sie verstummte, weil sie plötzlich merkte, was sie da sagte. Ihr Gesicht zeigte nun statt der Freude Kummer und Schuldgefühle.
»Oh, Dominique«, murmelte sie, »wie kann ich so sein, während die Majestäten noch immer eingesperrt sind? Die ganze Fahrt über mußte ich daran denken, wie sehr der Dauphin und Maria Theresa das Abenteuer genossen hätten. Und jetzt bin ich hier und denke nur noch an mich selbst.«
Dominique legte die Arme um das Kind. Sie streichelte ihm sanft das Haar. »Es ist schon in Ordnung, Liebes. Bei uns allen sind die Gefühle völlig durcheinander geraten. In einem Augenblick bin ich so unglaublich erleichtert, daß ich es kaum ertragen kann, und dann wieder fühle ich mich so schuldig, daß ich glaube, in Tränen ausbrechen zu müssen.«
»Du also auch«, sagte Nicole leise. »Bei David ist es genauso. Offenbar wissen wir nicht, ob wir froh oder traurig sein sollen.«
»Ich denke, eine ganze Zeit lang werden wir noch beides sein, mein Schatz. Aber du darfst niemals vergessen, daß wir keine andere Möglichkeit hatten. Es gibt einen Punkt, an dem wir einfach unsere eigenen Grenzen akzeptieren und lernen müssen, damit zu leben.«
»Werden sie uns vergeben?« flüsterte Nicole. »Der König und die Königin, der kleine Louis und Maria Theresa – werden sie verstehen können, warum wir gegangen sind?«

»Oh ja, mein Schatz. Das werden sie verstehen, da bin ich mir sicher.« Dominique holte tief Luft und preßte die Augen zu, um die Tränen zurückzuhalten, die schließlich doch zu fallen drohten. »Du wirst begreifen, daß sie uns lieben, sie alle, genauso, wie wir sie lieben. Und wenn man jemanden liebt, will man das Beste für diese Person. Manchmal bedeutet das, daß man loslassen muß, obwohl man nichts so sehr will wie festhalten. Aber uns bleiben unsere Erinnerungen, und das ist ein großer Trost.«

Sie trat einen Schritt zurück und sah zärtlich auf Nicole hinab. »Denk an all die schönen Zeiten, Liebes. Konzentrier dich darauf, und akzeptiere es, daß das Schicksal dich hierher gebracht hat.«

Das kleine Mädchen nickte langsam. Voller Vertrauen und Liebe blickte sie zu ihrer Schwester auf. Leise sagte sie: »Ich bin so froh, daß du hier bist, Dominique. Mir dir ist alles viel besser.«

Sie schlossen einander kurz in die Arme, bevor ihnen einfiel, daß die Zeit verstrich, und sie sich eilig wieder daran machten, sich für das Abendessen herzurichten.

Und was das für ein Abendessen war. Zur Feier des Tages hatte Mrs. Mullworth sich selbst übertroffen. Ohne daß ihr die Situation erläutert werden mußte, hatte sie begriffen, daß ihr bescheidenes Haus französische Adelige beherbergte, die ihre erste Nacht auf britischem Boden verbringen würden. Als Gastgeberin war sie in gewisser Weise eine Botschafterin ihres Landes, und es lag an ihr, die Gäste in angemessener Weise zu empfangen. Dies tat sie mit solcher Begeisterung, daß Dominique einfach sprachlos war.

»Der Eintopf von Madame Renée hat wunderbar geschmeckt«, sagte sie, als sie die Unmengen von Schüsseln betrachtete, die vor ihnen auf dem Tisch aufgebaut waren, »aber so etwas hätte ich mir nie erträumt.«

»Einfache englische Kost«, sagte Paul mit einem Lachen, das

seine Worte Lügen strafte. Auch er war von Mrs. Mullworths Bemühungen beeindruckt und dankte der Frau stumm für ihre Güte.
Die Kinder starrten nur wie Rumtreiber, die sich die Nasen an einem Schaufenster plattdrücken, bis Paul jedem eine Hand auf die Schulter legte und sie sanft vorwärts schob.
Was dann folgte, war reine und schlichte Freude – ein Fest des Lebens in der unschuldigsten und unvergänglichen Form. Sie aßen und tranken und redeten und lachten im Schein eines Lichtes, das jegliche Finsternis verbannte.
Sie hatten alle guten Gaben der Erde – süße, duftende Orangen vom Mittelmeer, wo Sommer herrschte; herzhaftes Nierenragout, das in Butter schwamm; knusprige, frischgebackene Brötchen; köstliche Lammkoteletts; gefolgt von einem Mehlpudding, der die Kinder in Verzückung stürzte.
Für Nicole und David gab es außerdem süße Milch, während Dominique und Paul sich eine Flasche eines mehr als annehmbaren Bordeaux teilten, eindeutig der Verdienst von Schmugglern, die mit schamloser Regelmäßigkeit die Blockade durchbrachen.
Als die letzten Krümel vertilgt waren, lehnten sie sich mit vollen Bäuchen in ihren Stühlen zurück. Mrs. Mullworth wurde trotz ihrer Neugier von ganzem Herzen gelobt. Erst im nachhinein äußerte Nicole einige Bedenken.
»Ißt man in England immer so?« fragte sie. »Wenn ja, dann werden wir bald nicht mehr in unsere Kleider passen.«
Paul lachte und versicherte ihr, daß sie wohl genug Selbstbeherrschung aufbringen würden, um all den Verlockungen zu widerstehen, die sie umgeben würden.
Beide Kinder freuten sich sehr über sein Vertrauen. Als Dominique kurze Zeit später versuchte, sie ins Bett zu scheuchen, weigerten sie sich, obwohl ihnen im Sitzen die Augen zufielen.
»Können wir nicht noch etwas bleiben?« fragte David. Seine

großen, braunen Augen waren rund vor Müdigkeit, doch sein Geist war noch unentwegt.
»Keine Sorge«, sagte Paul sanft, »ich werde euch die ganze Strecke nach London begleiten. Aber jetzt ist es Zeit, daß ihr euch etwas ausruht.«
Während der Junge fest entschlossen gewesen war, mit seiner Schwester zu diskutieren, gehorchte er Paul ohne Widerrede. Dominique wollte ihnen gerade folgen, als er sie mit einer leichten Berührung aufhielt. »Sie sind hier völlig in Sicherheit. Wenn es dir nichts ausmacht, würde ich gerne ein paar Minuten ungestört mit dir reden.«
Das machte ihr ganz und gar nichts aus, vielmehr stimmte die Aussicht sie froh und ließ sie gleichzeitig ängstlich zittern. Als sie sich an den Tisch setzte, nachdem sie Nicole und David eingeschärft hatte, direkt in ihre Zimmer und ins Bett zu gehen, nahm sie sich vor, Pauls plötzlichem Bedürfnis nach ihrer Gesellschaft nicht zuviel Bedeutung beizumessen. Sie schien sofort recht zu behalten.
»Wir müssen ein paar praktische Dinge besprechen«, sagte er ruhig, nachdem er ihre Weingläser erneut gefüllt hatte.
»Ja, natürlich«, murmelte sie und hielt ihre Augen sorgfältig gesenkt. Die Ereignisse der letzten Tage hatten ihr ihre übliche Sicherheit genommen.
Sie fühlte sich schmerzhaft zerbrechlich und verletzlich. Stolz und einfacher Selbstschutz verlangten, daß sie alles tat, um ihm das zu verheimlichen.
»Wir können nicht wissen«, fuhr Paul ruhig fort, »wie du in London tatsächlich aufgenommen werden wirst. Nicht, daß ich bezweifele, was du mir über deine Großmutter erzählt hast«, ergänzte er rasch, als sie ihn unterbrechen wollte. »Aber es mag sein, daß Ihre Ladyschaft nicht sofort zu erreichen ist, oder es mag andere Faktoren geben, die euer Treffen verhindern könnten.«
»Zum Beispiel?« fragte Dominique.

»Ein anderes Familienmitglied, das neue Angehörige nicht allzu freudig aufnimmt.«
Sie antwortete mit einem Lächeln, das so zärtlich war, daß es ihm beinahe den Atem raubte. »Oh, Sie kennen unsere *Grandmère* nicht. Sie ist eine außergewöhnliche Person. Ich kann mir nicht vorstellen, daß irgend jemand in der Familie es wagen würde, sie an etwas zu hindern, was sie tun möchte.«
»Eine Tyrannin?« fragte Paul und lächelte zurück.
»Oh nein, ganz im Gegenteil. Eher eine liebevolle Despotin. Jedenfalls bin ich fest davon überzeugt, daß alles in Ordnung sein wird, wenn wir *Grandmère* erst einmal gefunden haben.«
Diese Versicherung hätte Paul erleichtern sollen, doch er verspürte seltsamerweise Bedauern. Die Vorstellung, Dominique sei ein wenig von ihm abhängig, war ihm nicht gerade unangenehm. Ganz im Gegenteil, er war entsetzt darüber, wie sehr sie ihn verlockte.
»Was ich sagen wollte«, fuhr er fort, »ist, daß ich genügend Geld für uns alle habe. Es gibt für dich keinen Grund, irgendwelchen Mangel zu leiden. Ich dachte zum Beispiel, daß wir neue Kleidung für dich und die Kinder besorgen sollten, bevor wir nach London kommen. So würdest du da in einem passenderen Aufzug ankommen, nicht so ...«
»Wie etwas, das am Ufer angespült worden ist?« antwortete Dominique kühl.
»Ich wollte nicht ...«
»Nur keine Ausflüchte. Ich weiß selbst, wie wir aussehen. Glauben Sie etwa, ich fühle mich wohl? Glauben Sie etwa, ich würde mir für Nicole und David nichts Besseres wünschen? Sie sind so jung und voller Leben. Wenn ich mir vorstelle, was ihnen hätte geschehen können ...«
Es war zuviel für sie. All die Angst und Sorge der vergangenen Monate – oder vielmehr Jahre – brachen im Speisezimmer von Mrs. Mullworths Gasthof plötzlich aus ihr hervor. Zu ihrem Entsetzen rannen ihr heiße Tränen die Wangen hinun-

ter. Sie unterdrückte ein Schluchzen und wollte aufstehen. Doch bevor sie das tun konnte, wurde sie von starken Armen umschlungen. Sie wurde wieder auf die Bank hinabgezogen, nur war sie diesmal nicht allein. Paul drückte sie an sich und hielt ihren Kopf mit dem Gewirr tiefschwarzer Locken an seine breite Brust.

Heiser murmelte er: »Es ist schon in Ordnung, Liebes. Du mußt dich nicht schämen, daß du weinst. Ich selbst habe es gelegentlich auch getan.«

»S-Sie ...?« fragte sie zitternd, während sie zu ihm aufsah. Im warmen Feuerschein wirkte er so unnachgiebig wie eine Bronzestatue, das Meisterwerk eines genialen Bildhauers, der alles abbilden wollte, das im Menschen gut und aufrichtig ist.

»Oh, ja«, sagte er. »Ich habe um verlorene Patienten geweint, um verschwendete Leben, wegen meiner eigenen Dummheit und der Sinnlosigkeit des Versuchs, die Welt im Großen zu verändern. Ich habe herausgefunden, daß es nur möglich ist, kleine Veränderungen zu bewirken, und auch das nur mit enormen Anstrengungen. Doch letzten Endes zählt nur, daß man es versucht hat.«

»Ich wollte es versuchen«, sagte sie, während die Tränen noch immer flossen, den Aufschlag seiner Jacke durchnäßten und durch sein sauberes Leinenhemd bis auf seine warme Haut rannen.

»Ich dachte, ich könnte helfen, indem ich einfach dort bliebe, wo ich war, indem ich mich weigerte zu akzeptieren, was geschah. Ich dachte, ich könnte dafür sorgen, daß die Dinge sich so entwickeln würden, wie sie sein sollten. Aber das ist nicht möglich.«

»Nein, meine Liebe, wenn Wünsche wahr würden, und so weiter ...«

Liebe. Das Wort berührte sie sanft und durchdrang den Nebel ihres Kummers wie ein schwacher Lichtstrahl, der sie vorwärts lockte.

Liebe? Sie sah zu ihm auf und begriff in diesem Augenblick plötzlich, was er alles für sie gewesen war und noch immer war – Freund, Feind, Retter.

Er war die Person, die sie vergöttert hatte, als sie als Kind noch wenig von der Welt gewußt hatte. Dann hatte sie ihn in ihrer Phantasie zu etwas Übermenschlichem gemacht, und somit verdrängt, was er wirklich war – ein Mann.

Doch in ihrem Herzen hatte sie immer die Wahrheit gewußt. Er war die andere Hälfte ihrer selbst, einst verloren, jetzt wiedergefunden – die Ergänzung und Erfüllung ihrer geheimsten Hoffnungen und Träume. Er stand vor ihr – stark, vollkommen, lebendig, atemberaubend wahrhaftig, und so durch und durch männlich, daß die Frau in ihr einfach reagieren mußte.

Langsam hob sie den Kopf. Langsam öffneten sich ihre Lippen. Ein leises Geräusch entfuhr ihr. Er war kaum Zentimeter entfernt. Sie konnte die einen Tag alten Bartstoppeln sehen, die seine schmalen Wangen dunkel färbten, konnte seinen raschen Atem hören, den Geruch von Wolle und Leinen, Leder und salziger Luft riechen, der sich mit dem Wein mischte, den er getrunken hatte.

Sie bewegte sich ganz leicht – genug. Ihr Mund berührte den seinen. Ihre Schüchternheit war besiegt. Sie war besessen von dem Bedürfnis nach ihm, gefangen in Gefühlen, die zu ursprünglich waren, um geleugnet zu werden, getragen von einer Welle des Glücks und mitgerissen, höher und höher, ohne Grenzen. Er schmeckte nach Sonne und Trauben, nach Sommerregen und Herbsternte, nach Erde und ihrem unendlichen Versprechen. Ihre Lippen öffneten sich, während sie sich fester an ihn preßte. Ihre Hände durchwühlten den dichten, goldenen Pelz seiner Haare und zogen seinen Kopf herab.

Die vom Feuer erzeugten Schatten tanzten an den roh behauenen Wänden. Das Bild eines Mannes und einer Frau in enger Umarmung, von Mächten zueinander hingezogen, die älter

waren als die Welt selbst, leuchteten um sie herum auf, als sie sich aneinander klammerten. Nichts war von Bedeutung außer ihnen selbst.
Plötzlich schlug ein Fensterladen zu und holte sie in die Realität zurück.
Paul hob den Kopf. Mit verhangenen Augen, in denen heftige Leidenschaft lag, blickte er hinab auf die kleine, zitternde Frau in seinen Armen. Sie war in jeder Hinsicht perfekt – schön, sinnlich, ein Traum, der in bezaubernder Weise Fleisch geworden war. Und doch war sie in völliger Aufruhr. Es wäre so leicht für sie, nach dem Gefühl zu handeln, nur um es später bitter zu bereuen.
Er konnte das nicht ertragen. Das neue Einvernehmen, das seit ihrem Eingeständnis, die Flucht sei notwendig gewesen, zwischen ihnen geherrscht hatte, war ihm unendlich viel wert.
Um keinen Preis konnte er zu der Feindseligkeit zurückkehren, die zuvor bestanden hatte – nicht einmal, um die wütende Gier seines Körpers zu befriedigen, die jeglichen Verstand und jedes Ehrgefühl zu verschlingen drohte.
Bevor das geschehen konnte, legte er seine Hände mit sanfter Entschlossenheit auf ihre Schultern. Es war so schwer für ihn, sie von sich zu schieben, daß er sich wunderte, daß er es überhaupt fertigbrachte. Er starrte sie lange an. Dann sagte er schließlich mit zitternder Stimme: »Geh ins Bett, Dominique.«
Sie äußerte leise Protest. Instinktiv versucht sie, sich fester an ihn zu pressen, doch er schob sie noch energischer fort und stand auf. Mit dem Rücken zu ihr sagte er verzweifelt: »Du benimmst dich wie ein Kind. Geh ins Bett, bevor ich etwas tue, was wir beide bereuen werden.«
In ihrem aufgewühlten Zustand trafen seine Worte sie wie Peitschenhiebe. Sie stöhnte leise und sprang auf. Ihre Wangen glühten gekränkt, als sie ihre Röcke hochraffte und aus dem Zimmer lief.

Paul wartete, bis ihre Schritte vollständig verklungen waren, bevor er sich umwandte. Sein Blicke fiel auf den Tisch und die Überreste ihres gemeinsamen Festmahls. Genau wie dieses fühlte er sich verbraucht und zerrissen.
Ein wütender Fluch lag ihm auf der Zunge. Er schluckte ihn mit einem langen, tiefen Schluck Wein hinunter, schmeckte jedoch keine Süße – nur die bitteren Überreste von etwas, das hätte sein können.

Kapitel 12

In der Nacht änderten sich die Gezeiten. Das Meer schlug an die hölzernen Sprossen entlang der Piers, schäumte unter den Docks und rauschte an den Kiesstränden. Angezogen vom blassen Dezembermond türmte es sich hoch auf, silbern und glänzend.

Während die Flut anstieg, lag Dover in tiefem Schlummer. Nachtwächter, die ihre Runden drehten, riefen die Uhrzeit aus. In der Dunkelheit klangen ihre Stimmen unnatürlich laut, als müßten sie sich selbst ihrer Tapferkeit versichern. Hier und da huschte eine Ratte zwischen Fässern umher, doch ansonsten waren die Straßen leer. Der letzte betrunkene Seemann hatte in sein Bett gefunden, genauso wie die letzte vielbeschäftigte Dirne. Bis auf die Nachtwächter war niemand mehr mit ehrlichen Absichten unterwegs.

Im Schutze der Nacht bewegte sich eine Gestalt. Die Figur war nicht auszumachen, verborgen von dem schwarzen Mantel, den sie trug, doch der Gang war der eines Mannes, vorsichtig, doch sicher und zielstrebig.

An der Wand eines Lagerhauses blieb er stehen, hob den Kopf und schnüffelte. Sein Gesicht war lang und hager, die Augen hart wie Granit und der Mund so schmal, als hätte er keine Lippen. Wie eine Ratte besaß er eine scharfe, flinke Nase, die bebte, als er den Geruch eines Müllhaufens in der Nähe wahrnahm. Scharniere quietschten, als ein Schild vom Wind bewegt wurde. Dem Mann fiel das ins Mondlicht getauchte Schild eines Gasthofs ins Auge. Sein Grinsen entblößte kleine, gelbe Zähne. Rasch überquerte er die Kopfsteinpflasterstraße

und verbarg sich im Schatten der Tür. Dort blieb er reglos stehen, atmete kaum und horchte, bis er die Gewißheit hatte, daß niemand im Haus wach war.
Blasse, weiße Hände kamen unter dem Mantel hervor. Ein scharfes, schwarzes Werkzeug funkelte. Es war eine Sache von Sekunden, das Schloß zu öffnen und hineinzuschlüpfen.
Die Eingangshalle des Wayfarers's Inn war verlassen. Mrs. Mullworth und ihr tüchtiger Mann hatten sich schon längst zur Ruhe begeben. Die Küchenmädchen schliefen in ihren schmalen Kastenbetten hinter der Küche. Der Stallbursche schlummerte draußen in der Scheune. Selbst die Katze, die zum Haus gehörte, war nicht da, sondern hatte sich schon längst auf ihren Rundgang gemacht.
Der dunkle, undefinierbare Schatten bewegte sich so behende die Treppe hinauf, daß keine Stufe quietschte. Oben angekommen, blieb er stehen und sah sich um. Ein Korridor führte über die gesamte Länge des Gasthofs. Zwei Zimmer lagen auf der rechten Seite, drei auf der linken. Die auf der rechten überprüfte er zuerst, doch sie waren beide leer. Auf seiner blassen Haut schimmerte eine dünne Schweißschicht, als er sich auf die andere Seite des Gangs begab. Seine Hand, die jetzt auf der Klinke der dritten Tür lag zitterte leicht. Er öffnete sie vorsichtig und blickte hinein. Sofort kehrte seine Zuversicht zurück.
Er hatte einen Augenblick lang befürchtet, seine Informationen könnten unzutreffend sein, die Landratte, die sie geliefert hatte, könne gelogen haben; und nach Frankreich zurückzukehren, ohne seinen Auftrag ausgeführt zu haben, kam nicht in Frage. Jedes andere Schicksal würde er der Aussicht vorziehen, Robespierre die Nachricht von seinem Versagen zu überbringen.
Aber er würde nicht versagen. Dessen war er sich jetzt sicher. Die Vorhänge in dem Zimmer waren nicht ganz zugezogen, so daß ein Lichtschein auf die Gestalt im Bett fiel.

Der Mann lag auf der Seite, mit dem Gesicht zur Tür. Der schimmernde Helm aus goldenem Haar und die aristokratischen Züge, die man ihm so genau beschrieben hatte, waren nicht zu verkennen.

Der Mörder griff erneut unter seinen Mantel. Der Griff des Messers war kühl, vertraut, anregend. Er hatte es schon viele Male benutzt, immer mit Erfolg. Jetzt würde er es wieder tun.

Vor langer Zeit hatte er die Kunst erlernt, sich lautlos zu bewegen. Auf den Fußballen schlich er voran. Der Mann auf dem Bett bewegte sich nicht. Sein Atem blieb tief und gleichmäßig. Der Blick des Mörders fiel auf eine leere Weinflasche, die auf dem Boden lag. Wieder grinste er. Robespierres Anweisungen waren präzise gewesen: alle töten. Er hatte die Worte gekreischt und dabei mit weit aufgerissenen, vor Wut funkelnden Augen auf seinen Schreibtisch gehämmert.

Alle töten. Niemand durfte es wagen, seinem Urteil zu entkommen und ihn noch dazu zum Narren zu machen. Seine Macht beruhte auf der Illusion von Unbesiegbarkeit. Wäre diese erst einmal zerstört, so würde das einen unkalkulierbaren Schaden bedeuten. Er hatte nicht gesagt, wie es zu tun sei, aber der Mörder wußte, daß es schnell geschehen mußte. Zu schade. Er hätte es genossen, mit ihnen zu spielen, insbesondere mit der Frau.

Dennoch würde er reich belohnt werden, und vielleicht nicht nur mit Geld. Wenn er Robespierre zufrieden stellte, würde man ihm vielleicht Zugang zu einer der unglücklichen Seelen verschaffen, die noch immer in den Gefängnissen von Paris schmachteten und das Schicksal erwarteten, das die Staatsherren für sie bestimmten.

Seine blasse Haut lief blutrot an. Er umklammerte das Messer fester und trat näher an das Bett. Er hatte die Absicht, Paul die Kehle aufzuschneiden, um ihn am Schreien zu hindern und gleichzeitig dafür zu sorgen, daß er auf möglichst blutige und denkwürdige Weise starb.

Am Morgen, wenn die vier Leichen gefunden würden, würde sich die Nachricht in Dover wie ein Lauffeuer verbreiten. Das Entsetzen würde ihr auf dem Fuße folgen. Menschen, die jetzt vielleicht bereit waren, Flüchtlingen zu helfen, würden dann über ihre Schulter blicken und sich nur um ihre eigene Sicherheit kümmern.
In London würde die Nachricht die gleiche Wirkung haben. Robespierres Name würde voller Haß geflüstert werden, das war klar, aber auch mit einer Ehrfurcht, die aus der Furcht resultierte.
All das bedurfte nur eines einzigen Schnittes, nach unten quer über die Halsschlagader, durch den Knorpel, der Kehlkopf und Luftröhre umgab, und an der anderen Seite wieder hinauf – die Arbeit einer Sekunde. Der Mörder leckte sich die Lippen. Er beugte sich vor, spannte sich an und hob den Arm.
Der niemals fallen sollte. Ohne ein Geräusch oder eine Warnung stürzte Paul sich auf ihn. Der Meuchler fiel nach hinten, ein Schrei blieb ihm in der Kehle stecken, und er schlug wild um sich. Der Löwe war losgesprungen, stumm, gnadenlos. Er verspürte einen stechenden Schmerz, der ihn in tiefe Finsternis versinken ließ.
Paul richtete sich langsam auf. Er starrte den bewußtlosen Mann mit einem Blick an, mit dem man normalerweise ein Stück Dreck auf der Straße betrachtet.
Robespierre. Nicht einen Augenblick lang zweifelte er daran, wessen Wille dieses frettchenhafte Wesen oder den rasiermesserscharfen Dolch lenkte, der nur wenige Zentimeter von seiner Hand entfernt auf dem Boden funkelte. Oder welches Schicksal ihn ereilt hätte, wenn er nicht rechtzeitig aufgewacht wäre.
Er bückte sich, um das Messer aufzuheben, und ein Stöhnen entwich ihm. Erst jetzt bemerkte er, daß der Mörder ihn bei seinem kurzen, verzweifelten Versuch, sich zu befreien, verletzt hatte.

Der Schnitt an seinem linken Oberarm war unangenehm, aber nicht bedrohlich. Geistesabwesend stellte er fest, daß der Hieb eine Vene durchtrennt hätte, wenn er nur etwas genauer plaziert worden wäre. Mit den Zähnen riß er ein Stück von seinem Hemd ab und war gerade dabei, es um die Wunde zu binden, als Dominique in sein Zimmer gestürzt kam.

Ihre grüngoldenen Augen wirkten in ihrem weißen Gesicht riesig groß. Ihr Haar war zu einem einzelnen Zopf geflochten, der über einer Schulter lag. Lose Strähnen ringelten sich um ihre Stirn.

Sie trug das Nachthemd, das Madame Renée ihr aufgedrängt hatte. Es war ihr viel zu groß, so daß sie beinahe wie ein Kind aussah.

Beinahe, aber nicht ganz. Unter der dünnen Baumwolle ließen sich die Umrisse ihrer Brüste genau erkennen. Er konnte die dunklen Erhebungen ihrer Brustwarzen sehen, die an den zarten Stoff gedrückt waren. Sein Körper spannte sich, als sein Blick tiefer schweifte, über die sanfte Biegung ihrer Taille und ihrer Hüften hinab zu der dunkleren Stelle zwischen ihren Schenkeln.

»Paul!« Sie rang nach Atem, während ihre Augen auf den Mann fielen, der zu seinen Füßen lag. »Wer ist das? Mein Gott, was ist geschehen?«

»Nichts«, sagte er eilig, während er zu ihr hinüberging. Mit einer raschen Bewegung zog er seinen Mantel vom Haken an der Wand und legte ihn um sie. Dominique nahm das kaum wahr. Sie sah von dem Mann zu der Wunde an seinem Arm und zog ihre eigenen Schlüsse.

»Er hat dich angegriffen.«

»Und das hat ihn den Kopf gekostet. Jetzt geh wieder in dein Zimmer und bleib dort. Ich werde mich darum kümmern.«

Sie ignorierte ihn so vollständig, als hätte er gar nichts gesagt. »Bleib hier. Ich gehe hinunter und hole die Mullworths.«

»Das ist nicht nötig«, setzte er an und wollte sie aufhalten. Doch sie war auf ihren nackten Füßen schon fortgerannt.
Er wäre ihr gefolgt, doch ein plötzlicher Schwindelanfall überkam ihn und machte ihm klar, daß seine Wunde ernster war, als er eingestehen wollte. Er setzte sich unvermittelt hin, bemüht, bei Bewußtsein zu bleiben. Als Dominique wenige Minuten später zurückkam, war sich Paul einigermaßen sicher, daß er sich wieder unter Kontrolle hatte. Er hatte sich den Verband umgebunden und stellte beruhigt fest, daß die Blutung bereits nachließ.
»So was hab' ich ja noch nie gehört«, sagte Mrs. Mullworth, als sie in das Zimmer gestürzt kam. Sie trug ein dickes Gewand, ihre Nachthaube saß schief. Sie wirkte sehr empört darüber, um diese Stunde geweckt zu werden, bis sie den Mann bemerkte, der auf dem Boden lag. Entsetzen zeichnete sich in ihrem Gesicht.
»Das hier ist ein anständiges Haus«, kreischte sie und machte rasch einen Schritt zurück. Ihr unglücklicher Mann hatte das Pech, ihr im Weg zu stehen. Sie stieß ihn wütend zur Seite, während sie Paul anstarrte.
Sie vergaß sich und wollte wissen: »Was macht dieser Rattenarsch in meinem Gasthof?«
»Na, na, meine Liebe«, murmelte ihr Gatte, während er den bewußtlosen Mann zitternd begutachtete. Mr. Mullworth war ein kleiner Mann von schmaler Statur, der ganz offensichtlich im Schatten seiner selbstbewußteren Frau stand. Aber es fehlte ihm nicht an Mut, wie er unverzüglich unter Beweis stellte.
»Es hat keinen Sinn, daß du dich aufregst, Schatz«, fuhr er fort. »Ich bin mir sicher, daß es dafür eine ganz einfache Erklärung gibt.«
»Natürlich gibt es die«, zischte seine Frau. »Das kommt davon, wenn man Franzmänner aufnimmt.«
Auf Pauls finsteren Blick hin ergänzte sie versöhnlicher: »Ich meine nicht Sie, Doktor. Wir alle wissen, daß Sie durch und

durch Ire sind, und außerdem sind wir Ihnen für immer dankbar, weil Sie Mac behandelt haben, als er das Fieber hatte. Aber die anderen ...« Ihr Blick fiel auf Dominique und lenkte dann die Aufmerksamkeit aller auf die Tür, in der sich zwei kleine Gestalten aneinanderpreßten.

»Nicole, David«, rief Dominique aus, »was macht ihr denn hier?« Eilig schob sie sich zwischen die beiden und den bewußtlosen Mann, in der Hoffnung, sie hätten noch nicht zuviel gesehen.

Ihre Hoffnung war vergeblich. Sie verdrehten sich die Hälse, um um sie herum zu blicken, wobei sie so schockiert und dennoch aufgeregt wirkten, wie nur Kinder es sein können.

»Wir haben Lärm gehört«, erklärte Nicole, »und wollten nachsehen, was passiert ist. Ist er eingebrochen? Oh, Monsieur Delamare, Sie sind ja verletzt!«

»Das ist nichts weiter«, beruhigte Paul sie sanft, »nur ein Mißverständnis. Mr. Mullworth, wenn Sie so freundlich wären, mir zu helfen, können wir diesen Kerl nach unten schaffen und ihn der Wache übergeben.«

»Gerne«, sagte der Gastwirt sofort, »aber Sie müssen sich nicht bemühen. Ich hole den Stallburschen, er soll mir helfen. Ihr Arm muß versorgt werden.«

»Ich hatte um heißes Wasser gebeten«, sagte Dominique.

»Und das werden Sie auch kriegen«, entgegnete Mrs. Mullworth scharf. Sie spürte, daß die Ereignisse ihr entglitten, und das stimmte sie wütend. »Aber das ist auch alles, was Sie kriegen werden. Doktor, es tut mir leid, aber ich will, daß Sie morgen früh alle hier verschwinden. Das ist ein anständiges Haus. Wir können uns solche Vorfälle nicht leisten. Was werden die Leute sagen, wenn ...«

»Das reicht, Liebes«, sagte ihr Mann so entschlossen, daß sie ihn erstaunt anstarrte. Bevor sie sich davon erholt hatte, nahm er sie am Arm und führte sie rasch aus dem Zimmer. Über die Schulter hinweg sagte er: »Schenken Sie meiner Frau keine Be-

achtung. Sie ist nicht sie selbst, das ist alles. Ich komme sofort mit dem Burschen zurück. Das Wasser wird gleich da sein.«
Paul sah nachdenklich aus, als er sich wieder auf die Bettkante setzte. »Das ist wirklich eine Überraschung.«
»Was?« fragte David.
»Das plötzliche Auftauchen von Mr. Mullworth.« Als er den verwirrten Blick des Jungen bemerkte, sagte er: »Mach dir nichts draus. Jetzt, wo ihr gesehen habt, daß kein Anlaß zur Sorge besteht, solltet ihr beide wieder ins Bett gehen.«
»Das stimmt«, sagte Dominique entschieden. »Ab mit euch. Morgen liegt ein langer Tag vor uns, und ihr braucht euren Schlaf.«
»Kommst du nicht mit?« fragte Nicole.
»Erst muß ich Pauls Verletzung versorgen. Er kann das nicht alleine, weißt du, auch wenn er Arzt ist.« Sie scheuchte sie in Richtung Tür.
Die Kinder zögerten hartnäckig. »Bleibst du noch lange?« fragte David.
»Nein, ich...« Sie begriff, was ihr Bruder im Sinn hatte, und streichelte sanft seine Wange. »Hört mal, warum legt ihr euch nicht beide in unser Zimmer? Ihr könnt euch Gesellschaft leiste, bis ich zurückkomme.«
Das heiterte die beiden auf, und sie gingen ohne weitere Diskussionen. Kaum waren sie auf dem Gang verschwunden, erschien Mr. Mullworth wieder auf der Bildfläche.
Begleitet wurde er vom Stallburschen, einem stämmigen Kerl mit breiten Schultern und verwirrtem Blick. Unter Mr. Mullworths Kommando schaffte der Bursche den Mörder aus dem Zimmer, indem er ihn halb trug, halb zog.
»Ich habe nach der Wache geschickt«, sagte Mr. Mullworth wichtigtuerisch. »Sie werden uns diesen Kerl abnehmen, obwohl sie morgen mit Sicherheit noch das eine oder andere von Ihnen wissen wollen.«
Paul beruhigte ihm, er würde zur Verfügung stehen. Seine

Schulter begann zu pochen. Er war erleichtert, als ein Dienstmädchen mit dem heißen Wasser kam, während Mr. Mullworth sich verabschiedete. Das Mädchen folgte ihm rasch, jedoch nicht ohne Paul ein breites, bewunderndes Lächeln zu schenken.

»Das brennt bestimmt«, sagte Dominique ein wenig streng. Sie löste den provisorischen Verband und legte ein sauberes, heißes Tuch auf die Wunde. Paul zuckte zusammen, blieb jedoch stumm.

Aufgrund ihrer Lebensumstände hatte sie lernen müssen, jegliche Art von Verletzungen zu behandeln, doch trotzdem war sie dankbar für seine Anweisungen. Nachdem sie die Wunde sorgfältig ausgewaschen hatte, erklärte er ihr den kleinen Vorrat an Arzneimitteln, den er bei sich hatte. Dominiques Finger bebten leicht, als sie eine lindernde Salbe auftrug, die sie dann mit einem Leinenverband bedeckte.

Als sie fertig war, waren ihre Knie weich. Sie setzte sich plötzlich hin und preßte die Hände zusammen, um ihr Zittern zu unterdrücken.

Die ganze Zeit über, während sie getan hatte, was getan werden mußte, war es ihr gelungen, ihre Angst im Zaum zu halten. Doch jetzt strömte sie zurück, umbarmherzig und heftig, hämmerte gegen ihre schwache Verteidigung und riß diese rasch nieder. Gleichzeitig wichen Vorsicht, Verstand und sogar die Erinnerung an Pauls vorherige Zurückweisung, die dazu geführt hatte, daß sie weinend in einen von Träumen gestörten Schlaf gesunken war. Das war jetzt so bedeutungslos, als wäre es nie geschehen. Nichts zählte außer der Tatsache, daß Paul noch lebte, obgleich er dem Tode so gefährlich nahe gekommen war.

Zorn stieg in ihr auf – eine rohe, primitive Wut auf das Schicksal, das ihr bereits so viel geraubt hatte und dennoch versuchte, noch mehr zu nehmen. Instinktiv wollte sie sich so heftig wie möglich dagegen wehren.

Paul war überrascht, als sie wieder aufstand. Er hatte in seinem Inneren nach der Kraft gesucht, sie erneut in ihr Zimmer zurückzuschicken. Diese Stärke schien plötzlich bedenklich knapp zu werden.

Sie stand auf, und der Mantel fiel herab, so daß sie nur noch vom Mondlicht und dem dünnen Nachthemd bekleidet war. Sie war Ebenholz und Alabaster, smaragdfarbene Augen und Lippen wie Wein.

Er hatte viel getrunken, um schlafen zu können, und fühlte sich, als seien seine Sinne noch immer berauscht, doch sein Körper war schmerzhaft und bedrohlich wach.

»Geh«, stieß er heiser hervor.

Den Blick in seine Augen versenkt, schüttelte sie den Kopf. Langsam und gezielt begann sie, den langen, seidigen Zopf Strähne für Strähne zu lösen, bis ihr Haar locker und frei auf ihren Schultern lag.

Sein Duft erfüllte den Raum. Paul schloß die Augen und sah wieder die fliederübersäten Felder von Montfort vor sich, das kleine Mädchen, das darüber rannte, fühlte seine eigene helle Freude und die zärtliche Macht einer allumfassenden Liebe.

»Dominique –«

Sie legte ihm einen kühlen, zarten Finger auf die Lippen. »Still, Paul. Du hast alles getan, was du konntest; niemand kann dir irgend etwas vorwerfen.«

Es war eine Absolution, süß wie der Balsam, mit dem sie seine Wunde gelindert hatte. In diesem Augenblick wurde ihm klar, daß sie ihn beinahe zu gut kannte. Ohne das es ausgesprochen werden mußte, verstand sie, daß er seine Verantwortung sehr ernst nahm.

Für ihn waren Ehre und Anstand das Wichtigste. Er konnte sie nicht leichten Herzens über Bord werfen. Nur Dominique konnte ihm diese Last von den Schultern nehmen, wie sie es eben getan hatte.

»Ich werde nicht gehen«, murmelte sie, während ihre Hand an

den Kragen ihres Nachthemds fuhr. Ihr Mund – weich und reif wie eine Sommerfrucht – verzog sich zu einem Lächeln. »Wenn du nicht wieder eine Szene willst, mußt du deine Niederlage eingestehen.«
»Zu welchem Preis?« murmelte er, verloren in ihren wunderbaren Augen, die ihn bannten wie eine Waldjungfrau im Sonnenschein.
»Für deine Wahnidee? Die, die dir sagt, ich sei ein Kind, das beschützt werden muß. Die, die darauf besteht, daß du dich nicht gehen lassen darfst, daß du immer stark, vornehm, vorbildlich sein mußt.«
Belustigung machte sich in ihm breit. »Das klingt so, als wäre ich ein unerträglich prüder Kerl.«
»O nein«, sagte sie. »Zumindest halte ich dich nicht dafür. Wollen wir das überprüfen?«
»Das läßt sich wohl nicht vermeiden«, murmelte Paul. Sie machte eine Handbewegung, und das Nachthemd glitt zur Seite, so daß ihre vollen, üppigen Brüste und die winzige Einbuchtung ihrer Taille freigelegt wurden. Einen Augenblick lang blieb es auf ihren Hüften ruhen, bis sie es beiseite schob und ohne zu zögern herausstieg, so daß sie nackt vor ihm stand, selbstbewußt, ohne Scham, überwältigend.
»Wie Aphrodite«, murmelte er, »die aus den Wellen aufsteigt.«
Sie lächelte süß und selbstsicher – ein Lächeln so alt wie die Zeit. »Keine Göttin – nur eine Frau.«
Seine Hände legten sich leicht auf ihre Hüften, die schwielige Berührung zeigte beinahe Ehrfurcht vor ihrer samtenen Weichheit. »Noch nicht ganz«, murmelte er und zog sie näher. Seine Lippen strichen über ihren Bauch, und er spürte, wie sie zitterte. »Aber bald ... sehr bald.«
»Jetzt«, flüsterte sie selbstbewußt. Sie wurde nur von seinen Armen gehalten, als sie den Kopf zurückfallen ließ, so daß das seidige Haar über ihr rundes Gesäß strich. Sie erschauerte, als würde die Erde selbst beben.

Sie stieß einen leisen Schrei aus, als er sich quälend langsam erhob und mit seinem Mund eine brennende Spur über ihren Bauch hinauf zur Rundung ihrer Brüste zog, hinauf zu den Wölbungen, die sich nach seiner Berührung sehnten.
Ihre Finger wühlten in seinem bernsteinfarbenen Haar. Die rauhe Wolle der Hose, in der er geschlafen hatte – unbewußt darauf bedacht, sich nicht zu sehr zu entspannen –, rieb aufreizend gegen ihre seidige Haut. Sie war umgeben von dem berauschenden, männlichen Duft, den er verströmte. Ein wildes Trommeln rauschte durch ihre Adern. Auf der Schwelle zum Unbekannten verspürte sie keine Angst, sondern nur Verzükkung.
Trotz seines stürmischen Verlangens blieb Paul sehr langsam. Die einzige Alternative wäre gewesen, sie sofort auf das weiche Bett zu werfen und sich zwischen ihre seidigen Schenkel zu drängen, bis er seine Erfüllung fand. Das kam nicht in Frage; keine Frau würde er so behandeln, schon gar nicht eine Jungfrau, die er liebte.
Das süße, schüchterne Mädchen dieses lange zurückliegenden Sommernachmittags war verwandelt in eine unwiderstehliche Nymphe auf der Schwelle zum Erwachen, die in seinen Armen bebte. Er hatte genug von Leben und Tod gesehen, um zu wissen, wie kostbar ein solcher Moment sein konnte. Er war dazu bestimmt, ausgekostet und dann vor den Schicksalsschlägen des Lebens behütet zu werden.
Stöhnend hob er sie hoch und drückte sie einen Augenblick lang an seine Brust. Ihr Kopf war sehnsüchtig geneigt, der nachtschwarze Glanz ihres Haars verhüllte ihr Gesicht, doch er konnte ihren rasenden Herzschlag spüren und hatte die Gewißheit, daß ihr Verlangen ebenso stark war wie das seine, oder zumindest annähernd. Er war sich sicher, daß jeder Unterschied in Kürze beseitigt sein würde.
Sanft legte er sie auf das Bett und nahm den Anblick, wie sie wie tiefschwarzer Samt und reinster Alabaster da lag, tief in

sich auf. Unter ihren dichten Wimpern funkelte in den smaragdfarbenen Augen ein uralter Schein. Ihre Lippen waren leicht geöffnet. Er konnte ihre Zungenspitze sehen, die zwischen ihren Zähnen zum Vorschein kam.

»Tu das nicht«, murmelte er beinahe barsch, als er sich neben sie sinken ließ. Als sie ihn verständnislos ansah, sagte er: »Ich will, daß du nicht den geringsten Schmerz verspürst – nicht heute nacht, nicht mit mir.«

Ihre Augen weiteten sich. Zögernd murmelte sie: »Ist das denn möglich?«

Sein Lächeln war unbeschreiblich männlich und dennoch überwältigend tröstlich. »O ja, ich glaube schon. Aber«, ergänzte er, während seine Finger leicht über ihren Arm strichen, »sollten wir das nicht überprüfen?«

Bei seiner Berührung fuhr Dominique zusammen. Ein Schauer beinahe unerträglicher Leidenschaft durchfuhr sie. Sie rang nach Atem, als Pauls Mund sich auf ihren legte.

Er küßte sie mit vernichtender Innigkeit, ohne Rücksicht auf ihre Unschuld zu nehmen. Seine Zunge fuhr tief hinab und ließ die andere, viel intimere Inbesitznahme ahnen, die folgen sollte.

Dominique, die alles andere als schockiert war, reagierte mit unbändiger Sinnlichkeit. Sie verlockte ihn mit ihrem Streicheln, wobei sich ihre Finger in seine Schultern gruben, damit er nicht auf den Gedanken kommen konnte, sich zu entfernen.

Als er schließlich den Kopf hob und auf sie hinab blickte, ging sein Atem schwer, und Sanftheit, die sie zuvor in seinen Augen gesehen hatte, war verschwunden.

»Dominique«, ächzte er, »du machst meine festesten Entschlüsse zunichte.«

Unbewußt hoben sich ihre Mundwinkel zu einem provozierenden Lächeln. »Vielleicht ist jetzt nicht die Zeit, anständig zu sein, Paul.«

Er starrte sie einen langen Augenblick an, bis er unvermittelt in Gelächter ausbrach. Er fühlte sich plötzlich viel jünger, als er war, wie ein verliebter Junge, der noch sein ganzes Leben vor sich hat und auf dem keine schwere Verantwortung oder Pflicht lastet, die ihn hemmt. Ihre unterschiedlichen Erfahrungen – die Frauen, die er gehabt hatte, der Zynismus, den er gelegentlich verspürte – schwanden dahin. Geborgen in ihren Armen, an ihre hohen, festen Brüste gedrückt, erkannte er den Beginn eines neuen Lebens.

Langsam wich er zurück. Ohne die Augen von ihr abzuwenden, knöpfte er seine Hose auf und legte sie ab. Nackt kehrte er zu ihr zurück in der Gewißheit, daß ihr Blick Bewunderung ausdrückte, keine Furcht.

»Oh, Paul«, flüsterte sie, als sie ihn wieder umschlang, »du bist so wunderschön.«

Ihr zärtlich glühender Blick, die furchtlosen Berührungen ihrer Hände, die Bewegung ihres Körpers unter ihm ließen ihn ihre Gedanken lesen. In dem Gefühl, daß alle Dämme brachen, begriff er, daß sie genau das meinte, was sie sagte. Er war für sie wunderschön, wie eine wundersame Kraft der Natur schön ist, denn Schönheit ist zu begrüßen, zu bewahren und zu genießen.

Seine muskulösen Schenkel glitten zwischen die ihren. Langsam, jeden Augenblick auskostend, berührte er sie mit den Händen, den Augen, dem Mund, so daß sie leise Freudenschreie ausstieß, die wie Balsam auf seine Seele fielen.

Erst als er sie einmal, zweimal, dreimal an den Rand der Ekstase und darüber hinweg geführt hatte, schob er sich schließlich selbst auf sie. Ihr zerzaustes Haar war wundervoll auf dem Kissen ausgebreitet. Ihre Wangen waren gerötet, ihre Lippen geschwollen. Er wandte sich einen Moment lang ab und erblickte das milchweiße Gesicht der ersten Mutter der Welt, die vor dem Fenster schwebte. Dann zog Dominique ihn wieder zurück, und es gab nichts mehr außer ihnen beiden, verloren in traumhafter Verzückung.

Kapitel 13

London, Januar 1793
Lady Amelia Haverston, die Herzogin von Clarendon, trommelte gelangweilt auf die Marmorplatte ihres Frisiertisches. Vor ihr stand der gleiche polierte und vergoldete Spiegel, in dem sie schon seit mehr als fünfzig Jahren ihr Abbild betrachtete und der die Entwicklung von einer jungen Braut zu einer gealterten Matriarchin festgehalten hatte. Sofort eilte Danvers, die Zofe, die ihr schon beinahe genauso viele Jahre diente, an ihre Seite.

Eine zitternde alte Närrin, diese Danvers, dachte Lady Amelia. *Sie hätte schon vor Jahren abtreten sollen.* Doch ihre weichherzige Dienstherrin hatte sie weiter bei sich behalten und sogar eine jüngere Zofe angestellt, um ihr zu helfen, und was war der Dank? Ärger.

»Ich möchte keine Schwierigkeiten machen, Madame«, sagte Danvers steif. »Ich sehe es nur als meine Pflicht an, darauf hinzuweisen, daß die junge Lady sehr unglücklich ist.«

»Du übertreibst«, sagte Lady Amelia. »Sie macht nur eine vollkommen natürliche und unvermeidliche Eingewöhnungsphase durch.«

»Heute morgen sah sie aus, als hätte sie geweint.«

»Eine leichte Erkältung, das ist alles. Das macht Augen und Nase rot. Ohne Zweifel wird sie sich in einem oder zwei Tagen vollständig erholt haben.«

Lady Amelia hob ihre knorrige, von blauen Venen durchzogene Hand, um jede weitere Bemerkung zu unterbinden. »Genug geschwätzt. Ich werde heute den pfirsichfarbenen Samt

mit dem Spitzentuch und kleinen Perlen tragen. Das sollte angemessen sein.«
Trotz ihres Alters – Lady Amelia war an ihrem letzten Geburtstag dreiundsiebzig geworden – gab es für sie keinen Grund, den Geschmack zu ändern, der sie durch ein langes und relativ zufriedenes Leben geführt hatte. Außerdem schmeichelte der pfirsichfarbene Samt ihrem Teint.
»Beeil dich«, sagte sie scharf, während sie aufstand, wobei sie sich auf einen Stock mit goldenem Griff stützte. »Ich habe keine Zeit mehr für dummes Gewäsch.«
Danvers schnaubte hörbar, machte aber keine weiteren Einwände. Sie wälzte sich hinüber zum Kleiderschrank und begann, die gewünschte Garderobe hervorzuholen. Als die jüngere Unterzofe – ein richtiges Kind von vierzig Jahren – ihr helfen wollte, schob sie sie gebieterisch zur Seite.
Fünfundvierzig Minuten später war Lady Amelia angezogen und gepudert und für den Tag gerüstet. Insbesondere war sie für ihre Enkelin gerüstet.
Mit dem Gehabe einer Grande Dame schritt sie die gewundene Marmortreppe des Stadthauses der Haverstons hinab und durchquerte elegant die mit Kuppeldach versehene Mittelhalle.
Lakaien verneigten sich hinter ihr. Ein junges Hausmädchen machte einen Knicks. Lady Amelia ignorierte sie alle. Sie ging weiter, fürstlich und achtlos, ähnlich einem großen Segelschiff, das nicht bereit ist, ein geringeres Boot wahrzunehmen.
Ein Unterbutler beeilte sich, eine Tür für sie zu öffnen. Nachdem sie den Raum betreten hatte, blieb sie stehen und sah sich um. Den kleinen Salon – so genannt in Anbetracht des größeren und für offiziellere Anlässe genutzten Empfangszimmers auf der anderen Seite der Eingangshalle – liebte Lady Amelia besonders. Sie hatte ihn selbst eingerichtet, kurz nachdem sie Herzogin von Clarendon geworden war, und obwohl die Aus-

stattung im Laufe der Jahre modernisiert worden war, war er im wesentlichen unverändert geblieben.
Für die Wände hatte sie gelben Damast gewählt, für die Polster ein helles Chintzmuster. Die Farben paßten ausgezeichnet zu den Tischen und Stühlen mit Einlegearbeiten, die verstreut herumstanden.
Ungeachtet der Jahreszeit waren die Kristallvasen mit einer Fülle von Blüten gefüllt, die direkt vom Clarendon-Anwesen außerhalb Londons stammten. Die Gewächshäuser dort waren immer ihr Stolz gewesen, ganz zu schweigen von der Ersparnis, die sie angesichts der Preise, die in London für frische Blumen verlangt wurden, bedeuteten.
Umsicht, dachte Lady Amelia. *Umsicht und Sinn fürs Praktische.* Das hätten die Schlagwörter der Haverstons sein können, deren Familie länger und besser überlebt hatten als beinahe jedes andere Adelsgeschlecht in Europa. Das war kein Zufall. Sie hatten Rückgrat, wie die junge Frau vor ihr wieder einmal unter Beweis stellte.
Ohne ein Anzeichen für Tränen saß Dominique an einem kleinen, exquisiten Cembalo, ein Werk des verstorbenen Florentiners Bartolomeo Cristofori, der allgemein als meisterlicher Hersteller von Saiteninstrumenten galt. Dieses spezielle Cembalo gehörte zu den letzten, die er gebaut hatte. Es war vor mehr als dreißig Jahren für Lady Amelia gekauft worden. Dominique berührte die Tasten leicht, beinahe ehrfürchtig. Dennoch erklang ein dissonanter Ton. Sie hielt inne und lächelte entschuldigend. »Ich habe seit so vielen Jahren nicht mehr gespielt. Ich weiß kaum, wie ich wieder anfangen soll.«
»Es wird dir wieder einfallen«, sagte ihre Großmutter. Sie setzte sich auf ein Sofa gegenüber von Dominique und sah sie weiter unverwandt an.
Zumindest konnte man sagen, daß die blasse, dünne Gestalt, die vor weniger als einem Monat an ihrer Tür erschienen war, jetzt wesentlich besser aussah. Gutes Essen, Wärme und Si-

cherheit hatten viel dazu beigetragen, das gequälte Aussehen zu vertreiben – oder zumindest zu überdecken.
Lady Amelia wollte nicht über den Schrecken und die Trauer nachdenken, die sie beim Anblick des ältesten Kindes ihrer einzigen Tochter verspürt hatte. Noch weniger würde sie irgend jemandem die Tränen offenbaren, die sie vergossen hatte, während sie sich selbst vorgeworfen hatte, sie hätte nicht hartnäckig genug darauf bestanden, die jungen de Montforts müßten den Hort von Wahnsinn und Brutalität verlassen, in den Frankreich sich verwandelt hatte. Es reichte, daß das Mädchen jetzt Zeichen der Besserung zeigte.
»Das ist sehr hübsch«, sagte Lady Amelia und deutete auf das Kleid, das Dominique trug. Es war aus moirierter Seide in einem weichen Malventon gefertigt, der genau zu der graugrünen Farbe von Dominiques Augen paßte.
Ihr ebenholzschwarzes Haar war zu einer Krone von Locken aufgetürmt, die von Klammern mit Smaragden und Diamanten zusammengehalten wurde. Weitere Schmuckstücke – für eine junge, unverheiratete Frau angemessen, aber dennoch beeindruckend – funkelten an ihrer Kehle und ihren Handgelenken.
Lady Amelia machte ein stummes Kompliment an Dominiques Zofe, die allein für die Kleidung zuständig war, da Dominique selbst absolut kein Interesse für solche Dinge zeigte.
»Danke«, sagte sie abwesend, als sei sie sich nicht ganz sicher, was ihre Großmutter meinte. Das bedeutete jedoch nicht, daß sie ihre guten Manieren vergessen hatte. Sie stand auf, ging hinüber zu der älteren Dame und küßte sie sanft auf die Wange. »Sie sind so schrecklich gut zu mir gewesen, *Grandmère.*«
»Unsinn«, sagte Lady Amelia heiser. »Ich habe nur getan, was zu tun war. Schließlich bist du eine reiche Erbin.«
Dominique lächelte bedauernd. »Ich kann mich noch immer nicht daran gewöhnen.«
»Und ich kann nicht verstehen, warum dein verstorbener

Vater dir das niemals gesagt hat. Ich vermute, er war der Ansicht, du seist noch zu jung, und er nahm wohl an, dafür würde später noch genug Zeit sein.«
Lady Amelia starrte einen Augenblick lang ins Leere, während sie ergänzte: »Ich habe viele Menschen gekannt, die so gedacht haben, und unweigerlich sind sie gestorben, bevor sie auch nur die Hälfte von dem vollbringen konnten, was sie vorhatten. Ich selbst überlasse lieber so wenig wie möglich dem Zufall.«
»Ich würde sagen, daß ist Ihnen sehr überzeugend gelungen«, murmelte Dominique. Auf Beharren ihrer Großmutter hatte sie in der Woche zuvor einen sehr aufschlußreichen, wenn auch ermüdenden Tag beim Anwalt der Familie zugebracht.
Zu ihrem Erstaunen hatte sie erfahren, daß ihre Mutter, ein Einzelkind, von einer liebenden Tante einen bedeutenden Treuhandbetrag erhalten hatte. Bei ihrer Hochzeit mit dem Marquis de Montfort war die Vollmacht darüber an ihn übergegangen, doch bei seinem Ableben war sie wieder an Lady Amelia übertragen worden, bis Dominique, ihre direkte Erbin, volljährig sein würde.
Dies war jetzt geschehen, so daß das Geld ihr gehörte, zumindest bis sie heiratete und ihr Mann es übernahm. Solange sie ungebunden war, hatte sie eine Position inne wie sonst kaum eine Frau ihrer Zeit – sie besaß ihr eigenes, frei verfügbares Geld.
Das Anwesen des Montforts mochte vielleicht unwiederbringlich verloren sein, doch Dominique würde darunter nicht zu leiden haben. Und ebensowenig Nicole oder David.
»Wo sind die Kinder?« wollte Lady Amelia wissen. Sie sah die beiden jüngeren de Montforts mehrmals am Tag, nur um sicher zu gehen, daß in angemessener Weise für sie gesorgt wurde.
Sie hätte natürlich die Möglichkeit, einfach davon auszugehen, daß dies der Fall sei, oder einen Dienstboten damit zu be-

auftragen, doch das tat sie nicht. Sie waren lebhafte Kinder, ausgelassen und von freundlichem Wesen, trotz alledem, was sie hatten durchmachen müssen. Wenn jemand fragte, sagte sie stets, ihre Gesellschaft würde sie amüsieren.

Dominique konnte sie nichts vormachen. Die Liebe, die ihre Großmutter den Kindern gegenüber zeigte, hatte sie zuerst überrascht, dann zutiefst dankbar gestimmt. Sie war vielleicht eine barsche alte Dame mit einer scharfen Zunge, aber sie hatte ein großes Herz.

»Sie sind oben bei Mrs. Remington«, sagte sie, »und erhalten Unterricht.«

»Ach ja«, sagte Lady Amelia. Ihr Mund verzog sich. »Daran kann ich mich noch gut erinnern. Schreckliche Sache. Ich habe immer nur aus dem Fenster gesehen und gehofft, er wäre bald vorbei.«

»Mrs. Remington gelingt es offenbar, ihr Interesse zu wecken. Die Kinder scheinen sie zumindest sehr zu mögen.«

»Dann hast du eine gute Wahl getroffen«, sagte Lady Amelia. Es war ihre Idee gewesen, Dominique beinahe unmittelbar nach der Ankunft ihrer Enkel in die Auswahl einer Gouvernante einzubeziehen. Wie sie gehofft hatte, hatte diese Aufgabe geholfen, Dominique aus der Reserve zu locken und ihre Gedanken auf die Zukunft zu richten.

»Solange sie nicht für mich bestimmt ist«, sagte die junge Frau mit einem leisen Lachen. »Ich muß zugeben, daß meine Ausbildung ziemlich lückenhaft ist, aber ich habe nicht den Drang, wieder die Schulbank zu drücken.«

»Eigentlich bedauere ich in bezug auf deine Erziehung nur, daß du mit Dingen konfrontiert wurdest, mit denen ein junges Mädchen nichts zu tun haben sollte.«

Lady Amelia hielt inne. Sie wollte nichts weniger als irgend etwas tun oder sagen, das Dominique belasten könnte, doch sie war auch fest davon überzeugt, es sei das Beste, gewisse Angelegenheiten direkt anzusprechen, anstatt sie zu über-

gehen. Ruhig fragte sie: »Was gibt es heute Neues aus Paris?«
Dominiques Lächeln verschwand. Einen Augenblick lang kehrte der gequälte Blick in ihre Augen zurück. Ruhig sagte sie: »Der Prozeß wird fortgesetzt, soll aber bald enden.«
Lady Amelia murmelte etwas vor sich hin, was lieber nicht wiederholt werden sollte. Dann fuhr sie fort: »Es übersteigt meinen Verstand, wie es so weit hat kommen können. Daß der Pöbel es wagt, einen souveränen Monarchen vor Gericht zu stellen und ihn abzuurteilen wie einen gemeinen Verbrecher, das ist einfach unvorstellbar.«
»Das liegt wohl daran, weil so etwas hier auch nicht geschehen könnte«, sagte Dominique.
»Es gibt ein paar verrückte Hysteriker, die dir widersprechen würden, aber du hast ganz recht. Unser Regierungssystem ist viel zu fortschrittlich, um solche Umtriebe zuzulassen.«
Was nicht bedeuten sollte, daß in England niemals etwas dieser Art geschehen war. Lady Amelia wußte sehr wohl über das Schicksal von Charles I. Bescheid, der im vorherigen Jahrhundert seinen Kopf verloren hatte, weil es dem Pöbel von Cromwell so beliebte. Das wollte sie jedoch nicht erwähnen – zumal sie sich sicher war, daß Dominique bereits alles darüber wußte.
»Nun«, sagte die Herzogin, »wir sollten dankbar dafür sein, daß wir in England sind. Heute ist ein recht schöner Tag. Was hältst du von einem Ausflug?«
»Wenn es Ihnen nichts ausmacht, würde ich wirklich lieber hier bleiben.«
»Unsinn. Du kannst dich nicht den ganzen Tag verkriechen, das ist nicht gesund. Jetzt, wo dein Husten fort ist, mußt du mehr nach draußen.«
Dominique seufzte. Ihre Großmutter sprach in einem Tonfall, der keine weitere Widerrede duldete. Sie konnte nicht behaupten, daß sie das überraschte.

Lady Amelia war natürlich ungehalten wegen ihrer Neigung, in den schützenden Wänden des Stadthauses zu bleiben. Sie wollte, daß sie unter Leute kam, neue Bekanntschaften schloß und anfing, das Fundament für ihr neues Leben zu legen.
Sie konnte nicht wissen, oder zumindest ging Dominique davon aus, daß sie nicht wegen einer Abneigung gegen die Gesellschaft Tag für Tag zu Hause blieb, sondern daß sie vielmehr die hartnäckige, wenn auch immer vergeblichere Hoffnung hegte, Paul würde vielleicht vorbeikommen.
Sie hatte ihn vor zwei Wochen zum letzten Mal gesehen, kurz nach ihrer Ankunft in England. Er hatte sie unverzüglich bei ihrer Großmutter abgeliefert, war lange genug in der Nähe geblieben, um sicher zu sein, daß alles in Ordnung war, und hatte sich dann verabschiedet. Lady Amelia hatte großzügig angeboten, ihn aufzunehmen, doch Paul hatte das abgelehnt. Er hatte Freunde an der Königlichen Hochschule für Ärzte, die er unbedingt treffen wollte.
Und bei denen er sich wahrscheinlich seit dem aufhielt.
»Komm jetzt«, sagte Lady Amelia, während sie sich erhob. »Wir werden einen Ausritt im Park machen und über die Soiree von Lady Saltonstall am heutigen Abend sprechen.«
Dominique fuhr zusammen. Ihr war es gelungen, dieses Ereignis völlig zu verdrängen. Ihre Großmutter hatte zwar zugesichert, es würde nur im kleinen Rahmen stattfinden, doch irgendwie zweifelte sie daran. Nichts, was sie bisher in London gesehen hatte, schien klein zu sein.
Dennoch hatte sie versprochen, sie würde mitkommen, und dieses Versprechen würde sie mit soviel Anstand halten, wie sie konnte.
»Wir müssen unbedingt darüber reden«, sagte sie, während sie Lady Amelia ihren Arm anbot. »Sie müssen mir erzählen, wer alles dort sein wird, damit ich weiß, was ich sagen soll und nicht zu dumm wirke.«
Als wäre das möglich, dachte Lady Amelia. Ihre Enkelin hatte

keine Vorstellung von dem Aufsehen, das sie erregen würde, wenn sie am Abend den Salon von Diana Saltonstall betreten würde.

Wenn sie länger in Versailles gelebt hätte, hätte sie es gewußt. Aber die letzten drei Jahre ihres Lebens hatte sie abgeschottet von der Welt in einer zunehmend düsteren und heimtückischen Umgebung zugebracht.

Obwohl die anderen es nicht so sehen würden. Sie würden nur die junge Frau wahrnehmen, die Hofdame bei Königin Marie Antoinette gewesen war, eine Vertraute der französischen Königsfamilie, und jetzt eine Exilantin, die unter den romantischsten und schwierigsten Umständen entkommen war.

Das allein hätte ausgereicht, um Dominique für die Gesellschaft zu empfehlen. Doch zusammen mit ihrer Schönheit und ihrem Reichtum entstand eine Verbindung, die die Franzosen *formidable* nennen würden.

Paul Delamare hatte das begriffen. Lady Amelia lächelte innerlich, als sie sich an das Gespräch erinnerte, das sie am Tag nach der Ankunft ihrer Enkel mit ihm geführt hatte. Er war sehr förmlich gewesen, sehr korrekt und sehr direkt – bis zu einem gewissen Punkt.

Zu Anfang hatte er kühn verkündet, es sei keine Schwierigkeit für ihn, Dominique und ihre Geschwister unterzubringen, wenn es nicht möglich sein sollte, daß sie bei der Herzogin wohnten.

Lady Amelia hatte ihm versichert, das sei nicht der Fall. Alle de Montforts seien herzlich willkommen. Ganz im Gegenteil, sollte Paul die Absicht hegen, sie von hier fortzubringen, würde das unangenehme Folgen für ihn haben.

Das hatte ihn grimmig lächeln lassen, doch sofort war er zu anderen Dingen übergegangen.

Sollte das Geld knapp sein, würde er ohne zögern für sie sorgen, nur unter der Voraussetzung, daß die Quelle geheimgehalten wurde.

Lady Amelia sagte ihm steif, auch das sei nicht erforderlich. Dominique sei alles andere als bedürftig und würde bald feststellen, daß sie eine außerordentlich wohlhabende junge Frau sei. Es gebe sogar wenige in England, die wohlhabender seien.

Zumindest das ließ ihn stutzen. Das harte, sonnengebräunte Gesicht zeigte eine Spur des Bedauerns, die für Lady Amelia Bände sprach. Er konnte sie zwar rasch unterdrücken, doch die Herzogin hatte bereits viel über das Ausmaß seiner Gefühle für Dominique erraten.

Würde er seinem Herzen folgen, dann würde er versuchen, sie auf jede mögliche Weise an sich zu binden, doch er war vernünftig und ehrbar genug, das nicht zu tun.

Oder etwa nicht? Zwischen den beiden gab es etwas, das Lady Amelia zu denken gab. Sie hatte sie nur sehr kurz zusammen gesehen, doch trotzdem war sie überzeugt davon, daß nicht alles so war, wie es sein sollte.

Sie spürte eine Aura des Verlangens, verbunden mit Schuldgefühlen, die sie sehr beunruhigte. Das weckte allzu deutliche Erinnerungen an ihre eigene Jugend und einen gewissen Guy-Fawkes-Tag, an dem sie sich inmitten der traditionellen Feuerwerke und Strohfiguren recht weit von den Grenzen des Anstands entfernt hatte.

Glücklicherweise schien dem guten Doktor wirklich an Dominique gelegen zu sein, so daß er nur ihr Bestes wollte. Was ohne Frage bedeutete, einen Mann aus ihrer eigenen Schicht und mit ihren Ansichten zu heiraten und sich in England niederzulassen, um Lady Amelias Urenkel großzuziehen.

Nein, Paul Delamare würde ihre Pläne für Dominique nicht durchkreuzen. Zumindest, revidierte Lady Amelia, nahm sie an, er würde nichts dergleichen tun. Eine solche Ungewißheit war sonst nicht ihre Art.

Sie streckte den Rücken, sprach streng zu dem Butler, der ihren Mantel bereithielt, und segelte mit Dominique im

Schlepptau majestätisch die Vorderstufen des Stadthauses hinunter.

Sie fuhren durch den Hyde Park, vorbei an den hohen Steinmauern, die ihn umgaben – ein Überbleibsel seiner früheren Zeit als Privatbesitz – und entlang einer breiten, eleganten Straße, die unpassenderweise Rotten Row hieß.
Oder vielleicht war dieser Name doch gar nicht so unpassend. Dorthin kamen alle Arten von Damen und Herren – und solche, die dafür gehalten werden wollten – um zu sehen und gesehen zu werden, um zu tratschen und zu verleumden; kurz gesagt, um einem der schönsten Zeitvertreibe der Zivilisation zu frönen, dem Promenieren.
Dominique war bemüht, nicht umherzustarren. Sie durfte wirklich nicht vergessen, daß sie die Tochter eines Marquis, die Enkelin einer Herzogin war und alles andere als ein Landmädchen, das leicht zu beeindrucken ist. Im Vergleich zu dem Prunk von Versailles, an den sie sich dunkel erinnerte, war London nur eine Bagatelle. Doch ihre Erinnerung verblaßte allmählich, und ihr blieb nicht mehr viel, um ihre aufgesetzte Blasiertheit zu untermauern.
Lady Amelia schwatzte fröhlich weiter und wies sie auf verschiedene Personen hin, je nachdem, ob sie einen guten Ruf hatten oder nicht. Die äußerst bunt gekleideten Frauen – die mit drei oder vier Farbflecken auf den elfenbeinfarbenen Gesichtern, deren Augen mit Kohlstift umrahmt waren – wurden ausdrücklich ignoriert.
Einige Herren, denen ein Zeichen des Erkennens vergönnt war, näherten sich dem Landauer der Herzogin und versuchten, Dominique in ein Gespräch zu verwickeln. Sie war nicht direkt stumm, doch sie war sich sicher, daß die Männer, wenn sie gingen, den Eindruck hatten, die junge Dame hätte wenig zu sagen.
Lady Amelia war jedoch nicht unzufrieden. Sie fand, Domini-

que treffe genau das richtige Maß an Rätselhaftigkeit und Korrektheit. Die Herzogin lehnte sich an das mit Troddeln verzierte Lederpolster und lächelte vor sich hin. Der Abend versprach wirklich außerordentlich interessant zu werden.

Die ganze Familie traf sich zum Mittagessen. David und Nicole ergötzten ihre Großmutter und ihre Schwester mit Geschichten vom Morgen. Mrs. Remington – eine junge Frau Mitte zwanzig mit einem einfachen, doch angenehmen Gesicht und einem vernünftigen Charakter – stimmte in ihr Gelächter ein.

Dominique hatte vorgeschlagen, die Gouvernante solle an den zwanglosen Familienmahlzeiten teilnehmen – ein unerwartetes Entgegenkommen, das bewirkte, daß die junge Frau die ältere Schwester ihrer Schützlinge nachdenklich betrachtete.

Seit ihrer Ankunft waren Gerüchte über sie kursiert. Heute abend würden einige davon beseitigt werden, doch ohne Zweifel würden sofort andere an ihre Stelle treten. Obwohl sie manchmal bedauerte, daß ihr eigenes Leben recht ereignislos verlief, entschied Mrs. Remington, daß sie nicht mit Dominique tauschen wollte – nicht, wenn das bedeutete, aufs Schärfste von einer Gesellschaft beobachtet zu werden, die sich offenbar regelmäßig von ruinierten Reputationen ernährte.

Auf Drängen ihrer Großmutter verbrachte Dominique einen geruhsamen Nachmittag. Sie war bemüht, sich mit einem Buch abzulenken, doch ihre Gedanken wanderten direkt zurück zu Paul. Eine warme Röte ergoß sich über ihr Gesicht, als sie sich an das erinnerte, was zwischen ihnen geschehen war.

Sicherlich war noch nie eine Frau zärtlicher oder leidenschaftlicher erweckt worden. Sie konnte noch immer die Berührung seiner Hände und seines Mundes entlang ihres ganzen Körpers spüren. Trotz seines unbändigen Verlangens hatte er sich zurückgehalten, um sie auf den Gipfel wunderbarer Leidenschaft zu führen, bevor er schließlich die letzte Grenze zwischen ihnen durchstieß.

All das mädchenhafte Getuschel über die damit verbundenen Schmerzen hatte sich als nichtig erwiesen, zumindest in ihrem Fall. Ein kurzes, unangenehmes Gefühl, und sie gehörte ihm, oder er ihr. Der Unterschied schien keine Rolle zu spielen.

Wie überwältigend es gewesen war! So ganz anders als das alltägliche Leben, so unglaublich richtig, daß es schien, als müsse sich durch das, was sie taten, die ganze Welt verändern.

Leider war das nicht der Fall. Der Morgen brachte die Realität zurück, und die Reue – zumindest, was Paul betraf. Sie selbst konnte – auch Wochen später – keine einzige Sekunde bereuen, doch er tat es ganz eindeutig. Er war während der restlichen Fahrt nach London steif und korrekt, distanziert und beherrscht gewesen.

Nur einmal hatte er sich ein wenig entspannt, als er ihr sagte, wo er sich aufhalten würde, falls sie ihn brauchen sollte. Es hatte einen Moment gedauert, bis sie richtig verstand, warum sie seine Anwesenheit benötigen sollte.

Er hätte es nicht deutlicher ausdrücken können – wenn ihre gemeinsame Nacht Folgen haben sollte, würde er nicht versuchen, seiner Verantwortung zu entgehen. Ansonsten hielt er es für das Beste, wenn sie beide ihr Leben getrennt voneinander fortsetzen würden.

So sollte es sein. Wenn ihr Stolz nicht ausgereicht hätte, um sie daran zu hindern, ihn anzuflehen, so hätten Generationen weiblichen Instinkts dafür gesorgt, daß sie es nicht tat. Er konnte seiner Wege gehen, wie er wollte; sie würde nie versuchen, ihn zu binden.

Kurz nach dem Tee begab sie sich in ihr Zimmer und ließ es über sich ergehen, von der respekteinflößenden Margaret, Zofe *extraordinaire,* gebadet und angekleidet zu werden.

»Recht so, Miss«, murmelte Margaret, während sie Dominique half, sich vom Frisiertisch zu erheben, an dem sie ihrer Frisur den letzten Schliff verliehen hatte.

Weil Lady Saltonstalls Soiree als zwangloses Treffen galt, war Dominiques Haar nicht gepudert worden. Die ebenholzschwarzen Strähnen waren so gebürstet, daß sie seidig glänzten, und dann zu einer Kaskade von Locken aufgetürmt worden, die ihren Rücken hinabfiel.

Dieser Stil mit seinen griechischen Anleihen paßte ausgezeichnet zu der neuen Kleidermode, die seit der Revolution eingeführt worden war. So sehr die vornehmen Damen Englands die Politik der Rebellen auch verabscheuten, sie bewunderten dennoch die Mode, die daraus entstanden war.

Die schweren Reifröcke und absurd ausgearbeiteten Kopfputze, die man noch vor wenigen Jahren getragen hatte, waren verschwunden. An ihre Stelle waren leichte, luftige Gewänder aus hauchdünnen Stoffen getreten. Wer mehr auf Anstand achtete, trug ausreichend viele Schichten papierdünne Seide und Wolle, um seine Reize zu verbergen. Wer wagemutiger war, trug nur das absolute Minimum, welches aus wenig mehr als einem verlockenden Schleier bestand, durch den die weibliche Gestalt in all ihrer Schönheit bewundert werden konnte.

Dominiques Gewand gehörte natürlich kaum zu den gewagten. Dennoch war Margaret sehr zufrieden. Ihr junger Schützling würde ohne Zweifel eine der bezauberndsten Frauen an diesem Abend sein. Außerdem zeugte alles an ihr von ihrem Rang und ihrer Abstammung.

Kein Herr konnte sie für etwas anderes halten, als sie war – eine junge Frau, die nichts weniger als das Beste verdiente.

Margarets Augen waren ein wenig verschleiert, als sie Dominique die Treppen hinunter zu ihrer Großmutter führte. Lady Amelia hatte einen alten Freund, Baron Richard Fitzstephen-Smythe, als ihre Eskorte rekrutiert. Er war sechzig Jahre alt, silberhaarig, hatte die Unannehmlichkeiten Amerikas überstanden und war sowohl vornehm als auch gutmütig.

Als er sich über Dominiques Hand neigte, sagte er: »Meine Liebe, ich betrachte es als hohe Auszeichnung, Ihrem Debüt beiwohnen zu dürfen. Die Londoner Gesellschaft wird nicht mehr die gleiche sein.«

»Nun, nun, Dicky«, warf Lady Amelia ein, »mach das Mädchen nicht nervöser, als es schon ist. Schließlich ist das nur eine kleine Soiree.«

Dicky warf der Herzogin einen vielsagenden Blick zu, bevor er gleichgültig die Schultern zuckte. »Wenn Sie das sagen, meine Liebe. Sollen wir aufbrechen?«

Als er ihr in die Kutsche half, suchte Dominique in ihrem Inneren nach einer Spur der Nervosität, von der ihre Großmutter gesprochen hatte. Sie konnte keine finden, was, wie sie wußte, kein gutes Zeichen war.

Eigentlich sollte sie aufgeregt und gespannt auf den Abend sein, genau wie Lady Amelia es annahm. Statt dessen war sie nur angenehm benommen, als sei nichts von großer Bedeutung.

Sie mochte erst neunzehn Jahre und neu in der Welt sein, doch sie hatte genügend Verstand, um zu begreifen, was für eine gefährliche Illusion das sein konnte. Viele Dinge waren von Bedeutung, nicht zuletzt, was sie mit dem Rest ihres Lebens anfangen wollte.

Doch in ihrem jetzigen Zustand führten solche Gedanken zu weit. Sie bemühte sich nach Kräften, an gar nichts zu denken, und glitt in den Salon von Lady Saltonstall.

Kapitel 14

Genau wie Lady Amelia vorausgesagt hatte, verstummten in dem Augenblick, in dem Dominique den Raum betrat, auf äußerst zufriedenstellende Weise alle Gespräche. Beinahe unmittelbar darauf folgte eine Welle gemurmelter Kommentare, welche für ein ungeschultes Ohr wie normale Konversation gewirkt hätten. Dominique ließ es sich ganz und gar nicht anmerken, daß sie wußte, daß sie selbst Gegenstand all dieser Aufmerksamkeit war. Sie reagierte höflich auf Diana Saltonstalls Begrüßung. Entweder ignorierte sie, mit welch unverhohlener Genauigkeit ihre Gastgeberin sie musterte, oder sie nahm es gar nicht wahr.

Lady Saltonstall – ehemals Mary Murphy aus Limerick, unbedeutende Schauspielerin und Gelegenheitsdirne – war im Leben dank einer bemerkenswerten Beurteilungsgabe weit gekommen. Sie warf einen einzigen Blick auf Dominique – allerdings einen langen – und lächelte.

»Meine Liebe«, sagte sie, »endlich. Wir konnten es alle kaum erwarten, Amelias Enkelin kennenzulernen, und haben uns natürlich solche Sorgen um Sie gemacht. Bitte treten Sie doch ein.«

Dominique wußte, daß ihre Worte nicht aufrichtig waren, obwohl die Frau bemüht war, sich das nicht anmerken zu lassen. Schließlich kannte sie die Macht des Einflusses genau. Dominique war jung, schön, exotisch und wohlhabend. Wer immer sie ihrem zukünftigen Ehemann vorstellen würde, würde diesem Herren in bester Erinnerung bleiben.

Da sie seit letzter Woche wußte, daß Dominique an diesem

Abend kommen würde, hatte Ihre Ladyschaft dafür gesorgt, einige der vornehmsten Junggesellen einzuladen, die London zu bieten hatte. Keiner von ihnen konnte jedoch ihrem besten Fang, William Charles Douglas, dem Herzog von Devonshire, das Wasser reichen. Trotz der Köder, die sie in seine Richtung ausgeworfen hatte, war Lady Saltonstall sich nicht absolut sicher gewesen, ob er wirklich kommen würde. Erst als er etwa eine halbe Stunde vor Lady Amelias Ankunft auf ihrer Schwelle erschienen war, hatte sie die Gewißheit gehabt, daß der Abend ein einzigartiger Erfolg werden würde.

»Eure Hoheit«, sagte sie nun aalglatt, »darf ich Ihnen Mademoiselle Dominique de Montfort vorstellen? Sie ist erst kürzlich in England eingetroffen, und dieser Abend ist ihre erste Gelegenheit, nähere Bekanntschaften in unseren Kreisen zu schließen.«

Lady Saltonstall hätte sich tatsächlich auf ein Minimum an Höflichkeit beschränken können. Ganz offensichtlich hörte der Herzog nicht mehr zu, genauso wenig Dominique. Sie standen einfach in der Mitte von Lady Saltonstalls Chinoiserie-Salon, umgeben von den *Glitterati* Londons, und starrten einander an.

Dominique sah einen attraktiven jungen Mann, nicht ganz einen Meter achtzig groß, gut gebaut, mit breiten Schultern und angenehmen Gesichtszügen. Er hatte tiefliegende, graue Augen, die von Intelligenz zeugten, und einen Mund, der bereitwillig lächelte.

Ohne nachzudenken lächelte sie zurück.

William zwinkerte einmal, dann ein zweites Mal. Er nahm eine junge Frau von überwältigender Lieblichkeit wahr, die durch ihren aufrichtigen Charme noch schöner wirkte. Doch er sah, oder fühlte, noch mehr – eine gewisse Verletzlichkeit, eine Zerbrechlichkeit, und den Nachhall von Schmerzen, die seinen Beschützerinstinkt ansprachen.

Sein Lächeln wurde mitleidig, so daß Dominique leicht zurückwich. »Ist etwas nicht in Ordnung?« fragte sie.
»Oh nein«, beruhigte er sie rasch. »Ich mußte nur daran denken, wie ich acht Jahre alt war und eine Eiche hinaufkletterte, um ein unvorsichtiges Kätzchen zu retten. Es hat mir seine Krallen so tief in den Arm gegraben, daß es von Zeit zu Zeit noch immer schmerzt.«
»Was ist mit dem Kätzchen passiert?«
»Oh, ich habe es natürlich behalten. Es war nicht seine Schuld, daß es Angst hatte. Ist letztendlich zu einer guten Katze geworden. Saß gerne hinter den Büchern in der Bibliothek und hat die Leute angestarrt. Das hat sie immer furchtbar erschreckt, wenn sie es bemerkten.«
Dominique lachte. Sie hatte keine Ahnung, wieso sie über so etwas sprachen, als wären sie alte Freunde, die eine Unterhaltung wieder aufnahmen, die sie erst kürzlich unterbrochen hatten. Aber sie wußte, daß sie sich in der Gesellschaft von William Charles Douglas, dem Herzog von Devonshire, unglaublich wohl fühlte, und dafür war sie dankbar.
»Auf Montfort hatten wir auch Katzen«, sagte sie, während er sie von Lady Saltonstall und somit von allen anderen fort hinüber zu einem Sofa führte. »Eine riesige Sippe, die es wahrscheinlich schon seit Jahrhunderten gab. Sie schlichen sich ständig in die Molkerei, um Milch zu naschen.«
Auf ihren wehmütigen Blick hin sagte William leise: »Es muß sehr schwer sein, seine Heimat zu verlieren. Ich selbst habe so etwas noch nie erlitten, aber ich kann mir vorstellen, wie haltlos man sich fühlen muß.«
Dominiques Kehle zog sich zusammen. Sein einfaches, aufrichtiges Mitgefühl untergrub ihren Selbstschutz, wie es nichts sonst vermocht hätte. Leise murmelte sie: »Es ist... sehr schwierig gewesen.«
»Es tut mir leid«, sagte William, der ihre Not bemerkte. »Ich hätte nichts sagen sollen.«

»Nein, ich bin froh, daß Sie es getan haben. Jeder sonst hat das Thema umgangen, selbst *Grandmère.*«

»Lady Amelia? Ich kann mir kaum vorstellen, daß sie irgendetwas aus dem Weg geht.«

»Man kann es ihr kaum vorwerfen. Es ist alles so ... furchtbar.«

In diesem einen Wort lag eine Vielzahl von Bedeutungen, die William allesamt wahrnahm. Unwillkürlich legte er seine Hand auf die ihren. Seine einzige Absicht war, sie so gut zu trösten, wie er konnte, doch bei der ersten Berührung ihrer Haut durchfuhr ihn ein Schauer.

Seine Augen weiteten sich ein wenig. Mit sechsundzwanzig Jahren war er ungewöhnlich weltgewandt, was nicht bedeuten soll, daß er verderbt war. Seine Intelligenz und seine angeborene Selbstbeherrschung ließen ihm diesen Weg durchs Leben nicht verlockend erscheinen.

Dennoch war er sich darüber im klaren, daß gewisse Kräfte die besten Vorsätze in Männern und Frauen zunichte machen konnten, und er spürte, daß diese Kräfte ihn voll und ganz im Griff hatten. Dieser Gedanke entsetzte und faszinierte ihn zugleich.

Dominique ließ sich nicht anmerken, ob sie wußte, was er fühlte. Sie nahm seine Berührung wie die eines Bruders oder eines Freundes hin. Ihre Unschuld war so ungekünstelt wie ihr Charme, und das ermöglichte es ihr, ohne ihr Wissen ein Netz zu spinnen, das keine andere Miss in London zustande gebracht hatte, obwohl die besten es versucht hatten.

Innerhalb weniger Augenblicke hatte sich Seine Hoheit William Charles Douglas, Herzog von Devonshire und Erbe verschiedener anderer Titel und Ehren sowie eines Vermögens, dem nur das der Krone selbst gleichkam, Retter von Kätzchen und Hoffnung liebender Mütter, dort auf dem Sofa in Lady Saltonstalls Salon verliebt.

»Ich habe mich recht gut amüsiert«, sagte Lady Amelia am darauffolgenden Morgen. Die tägliche Routine war bereits durch den noch nie dagewesenen Entschluß Ihrer Hoheit, unten zu frühstücken, gestört worden.
Nichts Geringeres als die Gelegenheit, höchstem Understatement zu frönen, konnte sie zu dieser Stunde aus ihrem Boudoir locken. Leider war ihr Publikum nicht recht in der Lage, das Ausmaß ihrer verbalen Beherrschung zu beurteilen. Nicole und David ahnten nichts von dem überwältigenden Erfolg ihrer Schwester.
Genauso wenig wie Dominique, die nur glaubte, sie habe einen unerwartet angenehmen Abend zugebracht, was fast ausschließlich Williams sympathischer Gesellschaft zu verdanken war. Trotz der Bemühungen verschiedener Herren, sich an seine Stelle drängen, war er nicht einen Augenblick lang von ihrer Seite gewichen. Dieser Umstand konnte ebenso deutlich als Interesse gedeutet werden wie eine in der *Times* abgedruckte Absichtserklärung. Zumindest hatten es alle Anwesenden so verstanden. Und heute würde der Rest der Gesellschaft in allen Salons in Mayfair und St. James das Gleiche tun.
»Was für ein wundervoller Morgen«, murmelte Lady Amelia, die geistesabwesend aus dem Fenster starrte. Mrs. Remington unterdrückte ein Lächeln. In Wirklichkeit war es ein absolut trüber und ungemütlicher Januartag.
Der bleierne Himmel hing tief über den Straßen, die ohne jedes Leben und Farbe zu sein schienen. Ein Schneesturm drohte, war jedoch noch nicht ausgebrochen. London war in Grau gehüllt, ein eisiger Wind rauschte über die Stadt, und jeder Anschein von Sanftheit war verschwunden. Es war die Art von Tag, an dem die Leute sehnsüchtig an ihre Landhäuser dachten. Daher war es überraschend, daß der Butler das Frühstück mit der Nachricht unterbrach, morgendliche Besucher seien eingetroffen.

William und Paul waren sich am Eingang begegnet. Paul hob gerade die Hand zum Messingtürklopfer, als William seine Kutsche verließ. Beide Männer waren in schwere Wintermäntel gehüllt, beide trugen keine Kopfbedeckung. Beide wirkten finster und angespannt.
Sie betrachteten einander argwöhnisch.
»Sir«, sagte Paul und neigte den Kopf andeutungsweise.
»Zu Ihren Diensten«, antwortete William mit der gleichen Bewegung.
»Die Herren«, murmelte der Butler, als er die Tür öffnete und beiseite trat, um sie einzulassen.
»Was für eine angenehme Überraschung«, behauptete Lady Amelia, als sie aus dem Frühstückszimmer kam, um sie zu begrüßen. Sie war wirklich erfreut, William zu sehen, doch mit Paul war es etwas völlig anderes. Wie furchtbar unpassend würde es sein, wenn Monsieur Delamare diesen Zeitpunkt wählen sollte, um alles zu vermasseln.
Paul hatte jedoch ganz andere Absichten.
»Guten Morgen, Eure Hoheit«, sagte er zu der Herzogin. »Ich hoffe, Ihr verzeiht mir die frühe Störung, aber ich muß unbedingt mit Dominique sprechen.«
William runzelte die Stirn. Er gab dem Butler seinen Stock und wandte sich um, um Paul erneut zu betrachten, diesmal noch genauer. Unter der natürlichen Kraft und Entschlossenheit spürte er einen tiefen Zwiespalt, gemischt mit Kummer.
Ruhig fragte William: »Wäre es möglich, daß wir aus dem gleichen Grund hier sind?«
Lady Amelia sah von einem zum anderen. »Was meinen Sie damit?«
William zögerte einen Augenblick, bevor er sanft sagte: »Ich habe heute früh eine Nachricht von meinen Kontaktleuten in Frankreich erhalten. Ich fürchte, ich habe sehr schlechte Neuigkeiten. Es läßt sich nicht vermeiden, daß Dominique sie

erfährt, aber ich hielt es für das Beste, sie ihr so schonend wie möglich beizubringen.«

Entsetzen überkam die Herzogin, und sie legte eine Hand an ihre Kehle. »Und Sie, Monsieur le Docteur? Liegt Seine Hoheit richtig in der Annahme, daß Sie aus dem gleichen Grund hier sind?«

Paul nickte düster. »Ganz offensichtlich, obwohl ich noch mehr zu sagen habe. Ich verlasse England in Kürze und wollte mich von den de Montforts verabschieden.«

Er sagte nicht, daß er sich insbesondere über Dominiques Zustand vergewissern wollte. Er konnte nicht abreisen, bevor er nicht vollkommen sicher war, daß er tat, was für sie das Richtige war, ganz gleich, wie schmerzlich diese Entscheidung für ihn selbst sein mochte.

»Sie verlassen ...?« setzte Lady Amelia an. »Aber wohin?« Ein schrecklicher Verdacht stieg in ihr auf. »Sie haben doch wohl nicht die Absicht ...«

»Ich kehre nach Frankreich zurück«, sagte Paul ruhig. »Es ist dringend erforderlich, daß der Widerstand gegen Robespierre und die Jakobiner stärker wird. Es gibt keinen anderen Weg, sie zu stürzen.«

»Sie begeben sich direkt in die Hölle«, sagte William ruhig. Obwohl er Paul nicht kannte, ihn sogar vor wenigen Augenblicken zum ersten Mal getroffen hatte, bewunderte er die Kühnheit und den Mut, die es einem Mann ermöglichten, in Betracht zu ziehen, freiwillig nach Frankreich zurückzukehren. Der Doktor wirkte weder dumm noch wahnsinnig – ganz im Gegenteil. Doch das, was er vorhatte, war so gut wie Selbstmord.

Lady Amelia war der gleichen Ansicht. Knapp bedeutete sie beiden Männern, in den Salon zu treten. Sie hatte die Absicht, Paul dazu zu bringen, daß er ging, ohne Dominique zu sehen.

Doch bevor sie diesen Vorschlag unterbreiten konnte, kam

Dominique, vom Klang der Stimmen angelockt, selbst aus dem Frühstückszimmer. Da sie spürte, daß er schlechte Nachrichten brachte, blieb sie einen Augenblick lang stehen, blaß und majestätisch, und starrte Paul an. Ihre grüngoldenen Augen wirkten riesig, schienen jedoch nichts außer ihm wahrzunehmen.

»Warum sind Sie hier?« fragte sie schließlich. Ihre Stimme war fast nur ein Flüstern. Sie schwankte leicht und streckte eine schmale Hand aus, um sich zu stützen.

Paul wagte nicht, sie zu berühren. Er wußte, er wäre verloren, wenn er das nur eine Sekunde lang täte. All seine ehrbaren Entschlüsse würden dahinschwinden, und er würde nur noch daran denken, sie als sein Eigentum zu fordern.

William verspürte keine solchen Hemmungen. Er trat an Dominiques Seite und legte ihr sanft einen Arm um die schlanke Taille. »Kommen Sie und setzen Sie sich«, sagte er ruhig.

Lady Amelia quittierte mit einem zustimmenden Blick, der unbemerkt blieb, daß William Dominique in den Salon führte. Paul und die Herzogin folgten ihnen. Der junge Unterbutler, der das Geschehen mit äußerstem Interesse verfolgt hatte, schloß widerstrebend die Tür hinter ihnen.

Dominique sank auf die Couch, ohne richtig wahrzunehmen, daß sie das tat. Sie brauchte all ihre Konzentration, um zu verhindern, daß sie Paul anstarrte wie ein liebeskranker Trottel, oder, noch schlimmer, daß sie sich ihm an den Hals warf. Innerlich ließ sein bloßer Anblick sie erzittern, doch es gelang ihr, äußerlich ruhig zu bleiben.

Nur eine kleine Spur Sarkasmus verriet ihre Not, als sie murmelte: »Was für eine Überraschung, Sie wiederzusehen, Monsieur le Docteur. Ich wußte gar nicht, daß Sie die Absicht hatten, noch einmal vorbeizukommen.«

»Monsieur Delamare hat Dominique und die Kinder nach England gebracht«, erklärte Lady Amelia. »Natürlich ist es uns immer eine Freude, ihn zu sehen.« Mit einem warnenden

Blick versuchte sie, Dominique daran zu erinnern, daß es unerwünschtes Mißtrauen erwecken würde, wenn sie sich nicht so verhielte.

Dominique zog es vor, diese Ermahnung zu ignorieren. Sie war nicht in bester Stimmung, da sie erst heute morgen festgestellt hatte, daß ihre Nacht mit Paul ohne Folgen bleiben würde. Hin- und hergerissen zwischen Erleichterung und Bedauern waren ihre Nerven schrecklich angespannt. Es würde nicht viel bedürfen, sie zerreißen zu lassen.

»Meine Liebe«, sagte Lady Amelia, »ich fürchte, daß Monsieur Delamare unglückliche Neuigkeiten für uns hat.« Lady Amelia beschloß, da er noch hier war, könne es ihm überlassen werden, diese zu verkünden – wie immer sie aussahen. Schließlich war es meist so, daß die Aura des Unglücks auf den Boten überging, der es überbrachte.

Paul zögerte. Was er zu sagen hatte, war schon ohne Publikum schwer genug. Unvermittelt traf er eine Entscheidung.

»Dominique, würdest du bitte mit mir in den Garten kommen?«

»In den Garten?« protestierte Lady Amelia. »Aber es ist viel zu kalt. Außerdem, was spricht dagegen, daß wir alle es hören?«

Paul gab keine Antwort. Er sah nur Dominique an, damit sie seinem Wunsch nachkam. Nach einem kurzen Zögern erhob sie sich. »Ich brauche einen Mantel.«

Er hatte seinen an der Tür nicht abgelegt, sondern nur den Schnurverschluß am Hals gelöst. Jetzt zog er den üppigen, feinen Wollstoff in einer einzige Bewegung weg und legte ihn um ihre Schultern.

Hohe Glastüren führten vom Salon in den von Mauern umgebenen Garten, der dahinter lag. Unter den Augen von Lady Amelia und William, die beide zu verwirrt waren, um weiter zu protestieren, öffnete Paul eine dieser Türen und führte Dominique hinaus.

Sie gingen ein kleines Stück einen Kiesweg hinab, der auf beiden Seiten von in Schnee gehüllten Blumenbeeten gesäumt war. Kahle Bäume raschelten gegen den bleiernen Himmel. Es war sehr still. Nur das schwache, gedämpfte Geräusch von Pferdehufen auf dem Kopfsteinpflaster jenseits der Mauer brach die Stille.

Dominique blieb an einem kleinen Brunnen stehen, der jetzt leer und ohne Leben war. Sie holte tief Luft und hob den Kopf. »Sag es mir.«

In seinen Mantel gehüllt sah sie klein und zerbrechlich aus. Er haßte sich für das, was er tun mußte. Aber wie sonst sollte sie es erfahren? Vom Ausrufer, der die Neuigkeiten innerhalb weniger Stunden an allen Ecken Londons herausposaunen würde? Von den Dronen der Gesellschaft, die jede grausige Einzelheit so genießen würden, wie es nur unendlich gelangweilte Menschen tun können? Oder vielleicht von diesem stillen, selbstbeherrschten Mann, den Lady Amelia Seine Hoheit nannte? Dem gleichen jungen Mann, der Dominique mit so zärtlicher Aufmerksamkeit betrachtete.

Pauls Kehle schnürte sich zu. Mit ungewollter Barschheit sagte er: »Der Prozeß ist vorbei. Louis wurde für schuldig befunden. Vor zwei Tagen kam er auf die Guillotine.«

Er hatte mit Tränen gerechnet, mit Schreien, vielleicht sogar mit Ohnmacht, doch Dominique zeigte nichts von alledem. Sie starrte ihn einfach eine Weile, die unendlich wirkte, an, bis sie schließlich sagte: »Armer, armer Mann. Er hätte es viel besser verdient.«

»Dominique ...«

Beschwörend hob sie ihre schmale, weiße Hand. »Nein, bitte sag nichts weiter. Ich kann mir vorstellen, wie schwer das für dich war, und ich bin dir dankbar, daß du gekommen bist, um es mir zu sagen, aber jetzt muß ich einfach alleine sein.«

Er ließ sie nur ungern allein, vor allem, da sie so hilflos und verletzlich aussah, doch Dominique bestand darauf. »Nur ein paar Minuten«, beruhigte sie ihn mit einem schwachen Lächeln. »Dann komme ich zu euch hinein. Außerdem«, ergänzte sie, als er weiter protestieren wollte, »ist es für dich ohne Mantel viel zu kalt hier draußen. Du willst dich doch wohl nicht erkälten.«

In dem Blick, den sie ihm zuwarf, lag eine so unendliche Traurigkeit, daß Paul ihn nicht ertragen konnte. Seine Kehle war fest zugeschnürt, als er sich auf dem Absatz umwandte und zurück ins Haus schritt.

In seiner Abwesenheit hatte William Lady Amelia über den Tod des Königs unterrichtet. Sie saß aufrecht da, ihre Hände ruhten auf dem silbernen Knauf ihres Stocks. Ihr Mund zitterte. »Mein Gott«, murmelte sie, »daß ich so etwas Furchtbares noch erleben muß.«

William verstand sehr wohl, daß nichts, was er sagen konnte, irgendeinen Trost zu spenden vermochte. Er stand am Kaminsims, schweigend und aufmerksam. Als Paul hereinkam, richtete er sich auf. »Wo ist Dominique?«

Paul ging hinüber zum Feuer und streckte die Hände dagegen, bevor er antwortete. »Sie wollte einen Augenblick allein sein.«

Lady Amelia nickte stumm. Sie stand mit großer Mühe auf, als hätten die letzten paar Minuten sie um Jahrzehnte altern lassen, und klingelte nach dem Butler. Als er erschien, bestellte sie Tee und unterrichtete ihn dann über das, was geschehen war.

»Bringen Sie es dem Personal vorsichtig bei. Natürlich werden wir Trauer tragen. Der ganze Hof wird Schwarz anlegen«, ergänzte sie, »obwohl es für einige nur ein Vorwand sein wird, neue Kleider zu bestellen.«

Sie sprach mit solcher Bitterkeit, daß die beiden jungen Männer einander ansahen. Lady Amelia, die ihre Überraschung wahrnahm, sagte: »Es wundert Sie, daß ich mich empöre? England hätte das verhindern können. Als alles seinen Anfang nahm, hätten wir Louis unterstützen und die ganze Sache aufhalten können. Aber Männer, die es hätten besser wissen sollen, waren der Ansicht, ein zerstörtes Frankreich sei ein Vorteil für England. Wir werden einen hohen Preis für diese Kurzsichtigkeit bezahlen, denken Sie an meine Worte!«

Bevor einer der Männer antworten konnte, öffnete sich die Tür zum Garten, und Dominique kam herein. Sie legte Pauls Mantel ab und gab ihn ihm zurück, dann wärmte sie sich die Hände am Feuer.

Mit dem Rücken zum Zimmer sagte sie ruhig: »Ich werde in ein paar Minuten mit Nicole und David sprechen. Ich hoffe, Sie alle haben Verständnis dafür, daß es mir lieber ist, wenn sie es von mir erfahren.«

»Natürlich, Liebes«, murmelte Lady Amelia. Im Stillen verblüffte sie die Beherrschtheit ihrer Enkelin. Es erschien ihr sogar beinahe beunruhigend, daß Dominique sich so sehr im Griff hatte. Ein neunzehnjähriges Mädchen vornehmer Herkunft wäre niemals in der Lage, sich so sehr zusammenzunehmen. Nur jemand, der zu lange auf der dunklen Seite des Lebens gelebt hatte, konnte das vollbringen.

Sie drehte sich um und sah Paul direkt an, den Rücken gerade und das Gesicht vollkommen ruhig. »Ich würde gerne Ihre Pläne erfahren, wenn Sie mit mir darüber sprechen wollen.«

Einen Moment lang war er überrascht, doch das ließ nach, als er begriff, daß sie ihn so gut kannte, daß sie einen starken Verdacht haben mußte. Intimität, die so weit über das Körperliche hinausging, war für ihn eine neue Erfahrung. Er genoß es, obwohl er bedauerte, wie bald er sie verlassen mußte.

»Ich breche morgen nach Frankreich auf«, sagte er.

»Was Wahnsinn ist«, unterbrach ihn Lady Amelia. Sie hatte sich genug erholt, um ihre Meinung sagen zu können. Gewaltsamer, verfrühter Tod war ein schrecklicher Verstoß gegen die Natur, für die Alten genauso wie die Jungen. Daß dem blutrünstigen Schlund der Französischen Revolution ein weiteres Leben geopfert werden sollte, empörte sie.

»Und ich sehe keinen Grund für Ihre Rückkehr«, sagte sie scharf. »Es gibt hier mehr als genug für Sie zu tun. Ich selbst – und auch William, da bin ich mir sicher – werden dafür sorgen, daß Sie die richtigen Kontakte knüpfen, die richtigen Leute kennenlernen. Wir werden ...«

Paul hob müde eine Hand. Er hatte das alles mit sich selbst ausdiskutiert und war nicht geneigt, es für irgend jemanden zu wiederholen. Gott sei Dank verlangte Dominique keine solchen Erklärungen.

»Was auch immer ich hier erreichen könnte«, sagte er ruhig, »in Frankreich kann ich viel mehr bewegen. Sie müssen wissen, daß ich Robespierre sehr gut kenne. Ich kann seine Handlungen vorausahnen und erkennen, wo er am schwächsten ist.«

»Wenn das nicht so wäre«, warf Dominique sanft ein, »säßen wir alle noch immer im Tempel-Gefängnis. Nur weil er Robespierre so gut durchschaut hat, ist es Paul gelungen, ihn zu überlisten und uns zu befreien.«

Diese Worte fielen ihr sehr schwer, denn damit stimmte sie seiner Entscheidung im Prinzip zu. Dennoch konnte sie eine Spur von Stolz nicht verbergen. Er war ihrer Liebe mehr als würdig, wie vergeblich sie auch sein mochte.

»Ich verstehe«, sagte William nachdenklich. Er sah Paul jetzt in einem anderen Licht, da er sich an die Unterhaltung erinnerte, die er an diesem Morgen im Außenministerium geführt hatte. Wenn auch verspätet, so war man sich jedoch mehr und mehr bewußt, daß es notwendig war, mit den gemäßigten Strömungen in Frankreich zu kooperieren. Paul könnte eine direkte Verbindung zu ihnen darstellen.

William zögerte, denn er war sich lebhaft darüber im klaren, daß der Mann in den Tod gehen konnte, und er wollte ihn nicht dazu überreden. Unter anderen Umständen wäre das unverantwortlich gewesen. Doch angesichts dessen, was er in bezug auf ihre beidseitigen Gefühle für Dominique vermutete ...

»Besteht irgendeine Möglichkeit«, fragte er geradeheraus, »Sie zum Bleiben zu bewegen?«

»Nein«, sagte Paul ebenso bestimmt. Aus den Augenwinkeln sah er, daß Dominique zusammenzuckte, und schalt sich selbst einen gefühllosen Idioten. Doch was sollte er tun, seine Gefühle offenbaren und sie beide verraten?

Sie verdiente soviel mehr, als er bieten konnte – Sicherheit, gesellschaftliches Ansehen, Reichtum. Außerdem war er überzeugt davon, wenn er selbstsüchtig nähme, was ihm gehören konnte, würde sie ihn irgendwann hassen, wenn sie herausfände, was sie alles hätte haben können.

Angesichts der komplexen, widersprüchlichen Anforderungen von Liebe und Ehre tat Paul das, was Generationen von Männern vor ihm getan hatten – er floh in den Krieg.

»In diesem Fall«, sagte William, »gibt es einige Leute, mit denen Sie sprechen sollten, bevor Sie aufbrechen. Vielleicht könnten wir einander helfen.«

Paul runzelte die Stirn. »Ich möchte ganz offen sein, Eure Hoheit: ich bin durch und durch Franzose. Ich werde auf keinen Fall mein Land verraten.«

»Natürlich nicht«, sagte William. Das bezweifelte er nicht eine Sekunde. Monsieur Delamare war ein rechtschaffener Mann, der Himmel möge ihm beistehen. Das war seine größte Stärke und gleichzeitig seine gefährlichste Schwäche.

Dominique sah von einem zum anderen. In dem fahlen Winterlicht, das den Salon füllte, wirkte Paul gnadenlos groß und hart. Seine Anwesenheit dominierte das Zusammentreffen, doch auch William war nicht ohne Ausstrahlung.

Obwohl von schmalerer Gestalt als Paul und nicht mit seinem goldenen Glanz ausgestattet, war der Herzog dennoch eine beeindruckende Erscheinung. Am Tag zuvor hatte er ihr etwas angeboten, was sie – weil die Liebe zu Paul sie blind machte – für schlichte Freundschaft gehalten hatte. Jetzt war sie doppelt froh, daß sie angenommen hatte, denn Williams Anwesenheit, sein korrekter Umgang mit Paul und sein sanftes Verständnis boten ihr den Schutz, den sie im Augenblick so dringend brauchte.

Vor allen Dingen durfte sie nicht wieder mit Paul allein sein. Würde das geschehen, würde sie ihre tapferen Entschlüsse vergessen und ihn anflehen, nicht zu gehen, das wußte sie genau. Dadurch würde sie ihn in eine peinliche Lage bringen und sich selbst beschämen.

Erst kürzlich hatte sie am eigenen Leib den Mut erfahren, der aus Liebe resultieren kann. Sie hatte die Wahrheit gesagt, als sie äußerte, die Königin sei für sie wie eine Mutter gewesen. Mit Sicherheit hatte Marie Antoinette sie weitaus mehr geliebt als die lebenslustige, sorglose, junge Marquise de Montfort es jemals getan hatte. Und doch hatte Antoinette sie ohne Tränen oder Flehen fortgeschickt, ohne ein letztes Treffen, das zu einer späteren Belastung durch Schuld und Gewissensbisse geführt hätte.

Es war das Mindeste, daß sie sich genauso verhielt.

»Wenn Sie mich bitte entschuldigen würden«, murmelte sie leise, »ich würde gerne einen kurzen Brief schreiben. Vorausgesetzt«, ergänzte sie mit einem Blick auf Paul, »es würde Ihnen nichts ausmachen, ihn mitzunehmen?«

»Natürlich nicht«, sagte er. »Ich werde nicht die Gelegenheit haben, ihn Ihrer Majestät persönlich zu überbringen, aber ich denke, ich kann dafür sorgen, daß sie ihn erhält.«

Dominique nickte. Auch sie war nicht überrascht, wie wenig Erklärungen zwischen ihnen erforderlich waren. Er kannte sie besser als jeder sonst.

Sie verließ rasch den Raum, bevor ihre Entschlossenheit nachlassen konnte. Vor ihr lagen schmerzliche und schwierige Aufgaben, von denen der Beileidsbrief an die Königin nur der

Anfang war. Dann mußte sie Nicole und David berichten, was geschehen war, und irgendwie die Kraft finden, sie zu trösten, obwohl sie all ihre Energie brauchte, um sich von Paul zu verabschieden.

Auf dem Treppenabsatz blieb sie stehen und holte tief Luft, um sich zu sammeln. Tief in ihrem Inneren spürte sie, wie der Schmerz erwachte. Schon bald würde er sie fest im Griff haben, doch eine Weile konnte sie ihn noch verdrängen. Sie würde diesen furchtbaren Tag mit Tapferkeit und Anstand überstehen und würde sich bemühen, die leeren, schrecklichen Tage, die vor ihr lagen, genauso hinter sich zu bringen. Sie hatte überlebt, und das würde sie weiterhin tun. Doch der kurze, überwältigende Funke der Freude, den sie in dem kleinen Gasthof in Dover gefunden hatte, schien für immer verloren. Zurück blieben nur Pflichtgefühl und Ehre.

Stumm schwor sie sich, das würde genügen, doch die Worte klangen hohl. Sie blinzelte, um die Tränen zurückzuhalten, und rannte die restlichen Stufen hinauf, eine blasse, schmale Gestalt auf der Flucht vor etwas, vor dem es kein Entkommen kam.

Unten in der Eingangshalle sah Paul, wie sie sich entfernte. Er stand reglos da und versuchte, einen letzten Blick auf das ebenholzschwarze Haar zu erhaschen, ein letztes Mal die Seide rauschen zu hören, ein letztes Mal den verlockenden Duft ihres Parfums wahrzunehmen.

In seiner hohlen Wange pulsierte eine Ader. In seinen kristallklaren Augen funkelte ein Verlangen, so übermächtig, daß es beinahe nicht zu ertragen war. Unter leisem Fluchen schlug er mit der Faust auf das Marmorgeländer. Der Schmerz war durchdringend, doch er spürte ihn kaum. Er spürte nichts außer einer wohltuenden Taubheit, als er sich umdrehte und zurück in den Salon ging.

Lady Amelia warf ihm einen raschen, allumfassenden Blick zu und verabschiedete sich stumm. William sagte nichts, sondern

ging hinüber zur Anrichte und goß ihnen beiden einen Drink ein. Während er Paul eine ordentliche Menge Weinbrand gab, sagte er: »Ich muß zugeben, Delamare, ich beneide Sie.«
Paul hörte ihn kaum. Er dachte nur an Dominique. Der Weinbrand schmeckte sauer. Er stellte ihn beiseite und schüttelte müde den Kopf. »Warum?«
William zögerte. Er schien etwas sagen zu wollen und es sich dann anders zu überlegen. Mit einem schwachen Lächeln murmelte er: »Oh, so inmitten des Geschehens zu stehen, das meine ich.«
Paul fand, es sei außerordentlich seltsam, jemanden darum zu beneiden, aber er sprach es nicht aus. Statt dessen sagte er: »Sie sind selbst in einer recht guten Position – so daß ich Sie um einen Gefallen bitten möchte.«
»Natürlich«, entgegnete William.
»Ich ... mache mir Sorgen um Dominique.« Er zögerte und wählte seine Worte sorgfältig. Dieser Mann hatte ein Interesse an ihr. Er wollte ihm keinen Grund geben, sie zu verdächtigen, und er wollte, daß sie zufrieden war.
»Wir kennen einander schon seit vielen Jahren«, fuhr Paul fort, »und wie Sie wissen, sind wir zusammen nach England gekommen. Ich fürchte, sie könnte sich übermäßig um mich ängstigen.« Sicher hatte er den richtigen Ton gefunden, dachte er, um vorzugeben, er wolle einer Freundin Sorgen ersparen.
»Ich möchte, daß sie von Zeit zu Zeit erfährt, daß es mir gut geht. Wären Sie bereit, ihr diese Nachrichten zu überbringen?«
William schwieg einen Augenblick lang und starrte in seinen Weinbrand. Er schien mit sich zu kämpfen. Schließlich sah er auf, blickte Paul in die Augen und sagte: »Natürlich.«

Kapitel 15

London, Frühjahr 1798

Der Junge, der die Stufen zum Stadthaus der Haverstons hinaufsprang, war groß für sein Alter, mit langer Armen und Beinen und so schlaksig wie ein junger Hund. Sein braunes Haar war zerzaust, sein Gehrock nicht zugeknöpft, und seine Krawatte saß schief. Eine aufgeregte Röte lag auf seinen hohen Wangenknochen, und seine dunkelbraunen Augen funkelten.

Er hämmerte energisch mit dem bronzenen Klopfer und tänzelte dann ungeduldig von einem Fuß auf den anderen, bis die Tür geöffnet wurde.

Er schenkte dem unerschütterlich gelassenen Unterbutler ein rasches Grinsen und rannte an ihm vorbei. »Ihre Hoheit ist im Salon, Sir«, rief der Butler, als der Junge gerade die Stufen hinaufsteigen wollte.

Er änderte seine Richtung, ohne innezuhalten, und stürmte auf das Zimmer zu, blieb dann jedoch stehen, bevor er eintrat. Um der Schicklichkeit genüge zu tun, glättete er sein Haar und stürzte dann hinein.

»Morgen, *Grandmère«,* sagte er. Er ging hinüber zu ihrem Stuhl und küßte Lady Amelia kurz auf die Wange.

Sie sah tadelnd zu ihm auf. »Wo kommst du um diese Uhrzeit her? Und was fällt Wilburs ein, dich in diesem Zustand ausgehen zu lassen? Ich muß wirklich sagen, Junge, eine so schlecht gebundene Krawatte habe ich noch nie gesehen. Komm her, damit ich sie dir geraderücken kann.«

David Francis Phillipe, Marquis de Montfort, gehorchte. Seine in letzter Zeit erworbene Körpergröße – im vorherigen Monat war er vierzehn Jahre alt geworden – erforderte, daß er sich vor seiner Großmutter hinkniete, damit sie die notwendigen Maßnahmen ergreifen konnte. Ihre knorrigen Hände zitterten leicht, doch ihre Berührung war sanft und voller Liebe.

»War nicht Wilburs' Schuld«, sagte er, als sie ihn versorgte. Sachlich ergänzte er: »Er tut sein Bestes, sagt aber immer, daß ich ihn überfordere.«

»Ich möchte behaupten, daß Wilburs da ganz recht hat«, murmelte die Herzogin. Sie liebte ihren Enkel abgöttisch, war seinen Fehlern gegenüber aber nicht blind.

David war ein lebhafter, intelligenter Junge, der bestrebt schien, jede Herausforderung anzunehmen, die das Leben bot. Seine Lehrer in Eton – er war für die Osterferien von dort nach Hause gekommen – sagten ihm eine herausragende Zukunft voraus, vorausgesetzt, er würde lernen, seine unbändige Energie zu zähmen, statt sich von ihr beherrschen zu lassen.

Während sie den Jungen liebevoll betrachtete, sagte Lady Amelia: »Jetzt setz dich und erzähl mir, wo du gewesen bist.« Der Anflug einer Ahnung ließ sie die Stirn runzeln. »Doch nicht etwa wieder im Kaffeehaus, hoffe ich?«

David zuckte leichthin die Schultern und ließ sich in den Stuhl ihr gegenüber fallen. Er wollte seine Großmutter nicht aufbringen, aber er ging schon sehr seine eigenen Wege. Sanft sagte er: »Da ist nichts dabei, wenn man die Augen offenhält, was ich tue. Außerdem gibt es keinen besseren Ort, um Neuigkeiten aufzuspüren.«

»Neuigkeiten«, grummelte Lady Amelia. Das war offenbar alles, was sie jemals von dem Jungen zu hören bekam.

In all seinen Briefen aus der Schule flehte er jeden an, die letzten Nachrichten vom Kontinent zu schicken. Immer, wenn er in London war, besuchte er nicht nur die Kaffeehäuser, in denen sich zumindest Parlamentsmitglieder und andere ehr-

bare Männer aufhielten, sondern auch die Docks, wo er sich unter jede Art von Gesindel mischte.
Lady Amelia hatte sich nach Kräften bemüht, ihn von solchem Verhalten abzubringen, doch sie war ganz und gar gescheitert. Er war auf seine Weise genauso hartnäckig wie seine älteste Schwester.
»Gucken Sie doch nicht so finster, *Grandmère*«, sagte er schelmisch, »Sie bekommen sonst Falten.«
Sie schlug nach ihm, konnte ein Lächeln jedoch nicht unterdrücken. Wenn er wollte, konnte er recht charmant sein, dieser Enkel, der bereits das Auftreten und das Benehmen seiner erlauchten Vorfahren zeigte. Wenn die Franzosen ihr Chaos jemals wieder in den Griff bekamen, würde er einen ausgezeichneten Suzerän von Montfort abgeben.
»Außerdem«, fuhr David fort und nahm sich ein Scone von dem silbernen Tablett, das auf dem Tisch stand, »gibt es heute tatsächlich Neuigkeiten. Boney ist diesmal wirklich erledigt.«
Seine Großmutter holte Luft. Das interessierte sie mehr, als sie zugeben wollte. »Was für ein ordinärer Ausdruck, aber auf diesen Mann paßt er.«
»Vielleicht«, sagte David unverbindlich, »aber was immer man von seiner Politik halten mag, es ist nicht zu leugnen, daß er ein großer Soldat ist. Sonst wäre er nicht mit der größten Flotte, die es jemals gegeben hat, losgezogen, um Ägypten zu erobern. Können Sie sich das vorstellen? Ägypten ist für uns absolut lebenswichtig, weil es das Mittelmeer und die Route nach Indien kontrolliert. Wenn Boney Erfolg haben sollte ...«
Lady Amelias Augen weiteten sich. Sie riß sich zusammen, konnte jedoch nicht vermeiden, daß ihr ein Ausruf des Erstaunens entfuhr. »Nun«, murmelte sie nach einem Augenblick, »ich hätte niemals ...«
»Viele andere auch nicht, Eure Hoheit«, sagte William, der mit Dominique am Arm ins Zimmer kam. Er verneigte sich vor

der älteren Dame und grinste David zu. »Ganz schöne Überraschung, würde ich sagen.«
Dominique lächelte, als sie ihre Handschuhe abzog und sich graziös auf das Sofa setzte. An diesem milden Frühlingstag trug sie ein langes Tunikakleid aus gestreifter Seide, das in dem griechischen Stil geschnitten war, der ihrer großen, schlanken Gestalt so gut stand. Ihr ebenholzschwarzes Haar war geflochten und am Hinterkopf festgesteckt, einige lockige Strähnen fielen ihr in die Stirn.
Der Spaziergang im Park mit William hatte das Leuchten ihrer Wangen und Augen verstärkt. Sie wirkte elegant, selbstbewußt und unbeschreiblich schön – insbesondere auf den Herzog von Devonshire, der sie mit der vorsichtigen Zurückhaltung beobachtete, die alle ihre Zusammentreffen kennzeichnete. Mehr als vier Jahre nach ihrem ersten Treffen war William von Dominique noch genauso fasziniert wie eh und je, wenn nicht noch mehr.
Jedes Jahr bat er sie am Jahrestag dieses Treffens, ihn zu heiraten. Jedes Jahr lehnte sie sanft und bedauernd ab. Er drängte sie nicht, denn er spürte, daß sie, wenn er das täte, eher ihre Freundschaft beenden würde als ihn in einer Hoffnung zu bestärken, die keine Grundlage hatte.
Sie war schonungslos ehrlich, dachte er bitter, diese schöne, junge Frau, die London im Sturm erobert hatte und die trotz ihrer Zurückhaltung und ihrer Abneigung gegen die Gesellschaft der Liebling aller geblieben war. Ihre Reserviertheit erhöhte ihren Reiz noch und machte ihre Anwesenheit bei jedem Anlaß noch wünschenswerter.
Ehrgeizige Gastgeberinnen umwarben sie, bewundernde Männer begehrten sie, die ganze Welt bot ihr ihr Bestes. Doch Dominique blieb seltsam desinteressiert, als sei sie in Gedanken und mit ihrem Herzen ganz woanders.
William hatte einen Verdacht, wo das sein konnte, obwohl er es nur ungern zugab – besonders gerade jetzt.

»Was ist eine Überraschung?« fragte Dominique leichthin. Sie war am vorangegangenen Abend lange aus gewesen, bei einem Ball, der zu Ehren des Kronprinzen veranstaltet worden war, und war etwas müde. Außerdem regte sich in ihr in letzter Zeit ein unbehagliches Gefühl, das sie nicht vollkommen ignorieren konnte. Sie spürte, daß ein relativ friedlicher Abschnitt ihres Lebens sich dem Ende zuneigte, wußte jedoch nicht, inwiefern.

»Boney wird Ägypten angreifen«, sagte David eifrig. »Admiral Nelson ist mit der Flotte losgeschickt worden, um ihn aufzuhalten, aber es ist noch völlig unklar, ob es ihm gelingen wird.«

Dominique warf William, der am Kaminsims stand, einen raschen Blick zu. »Hast du das gewußt?«

»Ich habe gestern abend etwas in dieser Richtung gehört. Vielleicht erinnerst du dich, daß Seine Majestät die Festlichkeiten zeitig verlassen hat?«

Das stimmte, obwohl behauptet worden war, er sei nur unpäßlich. Kaum überraschend, wenn man die riesigen Mengen von Essen und Wein bedachte, die der maßlose Prinz von Wales üblicherweise zu sich nahm – der Mann, der angesichts des unbeständigen Gesundheitszustand und des gelegentlichen Wahnsinns seines königlichen Vaters in nicht allzu langer Zeit Englands Herrscher sein könnte.

»Du hättest es mir sagen können«, sagte sie, nicht vorwurfsvoll, denn sie hielt William niemals etwas vor, sondern als einfache Feststellung.

»Ich wollte diesen wunderbaren Morgen nicht mit solchem Gerede verderben«, entgegnete er sanft. Sie sprachen nicht darüber, daß William, wenn es irgend möglich war, vermied, mit ihr über Ereignisse zu reden, die Frankreich betrafen. Das war einfach zu schmerzlich.

Diese Regel hatte er in den letzten paar Jahren nur wenige Male gebrochen. Im heißen, hitzigen Herbst 1794, als Dominique noch immer damit kämpfte, die Trennung von Paul zu verwinden und ihr Leben in einem fremden Land einzurichten, war es William gewesen, der ihr den Tod von Marie Antoinette behutsam und mitfühlend beigebracht hatte. Die verurteilte Königin war ihrem Gatten auf die Guillotine gefolgt und hatte ihren Stolz und ihre Würde bis zum Schluß bewahrt, trotz des Geheuls des Mobs, der ihren Tod verlangte.

Ihr Sohn überlebte sie nicht lange. Er erlag einer Erbkrankheit, die durch die widrigen Umstände seiner Gefangenschaft verschlimmert worden war. Von der kleinen Familie lebte nur Maria Theresa noch; ihr war es gestattet worden, bei den Angehörigen ihrer Mutter in Österreich Zuflucht zu suchen. Zweifellos würden diese sie weiterhin beschützen, trotz des kürzlichen Sieges von Boney.

Der Tod hatte seine gierige Hand weit über die Königsfamilie selbst ausgestreckt. Innerhalb von wenigen Monaten waren mehr als tausend Aristokraten – Männer, Frauen und Kinder – auf der Guillotine hingerichtet worden, alle von Robespierre und seinesgleichen zum Tode verurteilt.

In ihrem Wahnsinn strebten sie danach, eine neue Gesellschaft aus Blut zu zeugen, und erreichten dadurch nur, daß sie selbst vernichtet wurden. Letzten Endes hatte sich das Blatt gewendet, und Robespierre hatte das gleiche Schicksal erlitten, das seinen Opfern vorbehalten gewesen war; sein enthaupteter Körper lag unbetrauert in einem anonymen Grab.

»Wunderbar«, sagte Dominique geistesabwesend. Als sie plötzlich merkte, daß sie zu lange geschwiegen hatte und die anderen sie besorgt ansahen, brachte sie ein schwaches Lächeln zustande.

»Vielleicht wird es das. Angesichts dieser neuen Bedrohung wird England sich doch sicher um Frieden bemühen?«

»Darauf würde ich nicht setzen«, sagte William ruhig. In Wirklichkeit wußte er, daß jeder Gedanke in dieser Richtung auf erheblichen Widerstand stieß. »Die Herren in Whitehall haben offenbar den Eindruck, daß Boney ein mindestens ebenso großer Schurke ist wie diejenigen, die im Moment behaupten, Frankreich zu regieren.«

»Aber er untersteht dem Direktorat und der Verfassung«, sagte Dominique, deren Wangen sich röteten. Trotz allem, was geschehen war, betrachtete sie Frankreich noch immer als ihre Heimat und hörte es nicht gerne, wenn ein Außenstehender, selbst wenn er ihr so lieb war wie William, es kritisierte.

»Vielleicht«, sagte der Herzog unverbindlich. »Aber ob die Regierung in Paris die gleichen Ziele verfolgt wie unser korsischer Freund, das wird sich erst noch zeigen.«

»Es ist doch komisch, finden Sie nicht?« warf David ein. »Vor ein paar Jahren hatte noch niemand jemals von Napoleon Bonaparte gehört, und jetzt reden wir kaum von etwas anderem.«

»Das liegt daran, daß er soviel Redestoff liefert«, sagte William trocken. »Vor drei Jahren war er noch ein unbekannter Offizier, der zufällig zur richtigen Zeit am richtigen Ort war, um einen Aufstand der Royalisten niederzuschlagen. Seine Belohnung bestand in einer Armee – und die war offenbar alles, worauf er gewartet hatte. In der kurzen Zeit, die seitdem verstrichen ist, hat er mit ihrer Hilfe Italien erobert, Belgien an sich gerissen und Österreich geschlagen – natürlich alles im Namen Frankreichs, obwohl man sich fragen muß, wie lange General Bonaparte noch daran denken wird.«

»Soweit ich mir erinnere«, sagte Lady Amelia, »habe ich vorausgesagt, daß wir unseren Preis dafür zahlen werden müssen, daß wir die Revolution nicht in ihren Anfängen niedergeschlagen haben, und davon bin ich jetzt mehr denn je überzeugt. Der Tag wird kommen, an dem wir uns dem Korsen auf dem Schlachtfeld stellen müssen.«

»Nicht, wenn jetzt ein Friedensvertrag ausgearbeitet würde«, beharrte Dominique. »Sicher ist es doch auch in Englands Interesse, die Wirklichkeit in Frankreich anzuerkennen und ein Abkommen zu schließen, bevor es noch mehr Blutvergießen gibt?«

»Etliche Leute haben zweifellos vor, das zu behaupten«, sagte William. Er zögerte einen Augenblick und sah sie unergründlich an. Schließlich sagte er: »Uns wurde mitgeteilt, wir hätten einen Abgesandten der französischen Regierung zu erwarten. Nichts Offizielles, natürlich – das wäre in Anbetracht der Umstände nicht angemessen. Aber dennoch wird der Versuch unternommen werden, herauszufinden, ob die Angelegenheit nicht ein für allemal beigelegt werden kann.«

»Wie wundervoll«, rief Dominique aus. Das war der erste richtig deutliche Hinweis darauf, daß Frieden tatsächlich möglich sein könnte. Ohne nachzudenken sagte sie: »Wenn Paul nur hier wäre. William, du mußt doch mittlerweile sicher etwas von ihm gehört haben?«

Williams Gesicht wurde ausdruckslos. Hinter einer sorgfältig aufgesetzten Miene murmelte er: »Leider nicht, meine Liebe.«

Es war die gleiche Antwort, die er immer gab, wenn sie sich nach Paul erkundigte. In letzter Zeit kam ihr immer öfter der Gedanke, er könne mehr wissen, als er zugeben wollte. William hatte außerordentlich gute Verbindungen; er hörte und sah sehr viel. Doch nur bei dem Thema Paul Delamare gab er vor, nichts zu wissen. Es wirkte beinahe so, als wolle er nicht zugeben, daß Paul überhaupt existierte.

Dennoch war Dominique von der Nachricht, ein französischer Abgesandter komme nach London, entzückt. Frieden zwischen diesen beiden Nationen gehörte zu ihren größten Hoffnungen. Sie wurde nur übertroffen von einem weitaus persönlicheren Verlangen. Trotz ihrer besten Vorsätze und Bemühungen sehnte sie sich verzweifelt nach Paul. Wach oder im Schlaf dachte sie an ihn. Manchmal glaubte sie, sie würde nicht weiterleben können, wenn sie ihn nicht wiedersah. Dann warf sie sich vor, sie sei schwach und melo-

dramatisch, zwei Eigenschaften, die sie nicht ertragen konnte.
Hin- und hergerissen zwischen ihrer Sehnsucht nach ihm und der Bestürzung über sich selbst war sie zutiefst verwirrt. Die Zeit, die in solchen Fällen gemeinhin für heilsam gehalten wird, machte ihre Situation nur noch schlimmer. Verzweifelt klammerte sie sich an Ablenkungen, auf die sie sich konzentrieren konnte. William und die politische Lage dienten diesem Zweck, wenn auch nur bis zu einem gewissen Punkt.
»Das klingt alles sehr geheimnisvoll«, sagte sie lächelnd. »Werden wir diesen Abgesandten treffen können?«
»Ich vermute es«, murmelte William. Seine Augen zeigten eine Spur von Kälte, die er rasch zu verbergen suchte. »Ich denke sogar, daß er das mit Sicherheit arrangieren wird.«

Tausende tanzende Lichter erleuchteten die Fenster von Carlton House, der Residenz des Prinzen von Wales, in der heute abend ein königlicher Ball stattfand. Die gesamte Londoner Gesellschaft hatte danach gestrebt, eine Einladung zu erhalten. Für die glücklichen Vierhundert, denen diese Auszeichnung zuteil wurde, war das Haus wie ein Märchenschloß, das sich über dem Kopfsteinpflaster der Pall Mall erhob.
Aus einem unaufhörlichen Strom von Kutschen ergossen sich Passagiere vor den mit prunkvollen Säulen geschmückten Eingang. Die prächtig herausgeputzten Gäste strömten die steineren Stufen empor und durch die vergoldeten Türen. Unter einem Dutzend Kristalleuchtern zwitscherten und zirpten sie wie eine Schar aufgeregter Kakadus, bis der in Satin gekleidete Majordomus alle Namen einzeln verlas und sie in den majestätischen Ballsaal flatterten.
»Gütiger Himmel«, murmelte William, während er sich benommen umsah, »ich bin immer wieder überwältigt, wenn ich hierherkomme.«
»Nun, das solltest du auch sein«, sagte Dominique trocken,

»wenn man bedenkt, was das kostet. Ich hasse es, so weltlich zu denken, aber allein für den Preis der Vergoldungen hätte ein guter Teil Londons neu gebaut werden können.«
»Ich hoffe, du wirst nicht so taktlos sein und das gegenüber unserem geliebten Prinzen erwähnen!«
»Ich habe es bereits erwähnt. Er hat meine Hand nur noch fester gedrückt und an meinem Kleid herabgeblickt.«
William lachte, nicht ohne eine Spur von Gehässigkeit.
»Niemand kann behaupten, daß eine königliche Geburt die Garantie dafür ist, daß ein Mensch wenigstens die Grundbegriffe gesunden Menschenverstands besitzt.«
Dabei beließen sie es und ließen sich von dem Wirbel aus Farben und Klängen mitreißen, der trotz aller Fassadenhaftigkeit betörend wirkte. Beide hatten in der Menge eine Reihe von Bekannten und gerieten rasch ins Gespräch.
Dominique sah sich einer älteren Witwe gegenüber, der Marquise von Bath, die sie durch ihre Lorgnette musterte und wissen wollte: »Wo ist Ihre Großmutter, Mädchen? Fühlt sie sich heute nicht recht wohl?«
»Lady Amelia hat es vorgezogen, zu Hause zu bleiben«, sagte Dominique höflich. Seit einer Erkrankung vor zwei Jahren hatte ihre Großmutter nicht mehr die Kraft, sich zu häufig in Gesellschaft zu begeben. Das wußten jedoch nur ihre engsten Freunde. Die Marquise zählte nicht dazu.
»Sollte es besser wissen«, verkündete sie, »als Sie unbeaufsichtigt herumlaufen zu lassen, als unverheiratetes Mädchen. Zu meiner Zeit hätte es das nicht gegeben, das kann ich Ihnen sagen. Devonshire ist ein guter Junge, gibt keinen besseren, aber trotzdem auch nur ein Mann. Sie sollten daran denken, was die Leute wohl sagen.«
»Ich kann nicht behaupten, daß ich mich jemals darum gekümmert hätte«, sagte Dominique kühl. Sie wußte, daß ihr Verhalten absolut angemessen war und sah keinen Grund, es vor irgend jemandem zu rechtfertigen. Dennoch hörte sie der

älteren Dame noch einige Minuten länger zu, bis sie sich höflich entfernen konnte.
William war von der Menge verschluckt worden. Er sprach mit einem stämmigen Mann, den Dominique als Mitglied des Außenministeriums erkannte. Beide runzelten die Stirn und schüttelten die Köpfe. Es sah nicht so aus, als würden sie gerne gestört.
Sie ging weiter, nahm ein Glas Wein entgegen, das ein Kellner, der mit einem silbernen Tablett vorbeikam, ihr anbot, und fand sich in einer relativ ruhigen Ecke wieder. William würde später zu ihr herüberkommen, und inzwischen war sie alles andere als gelangweilt – es gab so viele interessante Leute, die sie beobachten konnte.
Der Prinz von Wales hatten den Raum betreten. Die Bewegung in dem Meer von Köpfen zeigte seine Anwesenheit. Dominique machte automatisch einen Knicks. Als sie sich wieder aufrichtete, nahm sie beiläufig wahr, daß Seine Majestät heute noch jovialer wirkte als üblich. Sein rundes Gesicht strahlte, während er mit dem großen, elegant gekleideten Mann an seiner Seite sprach. Einem Mann, der ...
Einen Augenblick lang war sie wie gelähmt und konnte weder atmen noch denken noch fühlen. Ihre Wahrnehmung kehrte mit beinahe schmerzhafter Heftigkeit zurück. Ihre Lungen sogen die Luft hastig ein, während ihr Herz gegen ihren Brustkorb hämmerte.
Paul.
Nein, nicht Paul – oder zumindest nicht der, an den sie ständig dachte. Dieser Mann war älter, noch kräftiger gebaut, als sie in Erinnerung hatte, und noch viel wunderbarer.
Er war das Inbild eines Aristokraten.
Seine goldenes Haar war, wie die Mode es verlangte, länger und im Nacken zu einem ordentlichen Zopf gebunden. Das betonte die löwenartige Kraft seiner Gesichtszüge, eine Eigen-

schaft, die durch die exakte Eleganz seiner Kleidung in keiner Weise geschmälert wurde.
Sein glänzender schwarzer Satinrock zeugte von exquisiter Schneiderkunst, ebenso wie die bestickte Weste, die er darunter trug. Enganliegende weiße Seidenhosen zeigten muskulöse Beine, die gut zu den schimmernden, tiefschwarzen Stiefeln paßten, in denen sie steckten.
Neben den flatternden Hofgecken mit ihrer pastellfarbenen Kleidung, ihren eingeschnürten Taillen und absurd übertriebenen Kragen war er eine perfekte Studie der Männlichkeit. Es war nicht überraschend, daß alle Blicke auf ihm ruhten, als er mit dem Prinzen von Wales den Ballsaal durchschritt, bis sie nur wenige Meter von Dominique entfernt stehenblieben, nur durch die Wand von Höflingen, die sich ihnen entgegendrängten, von ihr getrennt.
Die turbulente Welle von Gefühlen, die sie überschwemmt hatte, als ihr Blick auf Paul gefallen war, hatte sie benommen gemacht und verwirrt. Sie holte tief Luft und bemühte sich, ihre Fassung wiederzugewinnen. Als sie erneut in Richtung der Männer blickte, stellte sie fest, daß der Prinz von Wales sie wohlwollend musterte.
»Ah, meine liebe Miss Montfort«, sagte er, während er weiterstarrte. Automatisch teilte sich die Menge vor ihm. Ebenso instinktiv machte Dominique einen Knicks. Als sie sich wieder erhob, lächelte der Prinz breit.
»Hier ist jemand, den Sie unbedingt kennenlernen müssen – ein Landsmann sozusagen. Mademoiselle de Montfort, das hier ist der Marquis de Rochford, der erst kürzlich an unseren Ufern angekommen ist. Zweifellos haben Sie beide zahlreiche gemeinsame Bekannte.«
Erst nachträglich fiel dem Prinzen ein, daß diese Bekannten, falls es sie tatsächlich gegeben haben sollte, wahrscheinlich nicht mehr existierten, da die Reihen der französischen Aristokratie sich in den letzten Jahren erheblich gelichtet hat-

ten. Vielleicht war es taktlos, fehlende Mitglieder zu erwähnen.
Er räusperte sich und setzte erneut an. »Ich wollte sagen, gemeinsame Interessen ... ein wenig Heimat ... was natürlich nicht heißen soll, daß jetzt nicht hier ihre Heimat ist«, fuhr er eilig fort, offenbar an Dominique gewandt. »Trotzdem ist es immer nett, von alten Zeiten zu sprechen, finden Sie nicht?«
Er warf Dominique einen verzweifelten Blick zu, der sie noch viel mehr verwirrte. Warum um alles in der Welt tat der Prinz das?
Er nahm es selten auf sich, zwei Personen einander vorzustellen, doch wenn er das tat, dann verpfuschte er es mit Sicherheit nicht so wie jetzt gerade. Warum schien es ihm so wichtig zu sein, sie in aller Öffentlichkeit bekanntzumachen?
Langsam drängte sich eine Erklärung auf. Es war bekannt, daß der Prinz sie sehr schätzte, obwohl sie nie besonders danach gestrebt hatte. Obwohl er niemals direkt an sie herangetreten war, hatte er kein Geheimnis daraus gemacht, daß er sie sowohl begehrenswert als auch charmant fand.
Indem er sie seinem Gast vorstellte, machte er deutlich, daß dieser Herr seine Gunst genoß. Mit einer einzigen Geste sorgte er dafür, daß Paul in der Londoner Gesellschaft bekannt war und respektiert wurde.
Wirklich schlau, dachte Dominique – der perfekte Weg, dafür zu sorgen, daß Paul auf den höchsten Ebenen der Macht kommen und gehen konnte, wie es ihm beliebte. Das war ein Privileg, das jemandem, den man verdächtigte, Abgesandter einer Regierung zu sein, mit der England noch immer heftig Krieg führte, sicher verwehrt würde.
Sie verspürte Widerwillen. In all ihren Träumen hatte sie sich niemals vorgestellt, daß ihr erneutes Zusammentreffen mit Paul unter so kaltblütigen und berechnenden Umständen stattfinden würde. Sie hatte kaum zu hoffen gewagt, daß es überhaupt stattfinden würde. Doch nun stand er direkt vor

ihr, seine türkisfarbenen Augen waren aufmerksam und herausfordernd.
Sie lächelte kühl. Die Hand, die sie ihm entgegenstreckte, war vollkommen ruhig. »Sehr angenehm, Monsieur le Marquis. Die französische Gemeinde in London freut sich immer, einen Neuankömmling begrüßen zu können.«
»Allerdings, das stimmt«, warf der Prinz ein. Er betrachtete sie beide mit offenkundigem Wohlwollen, vor Erleichterung funkelten seine kleinen Augen fröhlich. »Immer begierig auf Nachrichten von der anderen Seite. Manche haben noch immer vor, zurückzukehren, müssen Sie wissen. Solange da drüben natürlich noch immer der Teufel los ist... oh, entschuldigen Sie, meine Liebe. Lassen Sie sich nicht stören, Sie beide, lassen Sie sich nicht stören.«
Der Prinz plusterte sich majestätisch auf und entfernte sich, wobei er den Strom der Aufmerksamkeit mit sich zog.
Dominique und Paul blieben allein zurück. Er hielt noch immer ihre Hand. Als sie versuchte, sie wegzuziehen, wurde sein Griff fester.
Langsam und bedächtig hob er ihre Finger an seine Lippen. »Mademoiselle de Montfort«, murmelte er spöttisch, »der gefeierte Star von London, Geliebte des Herzogs von Devonshire, liebe Freundin Seiner Majestät.«
Seine Lippen verzogen sich, doch niemand konnte so dumm sein, das für ein Lächeln zu halten. »Wie du in deiner neuen Heimat aufgeblüht bist, Dominique.«
Aus den Tiefen ihrer waldgrünen Augen schossen Dolche hervor. Ein Geringerer wäre erzittert. Paul lachte nur.
Sein Mund auf ihrer Haut war warm und ein wenig feucht. Sie stand unbeweglich da und zwang sich, ungerührt zu bleiben – zwang die Sterne, vom Himmel zu fallen. Das eine war so wahrscheinlich wie das andere.
Verflucht soll er sein!
Ein Leben voller Liebe, eine einzige Nacht der Leidenschaft,

Jahre süß gehegter Erinnerungen, und nun das? Dieser spöttische, vorwurfsvolle, bedrohliche Mann.
Mit einem einzigen Blick zerriß er die sorgfältig gesponnenen Fäden ihrer Selbstsicherheit. Innerhalb einer Sekunde löschte er die dazwischenliegenden Jahre aus und machte sie wieder zu dem leidenschaftlichen, sehnsüchtigen Mädchen, das sie in Dover gewesen war.
Tausendmal verflucht soll er sein.
Sie hätte ihn aus ihrem Herzen reißen, William heiraten und ihr Leben weiterleben sollen. Statt dessen hatte sie gewartet und im Stillen eine dämliche Hoffnung genährt wie ein liebeskrankes Kalb.
Innerhalb einer Sekunde traf sie eine Entscheidung: Er durfte es nicht wissen. Schon ihr Stolz verlangte, daß sie verhinderte, daß er von ihrer Dummheit erfuhr.
Er hielt sie für weltlich, erfahren, verdorben? Dann sollte er doch glauben, was er wollte. Er hatte es nicht besser verdient.
»Wie schön, dich wiederzusehen, Paul«, murmelte sie aufrichtig. »Ich habe mich von Zeit zu Zeit gefragt, wie es dir wohl ergangen ist – ob du noch lebst, weißt du, oder ob die schrecklichen Dinge dort drüben zuviel gewesen sind.«
Sie hielt inne, denn sie merkte, daß sie es übertrieb. Paul sah sie vollkommen perplex an, als hätte ihn plötzlich ein kleines Haustier angesprochen.
Unter den widerspenstigen goldenen Locken runzelte sich seine breite Stirn. »Ich dachte, William hätte dich auf dem laufenden gehalten. Das hatten wir so vereinbart.«
Das war ihr neu, doch andererseits war es immer anregend, bislang unerwartete Neuigkeiten zu erfahren.
»Tatsächlich?« murmelte sie. »Ich erinnere mich, daß er dich gelegentlich erwähnt hat, aber ich muß zugeben, daß ich nicht sehr aufmerksam zugehört habe.« Sie machte eine vage Handbewegung. »Du weißt schon, der ganze Trubel eines neuen Lebens.«

»Allerdings«, sagte er und imitierte ihren heuchlerischen Tonfall. Sein Gesicht zeigte etwas ganz anderes. Der Blick, den er ihr zuwarf, war beinahe böse. Innerlich zitterte sie. Äußerlich blieb sie vollkommen beherrscht.

Er hatte vor drei Jahren eine Entscheidung getroffen, wozu er sicherlich das Recht gehabt hatte. Sie hatte ihn verstanden und ihn sogar unterstützt. Doch die darauffolgenden Jahre waren leer und dürr gewesen – die Nächte hatte sie mit Grübeln und Sehnen zugebracht . . . und nun das.

Nein, er konnte es ihr jetzt nicht vorwerfen, wenn ihm die Folgen nicht paßten. Und sie konnte ihn nicht wissen lassen, wie sehr seine Mißbilligung sie verletzte, die Schichten der Abgestumpftheit und aufgesetzten Gelassenheit durchdrang und auf das Mädchen traf, das sie einst gewesen war. Langsam und schmerzlich wurde in Dominique das Gefühl in all seiner rauhen, herrlichen Wirklichkeit wiedererweckt.

William, Herzog von Devonshire, stand abseits und beobachtete sie schweigend und aufmerksam. Seine attraktiven, adlerartigen Gesichtszüge waren angespannt. Jeder, der ihn beobachtet hätte, hätte sich gefragt, was nur geschehen sein könne, daß der normalerweise unerschütterliche Herzog so zwischen Schmerz und Angst hin- und hergerissen wirkte.

Kapitel 16

Zwischen seidenen Bettüchern der feinsten Art, durch eine unvergleichlich weiche Decke gegen die Kühle der Nacht geschützt, den Kopf auf ein Daunenkissen gebettet, lag Paul da und ärgerte sich.

Es war mehrere Stunden nach Mitternacht. Eigentlich hätte er längst schlafen und Kraft für den nächsten Tag schöpfen sollen. Doch er war ärgerlicherweise hellwach.

Noch dazu war es seine eigene Schuld. Wenn jemals ein Mann über alle Mittel zur Entspannung verfügt hatte, dann er. Nahe seinem Ellenbogen stand eine Kristallkaraffe mit Weinbrand auf dem verzierten Tisch aus Satinholz. Sollte das nicht genügen, stand eine erlesene Auswahl an Zigarren, etliche interessante Bücher und ein Tablett mit Gebäck zur Verfügung, alles für ihn bereit.

Der Butler, der zu dem gemieteten Stadthaus gehörte, hatte dafür gesorgt. Über London konnte man sagen, was man wollte, hier wußte man, was sich gehörte.

Sollte er einen aktiveren Zeitvertreib wünschen, so gab es eine Reihe von Damen, die deutlich gemacht hatten, daß sie bereitwillig sein Bett teilen würden. Die lebenslustige, indiskrete Stadt bot sie im Überfluß. Nur reine Sturheit und eine seltsame Abneigung waren der Grund für seine Einsamkeit.

Er streckte sich langsam, um die Anspannung aus seinem Körper zu vertreiben. Der Ball des Prinzen von Wales hatte nur wenige Stunden zuvor geendet. Er mußte als Erfolg betrachtet werden. Wehmütig dachte Paul darüber nach, wie außerordentlich gut der Prinz seine Rolle gespielt hatte – viel zu gut.

Verflucht soll sie sein.
Er starrte mit leerem Blick hinauf an das Deckenfresko mit tanzenden Göttern und Göttinnen. Ein Cherubim grinste ihn an, ohne daß er es wahrnahm.
Verflucht soll sie sein. Sein Körper glühte und war in stürmischer Aufruhr, voller unbändiger Gier, zerrissen von Erinnerungen und verweigerter Ruhe.
Wie oft – wie viele brutale, scheußliche Male – hatte er voller Angst und der Verzweiflung nahe dagelegen und von ihr geträumt? Das nachtschwarze Haar vor sich gesehen, die Augen wie ein Wald im sanften Regen, verlockende und verheißungsvolle Lippen, und diesen Körper, der ...
Und wofür das alles? Sein nobles Opfer, wegzugehen, damit sie das Leben bekam, das ihr rechtmäßig zustand, war offenbar vergebens gewesen. Sie hatte William nicht geheiratet – das füllte ihn mit unbändiger Freude, aber auch mit Entsetzen. Sie hatte überhaupt nicht geheiratet. Dominique war so geblieben wie immer – herrlich, unverschämt frei.
Unvermittelt setzte er sich auf und fuhr sich mit der Hand durch das bereits zerzauste Haar. Weinbrand, das war es. Er würde trinken, bis er vergaß, und die Kopfschmerzen dafür in Kauf nehmen.
Nur daß der Weinbrand – zweifellos ein ausgezeichneter Jahrgang und perfekt abgefüllt – bitter schmeckte. Allein die Süße ihrer Haut, an die er sich erinnerte, konnte ihn locken. Er brauchte sie, wie ein Mensch in der Wüste Wasser braucht. Sein Überleben hing davon ab.
Mit einem leisen Fluch verließ er das Bett und ging nackt zum Fenster hinüber. Während er auf die leere Avenue von St. James und den Park auf der anderen Seite starrte, dachte er an den vergangenen Abend zurück.
Einen Fuchs in den Hühnerstall setzen. So hatte Talleyrand sich ausgedrückt, doch der Außenminister saß bequem und sicher in Paris, während Paul an der Front in London war. Wo es, wie

er bereits festgestellt hatte, offenbar keine Hühnchen gab, die nur darauf warteten, gerupft zu werden.
Niemand hatte damit gerechnet, daß es einfach sein würde. Das war Frieden nie. Dennoch hätte er auf die zusätzliche Komplikation verzichten können, die Dominique darstellte.
Eine kühle Brise wehte über seine breite, nackte Brust. Er seufzte leise. Wenn er doch nur so von ihr denken könnte – als Komplikation. Nichts von besonderer Bedeutung – nur ein kleines Ärgernis, das getrost ignoriert werden konnte.
Er lächelte wehmütig. Was Dominique auch sein mochte, sie zu ignorieren bedeutete, das Schicksal herauszufordern. Außerdem war es schlicht unmöglich.
Er hatte jede kleinste Information verschlungen, die er über sie erhaschen konnte, auch wenn ihn das verrückt machte und besorgte. Jetzt, wo er schließlich wieder in ihrer unmittelbaren Nähe war, konnte er kaum einfach fortgehen.
Außerdem könnte sie von Nutzen sein.
William, der Prinz, wer sonst noch? Er hatte nicht das Recht, wütend zu sein; er gab offen zu, daß er dieses Privileg verwirkt hatte. Doch was er fühlte, ging über Zorn hinaus in die Tiefen kalter, unbarmherziger Eifersucht.
Er war hier ein Fremder, ein Gefühl, das ihm bislang unbekannt gewesen war. In einem Strudel von Widersprüchen und Ungewißheit sah er keinen anderen Ausweg, als sie zu benutzen.
Er bog den Nacken, um die Muskeln zu entkrampfen. Er blieb noch einige Augenblicke am Fenster stehen und trank in der kühlen, einladenden Luft. Schließlich zwang ihn Müdigkeit zurück ins Bett.
Widerwillig legte er sich hin und schloß die Augen, bemüht, alle Gedanken abzuschalten. Nur dieses eine Mal wollte er nicht von Joseph und den anderen träumen. Wollte sich ausruhen, ohne von den gespenstischen, körperlosen Köpfen gestört zu werden, die ihm von Schuld und Versagen zumur-

melten, von verschwendeter Zeit und verlorenen Hoffnungen und seinem noch immer heftigen, zwingenden Verlangen, Buße zu tun.

Dominique erwachte früh. Sie lag in die Stille ihres Bettes gehüllt, ohne genau zu wissen, was ihren Schlaf gestört hatte. Sie fühlte sich schwer und benommen und doch gleichzeitig absonderlich wach, als hätte sie gar nicht richtig geschlafen. Vielleicht lag das an den Träumen. Seltsame Bilder, an die sie sich nur noch halb erinnerte, schwirrten ihr durch den Kopf. Sie bewegte sich unruhig und schob die Decken beiseite.
Barfuß, in ihrem weißen Spitzennachthemd, das um ihre Knöchel wehte, ging sie zu dem Paravent, der in einer Zimmerecke stand, und trat dahinter. Auf einem kleinen Mahagonitisch standen ein Wasserkrug und eine Schüssel. Das Wasser, das die ganze Nacht über dort gestanden hatte, war kalt. Sie mußte nur klingen, und ein Mädchen würde ihr frisches, heißes Wasser vom Ofen bringen, doch sie tat es nicht. Sie wollte Kälte – je kälter, desto besser.
Sie spritzte sich energisch Wasser ins Gesicht und trocknete sich dann ab. Als sie zurück in das eigentliche Schlafzimmer ging und sich auf die Bettkante sinken ließ, fühlte sie sich ein wenig besser. Sie starrte auf ihre Zehen und überlegte, was sie tun sollte. Vielleicht sollte sie sich anziehen, frühstücken, einige Nachrichten schreiben, die Leihbücherei aufsuchen, ihr Leben ändern?
Sie wußte, wo Paul wohnte. Er hatte das Stadthaus am vorherigen Abend erwähnt. Der Butler könnte ihr eine Kutsche bestellen, wenn sie nicht die ihrer Großmutter nehmen wollte. Er würde die Augenbrauen heben, jedoch keinen Versuch unternehmen, sie zurückzuhalten. Jeder wußte, daß Miss Dominique ihrer eigenen Wege ging.
Sie lachte, was einem Schluchzen bedrohlich ähnlich klang. Jeder war ein Idiot, aber sie war der allergrößte, weil sie über-

haupt daran dachte, zu ihm zu fahren. Sie würde die letzten Reste von Ehre und Stolz nicht wegwerfen, um keinen Preis, um einem Mann nachzulaufen, der sie mißachtet hatte.
Mit einem aufsässigen Funkeln in den Augen erhob sie sich und ging hinüber zu ihrem Kleiderschrank. Eine halbe Stunde später, als sie hereinkam, um die Vorhänge zurückzuziehen, sah Margaret, wie sie vor sich hin schimpfend einen Berg von Seide und Satin durchwühlte.
Während das Mädchen zur Rettung eilte – zur Rettung der Kleidung, nicht Dominiques –, rief sie aus: »Wirklich, Miss, ich konnte doch nicht ahnen, daß Sie schon wach sind. Lassen Sie mich das machen.« Sie nahm ihrer jungen Dienstherrin einen Spitzenmanteau aus der Hand und sagte streng: »Ich lege Ihre Kleidung für Sie bereit, Miss. Das tue ich immer. Sie müssen sich nicht selbst damit abgeben.«
»Es ist mir egal, was ich anhabe, Maggie«, sagte Dominique verbittert, »solange ich rasch hier fortkomme. Ich brauche etwas frische Luft.«
»Wie Sie wünschen, Miss«, murmelte die Zofe. Sie bemühte sich nach Kräften, ihr entschlossenes Auftreten beizubehalten, jedoch ohne großen Erfolg. Vier Jahre Dienst für Dominique hatte die angeborene Vorsicht des jungen Mädchens aus Cornwall allmählich abgebaut. Sie mochte Dominique, obwohl sie wirklich daran zweifelte, ob sie jemals einen modischen Geschmack entwickeln würde.
Maggie erschauderte bei dem Gedanken, welche Kombination von Kleidungsstücken Dominique selbst zusammengestellt haben würde. Barsch scheuchte sie sie hinüber zum Frisiertisch und begann, die Flechten zu lösen, um ihr Haar lange und sorgfältig zu bürsten.
»Wo wollen Sie denn so eilig hin, Mylady?« murmelte sie, wobei ihr durchdringender Blick ihren beiläufigen Tonfall Lügen strafte. So unabhängig Dominique auch war, und obgleich sie bei einer nachsichtigen Großmutter lebte, es gab

dennoch gewisse Dinge, die eine junge Dame nicht tat – nicht, wenn sie eine berechtigte Hoffnung auf die mögliche große Hochzeit bewahren wollte, nach der Maggie sich sehnte. Nichts wäre schöner, als die Zofe einer Herzogin zu sein, und noch dazu einer so bewunderten und nachsichtigen, wie Dominique sein würde, wenn sie zur Vernunft käme und Williams Antrag annähme.

»Ich weiß nicht«, gestand Dominique. »Ich dachte, ich mache einfach einen Spaziergang, um einen klaren Kopf zu bekommen.«

»Die Geschäfte sind noch nicht geöffnet, Mylady. Aber dann könnten wir zusammen gehen und vielleicht nach weißem Faille schauen, das Sie benötigen, oder nach einer schönen neuen Haube. Sie könnten auch neue Handschuhe gebrauchen, wo wir gerade dabei sind, ganz zu schweigen von einem zusätzlichen Retikül für tagsüber. Übrigens wäre es nicht verfrüht, mit Madame Delphine über die neue Herbstmode zu sprechen.«

Dominique warf ihr einen Blick voller Panik zu. Wenn sie es zuließe, würde Maggie bald ihren ganzen Tag für sie verplant haben, den sie dann nur mit dem liebsten Zeitvertreib der Zofe, nämlich Einkaufen, verbringen würde.

»Ich mache dir einen Vorschlag«, sagte Dominique lächelnd. »Wie wäre es, wenn du das alles für mich erledigst? Und dann könntest du dir gleichzeitig ein neues Kleid kaufen – eins, das Patrick gefallen würde.«

Ihr Trick funktionierte. Maggie wurde leuchtend rot und senkte den Kopf. Die unerschütterlich selbstsichere Fachfrau war verschwunden, an ihre Stelle war ein schüchternes, verwirrtes Mädchen getreten.

»O Miss, das geht doch nicht.« Ihr Blick kreuzte sich im Spiegel mit Dominiques. »Oder etwa doch?«

»Ich wüßte nicht, was dagegen sprechen sollte. Schließlich würdest du mir einen Gefallen tun und nach meinen Anweisungen handeln. Außerdem wissen wir doch beide, daß ich sowieso nur das kaufen würde, was du mir empfiehlst, wenn wir zusammen gingen.«

Vielleicht war es doch von Vorteil, einen Modetrottel zur Dienstherrin zu haben, dachte Maggie geistesabwesend. Zumindest kannte sie niemanden sonst, der ein so großzügiges Angebot machen würde.

»Nun, wenn Sie darauf bestehen ...?«

»Das tue ich«, sagte Dominique entschieden, »aber jetzt hilf mir erst beim Anziehen.«

Maggie gehorchte rasch und tüchtig, so daß Dominique nach kurzer Zeit die Vorderstufen hinunterstieg. Auf der letzten blieb sie stehen und hob den Kopf.

Es war ein sensationeller Morgen. Eine frische Brise wehte aus Süden und brachte den Duft des Meeres mit sich. Nur einige wenige weiße Wölkchen standen an dem ansonsten klaren Himmel.

Sie war umgeben von dem unruhigen, regen, rauschenden Versprechen des Frühlings. Merkwürdig, daß sie bereits zweimal den Frühling in London verbracht hatte, ohne ihn besonders wahrzunehmen. Plötzlich war sie sich jeder Nuance deutlich und lebhaft bewußt.

Leichten Schrittes ging sie die Straße in die allgemeine Richtung des Green Parks hinunter, dort, wo Mayfair auf St. James trifft. Sie zog diese Gegend dem nähergelegenen Hyde Park vor, weil sie kleiner und geruhsamer war und es zu dieser Zeit weniger wahrscheinlich war, auf jemanden zu treffen, den sie kannte.

Der Duft der Gärten, die im letzten Jahrhundert angelegt worden waren, kam ihr entgegen, als sie auf den Eingang zuging. Sie war beinahe dort, konnte die hohen Steinsäulen bereits sehen, als ein plötzliches Geräusch sie innehalten ließ.

Um die Ecke bog ein Milchwagen, der mit dicken Blechkannen beladen war, die mit jedem Schritt des schwerfälligen Pferdes schepperten. Der Anblick war nicht ungewöhnlich, da die großen Haushalte immer um diese Uhrzeit beliefert wurden. Auch an den beiden zerlumpten Jungen, die hinter dem Wagen lauerten und auf den richtigen Augenblick warteten, war nichts Besonderes.

Sie müssen schon zu zweit sein, dachte Dominique, um eine der großen Kannen hinunterzurollen und damit zu entkommen. Und selbst dann brauchten sie eine Menge Glück, wurde ihr klar, als sie sah, wie groß der Mann war, der den Wagen lenkte und sein Eigentum mit Sicherheit verteidigen würde.

Zweifel stieg in ihr auf. Die Armut in London war unbeschreiblich. Sie wußte das nur zu gut, da sie einen großen Teil ihres jährlichen Einkommens dafür opferte, alles zu tun, was sie konnte, um diese Armut zu lindern. Trotz ihres Reichtums blieben für jede Person, die sie erreichte, tausend weitere ohne Hilfe – wie die beiden Jungen, die den Milchwagen beäugten.

Doch auch der Fahrer verdiente Mitleid. Sie konnte sich sein Leben unschwer vorstellen – jeden Tag stand er lange vor Tagesanbruch auf, drehte seine Runden, kehrte mit den wenigen Münzen zurück, die die Grenze zwischen Überleben und Katastrophe bildeten. Auch für ihn sprachen viele Argumente.

Der Wagen hatte vor einem großen, vornehmen Haus angehalten. Während Dominique zusah, glitten die Jungen in den Schatten eines angrenzenden Gebäudes. Der Mann stieg hinunter und ging hinten an den Wagen. Er löste eine der Kannen und hievte sie auf seine Schulter. Als er sie richtig plaziert hatte, marschierte er zum Seiteneingang des Hauses.

Die Jungen nutzten diesen Zeitpunkt. Sie schossen rasch hervor, einer kletterte auf den Wagen, um eine weitere Kanne zu befreien. Dominique machte einen Schritt nach vorne, noch immer unschlüssig, was sie tun würde, aber überzeugt, sie müsse etwas tun. Sie hatte die Straße überquert, war beinahe am Wagen angekommen, als zwei Dinge gleichzeitig geschahen: den Jungen gelang es, die Kanne zu lösen, und der Mann bemerkte die beiden.

Mit einem Aufschrei ließ er die Kanne von seiner Schulter fallen und rannte zurück zum Wagen. Einer der Jungen entkam, doch der andere hatte weniger Glück. Er wurde an seinem schmuddeligen Kragen vom Wagen gerissen und auf den Boden geschleudert, wo der Mann ihn weiter festhielt und auf ihn einschlug.

»Hören Sie auf.« Ohne zu überlegen, warf Dominique sich auf die beiden. Sie ergriff das Hemd des Mannes, und es gelang ihr, ihn soweit abzulenken, daß er sie angrunzte und ihr rasch einen heftigen Schlag verpaßte, der sie wie eine verscheuchte Fliege zurücktaumeln ließ.

Sie landete unsanft auf ihrem Gesäß und blieb einen Augenblick lang benommen sitzen, bis eine Welle von Wut sie wieder auf die Füße und zurück in das Handgemenge brachte.

»Laß mich los, du Scheißkerl!« schrie der Junge, der sich unter dem Griff des Mannes hin und her wand. Er hatte die Arme über den Kopf gelegt, um sich zu schützen, und trat um sich.

»Scheißkerl, was?« drohte der Mann. »Teufelsbrut, das bist du! Einen ehrlichen Arbeiter berauben. Dir werd ich's zeigen. Was ...?«

Er verstummte, überrascht von dem plötzlichen Stoß eines warmen, unglaublich weichen Körpers gegen den seinen. Noch überraschender war die kultivierte, weibliche Stimme, die ihn attackierte. »Geben Sie ihn frei, Sir! Wie können Sie es wagen, ein Kind derartig zu mißhandeln? Ich bringe Sie vor die Wache. Ich werde ... *Umpf.«*

Diesmal blieb Dominique liegen, als die große, behaarte Faust sie zu Boden warf. Es hatte ihr nicht nur den Atem verschlagen. Ihr Kopf prallte auf das Kopfsteinpflaster. Sie spürte

einen heftigen, überwältigenden Schmerz, gefolgt von einer Welle allumfassender Finsternis.
»Oh, gütiger Herr«, stöhnte der Mann, als er sah, was er angerichtet hatte. Schlimm genug, daß er eine Frau geschlagen hatte, aber noch dazu war sie eine Dame. »Sieh nur, wozu du mich gebracht hast, du kleiner Köter«, sagte er und schüttelte den Jungen noch einmal. Der Kleine nutzte seine Bestürzung und befreite sich flink aus seinem Griff. Mit einem raschen, verwunderten Blick auf Dominique wandte er sich um und rannte die Straße hinunter.
Der Mann zögerte nur einen Augenblick, bevor er auf seinen Karren sprang und das Pferd zum Galopp antrieb. Er war ein anständiger Familienvater, der lieber geblieben wäre und sich zumindest vergewissert hätte, daß Dominique nichts fehlte, aber er wußte nur zu gut, was einem Mann seiner Schicht passieren konnte, der eine junge Dame verletzt hatte. Wenn er im Gefängnis von Newgate landete – eine sehr wahrscheinliche Aussicht –, würden seine Frau und seine drei Töchter verhungern müssen. Mit den Gedanken bei ihnen raste er um die Ecke und war bald verschwunden.
Dominique kam allmählich wieder zu Bewußtsein. Sie war benommen und verwirrt. Als sie begriff, daß sie verletzt war, bekam sie Angst.
Mit großer Mühe gelang es ihr, sich vom Kopfsteinpflaster zu erheben. Die Anstrengung ließ sie aufstöhnen. Sie war außer Atem und hatte schlimme Abschürfungen. Noch dazu fehlte ihr die Orientierung. Sie brauchte dringend Hilfe, doch in diesem Augenblick hatte sie keine genaue Vorstellung, woher.
Zögernd gelang es ihr, Schritt für Schritt die Straße hinunter zu gehen. Ihr Richtungssinn war gestört. Sie wußte nur, daß es sie vorwärts zog, bis ihr schließlich wieder etwas einfiel.
Pauls Wohnung – das Haus, von dem sie gehört hatte, daß er nach seiner Ankunft in London dort wohnte. Mit einem aufrichtigen Seufzer der Erleichterung stolperte sie die Stufen

hinauf und brach vor der Tür beinahe zusammen, nachdem es ihr gelungen war, den Messingtürklopfer zu ergreifen.
Der Butler, der die Tür öffnete, hob nur ein wenig die Augenbrauen. Vielleicht war er bereits daran gewöhnt, daß unerwartet Verletzte eintrafen.
»Kann ich Ihnen helfen, Miss?« fragte er.
Da es ganz offensichtlich war, daß jemand das tun mußte, bemühte Dominique sich nicht um eine Antwort. Mit letzter Kraft murmelte sie: *»S'il vous plaît – Monsieur le Docteur…«* In ihrer Verwirrung sprach sie unwillkürlich französisch. Der Butler runzelte die Stirn. Wie die meisten Briten war er in dieser Zeit nicht allzu gut auf die Franzosen zu sprechen. Diese Sache mit ihrem König war schlimm genug gewesen, aber es ging wirklich zu weit, Menschen öffentlich den Kopf abzuschlagen. Jeder anständige Mensch wußte, daß solche Aktivitäten hinter schützenden Gefängnismauern stattzufinden hatten. Obwohl es Ausnahmen gab – den Doktor, zum Beispiel. Er war durch und durch ein Gentleman, unfehlbar reserviert und rücksichtsvoll, ganz anders als dieses unverschämte Fräulein, das offenbar glaubte…
»Was in Teufels Namen…«
Der Butler wandte sich um und riß die Augen auf, als Paul auf die Tür zugestürmt kam. Vielleicht sollte er seine Meinung über seinen Arbeitgeber revidieren. Der Mann vor ihm wirkte außer sich vor Wut. Tapfer hielt der Butler in bester Tradition seines Berufes die Stellung – aber nur fast.
»Sir, diese junge Dame…«
Paul warf ihm einen Blick zu, der den Mann genauso wirkungsvoll zum Schweigen brachte wie eine Kugel. Er kniete sich neben Dominique und sah nur ihre zusammengesunkene Gestalt und ihr aschfahles Gesicht, auf dem sich bereits die blaue Prellung abzeichnete. Die Tatsache, daß ihr Puls ruhig und ihr Atem normal waren, konnte ihn kaum trösten.
Rasch hob er sie hoch und ging auf die Treppe zu. Hinter ihm

hatte sich der Butler ausreichend erholt, um sich an seine Pflichten zu erinnern.

»Kann ich Ihnen helfen, Sir?« fragte er vorsichtig.

Paul verschwendete keine Worte. »Heißes Wasser, Samuels, nach oben.«

»Sehr wohl, Sir«, murmelte der Butler, als er sorgfältig die Tür hinter sich schloß.

Paul dachte nicht weiter an ihn, als er die Stufen hinaufstieg. Dominique bewegte sich leicht und stöhnte. Er sah auf sie hinab und erblaßte. Ein dünnes Rinnsal Blut schimmerte in ihrem Mundwinkel.

Nach der letzten Stufe blieb er einen Augenblick lang stehen. Das Schlafzimmer des Hausherrn, in dem er schlief, lag direkt vor ihm. Am anderen Ende des Hauses waren zwei kleinere Gästezimmer, beide leer. Der Anstand – das bißchen, das noch übrig war – verlangte, daß er Dominique in eines von diesen brachte.

Sein Gesicht war fest entschlossen und seine türkisfarbenen Augen funkelten gefährlich, als er den Gedanken abtat. Sie würde genau dort ruhen, wo sie hingehörte, in seinem Bett. Und wenn sie später Zweifel daran hatte, ob sich das gehörte, würde er sie nur zu gerne davon überzeugen.

Kapitel 17

War es Zufall? fragte Dominique sich. Doch da sie in dem enormen Bett mit hohen Pfosten saß, ein lächerliches Nachthemd aus gekräuseltem weißem Leinen trug, das ihr um Meter zu lang war, und da sie sich aus Gründen benommen fühlte, die nicht mit dem Schlag auf den Kopf zu tun hatten, konnte Dominique sich nicht ganz sicher sein. Das Schicksal schien ihr Leben auf einmal fest im Griff zu haben. Wie sonst ließe sich Pauls plötzliches Auftauchen erklären? Zudem war dies der Paul von früher, aus ihrer Erinnerung, und nicht der kalte, prächtige Fremde, dem sie auf dem Ball begegnet war.

»Wie fühlst du dich?« fragte er rauh, während er ein Tuch in einer Schüssel mit kaltem Wasser auswrang und es ihr sanft auf die Wange legte.

»Bestens«, murmelte sie. Ihre Stimme war leise und atemlos, als wäre sie eine lange Strecke gelaufen. »Es ist nichts weiter, wirklich nicht.«

Sein finsterer Gesichtsausdruck zeigte ihr, daß er ihr nicht glaubte. »Was ist dir passiert?« wollte er unvermittelt wissen.

Dominique erzählte ihm, wie sie sich in den Raub eingemischt hatte und dann zu seiner Tür getaumelt war.

»Du hättest dich noch schlimmer verletzen können.«

»Was hätte ich tun sollen?« schoß sie zurück, ein Funkeln in ihren grüngoldenen Augen. Seine Worte hatten die gleiche Wirkung, als hätte er die Schüssel mit dem kalten Wasser genommen und über ihrem Kopf ausgeleert.

Sie hatte sich geirrt, wie immer, wenn sie so dumm gewesen

war, zärtliche Gefühle für ihn zu hegen. Er war genauso unnachgiebig und empörend wie immer. Und wie konnte er es wagen, ihr Verhalten zu kritisieren, wenn sein eigenes keinen Deut besser gewesen war.

»Zumindest kreuze ich nicht unter falscher Flagge«, sagte sie bissig. »Ich weiß, woran ich glaube, und ich bin bereit, dafür einzustehen. Aber Sie, Monsieur le Docteur, scheinen ein großes Bedürfnis nach Verstellung zu haben.«

Er starrte sie einen Augenblick lang ausdruckslos an, bevor er ein ganz besonders häßliches Schimpfwort ausstieß. Während sie davon noch immer blaß war, erhob er sich vom Bett und überließ es ihr, das Tuch aufzufangen und es achtlos neben sich auf das Handtuch zu legen.

Paul sah hinunter in den wirklich hübschen Garten hinter dem Haus, ohne ihn wahrzunehmen. Für gewöhnlich hätte er den Anblick genossen, doch im Augenblick war er vollkommen von dem Kampf der Gefühle in Anspruch genommen, der in seinem Inneren tobte. Für jemanden, der die letzten Jahre nur überlebt hatte, weil er sich selbst gegen jegliche Emotion abgestumpft hatte, war das eine außerordentlich unangenehme Erfahrung.

In dem Augenblick, in dem er sie am vorherigen Abend gesehen hatte, hatte er gewußt, daß Dominique die einzige Person war, die seine Abwehr einreißen könnte. Er mußte sie nur ansehen, und schon drohte der Feuersturm aus Leidenschaft, Wut und Eifersucht, ihn zu besiegen. Und jetzt? Langsam drehte er sich um und unternahm tapfer den Versuch, sie nüchtern zu betrachten. Er scheiterte kläglich. Ihre Schönheit war so durchdringend, daß sich seine Brust schmerzhaft zusammenzog.

Der Kampf mit dem Mann hatte ihre Frisur aufgelöst. Ihr Haar lag scheinbar willkürlich und wirr über ihren schlanken Schultern. Abgesehen von der schlimmen Prellung auf ihrer linken Gesichtshälfte waren ihre Züge perfekt. Ihre Augen waren groß und funkelten, während sie ihn fragend beobachteten. Ihre Lippen waren voll, weich, reif. Er atmete heftig, als er sich daran erinnerte, wie sie sich an den seinen angefühlt hatten.

Vier Jahre – vier lange, höllische, scheinbar unendliche Jahre.

Das lächerlich große Nachthemd war ihr von einer Schulter geglitten und enthüllte alabasterweiße Haut, die im durchdringenden Morgenlicht schimmerte. Für beinahe jede andere Frau wäre dieses Licht verheerend gewesen, da es jeden kleinsten Mangel offenbarte. Für Dominique war es nur ein goldener Segen, der ihre Anmut unterstrich.

Seine Hände zitterten. Er legte sie auf seinen Rücken und sah sie ruhig an. »Wie kommst du darauf, ich würde mich verstellen? Ich bin der rechtmäßige Marquis de Rochford. Außerdem kann man mir es kaum zum Vorwurf machen, daß ich Frankreich schließlich leid geworden bin und mich entschlossen habe, hier Zuflucht zu suchen.«

Dominique ließ ein scharfes, höhnisches Geräusch hören. »Sei doch nicht albern. Niemand, der dich kennt, würde das jemals glauben.«

»Warum nicht?« fragte er mit aufrichtiger Neugier. Obwohl sie die meisten Jahre des Terrors in Sicherheit verbracht hatte – dafür sei Gott gedankt! – vermutete er dennoch, daß sie nur zu gut darüber Bescheid wußte, was sich abgespielt hatte.

Warum sollte sie dann nicht glauben, er habe das alles schließlich nicht mehr ertragen können und sei ausgereist?

»Weil du«, sagte sie ruhig, »wenn du überhaupt irgend etwas bist, Paul Delamare, Marquis de Rochford, dann loyal. Du hast dich dem Ideal der Freiheit vollkommen, blind und aufs Äußerste verschrieben. Ich kann mir nicht vorstellen, daß du es aus irgendeinem Grund aufgibst.«

Seine Füße trugen ihn wieder zurück an das Bett, neben dem er stehenblieb. Er schien die Angelegenheit ganz und gar nicht unter Kontrolle zu haben. Er nahm kaum wahr, was er tat, als er schwach in einen Stuhl sank.

»Dieses Ideal«, sagte er leise, »hat sich als strenge Gebieterin erwiesen. Sie hat mir in den letzten Jahren wenig Freude bereitet.«

Ein überraschtes Murmeln entfuhr Dominique. Sie hatte nicht erwartet, daß er so ehrlich sein würde, oder daß diese Ehrlichkeit sie so tief berühren würde. Sie sah rasch zur Seite, damit er den Glanz der Tränen nicht bemerkte, die ihr plötzlich in die Augen getreten waren. »Zumindest einige Menschen müssen sich schließlich an ihre Überzeugung klammern«, murmelte sie heiser. »Was würde sonst aus der Welt werden?«

Er lachte, ein Geräusch, das ihn selbst verhöhnte. »Ach, wirklich? Ich möchte sagen, daß es ihr irgendwie gelingen würde, sich durchzuwurschteln, vielleicht mit deutlich weniger Qual.«

Ihr Blick traf seinen. Resignation war seiner Wesensart so fremd, daß sie sie kaum erkannte. Und doch war sie da, neben einer anderen Regung. Verzweiflung?

»Paul ...« Sie setzte sich im Bett auf und streckte eine Hand nach ihm aus. Ihr Kopf war leer bis auf das überwältigende Bedürfnis zu trösten. Sogar die Leidenschaft wurde davon ausgelöscht.

Ihre Haut auf der seinen fühlte sich weich und warm an. Bei der ersten Berührung ihrer Hand hatte er den klaren Gedanken, er müsse widerstehen. Er mußte aufstehen und fortgehen, aus dem Zimmer, aus dem Haus. Es war Wahnsinn gewesen, sie hierher zu bringen – süßer, unwiderstehlicher Wahnsinn.

Sie kniete auf der Bettkante. Das Nachthemd war ein wenig hinabgeglitten. Durch die gekräuselten Säume konnte er die sanfte Wölbung ihrer Brüste sehen. Sein Mund war plötzlich sehr trocken.

»Mach dir keine Vorwürfe«, sagte sie sanft. »Ich bin mir sicher, daß du alles getan hast, was in deiner Macht stand – viel mehr, als irgend jemand hätte erwarten können. Wenn es irgendeinen Menschen gibt, der nach allem, was geschehen ist, noch mit erhobenem Kopf gehen kann, dann bist du das. Und jetzt gibt es dank deiner Anwesenheit hier vielleicht tatsächlich eine Aussicht auf Frieden.«

Er fuhr leicht zusammen, seine Hand umklammerte die ihre. »Woher weißt du das?«

»William hat es mir gesagt. Das heißt, er hat gesagt, daß ein Abgesandter des Direktorats käme, um Friedensverhandlungen einzuleiten. Als ich dich mit dem Prinzen zusammen gesehen habe, war mir klar, daß du das sein mußtest.«

Gegen seinen Willen lächelte Paul verbittert. All die sorgfältigen Vorbereitungen, all die Mühe, ihm eine perfekte Tarnung zu verschaffen, und sie hatte sie in Sekundenschnelle durchschaut.

»Das war ... indiskret von William.«

»Und auch untypisch«, sagte sie scharf. »Für gewöhnlich ist er viel zu verschwiegen.«

»Das habe ich mitbekommen. Wie ich gestern schon sagte, hatten wir eine Übereinkunft.«

»Daß er mich auf dem Laufenden halten würde und du im Gegenzug jegliche Informationen liefern würdest, die du mit deiner Loyalität zu Frankreich vereinbaren konntest?«

»Genau. Es hat nicht den Anschein, daß er seinen Teil der Abmachung eingehalten hat.«

»Da bin ich mir nicht sicher«, sagte Dominique langsam. »Ich wußte immer, daß du lebst und bei relativ guter Gesundheit warst. Das hat mir viel bedeutet. Aber ich bin mir nicht sicher, daß du gewollt hättest, daß ich darüber hinaus über die Einzelheiten deiner Tätigkeiten Bescheid wußte.«

Paul schossen rasch Erinnerungen durch den Kopf – die Nächte, die er nach seiner Rückkehr nach Frankreich auf der

Flucht verbracht hatte, versteckt in feuchten, rattenverseuchten Kellern, in dem Bewußtsein, daß er jeden Moment verraten werden konnte. Er erinnerte sich an die langen, schrecklichen Stunden der Hilflosigkeit und Frustration, wenn Pläne mißlangen oder das Schicksal sich gegen ihn wandte; an den Horror und den Schrecken des Bewußtseins, daß jeder Tag den Verlust von weiteren Leben bedeutete. Schließlich hatten sie Erfolg gehabt. Die Vernichtung der Jakobiner und die erste wirkliche Chance auf Vernunft war schließlich gelungen. Aber dieser neu erworbene Frieden wurde auf den felsigen Klippen des Krieges beinahe zerstört.

Nein, davon konnte er ihr nichts erzählen. Außerdem hatte er den Verdacht, daß sie – irgendwie – bereits alles wußte.

Sie war ihm so nahe, daß er den Duft ihrer Haut riechen konnte. Er wurde ihm mit der Frühlingsbrise zugeweht – Flieder und Jasmin, Rosen und Dominique. Er war betörend, berauschend und weckte schmerzliche Erinnerungen an die eine Nacht, die sie gemeinsam verbracht hatten und in der er diesen Duft an ihrem ganzen Körper wahrgenommen hatte, an seidigen Gliedmaßen und verborgenen, geheimen Stellen.

»Dominique«, murmelte er, die Lippen plötzlich angespannt, »bin ich ein Idiot?«

Sie schüttelte langsam den Kopf, wobei ihr ebenholzschwarzes Haar im Licht glänzte und mit silbernem Schimmer vor seinen benommenen Augen tanzte.

»Oh nein«, flüsterte sie. »Wenn du das wärst, wäre ich nicht hier. Ich hätte William geheiratet, mich arrangiert, dich vergessen. Aber das konnte ich nicht, verstehst du, so sehr ich mich auch bemüht habe.«

Ihre Stimme versagte. Sie holte tief und zitternd Luft und rang nach einem Rest von Selbstbeherrschung. »Was werden wir tun?« murmelte sie.

Er sah sie einen Augenblick lang ernst an, und dann lächelte er – ein breites, warmes, herzzerreißendes Lächeln voller Ver-

trauen und Männlichkeit. Es fuhr über sie wie die zarteste und machtvollste Liebkosung.
»Das kommt darauf an«, sagte er, »ob wir anständig oder menschlich sein wollen.«
»Menschlich«, sagte sie sofort, »bitte.«
Er runzelte leicht die Stirn, plötzlich ganz ernst. »Bist du dir sicher? Ich muß ehrlich mit dir sein, Dominique. Wenn meine Mission hier beendet ist, ganz gleich, welches Ende sie nimmt, muß ich nach Frankreich zurückkehren. Wenn kein Frieden erreicht wird, wird die Situation weiterhin gefährlich und chaotisch sein. Dieser Mann, Bonaparte . . .«
»Vergiß ihn«, sagte Dominique und legte ihm einen Finger auf die Lippen. »Vergiß sie alle. Es gibt nur uns . . . nur jetzt.«
Einmal zuvor, in dem Gasthof in Dover, hatte er es sich gestattet, sich von ihrer Schönheit und seinem eigenen Begehren überzeugen zu lassen, doch dieses Mal zögerte er.
Nur die Gewißheit, daß sie jetzt älter und viel erfahrener war, beruhigte ihn. Dominique war kein Kind mehr. Ihre Wünsche hätten nicht deutlicher sein können, und sie deckten sich voll und ganz mit den seinen.
Außerdem war er es leid, immer das Richtige zu tun, sein eigenes Verlangen und Bedürfnis immer zugunsten des größeren Guten zu opfern. Paul Delamare – Heiler, Idealist, Freiheitskämpfer und beinahe Märtyrer – war aus der Ferne betrachtet vielleicht ein bewunderswerter Kerl, aber es war ganz schön anstrengend, auf Dauer in seiner Haut zu stecken.
Er war auch einfach ein Mann, mit allen Stärken und Schwächen, die dazugehörten. Vor ihm lag die Frau seiner Träume, die einzige Frau, die er stets mehr als jede andere begehrt hatte. Sie war die einzige Frau, mit der er vollkommen und absolut glücklich war.
Dominique – Seide und Feuer, Haut wie honigwarme Sahne und eine Leidenschaft, die so aufrichtig und ungekünstelt war, daß sie ihn benommen machte.

Sein Mund wurde fest. Unter gesenkten Lidern blickten seine Augen durchdringend. Männer, die die volle Kraft seines Willens gespürt hatten, hätten diesen Blick erkannt. Er hatte einen Entschluß gefaßt, und nichts würde ihn aufhalten.
Er ergriff sie. Sie schnappte schwach nach Luft, da sie seine Bewegung nicht erwartet hatte, doch sie leistete keinen Widerstand. Ihr Körper fühlte sich gegen die steinharte Kraft seines eigenen unendlich weich an. Ohne nachzudenken, preßte er sie an sich und bedeckte ihren Mund mit seinem.
Es war ein Kuß der Verzweiflung, ohne jede Spur von Zärtlichkeit. Seine Lippen öffneten die ihren sofort, seine Zunge drang vor, um ihre Süße zu schmecken. Gleichzeitig bog er sie zurück, so daß sie die Orientierung und das Gleichgewicht verlor und vollkommen hilflos war. Sie rang wieder nach Atem, ihre Nägel gruben sich in seine breiten Schultern.
Die Situation war ihrer Kontrolle entglitten. Als sie sich zum ersten Mal geliebt hatten, hatte sie ganz klar die Initiative ergriffen, da sie wußte, daß es sonst nicht geschehen würde. Jetzt war es ganz anders. Diesmal war sie in der Gewalt eines Mannes, dessen Selbstbeherrschung plötzlich ausgesetzt hatte. Diese Erkenntnis hätte sie ängstigen sollen, und tatsächlich war sie ein wenig beunruhigt.
Doch sie erinnerte sich daran, daß es Paul war, der sie so fordernd in den Armen hielt, Paul, dessen harte, schwielige Hände das Nachthemd von ihrem Körper streifte, Paul, der sie rücklings auf das Bett drängte, dessen lange, muskulöse Gestalt die ihre bedeckte.
Nur seine Kleider trennte sie noch von einander. Er löste sich von ihr, um kurzen Prozeß mit ihnen zu machen. Sie lag unbeweglich da und beobachtete ihn durch schwere, schläfrige Lider.
Sein Körper war wundervoll, perfekt geformt, durch und durch männlich. An ihm war keine Spur von Weichheit. Nur

die gezackte, weiße Narbe über seinem Bauch störte den Eindruck vollkommener Perfektion.
Narbe? Gewiß, sie hatte ihn erst einmal nackt gesehen, in Dover, und damals war sie von Leidenschaft so übermannt gewesen, daß ihr gewisse Einzelheiten vielleicht entgangen waren – aber keine Narbe dieser Größe.
Sie setzte sich langsam auf und streckte einen Finger aus, mit dem sie die erhobene weiße Wulst entlangfuhr.
Paul erzitterte. Er umklammerte ihr Handgelenk und zog ihre Hand weg. »Hab Erbarmen, Dominique«, sagte er mit einem schwachen Grinsen. »Ich möchte, daß es noch andauert, und es ist für mich lange her.«
Sie hob die Augenbrauen. Sie war sich nicht ganz sicher, ob sie ihn richtig verstanden hatte, aber er schien sagen zu wollen, daß er nicht ...
»Meinst du«, setzte sie an, als er sich neben sie auf das Bett gelegt hatte, »daß es keine ... anderen Frauen gegeben hat?«
Er lächelte ironisch auf sie herab. »Überrascht dich das sehr?«
»Ja«, antwortete sie unverblümt. Er war ein außerordentlich attraktiver Mann; es war für sie unvorstellbar, daß sich ihm keine Frauen anbieten sollten, selbst unter den schwierigsten und unangenehmsten Umständen.
Denn je näher ein solcher Mann dem Tode kam – und Paul war in den letzten Jahren direkt von ihm umgeben gewesen – desto stärker würde er instinktiv nach der Lebenskraft greifen, die Frauen boten.
Das begriff sie, ohne es gutzuheißen. Was sie verwunderte, war die Vorstellung, daß er sich nicht bedient hatte.
Paul seufzte plötzlich und drehte sich auf den Rücken, weg von ihr. Sofort fühlte sie sich verlassen. Ihr Körper war kalt, ihre Nacktheit peinlich. Sie griff nach der Decke, um sich zu bedecken.

»Nein«, sagte er und streckte seine Hand aus, um sie daran zu hindern. »Komm lieber her.«
Sie tat, was er wünschte, verwirrt von seiner Veränderung, aber dennoch froh, daß er trotzdem ihre Nähe suchte. Seine Umarmung war tröstlich. Den Kopf an seine breite Schulter gelehnt, hörte sie zu, wie er sprach, beinahe zu sich selbst.
»Manchmal ist es verdammt unangenehm, ein Mann zu sein.«
Sie erhob sich ein wenig, um ihn anzusehen. Er starrte mit unergründlichem Blick hinauf zur Zimmerdecke. Deutlich fielen ihr die müden Falten auf, die in sein Gesicht gegraben waren. In diesem Augenblick sah er älter aus, als er war, und viel zu verletzlich.
»Das hätte ich nicht vermutet«, sagte sie langsam. »Man hat immer den Eindruck, daß die Welt ganz auf Männer ausgerichtet ist.«
»Ja, so ist es wohl, aber es gibt trotzdem gewisse Ausnahmen ...« Er seufzte schwer und drehte sich auf die Seite, das Gesicht zu ihr gewandt. »In den letzten paar Jahren hat es Frauen und Gelegenheiten genug gegeben, Dominique. Das gehört zu den Dingen, die niemals aufhören, ganz gleich, wie sehr der Wahnsinn tobt. Aber ich konnte nicht ...« Er verstummte, unfähig, weiterzusprechen.
Das war auch nicht nötig. Sie verstand. Ohne großer Erklärungen oder Erfahrungen zu bedürfen, begriff sie, was er sagen wollte. Und obwohl sie leicht errötete, ging sie ruhig damit um.
»Das ... ähm ... scheint jetzt nicht mehr der Fall zu sein.«
Er starrte sie einen Augenblick lang an, bevor er plötzlich laut auflachte. »Nein«, gab er zu, »jetzt nicht mehr.«
Die Mischung aus Liebe zu Dominique und tiefem, erschöpfendem Kummer, die ihn in der Vergangenheit gehindert hatte, war jetzt verschwunden. Er war unzweifelhaft und unnachgiebig wiederhergestellt, und zwar in solchem Ausmaß, daß er plötzlich fürchtete, er könne sie verletzen.

Es gab so viel, was sie ihn fragen wollte – über die Jahre, die sie getrennt gewesen waren, die Zukunft – doch jetzt war nicht der Zeitpunkt dafür. Mit einem leisen, kaum hörbaren Murmeln grub sie ihre Finger in sein goldenes Haar und zog ihn an sich.

Das reichte. Jegliches Zögern, das Paul verspürt hatte, war in Sekunden dahin. Er stöhnte unverständlich ihren Namen, drängte sich mit beinahe schmerzhafter Heftigkeit auf sie – beinahe, aber nicht wirklich. Nicht eine Sekunde lang vergaß er, daß sie Dominique war, die Frau, die er mehr liebte als sein eigenes Leben. Doch insgeheim war er äußerst froh, daß sie nicht mehr das unschuldige Mädchen von einst war.

Sein Mund zog von ihren Lippen eine brennende Spur die empfindliche Linie ihrer Kehle hinunter bis zu der duftenden Wölbung zwischen ihren Brüsten. Sie waren fest und angeschwollen, die Brustwarzen aufgerichtet, nach seiner Berührung flehend. Doch vorerst ging er weiter, genoß die seidige Haut ihres flachen Bauches, grub seine Hände zwischen ihre schmalen Schenkel, drängte sie, sich zu öffnen.

Sie stieß einen leisen Schrei aus, als sein Atem das Gewirr dunkler Locken zwischen ihren Beinen streifte. Er hob den Kopf, mit wildem Gesichtsausdruck. Ihr Gesicht war fest zusammengepreßt, beinahe als hätte sie Schmerzen. Ihre Verletzung zeichnete sich deutlich ab.

Ihn überkam eine Welle von Schuldgefühlen. Einige Minuten lang hatte er tatsächlich vergessen, was ihr zugestoßen war. Er rollte sich von ihr und berührte sanft ihre Schläfe. »Tut es sehr weh?«

Sie sah ihn einen Augenblick lang ausdruckslos an, bevor sie die Worte verstand. »Nein, das nicht, aber ...« Sie verstummte. Sie konnte es ihm nicht sagen.

Die Verletzung machte ihr überhaupt nichts – sie nahm sie gar nicht mehr wahr – doch jeder andere Teil ihres Körpers war aufgewühlt und quälend lebendig.

Sie fühlte sich, als würde sie wie eine Bogensehne gespannt. Die Spannung war beinahe unerträglich. »Paul, bitte ...«

Sein Blick glitt über sie, erfaßte die elfenbeinfarbene Haut, die ein wenig feucht glänzte; den wunderbar geformten Körper, schlank und dennoch üppig; den Blick in ihren Augen – den Blick einer leidenschaftlich, vollkommen verliebten Frau. Nicht nur in der Gewalt der Leidenschaft, sondern wirklich verliebt, mit der ganzen heftigen, allumfassenden Zärtlichkeit, die dazugehörte. Nur einmal im Leben hatte er diesen Blick auf sich gerichtet gesehen – in der Nacht in Dover – und selbst damals hatte er nicht richtig zu beurteilen gewußt, was er bedeutete.

Immer schon hatte er sie geliebt, solange er denken konnte. Doch jetzt, zum ersten Mal, hatte er den Eindruck, daß sie ihn auch liebte, oder zumindest glaubte, daß sie das tat.

Um den Unterschied, falls es da einen gab, konnte er sich später kümmern. Jetzt jedoch –

Sein Mund auf ihren Brustwarzen war heiß und feucht. Dominique stöhnte krampfhaft, als er an ihnen saugte. Doch als sie verzweifelt versuchte, ihn an sich zu ziehen, hinderte er sie daran. Seine großen Händen hielten ihre fest, als er sich langsam und vorsichtig zwischen ihre Schenkel senkte.

»Verweigere mir nichts, Dominique – nicht das hier und nichts sonst.«

Es war halb eine Bitte, halb ein Befehl. Sie konnte keines von beiden zurückweisen. Ihre Augen öffneten sich weit, als sein Mund den ihren fand und sie auf einen Höhepunkt der Leidenschaft brachte, der so durchdringend war, daß das Leben selbst zu enden schien. Sie schwebte auf einer glänzenden, goldenen Ebene, die sich ins Unendliche zu erstrecken schien.

In diesem Moment drang er in sie ein, heiß und tief und voller Verlangen. Nachträglich stellte er fest, wie eng sie war – beinahe so eng wie beim ersten Mal – und versuchte, sich zurückzuziehen, doch sie wollte ihn nicht gehen lassen. Heftig drückte sie ihn an sich, bis er nachgab und wieder in sie sank.

»Dominique«, flüsterte er dumpf in ihr Haar, »ich dachte ...«
»Ich weiß – William, vielleicht noch andere. Aber es hat keinen gegeben, Paul – keinen außer dir.«
Er glaubte ihr. Wie hätte er auch zweifeln sollen, wo doch ihr Körper selbst den Beweis lieferte? Er konnte spüren, wie sie kämpfte, ihn aufzunehmen, und hielt sich selbst fest im Zaum, bis die richtige Stellung gefunden war. Und selbst dann mußte er nur die geringste Bewegung machen, um sie vor Leidenschaft aufschreien zu lassen.
Es war zu viel. Sein so lange unterdrücktes Verlangen war so übermächtig, daß er sich nicht zurückhalten konnte. Seine großen Hände schoben sich unter ihr Gesäß und hoben sie zu sich empor.
Ein heiseres Stöhnen entfuhr ihm, als er einmal zustieß, und ein zweites Mal, und sie beide zur Ekstase brachte.

Kapitel 18

Dominique bewegte sich träge. Ihr Körper fühlte sich so vollkommen wohlig und erfüllt an, daß sie sich nicht rühren mochte. Nur die länger werdenden Schatten im Schlafzimmer zwangen sie, das zu tun.

Widerwillig setzte sie sich auf, schob den schweren Schleier ihrer Haare von ihren Augen und lächelte hinab auf Paul. Er schlief fest.

Sein Atem ging langsam und gleichmäßig. Seine Gesichtszüge, die vor kurzer Zeit noch so hart gewirkt hatten, waren jetzt vollkommen entspannt.

Sie war erfüllt von einer tiefen Zufriedenheit, nicht nur wegen der Leidenschaft, die sie gemeinsam genossen hatten, sondern auch, weil es ihr zumindest für eine Weile gelungen war, die Gespenster zu vertreiben, die ihn quälten.

Leise glitt sie aus dem Bett und stapfte durch das Zimmer. Ihr Kleidung lag hinter dem Paravent. Sie zog sich ein wenig ungeschickt an, da sie es nicht gewöhnt war, diese Arbeit allein zu verrichten. Bald jedoch war sie fertig.

Als sie wieder hervorkam, schlief Paul noch immer. Sie betrachtete ihn lange und ging dann hinüber zu einem kleinen Schreibtisch am Fenster.

Dort fand sie Papier und Tinte, um ihm eine Nachricht zu hinterlassen. Diese legte sie dorthin, wo er sie mit Sicherheit finden würde – auf das Kopfkissen, auf dem gerade noch ihr Kopf geruht hatte – und schlich dann auf Zehenspitzen hinaus.

Der Butler schritt gerade durch die Eingangshalle, als sie die

Stufen hinunterkam. Er sah sie ausdruckslos an und verneigte sich. »Darf ich Ihnen eine Droschke rufen, Madame?«
Er zeigte so wenig Überraschung, als würden in diesem Haus täglich leicht zerzauste junge Frauen ein- und ausgehen.
Mit einem angedeuteten Lächeln schüttelte sie den Kopf. »Nein, danke, ich laufe lieber.«
Er hielt ihr die Tür auf und murmelte etwas Angemessenes, als sie vorbeiging. Dominique hörte ihn kaum. Sie fühlte sich wie neugeboren, als sei der bittere Kummer der letzten Jahre nie geschehen. Das war natürlich eine Illusion, aber eine, die sie, wenn auch nur für den Augenblick, gerne genoß.
Geistesabwesend bemerkte sie, daß sie ungewöhnlich oft angestarrt wurde, während sie die Strecke zur Residenz der Haverstons zurücklegte.
Frauen ohne Begleitung, insbesondere Frauen von hohem Stand, waren in London selten genug, so daß diese Reaktion verständlich war. Erst als sie die Tür ihrer Großmutter erreichte und vom Unterbutler begrüßt wurde, fiel ihr ihre Verletzung wieder ein.
»Guten Tag, Mylady«, setzte der junge Mann an, brach dann jedoch unvermittelt ab, als er sie genauer anblickte. »Großer Gott, was ist denn mit Ihnen geschehen?« Erst im nachhinein besann er sich. »Ich meine, ich bitte um Verzeihung, Mylady, aber ...«
»Es ist schon in Ordnung, Rogers«, sagte sie und verzog das Gesicht. »Ich hatte einen kleinen Unfall, das ist alles.«
Ganz offensichtlich glaubte er ihr nicht, aber er war viel zu gut ausgebildet, um noch etwas zu sagen. Er nahm ihr nur Hut und Handschuhe ab. »Ihre Hoheit ist im kleinen Salon, Mylady«, murmelte er. Als ziemlich direkten Fingerzeig ergänzte er: »Ich glaubte, sie hat sich ein wenig um Sie gesorgt.«
Dominique nickte. Die Befürchtungen, die ihre Abwesenheit verursachen würden, waren ihr wohl bewußt gewesen. Nichts sonst hätte sie aus Pauls Bett bewegen können.

Sie zwang sich zu einem Lächeln, öffnete die Tür zum Salon und trat hinein. Lady Amelia saß an einem kleinen Intarsientisch. Sie schien ein Buch zu lesen, doch sie konnte sich nicht auf die bedruckte Seite konzentrieren. In dem Augenblick, in dem sie aufsah und Dominique wahrnahm, erschien der Ausdruck großer Erleichterung auf ihrem Gesicht.

»Da bist du ja. Ich habe mich … *Oh, meine Liebe, was ist geschehen?*«

»Es tut mir leid, *Grandmère*«, sagte Dominique hastig, während sie zu ihr hinüberging. »Ich hätte Sie benachrichtigt, wenn es mir möglich gewesen wäre. Ich hatte einen dummen Unfall, als ich draußen spazieren gegangen bin, aber ich versichere Ihnen, es sieht viel schlimmer aus, als es ist.«

In Wirklichkeit hatte ihr Gesicht begonnen, schmerzhaft zu pochen. Sie wunderte sich, daß sie das nicht früher wahrgenommen hatte, obwohl ihr der Grund dafür vollkommen klar war.

»Einen Unfall?« wiederholte Lady Amelia. Mit einer Sanftheit, die nicht zu ihrem strengen Gesichtsausdruck paßte, berührte sie Dominiques Wange. »Erzähl mir davon.«

Dominique unterdrückte ein Seufzen. Sie haßte den bloßen Gedanken daran, ihre Großmutter zu belügen, aber sie wußte, daß es absolut unmöglich war, ihr zu erzählen, was sie mit Paul erlebt hatte. Dadurch würde sie die alte Frau mit Dingen belasten, die sie nicht wissen wollte und nicht wissen mußte. Also wählte Dominique einen Mittelweg, der soviel Wahrheit enthielt, daß ihr eigenes Gewissen beruhigt war, ohne zuviel zu verraten.

»Ich konnte nicht schlafen und beschloß, einen frühmorgendlichen Spaziergang zu machen«, setzte sie an. »In der Nähe des Green Park habe ich eine Auseinandersetzung zwischen einem Milchmann und einem bettelnden Jungen beobachtet, der ihn berauben wollte. Der Mann war verständlicherweise erbost, aber ich fand trotzdem, das gäbe ihm nicht das Recht, den Jungen zu prügeln. Als ich eingreifen wollte, wurde ich versehentlich geschlagen.«

»Ich verstehe«, sagte Lady Amelia langsam. Ihre scharfen, alten Augen musterten ihre Enkelin genau. »Das war heute morgen, sagst du? Wo bist du in der Zwischenzeit gewesen?«

»Ich ...« Dominique schluckte heftig. Kein Wunder, daß sie Lügen immer aus dem Weg gegangen war. Es war verdammt schwierig!

»Der Mann war sehr aufgeregt. Er ... hat darauf bestanden, daß ich mit ihm nach Hause komme und seine Frau mich versorgt.«

Das hätte wirklich geschehen können, wenn sie nicht in der Nähe von Pauls Haus gewesen wäre, aber es war dennoch nicht die Wahrheit. Deswegen fühlte sie sich äußerst unbehaglich – insbesondere, weil sie den Verdacht hatte, daß Lady Amelia ihr nicht glaubte.

»Tatsächlich«, sagte ihre Großmutter schließlich. »Nun, in Zukunft mußt du wirklich vorsichtiger sein. Jetzt lauf nach oben, damit Margaret sich um dich kümmern kann.«

Nachträglich fügte sie hinzu: »Ich werde eine Nachricht an Lord und Lady Sanders schicken und erklären, warum du heute Abend nicht kommen kannst.«

Erst jetzt wurde Dominique klar, daß sie sich so, wie sie aussah, kaum in die Öffentlichkeit begeben konnte. Das würde zu jeder Art unangebrachter Spekulationen führen. Aber darüber hinaus lieferte ihre Verletzung ihr auch eine Entschuldigung, William nicht sofort treffen zu können.

Es war geplant gewesen, daß er sie zu dem Abendessen bei den Sanders begleiten sollte. Obwohl es ihr leid tat, ihn zu versetzen, wußte sie, daß sie ihm im Augenblick einfach nicht gegenübertreten konnte.

Auch wenn sie William nicht liebte, so mochte sie ihn doch sehr, und wenn irgend möglich, wollte sie seine Gefühle nicht verletzen. Er war ihr in all den Jahren ein guter und treuer Freund gewesen. Er hatte Besseres verdient als eine Frau, deren Herz und Seele einem anderen Mann gehörten.

Sie dachte an Paul, als sie in das heiße Bad sank, das Maggie rasch für sie bereitet hatte. Und an ihn dachte sie auch für den Rest des Tages, welcher recht ruhig verging.

Sie verbrachte einige Zeit mit David und Nicole, die von ihrer Verletzung ziemlich beeindruckt waren. Nachdem sie eine Nachricht an William geschickt hatte, in der sie erklärte, sie sei verhindert, zog sie sich auf einen Fensterplatz in ihrem Zimmer zurück und bemühte sich tapfer zu lesen. Später hätte sie nicht sagen können, welches Buch sie in der Hand gehalten hatte, geschweige denn, wovon es handelte.

Maggie kam und ging und richtete die Kleidung ihrer Dienstherrin. Wenn sie Dominiques verträumten, verzückten Gesichtsausdruck wahrnahm, so ließ sie sich das nicht anmerken.

Lady Amelia verbrachte den Tag mit Grübeln. Das entsprach nicht ihrer Wesensart, aber angesichts der Umstände ließ es sich nicht vermeiden. Sie war sich darüber im klaren, daß Dominique ihr nicht die Wahrheit gesagt hatte – zumindest nicht die ganze Wahrheit – aber sie war sich nicht sicher, was das Mädchen ihr verheimlichte. Sie machte sich schon eine ganze Zeit Sorgen um ihre Enkelin. Auf den ersten Blick verfügte Dominique über alles, was ein glückliches Leben brauchte, aber sie war ganz offensichtlich alles andere als zufrieden.

Lady Amelia hatte jedoch nie auch nur eine Spur von Selbstmitleid an ihr festgestellt – Dominique war aus anderem Holz geschnitzt. Aber sie machte den Eindruck, als sei etwas nicht abgeschlossen, als stünde etwas bevor, was die alte Frau beunruhigte.

Seufzend ergriff sie die sorgfältig zusammengefaltete Ausgabe der *London Gazette,* die neben ihr auf dem Tablett lag. Wie

immer wandte sie sich erst dem höfischen Terminkalender zu.
Sie verfolgte das Kommen und Gehen der anderen Adeligen bereits seit mehr als sechzig Jahren und fand es noch immer unterhaltsam, auch wenn in letzter Zeit immer weniger Angehörige ihrer eigenen Generation erwähnt wurden.
Sie überflog die Spalten mit beiläufigem Interesse, bis ein Name ihr ins Auge fiel. Lady Amelia entfuhr ein leises Keuchen. Sie hielt das Blatt näher, weil sie vermutete, ihre Augen könnten ihr einen Streich gespielt haben.
Nein, hier stand es. *»Gestern Abend, Carlton House. Der Marquis de Rochford, kürzlich aus Frankreich eingetroffen. Wohnsitz: St. James Square.«*
Gestern Abend war auch Dominique im Carlton House gewesen. Tatsächlich stand ihr Name weiter unten in der Spalte. Es war möglich, daß sie Paul nicht getroffen hatte, aber nicht wahrscheinlich.
Und heute war sie in der Nähe des Green Park spazierengegangen, unweit des St. James Square.
Hatten sie sich auf dem Ball getroffen und ein Rendezvous vereinbart? Oder war das morgendliche Zusammentreffen ein Zufall gewesen?
Lady Amelia zweifelte keinen Augenblick daran, daß Dominique Paul wiedergesehen hatte. Weniger bestimmt wußte sie, was er mit Dominiques Verletzung zu tun hatte, wenn überhaupt etwas. Sicher, sie hatte den Marquis de Rochford nur kurz kennengelernt, aber sie konnte sich nicht vorstellen, daß er eine Frau schlagen würde. Wenn es allerdings Streit gegeben haben sollte …
Sie sann noch immer darüber nach, als der Butler erschien und Seine Hoheit, den Herzog von Devonshire, ankündigte.
»Ich habe eine Nachricht von Dominique erhalten«, sagte William ohne große Umschweife, »welche besagte, sie sei unpäßlich und könne nicht zu den Sanders kommen. Natürlich war

ich beunruhigt, daher wollte ich mich nur rasch vergewissern, wie es ihr geht.«

Lady Amelia ließ sich nicht täuschen. Auch William war auf dem Ball des Prinzen gewesen. Selbst wenn Dominique Pauls Anwesenheit nicht bemerkt hatte, so hatte William höchstwahrscheinlich gewußt, daß er da war. Nach vier Jahren außerordentlicher Ergebenheit und Geduld konnte man Seiner Hoheit nachsehen, daß er sich Gedanken machte.

»Bitte nehmen Sie Platz«, sagte Lady Amelia ruhig. »Ich glaube, wir müssen etwas besprechen.«

Sie erzählte ihm kurz, was geschehen war – oder zumindest die Version, die sie für ihn angemessen fand.

Laut ihrer Aussage hatte Dominique in Begleitung ihrer Zofe einen morgendlichen Gang gemacht. Stunden später kam sie verletzt und zerzaust nach Hause und sagte, sie sei in eine Auseinandersetzung mit einem Milchmann geraten, der einen kleinen Junge geschlagen habe. Die Zofe bestätigte ihre Geschichte.

Während William ihr zuhörte, verdunkelte sich sein sonst blasses Gesicht. Lady Amelia hatte Pauls Namen nicht erwähnt. Nur durch einen gezielten Blick auf den höfischen Terminkalender in der *Gazette,* die geöffnet vor ihr lag, machte sie deutlich, daß sie Bescheid wußte.

Der Anblick der Zeitung rief all die Erinnerungen wieder hervor, die William seit dem vorherigen Abend mit Mühe unterdrückt hatte.

Vor vier Jahren hatte er den Verdacht gehabt, daß Dominiques Gefühle für den attraktiven Dr. Delamare weit mehr waren als bloße Dankbarkeit und Zuneigung. Auch Paul, so hatte er vermutet, fühlte viel mehr, als gegenüber einer Frau angebracht war, die eigentlich niemals ihm gehören durfte. Jetzt hatte er die Gewißheit. Als er beobachtet hatte, wie sie beide inmitten dem bunten Treiben gestanden hatten, ohne irgend etwas um sich herum wahrzunehmen, hatte er begrif-

fen, daß er eine Liebe vor sich sah, die so rein und strahlend war, daß sie alles andere übertraf.
Diese Liebe erfüllte ihn mit Verzweiflung und Zorn.
Mit unglaublicher Anstrengung gelang es ihm, sich gerade noch zusammenzureißen. Seine Augen verengten sich zu schmalen Schlitzen. Sein Mund zitterte leicht, und seine Knöchel schimmerten weißlich.
»Verletzt, sagen Sie?«
Lady Amelia nickte langsam. Sie hatte ihn interessiert betrachtet und den Kampf der Gefühle auf seinem Gesicht verfolgt. Das, was sie sah, beunruhigte sie, machte ihr jedoch auch Hoffnung.
»Offenbar versuchte der Junge, den Milchmann zu berauben. Dominique wollte eingreifen und wurde versehentlich getroffen. Zu so etwas wäre sie in der Lage. Dennoch muß ich Bedenken äußern...«
Auch wenn es ihm gut gepaßt hätte, konnte William sich nicht davon überzeugen, daß Paul Dominique geschlagen hatte. Aber letztendlich machte das keinen Unterschied. Er mußte nur so tun, als würde er es glauben, und alles andere würde sich von selbst ergeben.
Er warf Lady Amelia einen durchdringenden Blick zu und überlegte einen Augenblick, wieviel sie wohl erraten hatte. Obwohl das gleichgültig war. Sie war genauso fest entschlossen wie er, Dominique daran zu hindern, sich auf eine unschickliche Liaison einzulassen.
»Lieber William«, sagte Lady Amelia. Sie beute sich vor und legte ihre knorrige Hand auf seine. »Kann man da gar nichts unternehmen?«
Oberflächlich betrachtet machte die Frage keinen Sinn. Aber sie befanden sich jetzt nicht mehr an der Oberfläche, sondern hatten sich in die tieferen Gefilde von Andeutungen und Implikationen begeben. Sie verstanden einander nur zu gut.
»Ich werde mich darum kümmern, Eure Hoheit«, sagte Willi-

am sanft. Er hob ihre Hand an seine Lippen, küßte sie leicht und erhob sich. »In Anbetracht der Umstände glaube ich nicht, daß dieser Besuch Dominique gegenüber erwähnt werden sollte, oder was meinen Sie?«
»Von welchem Besuch sprechen Sie, William?«
Er lächelte, verneigte sich und ging.

Pauls Hand, die tief in der Tasche seines Morgenmantels vergraben war, schloß sich um das Papier, das er dort versteckt hatte – Dominiques Nachricht. Er konnte nicht sagen, wieso er sie mitgenommen hatte, aber sie wirkte auf ihn irgendwie tröstlich.
»Mein Geliebter«, lautete die Nachricht, »ich muß fort, damit meine Großmutter sich nicht sorgt. Laß mich wissen, wann wir uns wiedersehen können. Dominique.«
Mein Geliebter.
Er unterdrückte ein Lächeln und bemühte sich, sich auf das zu konzentrieren, was der Mann ihm gegenüber sagte.
»Alles gut und schön für Seine Hoheit, aber der Frieden wird nicht einfach vom Himmel fallen. Pitt braucht diesen Krieg. Er wird die Militärmaschinerie weiterlaufen lassen, oder die ganze Sache bricht zusammen.«
»Niemand zweifelt an der Brillanz des Premierministers«, sagte Paul, »oder an seinem unnachgiebigen Widerstand gegen die Revolution. Aber selbst Pitt muß doch einsehen, daß der Krieg England nichts einbringt.«
Charles Fox zuckte die Schultern. Von all den Männern in der britischen Regierung galt nur er Pitt ebenbürtig. Zusammen waren sie zwei Giganten, die alle in der Hand hatten. Außerdem waren sie Gegner, die niemals einer Meinung waren.
»Es stimmt, daß die finanzielle Belastung enorm ist«, gestand Fox ein. Sein breites Gesichts verzog sich zu einem ironischen Lächeln. »Offen gesagt, ich vermute, das steckt hinter dem Wunsch Seiner Königlichen Hoheit nach Frieden. Er würde das Geld lieber an anderer Stelle ausgeben.«

Paul erwiderte das Lächeln. Ihm war wohlbekannt, daß der Prinz von Wales als extravagant galt. Doch auch so hätte ihm der Besuch im Carlton House genug verraten. Er wußte ebenfalls, daß Fox untertrieb. Im Gegensatz zu dem Tory Pitt, den der Prinz von Wales verachtete, hatte Fox enormen Einfluß auf den zukünftigen König. Es wurde sogar vermutet, daß er hinter dem Großteil seiner Ansichten steckte.
»Es muß frustrierend sein«, sagte Paul ruhig, »wenn ein Schützling einen Gedanken an sich reißt und ihn weiter führt, als man selbst beabsichtigt hatte.«
Fox starrte ihn einen Augenblick lang an. Sein Gesicht wurde rot, und seine kleinen, hellen Augen funkelten gefährlich. »Sie überraschen mich, Monsieur de Rochford«, sagte er schließlich. »Offen gesagt hat mich das Kaliber der Leute, die gegenwärtig in der französischen Regierung sitzen, nicht besonders beeindruckt. Robespierre und die anderen sind vielleicht verrückt gewesen, aber zumindest wußten sie, was sie wollten. Das kann man von der neuen Truppe nicht gerade sagen, nicht wahr? Sie jedoch scheinen klare Absichten zu haben.«
Paul zuckte die Schultern. »Ich bin nur vorübergehend Diplomat, Mylord, und vielleicht kein besonders guter, aber mein Ziel ist einfach. Ich strebe nach Frieden für mein Land. Wenn der Krieg weiter andauert, wird das zu einer Diktatur führen, und der bloße Gedanke daran ist mir ein Greuel.«
Fox lehnte sich in seinem ledernen Ohrensessel zurück und sah Paul ruhig an. »Diktatur«, wiederholte er, als würde er das Wort tief in sich aufnehmen. »Das klingt vornehm lateinisch. Die Römer wußten, wieso sie fürchteten, zuviel Macht in die Hände eines einzigen Menschen zu legen. Letzten Endes konnten sie es jedoch nicht vermeiden. Ich bin mir nicht sicher, ob Ihnen das gelingen wird.«
»Vielleicht nicht«, sagte Paul unverbindlich, »aber wir müssen es versuchen.«
Fox rieb sich über die Wurzel seiner eindrucksvollen Nase. Er

starrte einige Zeit ins Leere, bis er schließlich sagte: »Entgegen Ihrer Andeutung, Monsieur, habe ich nicht den Eindruck, daß Seine Hoheit zu weit gegangen ist, als er Sie empfing. Das soll jedoch nicht heißen, daß ich glaube, Sie hätten Aussicht auf Erfolg. Sollte Mr. Pitt Wind davon bekommen, was Sie vorhaben...«

»Das halte ich für unwahrscheinlich. Der Herzog von Devonshire ist die einzige Person, die noch weiß, wieso ich hier bin, und er ist ein Whig, wie Sie selbst.«

»Ja, William ist ein guter Mann. Ein Jammer, daß...« Er verstummte abrupt. »Vergessen Sie es. Was zählt, ist folgendes: Theoretisch unterstütze ich Sie, aber ich habe nicht vor, das politische Schafott zu besteigen, bis ich deutliche Anzeichen dafür habe, daß Sie Erfolg haben könnten. Verstanden?«

Paul nickte knapp. Er war sich sicher, daß Fox seine Worte nicht unüberlegt gewählt hatte. Ganz im Gegenteil, er hatte Paul absichtlich Bilder ins Gedächtnis zurückgerufen, von denen er wissen mußte, daß er sie unbedingt vergessen wollte. Das Schafott war in dieser Zeit kein beliebtes Thema bei der französischen Aristokratie. Paul konnte ihn kaum mißverstehen.

»Sie waren sehr deutlich«, sagte er und erhob sich.

Weil Fox spürte, daß er zu weit gegangen war, zeigte er sich großmütig. Er ging mit Paul zur Tür und sagte: »Ich hoffe, daß Sie zumindest einen angenehmen Aufenthalt haben werden. Immer nur Arbeit und kein Vergnügen...«

Paul lächelte kalt. Er war fest entschlossen, Fox' Ratschlag anzunehmen, aber das würde er nicht sagen. Obwohl es soviel zu tun gab, hatte er nicht die Absicht, vierundzwanzig Stunden am Tag zu arbeiten. Die freie Zeit, die er hatte, würde er mit Dominique verbringen – natürlich unter der Voraussetzung, daß er sie von ihrer Großmutter loseisen konnte, die sie mit Sicherheit äußerst gut behüten würde.

Nachdem er sich von Fox verabschiedet hatte, ging er entlang des Flusses am Westminster-Palast und der angrenzenden mittelalterlichen Abtei vorbei, in der Generationen englischer Könige gekrönt worden waren. Einer plötzlichen Eingebung folgend betrat er sie und setzte sich in eine ruhige Ecke unweit des Hauptaltars. Als er sich eine halbe Stunde später wieder erhob, war er ruhiger und mehr denn je entschlossen, das zu tun, was er tun wollte.

Fox hatte recht – die Aussicht auf Frieden zwischen England und Frankreich war äußerst gering, und nicht nur wegen Pitts Widerstand. Auf beiden Seiten gab es starke Bestrebungen, den Krieg fortzusetzen.

Vielleicht würde er nicht viel daran ändern können. Aber er konnte sich alle Mühe geben, sein Privatleben in Ordnung zu bringen. Damit würde er sofort anfangen.

In der Nähe der Abtei befand sich eine Reihe von Blumenständen. An einem blieb er stehen und beglückte die ältere Besitzerin, indem er ihr einen Arm voll Narzissen, Tulpen und Iris abkaufte. Sie war auch gerne bereit, einen kleinen Neffen bereitzustellen, der die Blumen lieferte. Er gab dem Jungen Dominiques Anschrift an und warf ihm einen Schilling zu – eine äußerst großzügige Bezahlung für einen solchen Dienst.

Aber schließlich war er auch äußerst gut gelaunt. Pfeifend machte er sich auf den Weg zu seiner Unterkunft. Seine Hände steckten unbekümmert in den Taschen; sein goldener Kopf war unbedeckt. Er sah aus wie ein außergewöhnlich attraktiver Mann bei einem Nachmittagsspaziergang, der an nichts anderes dachte als an die Frau, die er liebte.

Dem war nicht so, aber es hätte so sein können, und für diesen Augenblick genügte das.

Kapitel 19

Erzähl mir, was geschehen ist«, sagte Dominique sanft. Es war am nächsten Tag. Sie lagen zusammen in Pauls Bett, nachdem sie sich geliebt hatten.

Ihr ebenholzschwarzes Haar ergoß sich über die weißen Kissen und über seine nackte Brust. Die seidigen Strähnen bewegten sich leicht in der milden Brise, die aus dem geöffneten Fenster hereinwehte.

Unter ihrer Wange spürte sie die harte, feste Wölbung seiner Schulter. Unter ihrer Hand lag die erhobene Wulst der Narbe, die sich über seinen Bauch zog.

»Das war knapp«, sagte er ruhig. Mit ihr in seinen Armen wirkte die Erinnerung daran weit entfernt und viel weniger schlimm als sonst.

Dennoch verdunkelten sich seine türkisfarbenen Augen, als er sagte: »Robespierre war noch an der Macht; ich war auf der Flucht. Ich hatte mich in einem Haus außerhalb von Paris versteckt und wartete darauf, mich in die Stadt zu schleichen, aber mein Aufenthaltsort wurde verraten. Ich mußte mir den Weg hinaus freikämpfen.«

Sie zuckte zusammen, da sie sich leicht vorstellen konnte, was er ihr verschwieg. An seiner Haut murmelte sie: »Es ist ein Wunder, daß du noch lebst.«

Er fuhr mit den Fingern durch ihr Haar und schob ihren Kopf zurück, um sie anzusehen. »Vor ein paar Tagen hätte ich gesagt, daß ich nicht an Wunder glaube, aber jetzt bin ich anderer Meinung.«

Sie lachte leise und senkte einen federleichten Kuß auf seine

Lippen. Doch einen Augenblick später verschwand ihr Lächeln, und sie wurde plötzlich ernst.

»Paul«, sagte sie leise, »es kann nicht so weitergehen. Ich liebe meine Großmutter und kann es nicht ertragen, sie zu hintergehen. Außerdem«, ergänzte sie, »bin ich mir ganz und gar nicht sicher, daß mir das gelingt. Sie ist mißtrauisch.«

Das glaubte er gerne. Als er heute morgen gekommen war, um Dominique abzuholen, war er nicht eben herzlich empfangen worden. Lady Amelia hatte kein Geheimnis daraus gemacht, daß es sie nicht erfreute, ihn wieder in London zu sehen, und noch dazu auf ihrer Türschwelle.

Dennoch konnte sie es Dominique kaum verweigern, ihn zu begleiten, angeblich bei einem harmlosen Ritt im Park. Ihr Einwand, eine junge Dame sollte sich mit einer solchen Verletzung nicht in der Öffentlichkeit zeigen, wurde mit dem Versprechen beiseite geschoben, daß Dominique einen Schleier tragen würde. Jetzt lag er in dem Gewühl von Kleidern neben Pauls Bett.

»Du kannst Lady Amelia kaum erzählen, wie du diesen Nachmittag verbracht hast«, erinnerte er sie sanft.

»Nein, natürlich nicht, aber ich kann ehrlich sein, was meine Gefühle für dich betrifft, schon allein, um sie darauf vorzubereiten, daß ...«

Sie verstummte, weil ihr plötzlich deutlich bewußt wurde, daß sie vielleicht zuviel erwartete. Schließlich hatte Paul sich noch nicht über die Zukunft geäußert.

»Vergiß es«, sagte sie eilig. »Ich werde mich selbst darum kümmern. Aber jetzt muß ich gehen.«

Sie wollte sich vom Bett erheben, wurde jedoch von einem stählernen Arm um ihre Taille zurückgehalten. Paul ignorierte ihren Protest hartnäckig und zog sie an sich. Ihr Gesäß lag an seinem Unterleib und ließ sie deutlich spüren, daß sein Verlangen wieder wuchs.

»Ist dir schon aufgefallen«, fragte er amüsiert, »daß wir offenbar immer voreinander davonlaufen? Das müssen wir uns wirklich abgewöhnen.«

»Paul, ich muß zurück. Und du mußt dich mit Leuten treffen.« Sie hielt inne und fügte dann schwach hinzu: »Das ist immer das Problem – daß uns die Welt da draußen dazwischenkommt.«

Er schlang seine Arme fester um sie und liebkoste ihren Nakken, so daß ihr Schauer der Leidenschaft über den Rücken liefen. Er murmelte in ihre warme, duftende Haut: »Wir haben immer nur gestohlene Augenblicke für uns, Dominique. Damit gebe ich mich nicht mehr zufrieden.«

Ihre Augen weiteten sich und spiegelten die vergoldete Zimmerdecke über ihr wieder. »W-Was sagst du da?«

Ach, einmal kam einfach der Zeitpunkt, an dem ein Mann den Sprung ins kalte Wasser wagen mußte. Wußte der Himmel, er war schon in schwierigeren Situationen gewesen. Aber das hier...

Er holte tief Luft und rüstete sich. »Ich will damit sagen, daß ich möchte, daß du meine Frau wirst.«

Ihre unmittelbare Reaktion war nicht die, die er erwartet hatte. Sie erstarrte und sah ihn unsicher über die Schulter hinweg an. »Meinst du das ernst?«

»Über Dinge von dieser Bedeutung mache ich keine Scherze.«

Sie starrte ihn noch einen Augenblick lang an, bevor ihr Gesicht von einem so strahlenden Lächeln erhellt wurde, so glücklich aussah, daß er es nur ehrfürchtig betrachten konnte.

Freude erfüllte sie – außerordentliche, überwältigende, allumfassende Freude. So sehr, daß sie glaubte, es nicht ertragen zu können. Einen Moment lang schien es, als sei die Welt zum Stillstand gekommen – als hätte das gewöhnliche, alltägliche Leben einfach geendet.

Doch rasch genug begann es wieder.

»Warte einen Augenblick«, sagte Paul eilig. »Du mußt mir zuhören, Dominique.«
Das wurde erheblich dadurch erschwert, daß sie sich an ihn preßte. Er versuchte, sie zu hindern, doch es gelang ihr, sich umzudrehen.
Ihre Brüste rieben sehnsüchtig gegen seine Brust, ihre Gliedmaßen waren fest ineinander verschlungen, und als sie ihren Mund zu einem leidenschaftlichen Kuß auf den seinen legte, fühlte er sich, als stehe er kurz davor, ins Paradies zu taumeln.
»Ich liebe dich so«, flüsterte sie an seinen Lippen. »Ich wollte es dir eigentlich nicht sagen, ist das nicht dumm? Auf dem Ball warst du so furchtbar ...«
»Es tut mir leid«, sagte er demütig, ein Bild der Reue, während weiter unten, unter der Decke, seine Beine die ihren auseinander drängten. Später würde es genug Zeit zum Reden geben. Im Augenblick waren andere Überlegungen auf einmal wichtiger geworden.
»Es ist schon in Ordnung, jetzt ist mir das egal. Aber Paul ... oh ...«
Was immer sie sagen wollte, wurde in dem Strom der Leidenschaft ertränkt, als er in sie eindrang. Der vorherige Liebesakt hatte sie wunderbar befriedigt, doch sie war noch immer feucht und ganz und gar bereit, ihn noch einmal aufzunehmen. Dennoch bewegte er sich langsam und vorsichtig, bis er sah, wie ihr Kopf zurückfiel und sich ihre Augen halb schlossen, als das Verlangen sie überkam.
Einige Zeit später hob Paul seinen Kopf vom Kissen und sagte schwach: »Wie ich schon sagte, du mußt mir zuhören.«
Sie kuschelte sich an ihn und lächelte heiter. »Auf jeden Fall.«
»Hmmm, tu nicht so unterwürfig, meine Geliebte – das paßt nicht zu dir. Aber das spielt jetzt keine Rolle. Ich liebe dich, und ich will, daß du meine Frau wirst. Ich muß jedoch sicher

sein, daß du dir über die Situation im klaren bist. Wenn die Friedensverhandlungen scheitern, herrscht in Frankreich weiterhin das Chaos. Alles wäre möglich – selbst eine Rückkehr zu den hoffnungslosen Zuständen der letzten Jahre. Unter diesen Umständen könnte ich dich nicht mit gutem Gewissen dorthin mitnehmen. Es wäre viel klüger und sicherer für dich, in England zu bleiben.«

»Mach dir keine Gedanken darum«, sagte sie unbeschwert. »Wir werden das später entscheiden. Worauf es ankommt, ist, daß wir zusammen sind.«

Er runzelte die Stirn, weil er wußte, daß es vielleicht nicht so einfach sein würde, er sie aber nicht enttäuschen wollte. Das Leben hatte sowieso die Angewohnheit, das zu tun, ohne daß er noch dazu beitrug.

Er zog sie sanft an sich und streichelte ihren langen, schmalen Rücken. Ihr Atem hob und senkte sich mit dem seinen; ihr Mund lag süß an seiner Haut. Schweigend schloß er die Augen und wünschte, die Zeit würde stehenbleiben.

Das geschah natürlich nicht. Unerbittlich eilten die Minuten dahin, bis Dominique unbedingt gehen mußte.

Paul begleitete sie zurück und setzte die Scharade des nachmittäglichen Ausritts fort. Lady Amelia sah er nicht wieder, doch er spürte ihre nachklingende Mißbilligung im kalten, durchdringenden Blick des Butlers und dem unnötig scharfen Zufallen der Tür hinter ihm, was nur dazu beitrug, seinen Vorsatz zu bestärken. Er hatte bereits Treffen mit verschiedenen Parlamentsmitgliedern arrangiert, die den Whigs angehörten und von denen er glaubte, sie könnten Interesse an Frieden haben.

Wie Fox zauderten sie, waren aber zumindest gewillt, ihn anzuhören. Doch als er sie mehrere Stunden später verließ, war seine Entschlossenheit einem hartnäckigen Pessimismus gewichen.

Einer der Männer hatte es so ausgedrückt: »Unsere beiden

Länder führen seit sechs Jahren Krieg, Monsieur de Rochford, und auch davor waren wir nicht allzu gut auf einander zu sprechen. Man kann sich kaum vorstellen, daß es jemals Frieden geben wird.«

Ein Anderer hatte eingestimmt: »Besonders, so lange dieser Boney versucht, alles im Namen Frankreichs zu erobern.«

Und da hatte er die Crux des Problems. Man traute Frankreich einfach nicht. Trotz all seiner Beteuerungen, das Direktorat wolle wirklich Frieden, konnte er feststellen, daß man ihm nicht glaubte.

Und bis der korsische General gezügelt wurde, würde sich das nicht ändern. Doch wie konnte das erreicht werden? Ohne Übertreibung konnte man sagen, daß Bonaparte mehr und mehr das Recht in seine eigene Hand nahm. Das erfüllte Paul mit kalter, unbarmherziger Furcht. Für Fox war es schön und gut, leichthin über Diktaturen zu sprechen; er war Engländer. Frankreich hatte seit Generationen unter Tyrannei gelitten.

Seit der Vernichtung der Jakobiner und der Einrichtung des Direktorats hatte es eine kurze Zeit der Ruhe gegeben. Aber er fürchtete verzweifelt, sie sei nicht stark genug, um noch lange zu halten.

Seine Stimmung war gedrückt, als er zu seiner Unterkunft zurückkehrte, um sich für den kommenden Abend umzuziehen. Dank der Gönnerschaft des Prinzen von Wales hatte er mehrere kurzfristige Einladungen zu verschiedenen gesellschaftlichen Anlässen erhalten. Während er sich anzog, blätterte er die geprägten Karten durch und versuchte, sich für einen davon zu begeistern.

Schließlich entschied er sich und brach auf. Der Abend war schön, klar und angenehm warm. Er beschloß, auf eine Droschke zu verzichten und lieber zu laufen. Auf den Straßen in der Gegend von St. James wimmelte es von Leuten, die auf dem Weg zu den gesellschaftlichen Runden des Abends waren.

Er war fünf Blocks weit gegangen und näherte sich seinem Ziel, als plötzlich ein großer, düster gekleideter Mann auf ihn zukam. Im Dämmerlicht war das Gesicht das Mannes gerötet und pockennarbig, und die Nase saß in einem schiefen Winkel, als sei sie früher einmal gebrochen gewesen. Er sah aus wie ein gealterter Preisboxer, der in den brutalen Kämpfen mit nackten Fäusten, die als Unterhaltung galten, zu oft verwundet worden war.

»Entschuldigung, mein Herr«, murmelte der Mann. »Können Sie mir sagen, wo Nummer siebenundfünfzig ist?«

Während er sprach, schien der Mann zu stolpern. Er streckte eine Hand vor, um sich abzustützen. Im gleichen Augenblick spürte Paul, daß ihm etwas in die Jackentasche geschoben wurde.

»Dort hinten«, sagte er und wies in Richtung der Anschrift, die der Mann angeblich suchte. Er legte einen Finger an den Hut, murmelte einen Dank und entfernte sich hastig.

Paul wartete, bis er sich ein Stück von ihm entfernt hatte, und schob dann vorsichtig eine Hand in die Tasche. Als er sie wieder hervorzog, starrte er auf ein kleines Stück Papier, das in der Mitte zusammengefaltet und von einem Stück Siegelwachs ohne Aufdruck zusammengehalten wurde.

Rasch öffnete er die Nachricht und las.

P. kennt Ihre wahre Identität. Ihre Verhaftung wird vorbereitet. Wir haben uns nicht getroffen. F.

Paul atmete heftig aus. Es gab wenig Zweifel daran, wer P. war. F. mußte Fox sein, der ihm schrieb, um ihn zu warnen, daß Pitt den wahren Zweck seines Aufenthaltes in England, insgeheim Frieden auszuhandeln, kannte. Pitt und seine Anhänger hatte geschworen, sie würden Frankreich gegenüber niemals die Waffen niederlegen, bis jeder Revolutionär vernichtet sei. Er würde alles tun, um Paul aufzuhalten.

Das alles setzte natürlich voraus, daß die Nachricht echt war. Es schien jedoch für seine Feinde wenig Grund zu geben, eine solche Warnung zu fälschen. Warum sollten sie ihm die Gelegenheit zur Flucht geben, wenn sie einen viel größeren Vorteil davon hätten, ihn zu verhaften und seinen Auftrag zu offenbaren?

Rasch wandte er sich um und kehrte nach Hause zurück. Dort war er gerade in seinem Studierzimmer, als William erschien. Er lächelte entschuldigend, als der Butler ihn hineinführte, und wartete dann, bis der Mann sich entfernt hatte, bevor er vortrat und Paul die Hand entgegenstreckte.

»Ich bedaure, daß wir nicht die Gelegenheit hatten, uns neulich abends zu treffen. Es war ein wenig zuviel Betrieb.«

»Natürlich«, sagte Paul und bedeutete ihm, Platz zu nehmen. Er war überrascht, den Herzog zu sehen, und auch ein wenig argwöhnisch.

Dominique hatte deutlich gemacht, daß sie William hätte heiraten können, wenn ihre Gefühle es ihr erlaubt hätten. Sie war nicht die Sorte Frau, die sich in solchen Dingen irrte oder log.

William nahm den angebotenen Weinbrand an. Er trank einen großen Schluck, ohne daß er ihn zu schmecken schien.

Paul hatte sich ihm gegenüber hingesetzt. Von seinem Platz aus konnte er die kleine Uhr auf dem Kaminsims sehen. Sie erinnerte ihn daran, daß die Zeit verstrich und daß er Dringendes zu erledigen hatte.

Dennoch bemühte er sich nach Kräften, seine Ungeduld zu verbergen, und einen Augenblick später war er froh, das getan zu haben.

»Fox weiß nicht, daß ich hier bin«, sagte William. Er lächelte selbstsicher. »Er würde es nicht gutheißen, aber ich dachte ... nun, ich würde sagen, die Lage ist ein wenig gespannt, nicht wahr? Pech, daß Pitt alles erfahren hat, aber man muß retten, was zu retten ist. Jetzt geht es darum, Sie fortzubringen, ohne daß jemand etwas davon merkt.«

»Ich verstehe«, sagte Paul langsam. Das machte irgendwie Sinn. William und Fox standen auf der gleichen Seite – beide waren Whigs, beide Gegner von Pitt und seiner Politik. Außerdem würde Fox dazu neigen, dem Jüngeren zu vertrauen, der Kraft seiner Geburt und seines Auftretens absolut vertrauenswürdig wirkte.

Paul war sich dessen weniger sicher, aber er sah keine Alternative, als dem zuzuhören, was William zu sagen hatte.

»Es ist sehr entgegenkommend, daß Sie Ihre Hilfe anbieten«, sagte er zu seinem Gast.

Der Jüngere zuckte leichthin die Schultern. »Glauben Sie nicht, daß das vollkommen selbstlos geschieht.«

Auf Pauls fragenden Blick hin fuhr er fort. »Wenn Pitt Sie in die Finger bekommt, dann ist jede Aussicht auf Frieden dahin. Er wird einen Skandal auslösen, der so enorm ist, daß niemand das Risiko eingehen wird, sich für ein Ende des Krieges einzusetzen. Jeder, einschließlich Fox und des Prinzen von Wales, wird Sie verstoßen müssen. Ich persönlich würde das nicht gerne sehen.«

»Was ist die Alternative?« fragte Paul ruhig.

»Wenn Sie unbeschadet nach Frankreich entkommen, wird Pitt nicht beweisen können, daß Sie hier gewesen sind. Es wird keinen Skandal geben. Sie würden Ihre Nachricht überbracht haben und hätten ihn überlistet. Das wird einer ganzen Menge Leute gefallen. Es wird dazu führen, daß sie ernsthaft über das nachdenken, was Sie zu sagen hatten.«

William stellte die Sache überzeugend dar. Er beschönigte weder die Probleme, noch übertrieb er die Aussicht auf Erfolg, sondern er präsentierte ein realistisches Szenario.

Auf jeden Fall blieb Paul keine Wahl. Eine Verhaftung würde die Offenbarung seines Auftrags bedeuten, und das wäre eine Katastrophe.

»Nicht nur die Engländer würden mich verleugnen müssen«, sagte Paul ruhig. »Die französische Regierung müßte das Gleiche tun, um nicht Gefahr zu laufen, daß sie Bonapartes Zorn auf sich zieht.«

William nahm einen weiteren langen Schluck Weinbrand und leerte sein Glas. »Ein Grund mehr, sofort aufzubrechen.«
Dennoch zögerte Paul noch. Langsam sagte er: »Es gibt da... eine private Komplikation.«
Der Herzog hob den Kopf und sah ihn unverwandt an. »Dominique?«
Paul unterdrückte ein Lächeln. Würde er im Gefecht auch so direkt sein, dieser Nachkomme von Generationen normannischer und angelsächsischer Krieger? Wahrscheinlich.
»Ich muß Sie treffen, bevor ich gehe.«
William runzelte die Stirn. »Das wäre wirklich nicht ratsam. Ihre Verbindung zu ihr ist bekannt. Aller Wahrscheinlichkeit nach wird das Haus überwacht.«
»Dennoch ist es unerläßlich.«
»Wenn Sie Informationen übermitteln müssen, so schlage ich vor, daß das schriftlich erfolgt. Ich bin gerne bereit, einen Brief für Sie zu überbringen.«
»Danke«, sagte Paul kühl, »nicht nötig.«
Stillschweigend wußten sie beide, daß er William letztendlich nicht vollkommen traute. Und warum nicht.
Der Mund des Herzogs wurde schmal. Er starrte ins Leere. Paul wartete geduldig und unbewegt, bis er sich entschlossen hatte.
»Nun gut. Ich werde versuchen, ein Treffen zu arrangieren. Aber inzwischen müssen Sie hier verschwinden. Jede Sekunde zählt.«
Paul war nur zu gerne bereit, das zu glauben. Pitt würde nicht ewig warten, bis er ihn verhaftete. Er war sowieso schon ein Risiko eingegangen, indem er nach Hause zurückgekehrt war.
»Sie hören von mir«, sagte er ruhig und streckte wieder die Hand aus. »Vielen Dank für Ihre Hilfe.«
Eine so direkte Verabschiedung hatte William nicht erwartet. Überrumpelt sagte er: »Aber Sie müssen mir sagen, wo Sie sich aufhalten werden.«

Paul ging zur Tür und ließ ihm somit keine andere Wahl, als ihm zu folgen. »Wie ich schon sagte, Sie hören von mir.« Er lächelte wieder und unterband jeglichen Widerspruch.

Deutlich verstimmt, aber nicht sicher, was er sonst tun konnte, verließ William ihn. Kaum hatte sich die Tür hinter ihm geschlossen, wurde Paul aktiv.

Er rannte die Treppe zur zweiten Etage hinauf, zwei Stufen auf einmal nehmend. In seinem Schlafzimmer riß er die Schranktür auf und schob die verschiedenen seidenen und samtenen Kleidungsstücke, die darin hingen, beiseite – Kleider, die seinem Status als Marquis de Rochford entsprachen, doch nicht seinem Geschmack, und die sich erst recht nicht für den Ort eigneten, an den er sich begeben würde.

Eine halbe Stunde später glitt ein großer, kräftig gebauter Mann in der groben Kleidung eines Arbeiters aus der Hintertür des Stadthauses. Er durchquerte den Garten, stieg auf die Mauer und sprang auf der anderen Seite hinab. Nach einem raschen Blick in alle Richtungen ging er die Straße hinunter.

Um seiner Neugier genüge zu tun und zu überprüfen, ob er das Richtige tat, ging er durch Torbögen und Seitenstraßen absichtlich zurück, bis er sich in der Nähe seines Wohnsitzes befand.

Im Schatten verborgen beobachtete er die beiden Männer, die den Vordereingang bewachten. Sie sprachen miteinander, während sie die Straße auf und ab blickten, als würden sie jemanden erwarten.

Sie mußten sich nicht lange gedulden. Während Paul zusah, hielt eine Kutsche vor dem Haus. Ein halbes Dutzend Männer stieg aus. Sie sprachen kurz mit den anderen beiden und bewegten sich dann in geschlossener Formation auf das Haus zu.

Einer hämmerte heftig gegen die Tür. Der Butler öffnete. Er wirkte überrascht, dann verzweifelt. Er trat beiseite, als die Männer sich ihren Weg bahnten.

Paul hatte genug gesehen. Die Warnung war richtig gewesen; er war einer Verhaftung nur knapp entkommen – nicht zum ersten Mal, und wahrscheinlich nicht zum letzten Mal. Finster machte er sich auf den Weg.

Kapitel 20

Es ist einfach unerträglich«, sagte Lady Amelia erzürnt. »daß man nicht einmal spazierengehen kann, ohne belästigt zu werden. *Fort mit dir.«*

Sie schlug mit ihrem Stock nach dem Bettler, der es gewagt hatte, sich ihr zu nähern. Er schlich davon, doch an seine Stelle trat bald ein anderer.

Dominique ging mit ihrer Großmutter die New Bond Street entlang. Auf beiden Seiten gab es elegante Geschäfte, die der neuesten Mode entsprachen. Reich verzierte Kutschen rollten die Straße hinauf und hinunter, prächtig gekleidete Damen und Herren gingen vorbei, die Fenster quollen über mit luxuriösen Angeboten jeglicher Art.

Und es wimmelte von Bettlern.

Es war unmöglich, auch nur einen Schritt zu machen, ohne auf sie zu treffen. Sie belagerten die Wege, lungerten in den Ladeneingängen herum, bis sie vertrieben wurden, und waren insgesamt eine Plage. Einige von ihnen waren noch Kinder; andere bereits erwachsen. Beide Geschlechter waren in etwa gleichem Maße vertreten. Alle trugen verdreckte Lumpen voller Flöhe, die einen unverkennbaren Gestank verströmten.

»Pfui«, sagte Lady Amelia. »Die Behörden sind viel zu nachsichtig. Wenn man ein paar von denen ins Gefängnis steckte, würde der Rest bald genug verschwunden sein.«

Dominique schluckte die Antwort, die ihr auf der Zunge lag – daß es die Bettler nur wegen Londons schrecklicher Armut gab –, hinunter und faßte ihre Großmutter fester am Arm. Lady Amelia war eine alte Frau, deren Ansichten schon lange festgefahren waren. Es machte absolut keinen Sinn, mit ihr zu diskutieren.

»Regen Sie sich nicht auf«, murmelte sie sanft. »Wir sind doch zum Vergnügen hier.«

»Verhätschel mich nicht, Mädchen«, entgegnete Lady Amelia barsch. Nachdem sie ihrem Mißmut genügend Luft gemacht hatte, wurde sie etwas sanfter. »Aber du hast recht. Laß uns dieses neue Geschäft ausprobieren – Danvers, wie heißt es noch?«

»Philips's, Madame«, erwiderte Lady Amelias ältliche Zofe. Falls das überhaupt möglich war, hatte das Alter Danvers noch mürrischer gemacht als ihre Dienstherrin. Sie hatte darüber gemurrt, ausgehen zu müssen, sich über ihr Ziel beschwert und schimpfte unablässig vor sich hin, bis Maggie, die Dominique begleitete, sie beinahe erwürgt hätte.

Die jüngere Zofe versuchte, ein wenig Begeisterung für den Ausflug aufzubringen. »Ist das das neue Auktionshaus, Miss?«

Dominique nickte. »Ich habe gehört, daß es dort einige sehr schöne Bilder geben soll. Sollen wir uns die ansehen, *Grandmère?«*

Lady Amelia stimmte zu, und sie gingen weiter die Straße hinab, bis sie an Nummer sieben ankamen. Die Leitung des Auktionshauses hatte kräftige junge Männer vor der Tür postiert, um Bettler abzuhalten. Lady Amelia und ihre Begleitung wurden nicht behindert, als sie hineingingen.

Dort angekommen, entspannte Dominique sich ein wenig. Ihre Großmutter, die mit siebenundsiebzig noch genauso geschäftstüchtig war wie ein halbes Jahrhundert zuvor, vertiefte sich bald in die Bilder. Danvers trottete hinter ihr her, noch immer schimpfend, während sie umherging und alles durch ihre Lorgnette beäugte.

Ein respektvoller junger Mann, der zum Auktionshaus gehörte, hatte sich ihnen angeschlossen. Er konnte jegliche Frage beantworten, die Lady Amelia in den Sinn kam.

Dominique hatte unterdessen andere Pläne.
»Meine Großmutter wird eine Weile hier sein«, murmelte sie zu Maggie. »Ich gehe etwas an die frische Luft.«
Die Zofe hob überrascht die Augenbrauen, stellte jedoch keine Fragen.
»Falls Lady Amelia nach mir fragt«, wies Dominique sie an, »sag ihr, daß ich sofort zurückkomme.«
»Wie Sie wünschen, Miss«, murmelte Maggie. Ihr Gesichtsausdruck paßte nicht zu ihren höflichen Worten. Sie glaubte ganz offensichtlich, Dominique sei verrückt.
Frische Luft auf der New Bond Street? Die Ausdünstungen der Pferdekutschen, der umherliegende Abfall und allgemeine Unrat machten den bloßen Gedanken daran absurd. Aber wenn Miss Dominique es wünschte, würde sie nichts dagegen einwenden.
Wieder draußen angekommen, ging Dominique rasch die Straße hinunter, bis sie an die nächste Ecke gelangte. Dort bog sie ab in Richtung Grosvenor Square. Kaum hatte sie das getan, trat ein großer, ganz besonders dreckiger Bettler an sie heran.
»Haben Sie vielleicht einen Penny übrig, Miss?« schmeichelte er und fiel in ihr Tempo ein.
Dominique wollte ihm gerade das Geld geben, einfach um ihn loszuwerden, als sie zufällig in das rußverschmierte Gesicht blickte, in dem türkisfarbene Augen hell funkelten.
»Paul!«
»Psst«, sagte er rasch und hob einen Finger an die Lippen. »Komm mit, hier entlang.«
Verblüfft folgte sie ihm durch einen Spalt zwischen zwei Gebäuden und einen schmalen Durchgang hinunter.
»Paß auf, wo du hintrittst«, murmelte Paul. »Das ist hier nicht gerade der sauberste ...«
Mit einem unterdrückten Fluch sah sie, was er meinte, und hob rasch ihre Röcke. »Langsam. Ich kann nicht mit dir Schritt halten.«

»Das ist weit genug«, sagte er und blieb vor einem hohen Holzzaun stehen, der das eine Ende des Durchgangs begrenzte. Er wandte sich um und lächelte sanft.

»Bitte entschuldige, daß ich dich nicht angemessen begrüßt habe, meine Geliebte, aber ich glaube nicht, daß du die Spuren dieser Begrüßung auf deine feine Kleidung geschmiert haben willst.«

»Nur aus Neugier«, sagte Dominique und studierte ihn eingehend, »wie ist es dir gelungen, so durch und durch schmutzig zu werden?«

»Kohlenstaub«, sagte er knapp. »Den Trick habe ich früher schon öfter angewandt.«

Sie fragte nicht nach Einzelheiten; dazu war keine Zeit, und außerdem spürte sie deutlich, daß sie das eigentlich nicht wissen wollte.

Sie unterdrückte die Angst und Sorge, die sie um ihn gehabt hatte, seit sie von Pitts Vorgehen erfahren hatte, und sagte: »Deine Nachricht hat mir nur sehr wenig verraten.« Spitz ergänzte sie: »William war mitteilsamer.«

Paul grinste höhnisch. »Wartet er immer noch darauf, daß ich mich bei ihm melde, damit er unser Treffen arrangieren kann?«

»Ich denke schon. Es ist wirklich nicht nett von dir, so mit William zu spielen.«

»Spielen? So würde ich das kaum nennen. Er war verdammt nahe dran, mein Leben in seinen Händen zu halten. Ich habe lieber etwas Abstand zu ihm gewonnen.«

»Du kannst nicht im Ernst glauben, daß er dich verraten würde«, sagte Dominique, ehrlich überrascht. »Er war mir immer ein sehr guter Freund, und außerdem ist er ein Herzog.«

Es gab Augenblicke, in denen ihre Naivität Paul schockierte. Er wußte nicht, wie es ihr gelungen war, trotz allem, was sie durchgemacht hatte, eine solche Unschuld zu bewahren.

Doch das war jetzt nicht wichtig. Was zählte, war, daß sie ihn verstehen mußte.

»Er ist auch ein Mann«, sagte Paul knapp, »und als solcher wird er in dieser Sache besser außen vorgelassen. Sie betrifft nur uns beide.«

Er holte Luft und bereitete sich innerlich auf die Rede vor, die er vorbereitet hatte, aber Dominique kam ihm zuvor.

»Ich komme mit dir«, sagte sie.

»Was?« Er wirkte beinahe komisch, wie er in seiner Bettlerverkleidung dastand, nur sein Gesichtsausdruck war viel zu gefährlich für Humor.

Dominique war bemüht, ihn zu ignorieren. Sie schob ihr Kinn vor und sagte: »Du hast mich genau verstanden. Ich verstehe, daß du England sofort verlassen mußt. Es gibt jedoch keinen Grund, wieso ich nicht mit dir kommen sollte. *Grandmère* wird sich zunächst aufregen, aber sie ist Realistin und wird sich fügen. Nicole und David werden mich vermissen, und ich sie auch, aber sie sind langsam alt genug, und außerdem wird bestens für sie gesorgt werden. Wie du siehst, steht uns also nichts im Weg.«

Sie hatte sehr schnell gesprochen, da sie alles sagen wollte, bevor er sie unterbrechen konnte. Als sie fertig war, wirkte das Schweigen zwischen ihnen sehr laut.

Schließlich sagte Paul: »Ich kann mir vorstellen, daß das sehr schwer ist ...«

Was in Gottes Namen sollte er tun? Sicher war ihr klar, wie verrückt ein solcher Plan war, und doch wirkte sie so entschlossen.

»Überhaupt nicht schwer«, sagte Dominique. »Ich gehe gerne. England hat wirklich langsam seinen Reiz verloren. Außerdem sind die Bedingungen in Frankreich jetzt viel besser.«

»Tatsächlich?« wollte er wissen, plötzlich aufgebracht. »Weil sie auf der Place de la Revolution keine Köpfe mehr abhakken?«

Seine Hände senkten sich schwer auf ihre Schultern. »Bei Gott, ich dachte, ich hätte mich deutlich genug ausgedrückt.

Es könnte schon morgen von vorne losgehen. Verstehst du das nicht? Ich habe viel zu viele Freunde verloren, Menschen, die mir wichtig waren, um das Risiko einzugehen, daß du darin verwickelt wirst. Du bleibst hier in England, wo du zumindest sicher bist, und dafür gibt es verdammt gute Gründe.«

Sie erstarrte ungläubig. Er hatte doch wohl nicht vor, sie zurückzulassen? Angetrieben von der Angst, er könne genau das meinen, ging sie instinktiv zum Angriff über.

»Du bist nicht mein Gebieter. Was du auch denkst, ich treffe meine Entscheidungen selbst. Ich kann auch ohne deine Genehmigung nach Frankreich zurückkehren.«

»Welchen Sinn sollte das machen?« wollte er vernichtend wissen. Dummerweise griff er, ohne zu überlegen, nach der Waffe, die ihm als erstes einfiel. »Wenn du mir in dieser Sache nicht gehorchst, Dominique, dann schwöre ich dir, daß unsere Beziehung endet. Du wirst nichts erreichen, wenn du mir folgst.«

Das war es. Ihre Augen sprühten Feuer, als sie sagte: »Dir folgen? Du unverschämtes Schwein! Ich bin kein liebeskrankes Schaf, das dir hinterhertrottet. Wenn ich nach Frankreich gehe, dann zu meinem eigenen Nutzen, nicht zu deinem. Denn das wäre es gewesen, *Monsieur le grand Marquis,* wenn ich so dumm gewesen wäre, dir die Treue zu geloben. Wenn ich mir vorstelle ...«

»Sei still«, fuhr er sie an und vereitelte somit seine eigene Absicht. Egal. Er hatte mehr als genug gehört. Unabhängige Frauen waren schön und gut, solange sie nicht außer Kontrolle gerieten, was mit dieser hier eindeutig geschehen war.

Solche extremen Notlagen bringen jeden Mann zum Verzweifeln, und ganz besonders, wenn er glaubt, daß er eine brillante Idee hat. Paul vergaß sich, vergaß sie, und versuchte es mit einer anderen Taktik – einer außerordentlich schlechten.

»Dominique, Liebling, sei doch vernünftig. Wir könnten hier

heiraten, bevor ich aufbreche. So wären wir noch immer zusammen, in gewisser Weise, aber du wärst in Sicherheit.«
Und William wäre ordentlich besiegt, dachte er. Das war alles in allem die ideale Lösung. Er war richtig stolz auf sich, weil sie ihm eingefallen war.
»Heiraten?« wiederholte Dominique frostig. »Damit ich hier sitzen und mich um dich ängstigen kann, während du deinen Träumen von einem perfekten Frankreich nachjagst? Nein, danke, Monsieur Delamare, ich kann meine Tage besser verbringen.«
Und mit diesen Worten drehte sie sich auf dem Absatz um und wollte gehen. Die Wirkung wurde nur ein wenig verdorben, als sich ihre Fußspitze im Saum ihres Kleides verfing und sie beinahe vornüber gefallen wäre, doch sie fing sich, bevor Paul ihr zu Hilfe kommen konnte. Sie warf ihm einen letzten, eiskalten Blick zu und stürmte den Durchgang hinunter, ohne darauf zu achten, was auf ihrem Weg lag.
»Gütiger Himmel«, schimpfte Paul leise. Das war mißlungen, einwandfrei. Und was noch schlimmer war: es gab im Augenblick nichts, was er tun konnte, um die Situation wieder in Ordnung zu bringen. Er mußte einer Verhaftung ausweichen und nach Frankreich zurückkehren, um zu berichten, was geschehen war.
Aber er konnte zurückkommen. Das war es. In ein paar Wochen, spätestens einigen Monaten, würde er sich wieder ins Land schleichen, und dann könnte ihn nichts von Dominique fernhalten.
Irgendetwas kam ihm an diesem Plan bekannt vor. Er klang irgendwie verdächtig nach einem Fehler, den jemand anderes gemacht hatte. Nein, nicht direkt ein Fehler... ein Irrglauben.
Er schüttelte müde den Kopf. Die Zeit lief davon; er mußte fort. Aber zumindest würde Dominique weiterhin in Sicherheit sein.

Er fragte sich, ob das nicht ein weiterer Irrglauben war. Er hatte jedoch keine andere Wahl, als daran zu glauben. Auf der ganzen Strecke aus London heraus, nach Dover und auf dem Schiff, das ihn heim nach Frankreich brachte, bemühte er sich, das zu tun.

»Bitte versuchen Sie, mich zu verstehen, Großmutter«, sagte Dominique sanft. »Ich liebe Sie sehr, und ich weiß wirklich zu schätzen, was Sie für mich getan haben, aber es ist jetzt an der Zeit, daß ich gehe.«

»Alles wegen dieses Mannes«, sagte Lady Amelia. Sie stieß mit ihrem Stock auf den Parkettboden, ohne an den Schaden zu denken, den sie verursachen könnte.

»Ich bereue den Tag, an dem ich ihn in mein Haus gelassen habe. Und du – wie stellst du dir das überhaupt vor? Was ist mit deinem Leben hier, mit Nicole und David, William?«

»William ist nur ...« Dominique verstummte. Sie wußte nicht recht, was sie sagen sollte. Ihre Großmutter kannte ihre Weigerung, William zu heiraten, und mußte den Grund erraten haben.

»Es tut mir leid«, murmelte sie schließlich. »Ich liebe William einfach nicht, und wenn ich ihn unter diesen Umständen heiraten würde, würde ich ihm einen schlechten Dienst erweisen.«

»Wie nobel«, sagte Lady Amelia. »Das ultimative Privileg der Jugend. Zu deinem Kummer wirst du lernen, mein Mädchen, daß du aus dem, was das Leben dir bietet, das Beste machen mußt. William ist ein guter Mann, während Delamare ...«

»Ich gehe nicht wegen Paul nach Frankreich«, sagte Dominique entschieden. »Zwischen uns ist alles aus.«

»Was ist aus?« wollte Lady Amelia gewitzt wissen. Als ihre Enkelin nicht antwortete, fuhr sie fort: »Wie weit ist es genau gegangen?«

Dominique, der zu spät klar wurde, daß sie zuviel verraten hatte, errötete. In ihren grüngoldenen Augen funkelten Tränen. »Bitte, Großmutter«, murmelte sie verzweifelt, »ich glaube, ich kann es nicht ertragen ...«

»Oh, gütiger Gott. Du dummes Ding. Sag mir nicht, du hast ...«

Ohne weiteres zog Lady Amelia ihre Enkelin an sich. Sie hielt Dominique zärtlich fest, während das junge Mädchen schluchzte, und wiegte sie hin und her und flüsterte ihr tröstende Worte zu, bis der Anfall von Trauer schließlich nachließ.

Dominique hob den Kopf und blickte in Augen voller Weisheit und Mitgefühl. »Also folgst du einem Mann«, sagte ihre Großmutter barsch, »der sich nicht dazu durchringen konnte, das zu tun, was die Ehre verlangt.«

»Ganz im Gegenteil«, sagte Dominique müde, »er war fest entschlossen, mich vor seiner Abreise vor den Altar zu zerren.«

Ungewollt lächelte Lady Amelia. »Und du hast dich geweigert?«

»Ich habe es strikt abgelehnt. Wie kann er es wagen zu glauben, ich würde so etwas zustimmen – mich abstempeln zu lassen und dann zurückzubleiben wie ein nicht abgeholtes Paket. Wenn ich mir vorstelle ...«

»Schon gut, Liebes, ich glaube, ich bin jetzt völlig im Bilde. Also willst du Monsieur de Rochford nicht heiraten, aber du bist noch immer der Ansicht, du solltest nach Frankreich zurückkehren?«

Langsam nickte Dominique. Auch wenn sie spürte, daß sie nicht ganz aufrichtig war, sagte sie: »Das ist jetzt die beste Chance, unseren Besitz zurückzufordern. Ich kann ihn nicht aufgeben, ohne wenigstens den Versuch zu machen.«

Lady Amelia verstand die Verlockung von Land und Ehre viel zu gut, um zu widersprechen. Dennoch gefiel es ihr nicht, daß ihre Enkelin sich in eine so ungewisse Lage begeben wollte. Sie hätte es lieber gesehen, wenn sie geschützt und behütet geblieben wäre, zumindest noch eine Weile.

Doch andererseits war Dominique das niemals wirklich gewesen, nicht seit den ersten Tagen der Revolution, als ihr jede Spur von Sicherheit entrissen worden war.

Langsam griff Dominique nach einer schmalen Goldkette, die um ihren Hals hing. Sie hob sie an, so daß ein eingelegtes Medaillon zum Vorschein kam, das ganz warm von ihrer Haut war. Das Medaillon klickte, als sie es öffnete. Darin befand sich ein Miniaturporträt der französischen Königsfamilie. Marie Antoinette lächelte von der winzigen Leinwand. Sie saß neben ihrem Gatten, war von den Kindern umgeben und sah vollkommen zufrieden aus – eine Frau, die der Schatten der Zukunft noch nicht berührt hatte.

»Sie waren nur Menschen«, sagte Dominique leise und betrachtete das Porträt, »die zufällig in eine unglaubliche Verantwortung hineingeboren wurden. Sie haben Fehler gemacht; es gab Dinge, die sie hätten tun sollen und die sie nicht getan haben. *Aber sie haben es nicht verdient zu sterben.*«

»Kind«, sagte Lady Amelia zitternd, »das Leben ist so oft ungerecht.«

»Das weiß ich, aber verstehen Sie nicht? Ich habe sie geliebt, und trotzdem gab es keinen Weg, wie ich ihnen helfen konnte. Die Königin ...«

Sie neigte wieder den Kopf und rang nach Fassung. »Sie war ganz allein, niemand hat sie in ihren letzten Stunden getröstet. Sie mußte es ganz allein erdulden. Sie muß sich um ihre Kinder geängstigt haben und ganz verzweifelt gewesen sein, aber sie hat es sich nicht anmerken lassen. Sie hat sich bis zum Schluß würdevoll verhalten.«

»Das wird man ihr ewig anrechnen, aber was hat das mit dir zu tun?«

»Ich kann nicht weniger tun als sie. Ich muß meinen Ängsten entgegentreten – all den Schrecken der Vergangenheit, die Paul und Sie von mir fernhalten wollen. Um meinetwillen und um der Zukunft willen muß ich zurückkehren.«

Lady Amelia schloß die Augen. Hinter den erschöpften, faltigen Lidern tanzte und hüpfte ein Universum von hellen Blitzen. Einen Augenblick lang war sie versucht, alles gehen zu lassen und darin zu versinken.
Abrupt öffnete sie die Augen. »In Ordnung, du mußt zurückkehren. Aber, wie du sagst, nicht, um deine Beziehung zu Monsieur Delamare wieder aufleben zu lassen. Was willst du dann genau erreichen? Ich habe doch wohl das Recht, zumindest soviel zu erfahren?«
Dominique schloß das Medaillon. Sie schob es wieder an seinen Platz neben ihrem Herzen und erhob sich. Das Lächeln, das sie ihrer Großmutter schenkte, war voller Entschlossenheit.
»Ich werde Montfort zurückfordern«, sagte sie ruhig. »Es ist unser Familienerbe und Davids Geburtsrecht. Es wird wieder unser sein.«
Ihr Lächeln wurde zuversichtlicher, sie strahlte vor Selbstvertrauen und Erwartung. Schon zu lange hatte sie zugelassen, daß sie hierhin und dorthin geschubst wurde, ohne ihr Schicksal selbst in die Hand zu nehmen. Das würde sich jetzt ändern.
»Und dann«, sagte sie sanft, »werden wir sehen.«

Kapitel 21

Paris, Oktober 1799

An eine Wand in Dominiques vergoldetem Salon gelehnt, beobachtete Paul die Szene, die sich ihm bot. Die Wand war mit weißem, geprägtem Brokat bedeckt. Im Kontrast dazu war er schwarz gekleidet, so unverblümt maskulin wie immer und unglaublich attraktiv, trotz seiner konsequenten Ablehnung der Mode. Sein dichtes, goldenes Haar war aus der hohen Stirn gekämmt, und seine türkisfarbenen Augen glänzten wie die eines Wolfes, während er den pfauenhaft gekleideten Männern und Frauen zusah, die unter den Kristalleuchtern umherflatterten.

Auf Dominique war Verlaß. Wenig mehr als ein Jahr nach ihrer Rückkehr nach Paris hatte sie die Stadt voll und ganz in Besitz genommen – oder zumindest den Teil von Paris, der für eine ehrgeizige junge Frau von Bedeutung war.

Ihr Salon war der eleganteste und übertraf selbst den der legendären Madame de Staël. Ihre Feste waren die glänzendsten, ihre Kleider die, die am meisten diskutiert wurden, jede ihrer Handlungen und Worte wurden wiederholt, analysiert und in einem Ausmaß genossen, das schon unterwürfig war.

Das schöne, unstete, verzückte Paris hatte in Dominique genau das gefunden, wonach es gesucht hatte – eine junge Frau von überwältigender Schönheit, Reichtum und Erbe, die durch ihre bloße Anwesenheit zeigte, daß die Tage der Gewalt vorbei waren. Jetzt zählte nur noch Klatsch, Liebschaften und Intrigen – die wirklich wichtigen Dinge im Leben.

Sie sah heute abend ganz besonders reizend aus, dachte Paul

grimmig. Ihr Tunikakleid aus goldenem Stoff über elfenbeinfarbener Seide mit hoher Taille entsprach der neuesten Mode, ging vielleicht sogar darüber hinaus. Ganz gleich, was immer Dominique trug, würden die *Modistes* in der rue St. Honoré innerhalb von einem oder zwei Tagen eifrig kopieren. Ihr ebenholzschwarzes Haar war zu einer Krone auf ihrem Kopf zusammengefaßt und fiel in einer Kaskade silberschwarzer Locken hinab. Während er sie vom anderen Ende des Raumes beobachtete, konnte er das grüngoldene Funkeln ihrer Augen sehen, die leichte Rötung ihrer Wangen, die volle, rosige Weichheit ihres Mundes.

Aufreizende Frau. Er nahm noch einen Schluck aus seinem Glas – Champagner natürlich; Dominique servierte nichts anderes – und verzog das Gesicht. Neben ihm lachte ein groß gewachsener Mann mit schmalem Gesicht.

»Sie ist heute abend in ausgezeichneter Form, nicht wahr?«

Paul machte sie nicht die Mühe, den anderen Mann anzusehen. Seine Augen blieben auf Dominique gerichtet, als er sagte: »Wann ist sie das nicht?«

Charles Maurice de Talleyrand lachte. Als Außenminister Frankreichs, Diplomat, Staatsmann und Intrigant *par excellence* hatte er ein feines Gespür und amüsierte sich köstlich, nicht zuletzt wegen Pauls Unbehagen. Daß dieser brillante, angesehene und sogar gefürchtete Marquis de Rochford von einer Frau überwältigt wurde, war ein so seltener Anblick, daß er ihn einfach genießen mußte.

»Nun, nun«, sagte er beruhigend, »so schlimm wird es doch nicht sein? Wenigstens wurden wir eingeladen. Die Alternative, mein Freund, wäre schlimmer als der Tod, das habe ich zumindest von den Herren der Gesellschaft erfahren, für die eine Einladung von der reizenden Mademoiselle de Montfort zu den lebensnotwendigen Dingen zählt.«

Paul murmelte halblaut einen Fluch und fuhr fort, Dominique zu beobachten. Sie amüsierte sich bestens, wie immer. Das

Fest war ein herausragender Erfolg, das Essen und der Wein ausgezeichnet, das Haus wunderbar, die Gäste in angemessener Weise entzückt. Oh ja, Dominique konnte wirklich zufrieden sein. Sie schien genau das zu haben, was sie wollte.

»Natürlich«, murmelte Talleyrand, während auch er sie beobachtete, »ist das ganze Geld eine große Hilfe.«

Paul warf ihm einen tadelnden Blick zu. »Ich dachte, wir sollten alle glauben, daß das Direktorat einfach nur einer loyalen Tochter Frankreichs helfen möchte, indem es ihr ihren Familienbesitz zurückgibt.«

Talleyrand prustete in seinen Champagner. Er machte sich nicht die Mühe, etwas mit einer Antwort zu schmücken, von dem beide Männer wußten, daß es schlicht und einfach nicht wahr war. Seit ihrer Rückkehr nach Frankreich hatte Dominique die höchsten Ränge der Regierung für sich eingenommen. Talleyrand war bei weitem nicht der Einzige, der ihrem Charme verfallen war. Einem Charme, der, wie er sagte, durch großzügige Geldbeträge unterstrichen wurde, ganz zu schweigen von ihrem Einfluß.

»Es ist wirklich eine Schande«, sagte der Außenminister, der Dominique noch immer beäugte, »daß sie nicht als Mann geboren wurde.«

Paul hustete. Eine absurdere oder unglaublichere Perversion der Natur konnte er sich nicht vorstellen. »Warum um alles in der Welt sagen Sie so etwas?«

»Weil sie brillant ist, in politischer Hinsicht. Sie weiß genau, was sie tun und sagen muß, um ihr Ziel zu erreichen. Und das tut sie mit einem Minimum an Aufwand. Jeder, der ihr zusieht, würde doch glauben, daß sie sich einfach nur vergnügt.«

Widerwillig mußte Paul zustimmen. Mehr als alles andere nagte diese Tatsache an ihm. Dominique machte fröhlich ihren Weg, während er unter verschiedensten Gefühlen litt, von denen keines angenehm war.

Als er im vorangegangenen Sommer zum ersten Mal erfahren hatte, daß sie sich in Paris aufhielt, war er schockiert und besorgt gewesen, und das aus gutem Grund. Ein weiterer Staatsstreich war im Gange, die Mitglieder des Direktorats wurden entmachtet, und andere traten an ihre Stelle. Eine Zeitlang war nicht klar gewesen, welchen Weg das Land einschlagen würde – nach rechts, nach links, in die Anarchie. In dieser Atmosphäre hatte Paul sich verpflichtet gefühlt, sie aufzusuchen und ihr seine Hilfe anzubieten – die prompt abgelehnt worden war.

Noch dazu hatte sie unverzüglich klar gemacht, daß sie ganz und gar nicht hoffte, ihre Beziehung wieder aufleben zu lassen, sondern sie als beendet betrachtete. Sie hatte ihn sogar gezwungen, Farbe zu bekennen – womit er selbst jetzt, viele Monate später, nur schwer zurechtkam.

Wie konnte sie es wagen, seine Pläne zu durchkreuzen, seine ehrbare Selbstaufopferung zu verhöhnen und fröhlich ihren eigenen Weg zu machen, als gäbe es ihn gar nicht? Und wie konnte sie es wagen, noch dazu so strahlend schön und so unglaublich erfolgreich zu sein?

Obwohl er nicht mehr wütend auf sie war; natürlich nicht. Das wäre absurd. Es gab viel wichtigere Dinge, um die er sich zu kümmern hatte. Es war einfach amüsant zu sehen, wie Dominique andere Männer zum Narren hielt – auch wenn es leider alles andere als befriedigend war. Er trank noch einen Schluck Champagner und stellte fest, daß das Glas leer war. Ein Kellner, der vorbeikam, nahm es entgegen und gab ihm ein neues.

Talleyrand blieb und schwatzte weiter. Paul hörte ihm mit halbem Ohr zu. Er war nicht in der Stimmung, über Bonaparte zu sprechen, der angeblich jeden Augenblick in Paris eintreffen konnte, direkt von seinen sogenannten Siegen in Ägypten.

Er wurde als Eroberer des Landes gepriesen, aber Paul hatte

im Stillen seine Zweifel. Zu viele der Berichte von den Schlachtfeldern deuteten darauf hin, daß der große General seinen Meister gefunden haben könnte. Bonaparte hatte vielleicht einfach beschlossen, es sei die beste Strategie, den Sieg zu verkünden und zu verschwinden.

»Ich habe gehört, daß Mademoiselle de Montfort sich sehr mit der reizenden Josephine angefreundet hat«, sagte Talleyrand. »Aber das ist kaum eine Überraschung. Trotz des Altersunterschieds sind sie von ähnlicher Herkunft.«

»Schon möglich«, murmelte Paul, der noch immer kaum zuhörte. Dominique unterhielt sich mit einem großen, gut gebauten jungen Mann, den er als Sohn eines der Regierungsdirektoren wiedererkannte. Der Kerl starrte sie so verzückt an, als sei sie ein Engel, dessen Füße kaum den Boden berührten.

Er wandte sich angewidert ab und stellte fest, daß Talleyrand ihn befremdet ansah. Ein leises Lächeln verzog den Mund des Außenministers. »Soll ich noch mal anfangen?«

»Es tut mir leid«, sagte Paul. »Ich bin heute abend irgendwie abwesend.«

»Ich kann mir vorstellen, wieso«, murmelte Talleyrand trokken. »Jedenfalls habe ich gesagt, daß es vielleicht unvermeidlich war, daß Ihre Mademoiselle de Montfort und Madame Bonaparte sich angefreundet haben. Schließlich war Josephine mit einem Vicomte des alten Regimes verheiratet, bevor sie Napoleon geehelicht hat. Er ist im Terror umgekommen, wie Sie vielleicht wissen. Jedenfalls haben sie beide in der Revolution viel verloren, obwohl ich sagen muß, daß sie sich beide gut davon erholt haben.«

»Also ist Dominique – übrigens nicht *meine* Dominique; das hat sie ganz deutlich gemacht – also ist sie mit Bonapartes Frau befreundet. Warum sollte mich das interessieren?«

Talleyrand zuckte die Schultern. »Ein Grund mehr für Sie, sich vor ihr zu hüten, mein junger Freund, wenn Sie das nicht bereits tun.«

Paul nahm noch einen Schluck Champagner und sagte gleichgültig: »Ich habe keine Schwierigkeiten mit Bonaparte.«
Der Außenminister warf ihm einen raschen, durchdringenden Blick zu. »Tatsächlich? Das hätte ich nicht vermutet.«
»Warum?« entgegnete Paul glatt. »Wir sind uns doch sicher alle einig, daß Frankreichs legitime militärische Ziele erreicht worden sind. Der Frieden muß jetzt als unvermeidlich gelten. Bonaparte hat alles getan, was von einem Mann erwartet werden konnte, sogar noch mehr. Den erfolgreichen Abschluß seiner Bemühungen müßte er begrüßen.«
»Ah«, sagte Talleyrand sanft, »so sehen Sie das also?«
Paul sah ihn fest an. Es gab keine Verstellung mehr zwischen ihnen, als er sagte: »General Bonaparte würde gut daran tun, sich zu erinnern, daß wir nicht für eine Revolution gekämpft haben, um eine Form der Tyrannei gegen eine andere einzutauschen.«
Talleyrand beugte sich ein wenig vor. Er blickte über die Schulter, um sicher zu sein, daß niemand ihnen zuhören konnte. Paul war sich nicht sicher, ob diese Vorsichtsmaßnahme echt oder aufgesetzt war. Der Außenminister hatte seine ungeteilte Aufmerksamkeit, als er sagte: »Ich möchte Sie nur bitten, daß Sie kein unüberlegtes Urteil über ihn fällen.«
»Das ist nicht meine Art«, antwortete Paul ein wenig steif.
Talleyrand hob eine Augenbraue. Er blickte gezielt in Dominiques Richtung. »Ach wirklich?«
Eine halbe Stunde später, Paul lehnte noch immer an der Wand und trank Champagner, gestand er sich ein, daß der Außenminister recht hatte. Talleyrand war verschwunden, um auch mit anderen Leuten das eine oder andere Wort zu wechseln. Verschiedene Damen, alle reizend, hatten versucht, Paul in ein Gespräch zu verwickeln, jedoch ohne Erfolg. Er war nicht in der Stimmung, seine selbstverordnete Einsamkeit aufzugeben. Er war voll und ganz damit beschäftigt, über Dominique nachzudenken.

»*Monsieur?*« Die halblaute Unterbrechung durch den Kellner an seiner Seite riß Paul unvermittelt zurück in die Realität. Geistesabwesend tauschte er sein leeres Glas gegen ein volles und leerte es sofort, ohne es richtig wahrzunehmen.

Auf der anderen Seite des Raumes lachte Dominique. Sie stand inmitten einer bewundernden Menge von Herren, von denen einer etwas Amüsantes gesagt haben mußte. Ihr Kopf neigte sich nach hinten, die Kaskade von Locken strich über ihren Rücken. Der Klang ihres Lachens, wie Wasser, das über moosigen Boden plätschert, kaum gehört und dennoch nie vergessen, durchfuhr ihn. Er spürte, wie sein Körper sich straffte, und fluchte leise vor sich hin.

Seine Augen wurden zu schmalen Streifen türkisfarbenen Eises. Unvermittelt richtete er sich auf und ging quer durch den Raum auf sie zu.

Dominique sah ihn kommen, obwohl sie es sich nicht anmerken ließ. Ohne das erste Treffen, bei dem sie deutlich gemacht hatte, daß sie sich ihre Unabhängigkeit bewahren wollte, hatten sie sich einander nur wenige Male getroffen, immer in der Öffentlichkeit und nur sehr kurz. Es gab keinen Grund für die Annahme, heute würde es anders sein. Daher war es unerklärlich, wieso ihr Magen plötzlich zu flattern begann, als er sich näherte.

»Paul«, murmelte sie, als sie nicht länger so tun konnte, als würde sie ihn nicht sehen, »wie schön. Ich wußte gar nicht, daß du da bist.«

Sofort schien sich die bewundernde Menge, die sie umgab, aufzulösen und zu verschwinden. Es schien, als wäre ein stummes Signal ertönt. Die Männer sahen Paul an – löwenhaft, raubtierartig, unbarmherzig – und spürten Gefahr. Die Frauen sahen Gleichgültigkeit; er nahm überhaupt nicht wahr, daß sie da waren. Sie beschlossen rasch, daß es keinen Sinn machte, länger zu bleiben.

Um sie herum ging die Party weiter, betriebsam, laut und voll

der vorsätzlichen Fröhlichkeit von Menschen, die unbedingt zeigen wollen, daß sie dazugehören.
Doch Paul und Dominique hätten genauso gut allein sein können.
Er hob sein Glas in einem spöttischen Gruß, leerte es und stellte es auf einen Tisch in der Nähe, ohne dabei die Augen von ihr abzuwenden.
»Mademoiselle de Montfort, darf ich sagen, daß Sie ganz reizend aussehen?«
Sie starrte ihn einen Augenblick lang mit großen Augen an. Seine Wangen waren unnatürlich gerötet, und in seinen Augen lag ein Funkeln, das sie nicht recht zu deuten wußte – zumindest nicht sofort. Langsam begriff sie.
Ungläubig sagte sie: »Du bist beschwipst.« Ihre Verwunderung war echt; sie hatte Paul noch nie in diesem Zustand gesehen. Sie hätte das gar nicht für möglich gehalten.
Er war beleidigt und verhehlte das nicht. Er richtete sich an seiner Würde auf und sagte: »Sei nicht lächerlich. Ich bin niemals beschwipst, wie du es nennst.« Rasch nahm er sich ein weiteres Glas vom Tablett eines vorbeikommenden Kellners und leerte auch dieses.
Dominique überlegte. Vielleicht war ihr erster Eindruck falsch gewesen. Er wirkte wirklich so, als hätte er sich bestens unter Kontrolle.
Vielleicht zu gut. Sie spürte einen eisernen Willen, der sie beunruhigte.
Vorsichtig sagte sie: »Ich war mir nicht sicher, ob du heute abend kommen würdest.«
Trotz ihres Bemühens klang aus ihrer Stimme eine gewisse Sehnsucht heraus. In den letzten Monaten war sie nicht in der Hauptstadt gewesen, sondern hatte sich auf Montfort aufgehalten. Zunächst wollte sie nur den Zustand des Anwesens überprüfen und entscheiden, was zu tun war. Doch schon bald hatte sie sich persönlich für den Wiederaufbau begeistert und

beschlossen, eine Weile dort zu bleiben und ihn selbst zu beaufsichtigen. Und sie hatte beständig in der Erwartung – oder war es die Hoffnung – gelebt, daß sie Paul auf dem benachbarten Anwesen antreffen würde, das schließlich seinem Vater gehört hatte.

Erst nachdem mehrere Monate verstrichen waren, hatte sie erfahren, daß er das Land verkauft hatte und zumindest einen Teil des Geldes darauf verwandte, die Errichtung eines privaten Krankenhauses in Paris zu finanzieren, an dem er auch als Arzt tätig war, was ihn offenbar so sehr beschäftigte, daß er seine Zeit nicht für gesellschaftliche Anlässe verschwenden konnte, zumindest, was ihre Einladungen betraf.

Angesichts seiner anerkannten gesellschaftlichen Stellung hatte sie peinlich genau darauf geachtet, ihn zu allen ihren großen Festen einzuladen. Hätte sie das nicht getan, so hätte sie Fragen aufgeworfen, die sie lieber nicht beantworten wollte. Schlimm genug, daß Paul ihre Gastfreundschaft ablehnte. Das ließ sich vor den Leuten wenigstens dadurch entschuldigen, daß Monsieur le Marquis einfach zu beschäftigt war und sowieso kein großes Interesse an solchen Veranstaltungen zu haben schien. Nur Dominique wußte, daß der Affront persönlich gemeint war und ärgerte sich darüber, auch wenn sie sich bemühte, vollkommen gleichgültig zu wirken.

Einmal hatte sie ihn während der Pause in der Oper erblickt, doch sie wurden rasch von der Menge getrennt, ohne daß sie überhaupt die Gelegenheit bekam, mit ihm zu sprechen. Ein weiteres Mal hatte sie gesehen, wie er in der Nähe des Louvre herging. Er betrat eines der Regierungsgebäude, die die Straßen in dieser Gegend säumten, und bemerkte sie nicht.

Keines dieser Treffen hatte ihre Laune gebessert. Auch wenn er das Gegenteil behaupten mochte, er wußte ganz gewiß, wo sie zu finden war, wenn er sie besuchen wollte. Doch die Monate verstrichen, ohne daß er in dem renovierten und wiederhergestellten Stadthaus unweit der eleganten rue St.

Honoré erschien. Es gab Tage, an denen es schien, als käme der ganze Rest von Paris zu Besuch. Paul jedoch war niemals dabei.

Bis heute.

Natürlich mußte er gerade an diesem Abend kommen, an dem die Spannung, die in der Luft lag, beinahe greifbar war. Offenbar wollte jedermann über nichts anderes als Bonapartes bevorstehende Ankunft sprechen. Es wurde wild spekuliert, was er tun würde, welche Forderungen er stellen würde, ob das Direktorat sich ihnen widersetzen werden könne.

Dominique war gegen die Spannung nicht besser gewappnet als jeder andere. Ohne richtig zu merken, was sie tat, winkte sie einem Kellner, nahm ein Glas Champagner und leerte es in einem Zug. Paul beobachtete sie amüsiert. Es erfüllte ihn mit zynischer Freude, daß sie sich so unbehaglich fühlte. Er fand, es geschähe ihr recht, nach alledem, was sie ihm angetan hatte.

»Ist dir nicht kalt?« murmelte er.

Sie beäugte ihn mißtrauisch. »Nein, wieso?«

»Dieses Stückchen Stoff, das du trägst. Ich hätte gedacht, du müßtest frieren.« Dann fügte er mit einem hämischen, selbstzufriedenen Lächeln hinzu: »Ist das nicht sogar Gänsehaut?« Unverhohlen starrte er auf das großzügige Stück alabasterweißer Haut, die ihr Ausschnitt zeigte und auf dem sich die Haut tatsächlich zusammengezogen hatte, wenn auch nicht vor Kälte. Dominique errötete, denn sie wußte genau, daß das, was sie fühlte, allein die Auswirkung seiner Anwesenheit war. Der Salon dagegen war eher zu warm und wurde mit jedem Augenblick wärmer.

»Nun, es war wirklich nett, daß du vorbeigekommen bist...« setzte sie an.

Er lächelte, was sie erschauern ließ. Er war wirklich äußerst gefährlich. Wie dumm von ihr, jemals zärtliche Gefühle für ihn gehegt zu haben. Er sah die Welt nur so, wie es ihm paßte, und seine Einstellung war gnadenlos. War er nicht bereit gewesen, sie in England zurückzulassen, während er wieder nach Paris zog und den ganzen Spaß für sich hatte? Hatte er sie seitdem nicht so gut wie ignoriert? Obwohl sie wirklich alles Erdenkliche getan hatte, um sein Desinteresse zu unterstützen.

»Weißt du«, sagte sie, »mir geht es einfach wunderbar.«

»Irgendwie überrascht mich das nicht.«

»Ich meine, alle waren so freundlich. Weißt du, daß mir Montfort zurückgegeben wurde?«

»Ich habe gehört, daß das Direktorat beinahe daran gescheitert ist.«

Sein Sarkasmus legte ihre Stirn in Falten. »Nun, warum hätten sie das nicht tun sollen? Schließlich gehört es meiner Familie. Außerdem bekommen auch andere Leute ihren Besitz zurück.«

»Du meinst, sie kaufen ihn zurück. Und das wird ihnen nur gestattet, weil die Regierung Geld braucht, um diesen schändlichen Krieg weiterzuführen. Ich bin mir sicher, daß dein Beitrag sehr gelegen kam.«

Dominique starrte ihn an. »Ich mag den Krieg genauso wenig wie jeder andere. Wie du dich aus der Zeit in England vielleicht erinnerst, *falls* du dich so weit an eine für dich offenbar so gleichgültige Zeit zurückerinnern kannst, war ich von ganzem Herzen für den Frieden.«

Absonderlicherweise freuten ihn ihre Worte. Er mochte es, wenn sie wütend war, aggressiv und bereit, ihn herauszufordern und mit ihm zu streiten. Das war die Dominique, die er kannte und liebte.

Nein, verdammt noch mal. Das passierte ihm nicht noch einmal. Sie war zu unabhängig, zu impulsiv, zu hartnäckig – alles, was er aus der Ferne an einer Frau bewundern mochte, was für eine Gattin jedoch beunruhigend wäre.

Aber sie war auch Dominique – schön, sinnlich, empfänglich. Er schluckte heftig, weil er plötzlich merkte, daß ihm das Atmen schwer fiel.

»Wie lange noch ...« murmelte er.
»Was?« fragte sie, starrte zu ihm auf und nahm nur ihn wahr.
Mit Mühe sagte er: »... wird diese Party dauern?«
Sie wirkte überrascht, als hätte sie vergessen, daß eine Party, daß andere Menschen, daß irgendetwas zwischen ihnen stand. Abrupt erinnerte sie sich. »Noch Stunden.« Widerwillig ergänzte sie: »Als Gastgeberin muß ich mich natürlich unter die Leute mischen.«
»Natürlich«, murmelte er.
Sie blieben noch einen Moment stehen und starrten einander an, bis das Kommen und Gehen der Menge sie wieder in seine Gewalt nahm und sie allmählich und unerbittlich von einander entfernt wurden.

Es war Stunden später, weit nach Mitternacht. Paul saß zusammengesunken in einem Zimmer, das offenbar eine Bibliothek war. Zumindest war der Raum gesäumt von Büchern, die er sich schon die ganze Zeit ansehen wollte, wozu er sich aber irgendwie nicht aufraffen konnte. Statt dessen blieb er, wo er war, und starrte ins Feuer.
Gelegentlich kam und ging ein Butler. Beim letzten Mal hatte er die leere Champagnerflasche zu Pauls Füßen mitgenommen und eine gut gekühlte neue in einem silbernen Eiseimer gebracht.
Paul hatte sie nicht angerührt. Er hatte genug getrunken, wahrscheinlich mehr als genug. Aber er fühlte sich nicht betrunken, so sehr er sich das auch wünschte, sondern er fühlte sich kalt und unbarmherzig nüchtern. So ein Pech.
Er seufzte schwer. Sein Kragen war geöffnet, und sein Hemd stand offen. Er hatte seine Füße auf eine bestickte Ottomane gelegt. Der Feuerschein reflektierte sich in den Spitzen seiner glänzend polierten Stiefel.
Er sah aus, als schliefe er. Das war Dominiques erster Gedan-

ke, als sie das Zimmer betrat. Ihre Gäste waren gegangen, die letzten hatten sich vor nicht einmal fünfzehn Minuten in überschwenglicher Stimmung auf die verschneite Straße hinaus begeben. Sie hatte die Diener zu Bett geschickt. Das Haus war in Stille gehüllt, die nur durch das Knistern des Feuers und das leise Rauschen des Windes hinter den hohen, mit Vorhängen versehenen Fenstern gebrochen wurde.

Sie trat näher und beobachtete den Mann, der lang vor ihr ausgestreckt lag. Bei genauerem Hinsehen glaubte sie nicht mehr, daß er schlief. Dafür war er zu sehr von geballter Energie umgeben. Doch er sah auch nicht so aus, als wolle er gestört werden.

Aus einem plötzlichen, sicherlich unangebrachten Gefühl der Zärtlichkeit heraus sagte sie: »Soll ich dir eine Decke holen?«

Ihre Stimme war sanft, doch die Worte schienen in dem kleinen Zimmer laut widerzuhallen. Paul richtete sich nicht auf, öffnete aber die Augen und sah sie an.

»Das setzt voraus, daß ich bleibe.«

Sie setzte sich anmutig auf das Sofa ihm gegenüber und lächelte. Vielleicht war sie nur zu müde, um noch wütend zu sein, aber sie fühlte sich plötzlich unglaublich ruhig. Leichthin sagte sie: »Es ist nach zwei Uhr, und es schneit.«

Er hob eine Augenbraue. »Stark?«

»Stark genug.« Sie seufzte und lehnte sich an die gepolsterten Samtkissen. Die Spannung, die sie den ganzen Abend über verspürt hatte, seit sie bemerkt hatte, daß er da war, schien von ihr gewichen zu sein. Sie schloß einen Augenblick lang die Augen, dankbar für die Pause. Als sie sie wieder öffnete, sah Paul sie an.

»Nach zwei Uhr«, sagte er ruhig. »Das bedeutet, daß ich Geburtstag habe.«

Ihre Augen weiteten sich. Erst jetzt fiel ihr wieder ein, was so tief in ihrem Unterbewußtsein vergraben gewesen war, daß sie

es beinahe vergessen hatte. »Ja, tatsächlich.« Ein Augenblick verstrich, dann ein zweiter. Impulsiv streckte sie ihm ihre Hand entgegen. »Herzlichen Glückwunsch, Paul.«
Er nahm die schlanken, kühlen Finger in die seinen. Sie dufteten nach ihr – nach Flieder, Jasmin, Frau. Die Nägel waren makellos geformt und poliert. An einem Finger trug sie einen Rubin, der von Diamanten umringt war.
»Hübsch«, murmelte er. »Wer hat ihn dir geschenkt?«
»Wie kommst du darauf, daß ich ihn mir nicht selbst gekauft habe?« entgegnete sie.
Er zuckte die Schultern. »Schöne Frauen müssen sich ihren Schmuck niemals selbst kaufen.«
»Sie müssen es nicht, aber sie wollen es vielleicht. Ich bin gerne unabhängig.«
»Das habe ich schon festgestellt«, sagte er trocken. Er blickte wieder auf den Ring und bemühte sich nach Kräften zu glauben, daß sie ihn sich wirklich selbst gekauft hatte. »Steht denn kein atemloser Verehrer bereit?«
»Dutzende. Wolltest du das hören?«
Er setzte sich weiter auf, ohne ihre Hand loszulassen: der Löwe erwachte.
»Oh nein, süße Dominique«, murmelte er, »das will ich absolut nicht hören.«
Ein Schauer überkam sie. Sie versuchte, ihre Hand zurückzuziehen, und spürte, daß sie plötzlich das Gleichgewicht verlor. Mit einem leisen Aufschrei fiel sie auf ihn.
»Laß los.«
Er schüttelte lachend den Kopf. »Das habe ich nicht vor.«
»Ich meine es ernst, Paul, laß los.«
»Du vergißt schnell, Liebling.«
Sie sah ihn besorgt an. »W-was meinst du?«
»In dieser letzten Nacht in London habe ich dir gesagt, daß wir immer voreinander davonlaufen und daß das aufhören müsse.«

»Und dann hast du es prompt wieder getan«, sagte sie scharf. »Schnell vergessen, allerdings.«
»Zugegeben, ich habe einen Fehler gemacht«, gestand er ein. »Aber das geschah mit den besten Absichten. Ich dachte wirklich, daß Paris zu gefährlich für dich wäre.«
Er lachte wieder, bedrohlich leise, unendlich männlich. »Ich hätte wissen müssen, daß es dir gelingen würde, dich zu behaupten, und noch mehr.«
»Ich habe es geschafft.«
»Überwältigend, wie immer.«
»Nein«, murmelte sie und legte ihre freie Hand an seine Brust, was sie sofort bereute. Unter ihrer Haut konnte sie seinen ruhigen Herzschlag spüren. Das erinnerte sie an das letzte Mal, daß sie das gespürt hatte, als sie an seiner Seite gelegen hatte, nackt, fest umschlungen ...
»Paul, es ist schon spät.«
»Eine scharfsinnige Feststellung.«
»Ich habe morgen viel zu erledigen – das heißt heute. Ich brauche meinen Schlaf.«
»An meinem Geburtstag bist du beschäftigt?«
»Ich gehe zur Kirche«, beharrte sie. »Das ist wieder gestattet, und außerdem möchte ich das. Danach veranstaltet Josephine de Beauharnais eine Party. Ich habe versprochen, daß ich kommen werde.«
»Josephine Bonaparte«, korrigierte Paul finster. »Der arme alte Beauharnais war ihr erster Mann. Er ist gestorben, erinnerst du dich noch?«
Dominique schluckte heftig. Wie beinahe jeder, den sie kannte, haßte sie es, an diese Zeit erinnert zu werden. Um das Thema zu wechseln, sagte sie rasch: »Arme Josephine. Ich glaube, sie möchte manchmal am liebsten vergessen, daß sie den Korsen geheiratet hat.«
»Warum hat sie es denn getan?« fragte Paul beiläufig. Eigentlich war ihm das gleichgültig. Dominiques Haar, das sich lang-

sam auflöste, fiel ihm in die Augen. Er wickelte eine Strähne um einen Finger und zog leicht daran.

»Aua«, protestierte sie, »laß das. Sie dachte, er hätte Geld.«

»Und?«

»Natürlich nicht. Er war bloß ein frischgebackener General und arm wie eine Kirchenmaus. Er dachte, *sie* wäre reich.«

»Arme Josephine, allerdings«, sagte Paul grinsend. »Und armer Boney.«

»Nenn ihn nicht so; das haßt er.«

»Um so besser.«

Sie seufzte und setzte sich ein wenig auf, um ihn anzusehen. »Du wirst Schwierigkeiten machen, nicht wahr?«

Er runzelte leicht die Stirn. »Du hältst mich also für einen Unruhestifter?«

Sie lächelte sanft. »Nein, so schlimm nicht. Für einen Idealisten.«

»So etwas würde ich nie behaupten.«

Ihr Blick fiel auf seinen Mund, sie sah, wie er die Worte formte, sie erinnerte sich ...

»Paul, bitte ...«

»Bitte was?«

»Bitte sei vernünftig, sei vorsichtig. Tu einmal im Leben, was das Beste für dich ist.«

Er zuckte die Schultern. »Das habe ich immer getan.«

»Du hast niemals ...«

Sein Blick ließ sie innehalten. »Ich meine es ernst, Dominique. Ich habe ein unvergleichlich selbstsüchtiges Leben geführt, in dem Sinne, daß ich immer genau das getan habe, was ich wollte. Oder fast immer. Ich bin nur davon abgewichen, wenn es um dich ging.«

»Du wolltest mich in England zurücklassen«, erinnerte sie ihn.

»Nein, nicht wirklich, eigentlich gar nicht. Es war ... sehr kompliziert.«

Ihr Atem strich über seine Wange – warm, süß, unvergeßlich.
»Warum?«
Er hob ihre Hand an seine Lippen. Sein Blick war in ihren versenkt, während er murmelte: »Weil du mir das Gefühl gibst, süße Dominique, die Welt hätte sich umgekehrt und ich würde ins Weltall treiben und niemals wieder zurückkehren.«
Sie holte heftig Luft, zum Teil wegen seiner Worte, zum Teil, weil er ihre Finger einen nach dem anderen in den Mund nahm, sanft daran saugte und gerade so fest in jede der weichen Kuppen biß, daß es weh tat.
Jetzt flüsterte sie verzweifelt: »Ich glaube dir nicht. Du verlierst niemals die Beherrschung.«
Er hob leicht den Kopf und lächelte. »Wie gesagt, du vergißt schnell.«
Sie errötete, als sie begriff, was er meinte – die erregten, goldenen Stunden in London, in denen jegliche Zurückhaltung gewichen war; die Leidenschaft und die Macht, die von ihm ausgegangen war, sie überflutet hatte und sie sein gemacht hatte.
Oh Gott, ihm gegenüber war sie noch immer so schrecklich verletzlich. Warum war sie so verrückt gewesen, hier hinein zu kommen? Sie wäre besser direkt ins Bett gegangen.
Sie wußte nicht, daß sie laut gesprochen hatte, bis sie bemerkte, daß Paul sie süffisant ansah.
»Ist das eine Einladung?« wollte er wissen.
»*Natürlich nicht.* Sei nicht albern.«
»Was ist daran albern? Es wäre nicht das erste Mal, daß wir ein Bett teilen.«
»Daran brauchst du mich kaum zu erinnern«, schoß sie zurück und begann sofort wieder mit dem Versuch, sich freizukämpfen, jedoch ohne Erfolg. Ein stählerner Arm um ihrer Taille hielt sie fest an Ort und Stelle. All ihre Bemühungen führten nur dazu, daß sie plötzlich seine Erregung wahrnahm.
»Oh, ich wollte nicht ...« Zu seinem Vergnügen – oder seinem Kummer, da war er sich nicht ganz sicher – errötete sie.

»Warum so überrascht?« entgegnete er. »Du müßtest doch mittlerweile wissen, daß es gewisse Folgen hat, wenn eine außerordentlich schöne und begehrenswerte Frau gewisse Dinge mit einem Mann macht, ob sie es beabsichtigt oder nicht.«

Dominique dachte sorgfältig darüber nach. Sie war nicht mehr nur schön, sondern *außerordentlich* schön. Noch dazu begehrenswert. Doch andererseits war daneben auch der Hinweis auf ihre Erfahrungen.

»Du willst doch wohl nicht wieder damit anfangen, oder? Behaupten, ich hätte andere Männer gehabt?«

»Nein«, sagte Paul prompt. Sie war überrascht und sagte das auch. »Es ist ganz einfach«, erklärte er. »Wenn ich mir vorstelle, daß du jemanden anderen hast, dann werde ich verrückt, und das möchte ich lieber vermeiden.«

»Oh ... in Ordnung. Es ist auch besser so, weil es nur dich gegeben hat.«

»Ich gestehe, daß ich erleichtert bin, das zu hören«, sagte er und grinste sie schief an.

»Ich bin mir da nicht so sicher. Du mußt wissen, es gab reichlich Gelegenheiten.«

»Daran zweifele ich keine Sekunde«, sagte er ernst.

»Viel zu viele. Manchmal glaube ich, alle hier in Paris denken an nichts anderes.«

»Kann gut sein.« Eilig fügte er hinzu: »Außer uns beiden natürlich.«

»Natürlich«, murmelte sie. Was machte er jetzt – eine Hand glitt ihren Rücken hinunter. »Paul ...?«

»Einen Vorteil hat der Medizinerberuf«, murmelte Paul, »ganz zu schweigen von der damit verbundenen Chirurgie. Man lernt Geschicklichkeit.«

Ein Hauch warmer Luft drang an Dominiques nackte Haut. Sie zuckte zusammen und stieß dann einen leisen Schrei des Entsetzens aus, als ihr das Kleid von den Schultern rutschte.

Wirklich geschickt. Paul hatte die Knöpfe am Rücken rascher geöffnet als jede Zofe es gekonnt hätte, und somit war sie beinahe nackt.
»Du bist«, schimpfte sie, »unglaublich unverschämt.«
»Oh nein, süße Dominique«, murmelte er, während er plötzlich mit ihr in den Armen aufstand und die wenigen Schritte zum Kamin zurücklegte. Davor lag ein dicker Perserteppich, auf den er Dominique bettete.
»Nicht unverschämt«, sagte er und legte sich neben sie. »Nur verzweifelt … und resigniert.«
Sie blickte zu ihm auf, beobachtete, wie der Feuerschein auf seinen gemeißelten Gesichtszügen spielte. So ein schöner Mann, obwohl ihn dieses Wort mit Sicherheit spotten lassen würde. So unnachgiebig in seinem Glauben und seiner Überzeugung. So anders als die alltägliche Flatterhaftigkeit.
Kein Mann für einen Augenblick, sondern für die Ewigkeit.
Der Himmel stehe ihr bei.
»Ist das eine Kapitulation?« fragte sie mit einem unglaublich weichen und sanften Lächeln. Im Sieg hochherzig, immer großmütig.
»Ich fürchte ja«, sagte er, als er ihr das gold- und elfenbeinfarbene Seidenkleid abstreifte. Darunter trug sie nur ein äußerst dünnes Hemd und zarte Seidenstrümpfe, befestigt an mit Rosenblüten verzierten Haltern.
»Bedingungslose Kapitulation«, murmelte er dumpf, während er sie betrachtete. »Absolut und vollkommen.«
Sie lächelte wieder und hob ihre Arme, um ihn an sich zu ziehen. Um ihn heimzuziehen.

Kapitel 22

Natürlich war es nicht so einfach. Bereits am Morgen stritten sie wieder. Das geschah unweigerlich. Sie hatten sich in der Bibliothek geliebt, dann ein zweites Mal oben in Dominiques breitem Bett. Dazwischen hatten sie einander in den Armen gehalten und geredet. Keiner hatte das Bedürfnis nach Schlaf gehabt. Alles war wunderbar, doch gegen Morgen waren sie beide müde und – was angesichts der Freuden, die sie genossen hatten, absurd war –, verstimmt.

Vielleicht hatten sie beide Angst.

»Ich habe ihr versprochen, daß ich kommen würde«, sagte Dominique hartnäckig, als sie mit einem Hauch aus Seide und Spitze bekleidet an ihrem Frisiertisch saß. »Versprochen ist versprochen.«

»Sie wird nicht einmal bemerken, daß du nicht da bist«, beharrte Paul. Er lag im Bett, die Hände unter dem Kopf verschränkt, die Decke nur bis zu den Hüften hinaufgezogen. Dominique bemühte sich nach Kräften, nicht auf seinen kräftigen, muskulösen nackten Oberkörper zu starren, während sie sagte: »Das ist nicht fair. Josephine übersieht so etwas nicht.«

»Ein Grund mehr, nicht hinzugehen. Sie wirkt oberflächlich.«

»Sie ist meine Freundin«, protestierte Dominique.

»Sie paßt dir ins Konzept. Die Gattin des großen Bonaparte – eine weitere Verbindung zu den Leuten, die du für wichtig hältst.«

»Oohh.« Dominique ließ die Haarbürste auf den Intarsientisch

knallen und wandte sich zu ihm um. Ihre grüngoldenen Augen sprühten vor Zorn.

»Du bist ein Heuchler«, sagte sie barsch. »Du glaubst, daß jeder, der zufällig etwas Einfluß hat, automatisch verdächtig ist und gemieden werden sollte. Dir kommt gar nicht in den Sinn, daß sie eine nette Frau sein könnte, die sich für andere einsetzt und helfen will.«

»Um so schlimmer«, entgegnete er, wütend auf sich selbst, wütend auf sie. Sie hatte natürlich recht. Er hatte nichts gegen Josephine de Beauharnais Bonaparte, nur gegen ihren Geschmack bei Männern. Und selbst der war laut Dominique ein Versehen gewesen.

Was ihm nicht paßte, war, daß er Dominique so bald nach ihrer Wiedervereinigung mit jemand anderem teilen sollte. Er wollte sie ganz für sich behalten und wollte verhindern, daß die Welt, die alles andere als fair war, ihm in die Quere kam.

»In Ordnung«, lenkte er schließlich ein. »Wir gehen beide hin.«

Dominique war noch nicht bereit, ihm zu verzeihen. Steif sagte sie: »Du bist nicht eingeladen.«

»Schmuggel mich rein.«

»Vielleicht...« Sie wandte sich zurück zum Spiegel und begann, ihr langes, üppiges Haar zu bürsten.

Er grinste sie im Glas an.

Die finanziellen Schwierigkeiten, aufgrund derer die Bonapartes vor drei Jahren geheiratet hatten, waren offensichtlich überwunden. Das Haus, in das Paul Dominique später am Tag begleitete, lag in einer der vornehmsten Gegenden von Paris, unweit der Oper. Die dreistöckige Marmorresidenz war elegant und geräumig, eine Rückkehr zu den Tagen vor der Revolution. Desweiteren war sie exquisit möbliert und verfügte über reichlich Personal.

»Alles Geschenke von seinen Bewunderern«, erläuterte

Dominique flüsternd, als sie von einem Butler eingelassen wurden, der in Satin und Spitze gekleidet war, genauso prunkvoll wie diejenigen, die sie noch aus Versailles in Erinnerung hatte.
Sie war sich nicht absolut sicher, aber es konnte sogar sein, daß die Uniform die gleiche war. Nein, das wäre doch wohl nicht möglich? Nicht einmal Bonaparte, der sich als standhafter Royalistengegner ausgab, würde so weit gehen. Oder etwa doch?
»Wie aufmerksam«, murmelte Paul. Er hielt Dominiques Arm leicht umfaßt, als sie durch die überfüllte Eingangshalle schritten. Es schien, als hätte ganz Paris an diesem Tag nur ein Ziel – dem Mann der Stunde, Napoleon Bonaparte, die Ehre zu erweisen.
Er war heimlich in der Stadt eingetroffen, direkt aus Kairo, von seiner außerordentlichen Reihe umstrittener Siege. Die Nachricht von seinem Kommen war mit enormer Spannung aufgenommen worden.
»Niemand weiß genau, was er jetzt tun wird«, gestand Dominique ein. »Aber vom Kämpfen muß er genug haben.«
Paul warf ihr einen skeptischen Blick zu. »Genauer gesagt hat das französische Volk genug davon.«
»Das sollten Sie ihm unbedingt sagen«, bemerkte eine Stimme hinter ihnen trocken. Sie wandten sich um und sahen Talleyrand, der müde, doch wachsam aussah, ein altes Schlachtroß, das den Geruch der Schlacht genießt, sowohl in politischer Hinsicht als auch sonst.
»Glauben Sie, er würde zuhören?« fragte Paul lächelnd.
»Vielleicht. Offenbar ist er gewillt, so gut wie jedem zuzuhören. Das gehört zu seinen großen Stärken.«
Paul zuckte unbeeindruckt die Schultern. »Zuhören kostet nichts. Und es läßt die Leute im Unklaren, was er wirklich vorhat.«
»Ein Idealist, und noch dazu ein Zyniker«, sagte Talleyrand

seufzend. »Was sollen wir nur mit ihm anfangen, Mademoiselle?«

»Ich hätte da den einen oder anderen Vorschlag«, sagte Dominique leichthin, »aber ich fürchte, Monsieur le Marquis wäre nicht damit einverstanden.«

Der Außenminister sah sie bewundernd an. »Eine zurückhaltende Frau – was für eine Seltenheit.«

Dominiques heimlicher Blick zwang Paul, ein Lachen zu unterdrücken. »Machen Sie sich keine Sorgen«, sagte er. »Ganz gleich, was ich von Bonaparte halte, ich bin gespannt, ihn zu treffen.«

»Dann sollten Sie unbedingt...« sagte Talleyrand mit einer Geste, die die Menge vor ihnen auf wunderbare Weise zu teilen schien, so daß sich der Weg zum Allerheiligsten öffnete, wo der General hofhielt.

»Das erinnert an einen königlichen Empfang«, murmelte Dominique leise, als sie den glitzernden, überheizten Raum betraten.

»Reden Sie keinen Unsinn«, entgegnete Talleyrand mit einem neckischen Funkeln in den Augen. »Wie könnte das sein, wo doch wirklich jeder weiß, wie sehr der General republikanischen Werten ergeben ist?«

Paul murmelte in etwa, daß wirklich jeder sich schon einmal hatte hinters Licht führen lassen. Seine Worte blieben jedoch ungehört, als Talleyrand ausrief: »Ah, da ist er ja. General Bonaparte, was für eine Freude! Endlich, nach so langer Abwesenheit...«

Ungeachtet der anderen Leute pflügte der Außenminister durch den Raum, bis er direkt vor dem großen Mann stand und ihn so vollständig von allen anderen abschirmte. Paul mußte den Hals recken, um seinen ersten Verdacht zu bestätigen: der Eroberer von Italien und Frankreich, die Geißel der Briten und der Schrecken Europas sah aus wie ein nicht besonders großes Ferkel.

Nicht, daß er unattraktiv war. Seine Gesichtszüge waren energisch und wohlgeformt, seine Augen fesselnd. Er war gut gebaut, mit breiter Brust und breiten Schultern und der aufrechten Haltung eines Soldaten. Er wirkte amüsiert, aber mißtrauisch.

»Monsieur Talleyrand, wie schön, daß Sie vorbeikommen konnten. Und das hier ist...?«

Bonaparte sah nicht Paul, sondern Dominique an, mit einem warmen, wohlwollenden Blick, der keinen Zweifel daran ließ, daß er sie attraktiv fand. Die Heirat mit Josephine hatte sein Interesse an anderen Frauen, das angeblich immens war, nicht geschmälert.

»Mademoiselle de Montfort«, murmelte der Außenminister. Mit einer Hand schob er Dominique vor.

Der Gesichtsausdruck des Generals änderte sich. Der Wohlwollen war noch immer da, doch jetzt auch vorsichtiger Respekt. »Ich habe Ihren Namen schon einmal gehört, Mademoiselle, obwohl ich zugeben muß, daß es lange zurückliegt und in einem vollkommen anderen Zusammenhang war.«

Sie neigte leicht den Kopf und wandte ihren Blick nicht ab. »Ich habe Paris vor beinahe sieben Jahren recht überstürzt verlassen. Davor hatte ich die Ehre, der verstorbenen Königin als Hofdame zu dienen.«

Hatte irgendein Zweifel bestanden, ob andere Leute heimlich zuhörten oder nicht, so wurde dieser umgehend beseitigt. Jegliche Unterhaltung um sie herum verstummte. Dominique spürte, wie allgemein Luft geholt wurde, als sei jeder im Zimmer zutiefst schockiert.

»Ich mache aus meiner Vergangenheit kein Geheimnis, Monsieur le General«, sagte sie deutlich. »Ganz im Gegenteil, sie ist, wie Sie bereits bemerkt haben, wohlbekannt.«

»Allerdings, Mademoiselle de Montfort«, sagte Bonaparte mit einem leisen Lächeln, »genauso wie Ihr Mut.«

Paul entspannte sich ein wenig. Er war auf dem Sprung gewe-

sen, zwischen Dominique und dem General einzuschreiten, um sie vor den Folgen ihrer kühnen Worte zu schützen. Jetzt schien es so, als sei das nicht notwendig.
Ein Punkt für Bonaparte. Ob er wollte oder nicht, Paul mußte zugeben, daß er beeindruckt war. Zumindest den Wert der Zurückhaltung kannte dieser Mann.
»Und Sie, Monsieur le Marquis«, sagte der General und wandte seine Aufmerksamkeit Paul zu. »Ich habe gehört, daß Sie ein eigenes Krankenhaus eröffnet haben und daß einige meiner Soldaten dort behandelt wurden.«
»Wir sorgen für eine Vielzahl von Fällen, General«, sagte Paul unverbindlich. Er war die ehrgeizigen, gierigen Männer leid, die Interesse an humanitärer Arbeit vorheuchelten, nur um ohne eigenen Aufwand nobel zu erscheinen.
Jede Spur der Belustigung schwand aus Bonapartes Gesicht. Er sah plötzlich grimmig und fest entschlossen aus. »Nach dem großen Opfer, das sie für Frankreich erbracht haben, verdienen sie das Allerbeste. Es ist wirklich eine Schande, daß die öffentlichen Gelder nicht immer ausreichen, um für sie zu sorgen.«
»Es ist nicht so, daß das Direktorat sich nicht bemüht«, warf Talleyrand eilig ein. »Wir müssen jedoch zugeben, daß gewisse finanzielle Schwierigkeiten auftreten ...«
»Was Ihre Leistung um so wertvoller macht, Monsieur Delamare«, fuhr Napoleon fort. »Ich würde mich gerne mit Ihnen darüber unterhalten, wenn ich mehr Zeit habe, und auch darüber, was getan werden könnte. Bitte suchen Sie mich bei Gelegenheit auf.«

»Wundervoll«, murmelte Talleyrand, als sie in sicherer Entfernung waren. »Einfach wundervoll. Ich wußte, daß Sie beide sich verstehen würden.«
»So würde ich es nicht gerade nennen«, erwiderte Paul. Er war froh, daß das Zusammentreffen so gut verlaufen war,

wenn auch mehr um Dominiques Willen als um seiner selbst. Für seinen Teil stand er dem General weiterhin äußerst mißtrauisch gegenüber.
»Er braucht Männer wie Sie«, beharrte Talleyrand. »Und er weiß fähige Leute reich zu belohnen. Ich sage Ihnen, wenn Sie sich ihm anschließen, dann gibt es so gut wie nichts, das Sie nicht erreichen können.«
»Mich ihm anschließen?« wiederholte Paul mit einem schwachen Lächeln. »Meinen Sie damit, ich sollte in die Armee eintreten?«
»Natürlich nicht«, sagte der Außenminister ein wenig ungehalten. »Sie wissen ganz genau, daß ich das nicht gemeint habe. Der General hat viele zivile Berater, und es werden noch mehr werden, jetzt, wo ...«
»Wo er seine Ziele klar gemacht hat?«
Talleyrand zuckte auf typisch französische Weise die Schultern. Paul wünschte, er könne ebenso gleichmütig sein. Doch er erinnerte sich lebhaft an einen Tag vor nicht allzu vielen Jahren, an dem Robespierre ihm ein ähnliches Angebot unterbreitet hatte, um zu versuchen, seine Unterstützung zu gewinnen. Robespierre war wahnsinnig gewesen; es gab keinen Beweis dafür, daß Bonaparte es auch war. Bislang.
»Du bist sehr still«, sagte Dominique, als sie im äußeren Salon umhergingen. Die Nachricht von ihrem Zusammentreffen mit dem General hatte sich offenbar herumgesprochen. Sie wurden mit höflichem Kopfnicken und vorsichtigem Lächeln gegrüßt.
»Es tut mir leid«, murmelte Paul. Dann lächelte er plötzlich und ergänzte: »Du hättest einen besseren Begleiter verdient.«
»Oh, da bin ich mir nicht so sicher.« Der Blick, den sie ihm aus ihren wunderbaren grüngoldenen Augen zuwarf, weckte Erinnerungen an die Leidenschaft, die sie nur wenige Stunden zuvor genossen hatten. Ihr Anblick ließ Paul erzittern. Er

konnte sich kaum beherrschen, sie nicht hier an Ort und Stelle zu packen, hier mitten im prunkvollen Salon der Bonapartes.

Er hatte noch immer mit diesem Problem zu kämpfen, als ihn ein weiches, honigsüßes Lachen unterbrach.

»Wirklich, meine Liebe«, sagte eine große, schöne Frau von dunklem Typ, »du hast mir nie gesagt, daß er so attraktiv ist.«

Die Farbe wich aus Dominiques Gesicht und kehrte dann mit einem Mal zurück. Einen Augenblick lang war es, als hörte sie, wie Marie Antoinette sie vor vielen Jahren wegen Paul geneckt hatte. Doch die Königin war nur noch eine bittersüße Erinnerung, der noch immer der Schmerz des Verlusts anhing.

»Josephine«, sagte Dominique, als sie die Fassung wiedergewonnen hatte, »um die Wahrheit zu sagen, ich kann mich gar nicht erinnern, überhaupt viel von Monsieur le Marquis erzählt zu haben.«

Die Frau des Generals lachte. Sie war eine schmale, gertenschlanke Frau mit kurzem, kunstvoll gelocktem, braunem Haar, riesigen grauen Augen und zarten Gesichtszügen. Mit Mitte dreißig war sie noch so lebhaft und sinnlich wie ein junges Mädchen. Ohne Zweifel hatte dieser Umstand Napoleon dazu bewegt, sie trotzdem zu heiraten, selbst als er festgestellt hatte, daß die Gerüchte über ihren Wohlstand stark übertrieben gewesen waren.

»Wahrheit ist ein seltenes Gut«, sagte Madame Bonaparte, während sie Paul die Hand entgegenstreckte. »Manchmal ist sie kaum zu erkennen.«

»Sehr weise, Madame«, murmelte er, während sich ihre Blicke kreuzten. »Natürlich glaube ich lieber, daß Dominique oft und ausführlich über mich gesprochen hat.«

Josephine lachte wieder, diesmal entzückt. »Wunderbar. Ich liebe Romantik, aber es gibt so wenig davon. Die meisten Leute wollen nur über Krieg und Politik sprechen.«

»Die meisten Leute« waren eindeutig ihr berühmter Gatte und seine Gefährten, die sie offenbar nicht sehr schätzte.

»Kommt mit«, flüsterte sie vertraulich, während sie einen Arm durch Dominiques schob und den anderen Paul anbot. »Ich muß euch etwas ganz Besonderes zeigen, aber das ist nicht für die Öffentlichkeit bestimmt.«

Fröhlich schwatzend führte Josephine sie einen langen Korridor hinunter zu einer Hintertreppe und hinauf in die zweite Etage, auf der sie und der General nebeneinander gelegene Suiten hatten. Ihre Zimmer waren ganz in weiß und gold gehalten, ein passender Rahmen für die dunkle Anmut der Frau, die darin wohnte.

Paul zögerte, bevor er über die Schwelle trat. Selbst in Dominiques Anwesenheit schien es alles andere als ratsam, das Schlafzimmer der Gattin des Generals zu betreten. Doch als er andeutete, das könne unschicklich sein, tat Josephine seinen Einwand ab.

»Sie sind doch Arzt, oder nicht? Ärzte betreten immer die Boudoirs von Damen. Außerdem würde es Bonaparte niemals in den Sinn kommen, sich darüber zu empören. Seine Eitelkeit ist so groß, daß er sich nicht vorstellen kann, ich könne mich zu einem anderen Mann hingezogen fühlen.«

Sie sprach so sachlich, daß sowohl Paul als auch Dominique verblüfft waren. Falls das wirklich stimmte, dann war der General wohl doch nicht so scharfsichtig, wie er glaubte.

Trotz Josephines Beteuerungen fühlte Paul sich in dieser höchst weiblichen Umgebung unbehaglich. Er stand am Fenster und starrte hinaus auf den wirbelnden Schnee, während die Frauen sich unterhielten.

»Na, wo ist es denn?« murmelte Josephine, die einen eleganten kleinen Sekretär öffnete und begann, die verschiedenen Fächer zu durchsuchen. »Ah, hier. Oh, ich hoffe so sehr, daß sie dir gefallen. Ich war so aufgeregt, als mir klar wurde, was ich da entdeckt hatte.«

Mit einem gespannten Lächeln nahm Dominique das kleine Päckchen entgegen. Sie wußte, daß Josephine ihren Freunden gerne spontane Geschenke machte. Sie selbst hatte bereits einige erhalten – hübsche kleine Schmuckstücke, die ihr wegen der Zuneigung, die sie zeigten, viel wert waren. Doch schon als ihre Finger die Verpackung öffneten, spürte sie, daß das hier etwas Besonderes war. Im Inneren befand sich eine Samtschachtel, in der zwei erlesene, mit Diamanten und Smaragden besetzte Ohrringe lagen. Das war ein wunderbares Geschenk, großzügig, geradezu extravagant, und eindeutig speziell für sie ausgesucht.

Außerdem kamen ihr die Schmuckstücke auf unheimliche Weise vertraut vor.

»Der Händler hat mir versichert, daß sie wirklich der Königin gehört haben«, sagte Josephine eifrig. »Er hat es sogar beschworen. Natürlich kann man nicht hundertprozentig sicher sein, aber ich dachte, wenn es jemand weiß, dann du. Und dann dachte ich, du würdest sie vielleicht gerne haben, und darum ...«

Sie verstummte, weil sie bemerkte, daß Dominique zitterte. Ihre Finger bebten, als sie behutsam und vorsichtig erst den einen Ohrring, dann den anderen berührte.

»Der Händler hatte recht«, sagte sie. Ihre Stimme war kaum mehr als ein Flüstern. »Ich kann mich an sie erinnern.«

»Sie sind wunderschön«, bestätigte Josephine. »Marie Antoinette hatte einen ausgezeichneten Geschmack.«

Dominique nickte langsam. »Ja, das stimmt. Aber diese hier waren etwas ganz Besonderes. Der König hat sie ihr nach der Geburt des Dauphins geschenkt.«

»Das konnte ich ja nicht ahnen«, rief Josephine aus. Sie freute sich um so mehr, da sie jetzt wußte, daß ihr Geschenk eine solch spezielle Bedeutung hatte.

»Sie gehörten zu einem Set«, sagte Dominique, die Augen noch immer auf die Schmuckstücke gerichtet, »zusammen mit einer Halskette und zwei Armbändern. Es gab natürlich auch ein offizielles Geschenk, aber das hier war persönlich, nur zwischen ihnen beiden.«

»Ich frage mich, ob ich vielleicht auch den Rest auftreiben kann«, sagte Josephine nachdenklich. »Mittlerweile tauchen verschiedene Dinge wieder auf – Möbelstücke, Kleidung, Bücher. Allerdings nicht viel Schmuck. Ich vermute, der meiste ist bereits eingeschmolzen worden.«

»Höchstwahrscheinlich«, sagte Paul. Er war vom Fenster weggetreten und stand neben Dominiques Stuhl, eine Hand auf ihre Schulter gelegt. Unter seinen Fingern konnte er spüren, wie erschüttert sie war.

»Vielleicht sollten wir zurückgehen«, schlug er sanft vor.

»Natürlich«, sagte Josephine rasch. »Ich wollte euch nicht aufhalten.« Sie wandte sich um, die Hand auf dem Türgriff. Ihr Blick war voller Sorge, als sie Dominique ansah. »Aber ... sie gefallen dir doch, oder?«

»Sehr«, sagte Dominique. Sie erhob sich mit einiger Mühe und brachte ein warmes Lächeln zuwege. »Wirklich, Josephine, das ist so nett von dir. Ich habe so wenig, was mich an sie erinnert ...«

Erleichtert, daß sie keinen Faux Pas begangen hatte, umarmte Josephine sie rasch. Ihre riesigen Augen waren feucht, als sie sagte: »Glaub mir, meine Liebe, ich verstehe dich. Es ist, als sei unsere ganze Welt in einer schrecklichen Flutwelle verschwunden. Es gibt nur wenige Stücke Strandgut, die ans Ufer gespült werden. Wir müssen uns daran festklammern, so gut wir können.«

Das gab Dominiques Gefühle so zutreffend wider, daß sie nichts mehr sagen konnte. Die Samtschachtel mit ihrem kostbaren Inhalt tief in ihrer Rocktasche verborgen, begleitete sie Josephine und Paul zurück in den Salon. Die Frau des Generals wurde bald anderweitig in Anspruch genommen, und kurz darauf beschlossen Dominique und Paul zu gehen.

Keiner von beiden erwähnte die Ohrringe, bis sie in der Kutsche auf dem Rückweg zu Dominiques Stadthaus waren. Da legte Paul seine Hand auf die ihre und sagte sanft: »Sie hat es gut gemeint.«
Dominique nickte. »Das weiß ich. Sie hat ein gütiges, liebevolles Herz. Und es ist nicht so, daß ich das Geschenk nicht zu schätzen weiß; ganz im Gegenteil. Es bringt nur so viele Erinnerungen mit sich ...«
Er hätte sagen können, daß das einer der Gründe war, wieso er nicht gewollt hatte, daß sie nach Frankreich zurückkehrte. Schließlich hatte er gewußt, daß sie an jeder Ecke an die Vergangenheit erinnert werden würde.
Schon für ihn war es schlimm genug – er hatte bis zuletzt ausgeharrt, unablässig gegen den Wahnsinn der Jakobiner angekämpft und schließlich geholfen, sie zu Fall zu bringen. Doch für Dominique, die sich abseits der Gefahr in England aufgehalten hatte, mußten die Schuldgefühle des Überlebenden mitunter unerträglich sein. Diese Schuldgefühle waren natürlich unbegründet, doch trotzdem übermächtig.
Und er konnte sie nicht vertreiben – zumindest nicht auf einmal. So sehr er sich es auch wünschte, er konnte Dominiques Kummer nicht verschwinden lassen. Er konnte nur hoffen, ihn durch etwas viel Schöneres zu ersetzen.

Kapitel 23

»Laß uns eine Ausfahrt machen, *Mignon*«, sagte Paul. Er war gerade erst von draußen hereingekommen und brachte einen Schwall von Herbstluft und wirbelnden Blättern mit. Sein Mantel wehte ihm um die Beine, sein goldenes Haar strahlte. Seine Wangen waren vom frischen Wind leicht gerötet, und seine Augen funkelten wie ein Stück vom Himmel. Als er gebieterisch eine Hand ausstreckte, konnte Dominique ihn kaum zurückweisen.

Dennoch versuchte sie es. »Du bist gerade erst gekommen, und nach dem langen Tag im Krankenhaus bist du bestimmt müde. Willst du nicht erst etwas trinken oder essen?«

»Später. Jetzt möchte ich mit dir ausfahren.« Ihre Überraschung ließ ihn auflachen, und er sagte: »Schon so viele Jahre lebst du in Paris, und ich wage zu behaupten, daß du noch niemals *l'heure bleu* gesehen hast. Wie kannst du dich da als Pariserin bezeichnen?«

»Ich glaube nicht daran«, sagte Dominique störrisch, obwohl sie dem Butler gestattete, ihren Mantel zu holen. »Das ist bloß eine Legende.«

»Das werden wir ja sehen«, sagte Paul grinsend. Er winkte den Diener zur Seite und stellte sich vor sie. Mit den Fingern fuhr er leicht über ihre Wange, als er ihr die Kapuze ihres Mantels über den Kopf zog. Ihr Gesicht war von Hermelin umrahmt, ihre Augen funkelten, und obwohl sie es abstritt, wirkte sie aufgeregt. Alles in allem sah sie viel besser aus als die blasse, stille junge Frau, die er heute morgen zurückgelassen hatte.

Er tat das Richtige, da war er sich sicher. Es war sogar die einzige Möglichkeit. Sie waren nicht so weit gekommen, hatten nicht so viel durchgestanden, um jetzt kehrtzumachen.

»Komm«, sagte er bestimmt, als er sie auf die Tür zuführte.

Sie lächelte tadelnd, kam jedoch bereitwillig mit ihm. Die Herbstdämmerung legte sich allmählich über die Stadt. Die Luft war frisch, ein wenig feucht und insgesamt angenehm. Die Straßen lagen beinahe verlassen da, was eine Schande war, wie Dominique rasch feststellte. Denn die Luft schimmerte wirklich gespenstisch, ätherisch blau, anders als alles, was sie je gesehen hatte.

»Geschieht das oft?« fragte sie verwundert, als ihre Kutsche auf dem Pont Neuf stehenblieb, der ältesten und noch immer unbestritten der elegantesten Brücke von Paris. »Und wenn ja, wie kommt es, daß ich es noch nie gesehen habe?«

»Erstens«, sagte Paul, als er ihr den Arm um die Schultern legte und sie an sich zog, »ist es nicht gerade alltäglich, denn es bedarf des Zusammenspiels einer bestimmten Temperatur und anderer Wetterbedingungen.« Lächelnd ergänzte er: »Das ist die wissenschaftliche Erklärung. Andere sagen jedoch, daß es immer geschieht, aber nur von Liebenden gesehen werden kann.«

»Oh ...« Sie hielt inne und blickte zu ihm auf. Er sah so unbezähmbar aus wie immer, und dennoch abwesend, als sei ein Teil von ihm nicht wirklich bei ihr. Vermutlich sollte sie daran gewöhnt sein, da schwere Verantwortungen auf ihm lasteten. Sie selbst dagegen ...

Seit der Rückgabe von Montfort schien sie ohne Halt zu sein. Keine unmittelbare Herausforderung lag vor ihr, kein Ziel trieb sie an. Sie hatte schon gelegentlich mit dem Gedanken gespielt, nach England zurückzukehren, zumindest für kurze Zeit, um ihre Großmutter, Nicole und David zu besuchen.

Obwohl unverändert Krieg herrschte, war es noch immer relativ einfach, hin- und herzureisen. Briefe stellten keinerlei

Probleme dar. Sie erhielt häufig Nachricht von Lady Amelia sowie von ihren Geschwistern. Besonders ihre Großmutter hielt mit ihren Ansichten nicht hinter dem Berg. Das, was Dominique vollbracht hatte, hielt sie für bewundernswert, doch sie fand, es sei jetzt an der Zeit, daß sie zurückkehrte. Ohne daß dieses Thema angesprochen wurde, wußten sie beide, daß Lady Amelia sich noch immer an die Hoffnung klammerte, Dominique würde William heiraten. Eine aussichtslosere Hoffnung konnte es gar nicht geben.

»Woran denkst du?« fragte Paul plötzlich. Obwohl ihm so viel durch den Kopf ging, war es ihm nicht entgangen, daß Dominique plötzlich sehr weit weg gewirkt hatte. Natürlich wollte er den Grund dafür wissen.

»An William«, sagte Dominique spontan. Das entsprach zwar der Wahrheit, war aber irreführend.

Bevor sie jedoch eine Erklärung liefern konnte, sagte Paul kalt: »Wie rührend. Du sitzt hier neben einem Mann und bist in Gedanken bei einem anderen. Wenn ich dich langweile, süße Dominique, können wir ohne weiteres zu dir nach Hause zurückkehren, und ich kann mich verabschieden. Ich habe in der Tat genug andere Möglichkeiten, mir die Zeit …«

»Oh, sei doch nicht so empfindlich«, sagte Dominique streng. »Das paßt überhaupt nicht zu dir, und ich kann nicht verstehen, wieso du mir gegenüber immer so bist.«

Auf seinen überraschten Blick hin fügte sie hinzu: »Sonst bist du immer die Vernunft in Person, aber aus irgendeinem Grund ändert sich das offenbar, wenn wir zusammen sind. Wirklich, Paul, es ist nicht sehr nett von dir, daß du mir nicht die gleiche Achtung entgegenbringst wie beinahe jedem anderen Menschen.«

»Achtung?« wiederholte er, als hätte das Wort für ihn keine Bedeutung. »Wann um alles in der Welt ist es zwischen uns jemals auf Achtung angekommen?«

»Daran wäre ja wohl nichts auszusetzen«, beharrte Dominique, obwohl sie spürte, daß sie diese eine Schlacht bereits verloren hatte. Für eine so banale, anständige Sache hatten sie niemals Zeit gefunden.

»Außerdem«, fuhr er unerbittlich fort, »haben wir über den Herzog von Devonshire gesprochen, der dich so sehr beschäftigt.«

»Nur weil du aus England fliehen mußtest, weil er Pitt deine wahre Identität verraten hat.«

Soweit sie sich erinnern konnte, war es das erste Mal, daß Dominique das enorme Vergnügen hatte, ihren Geliebten vollkommen verwirrt zu sehen. Mit fröhlicher Gehässigkeit sagte sie: »Du hattest doch sicher schon vermutet, daß er dafür verantwortlich war, oder?«

»Natürlich«, murmelte Paul, der sie noch immer anstarrte. »Aber ich hatte keine Ahnung, daß du davon wußtest, geschweige denn, daß du es zugeben würdest.«

»Wieso sollte ich nicht? William war mir ein guter Freund – eigentlich ist er das noch immer. Aber er ist auch nur ein Mensch und absolut dazu in der Lage, einen ungeheuren Fehler zu begehen.« Obendrein fügte sie hinzu: »Übrigens schämt er sich noch immer für das, was er getan hat.«

»Woher weißt du das?«

»Das hat er mir in einem Brief geschrieben, den ich vor einigen Monaten erhalten habe. Offenbar hatte er das Bedürfnis zu beichten.«

»Das überrascht mich nicht«, sagte Paul nachdenklich. »Im Grunde ist er ein anständiger Mann.«

»Der dennoch zu Verrat in der Lage ist.«

Er zuckte die Schultern, unbeeindruckt von dem offensichtlichen Widerspruch. »Die meisten Menschen haben viele widersprüchliche Gefühle und Charakterzüge. Das macht das Leben erst interessant.«

Dominique seufzte. Sie lehnte den Kopf gegen die mit Troddeln verzierte Polsterung und betrachtete aus dem Fenster das unglaubliche Licht. »Wie blasiert, Monsieur le Marquis. Wie können Sie das mit Ihren Idealen vereinbaren?«

»Ganz einfach – ich akzeptiere die Menschen als das, was sie sind, aber ich will trotzdem das Beste für sie. Das ist doch nachvollziehbar, oder?«

»Ich denke schon«, räumte sie langsam ein. »Aber damit das stimmt, müßtest du sehr tolerant sein.«

»Das bin ich auch, außer gegenüber Grausamkeit und Tyrannei.«

»Und mir.«

Einen Augenblick lang schwieg er, sein Mund zuckte. Schließlich sagte er: »Du hast mich ins Mark getroffen, süße Dominique. Du hast wirklich meine geheime Schwäche entdeckt – denselben großen Fehler, der auch den armen William dazu geführt hat, so untypisch zu handeln.«

»Wage nicht zu behaupten, daß ich es bin«, drohte sie. »Ich weigere mich, für einen von euch die Verantwortung zu übernehmen.«

»Wirklich?« wollte er sanft wissen und wandte sich um, so daß er ihr plötzlich viel näher war. Viel zu nah, oder die Kutsche war viel zu klein. Und zu warm ... Ihr war auf einmal unangenehm heiß, trotz der kühlen Luft, die durch die Kutschenfenster hineinwehte.

»Ist das wahr?« fragte er, wobei sein Atem über ihre Wange strich und sein Mund den ihren beinahe, wenn auch nicht ganz, berührte. »Willst du wirklich nichts mit mir zu tun haben?«

»Ich meinte nur ... das heißt ... ich habe dich nicht in meiner Macht.«

Er lachte, unendlich männlich, unerträglich stolz. »Natürlich nicht.« Eindeutig fand er schon die bloße Vorstellung komisch. Doch einen Augenblick später fuhr er ernst fort: »Genausowenig, wie ich dich in meiner Macht habe. Ich dachte immer, das würde ich gerne, aber in letzter Zeit habe ich es mir anders überlegt.«

»Oh ...?« Und was sollte das nun bedeuten? Bereute er es, daß sie wieder eine Beziehung aufgenommen hatten? Wollte er sich von ihr distanzieren? Nein, so albern durfte sie nicht sein. Niemand brachte eine Frau an eine so romantische Stelle, nur um sich von ihr zu trennen.

»Ich liebe dich, Dominique«, sagte Paul unvermittelt. Er sah aus, als würde er eine unglaubliche Tatsache verkünden, die er nicht unbedingt begrüßte.

»Oh, nun, das hatte ich mir beinahe gedacht.«

»So etwas solltest du nicht sagen«, tadelte er sie sanft. »Du solltest überrascht tun, geschmeichelt, etwas in dieser Richtung.«

»Ist es das, was du willst? Daß ich so tue, als ob, anstatt daß ich ich selbst bin?«

»O nein«, sagte er, plötzlich ernst. »Du, mein süßes Mädchen, bist ein Original, und es ist meine innigste Hoffnung, daß du so bleibst.«

Langsam und zögerlich lächelte sie. »Ich könnte dir beinahe glauben.«

»Bitte tu das«, murmelte er und zog sie an sich, so daß seine feste Brust durch den Samt ihres Mantels ihre Brüste liebkoste. »Denn ein sehr netter Herr erwartet uns in ein paar Minuten, damit er uns trauen kann, und ich glaube, dafür wäre es besser, wenn wir möglichst einer Meinung wären.«

»Trauen?« Das Wort klang wie ein Piepsen. Dominique rang nach Atem und versuchte es noch einmal. »Trauen?« Besser, wenn auch nicht viel.

»Das kann dich doch kaum so schockieren«, sagte er sachlich. »Schließlich ist das jetzt das dritte Mal, daß ich dich frage.«

»Einen Augenblick, du hast mich nie gefragt.«

»Wie bitte?«

»Du hast ganz richtig gehört. Du hast niemals gesagt: ›Dominique, würdest du mich heiraten?‹ Du hast mich immer nur einfach über deine Wünsche unterrichtet.«

»Ich verstehe.«
»Ist schon in Ordnung«, unterbrach sie lachend, denn was sollte sie sonst tun, wo ihre Welt doch plötzlich so wunderbar vollkommen war? »Trotz all deiner republikanischen Ideale bist du im tiefsten Inneren deines Herzens noch immer Autokrat. Das muß von all den Generationen von Marquisen herrühren.«
»So viele sind es gar nicht gewesen«, erinnerte er sie. »Um ehrlich zu sein, kratzen die Delamares sich noch immer den Dreck von den Stiefeln.«
»Und was wart ihr dann in Irland? Anführer von Clans, Stammeshäuptlinge?«
»Unruhestifter, nehme ich an. Aber laß uns nicht schon wieder vom Thema abkommen. Bitte entschuldige meinen Mangel an Takt. Bitte, meine schöne und geliebte Dominique, würdest du mich heiraten?«
Es gelang ihm beinahe, demütig zu klingen. Nicht ganz natürlich, aber das hätte sie auch nicht gewollt. Was nicht heißen sollte, daß sie aufhörte, ihn zu necken.
»Vielleicht...«
»Du hast fünf Minuten«, teilte er ihr mit.
Ihre Augen wurden groß. »Und was geschieht dann?«
»Dann zerre ich dich in Notre Dame und schockiere den armen Pfarrer nach Strich und Faden.«
»Daran hättest du deine Freude, nicht wahr?«
»Wahrscheinlich, aber es wäre mir eine noch größere Freude, wenn du freiwillig mitkommen würdest.«
»Wir brauchen Trauzeugen«, bemerkte sie, wie immer praktisch denkend.
»Dafür habe ich gesorgt.«
»Blumen?«
»Alles arrangiert, ebenso wie ein Champagnerdinner für uns beide und eine Woche auf dem Land.«
»Du warst wirklich fleißig.«

»Ich hatte dabei Unterstützung«, gestand er, »wie du bald feststellen wirst.«
Er hatte keine Ahnung, was Bonaparte davon halten würde, vorausgesetzt natürlich, der General würde jemals davon erfahren. Josephine wirkte auf ihn nicht wie der Typ Frau, der meint, ihrem Gatten alles erzählen zu müssen. Trotzdem war sie unverbesserlich romantisch. Als Paul sie an diesem Morgen aufgesucht und ihr seine Hoffnung anvertraut hatte, hatte sie sich sofort in die Hochzeitsvorbereitungen gestürzt.
»Meine eigene war eine armselige kleine Angelegenheit«, sagte sie, als sie sich rasch daran machte, Paris auf den Kopf zu stellen, um alles zu besorgen. »Die zweite, meine ich. Das hat mir angesichts der Umstände zwar nicht viel ausgemacht, aber Dominique sollte es besser haben, finden Sie nicht?«
Paul hatte ihr von ganzem Herzen zugestimmt und alles ihren mehr als fähigen Händen überlassen. Er hatte keinen Grund, das zu bedauern. Kaum hatten sie die heilige Stätte von Notre Dame betreten, wurden sie von einem aufgeregten, respektvollen Pfarrer begrüßt.
»Ah, Monsieur, Mademoiselle, bitte kommen Sie hier entlang. Alles ist vorbereitet.«
»Die Genehmigung?« flüsterte Dominique, als Paul sie sanft, aber bestimmt den Gang hinauf auf die Kapelle zu schob. »Die Befreiung vom Aufgebot? Bist du dir sicher, daß du nichts vergessen hast?«
»Natürlich hat er das nicht«, sagte Josephine. In ihrem silbergrauen Seidenkleid, das mit Zobel besetzt war, sah sie hinreißend aus. Neben ihr stand eine junge Zofe mit großen Augen, die das Paar mit unverhohlener Faszination anstarrte.
»Oh, ich hätte es wissen sollen«, murmelte Dominique. »An wen sonst hätte er sich wenden sollen?«
»An niemanden, hoffe ich«, sagte Josephine. »Wenn es irgendetwas gibt, das ich kann, dann eine Hochzeit arrangieren.« Sie wiederholte ihre Bemerkung über die armselige Angelegen-

heit, lachte fröhlich und zog den Pfarrer auf die Seite, um ihm letzte Anweisungen zu erteilen. Er war ein Mann mittleren Alters, trotz seiner Berufung weltlich eingestellt und sich vollkommen darüber bewußt, wer die Dame war. Daher kam er jedem ihrer Wünschen widerspruchslos nach.

»Ich nehme an«, sagte Dominique, »es wäre schrecklich ungehobelt von mir, jetzt einen Rückzieher zu machen?«

»Außerdem vergeblich«, entgegnete Paul mit einem Blick, der jeglichen Rest von Zweifel, den sie noch haben mochte, vollkommen auslöschte.

Mit einem Seufzen, das eine bereitwillige Kapitulation anzeigte, legte Dominique ihren Mantel ab. Darunter trug sie ein Gewand aus smaragdfarbener Seide und Gaze, das perfekt zu ihren Augen paßte. Weil sie nicht vorgehabt hatte, am Abend auszugehen, lag ihr Haar in losen Locken auf ihren Schultern. Einer Eingebung folgend hatte sie am Nachmittag die Ohrringe angelegt, die Josephine ihr geschenkt hatte, denn sie wollte unbedingt die Freude daran haben, die damit beabsichtigt gewesen war.

Als sie diesen Schmuck bemerkte, lächelte die Frau des Generals zaghaft. »Weißt du«, flüsterte sie, »ich habe beinahe das Gefühl, die Königin ist heute hier und sieht uns zu.« Mit einem Blick auf Paul ergänzte sie: »Ich bin mir sicher, sie würde es begrüßen.«

»Ja«, sagte Dominique sanft, »das glaube ich auch.«

Ein seltsam friedliches Gefühl überkam sie, während sie in das Licht getaucht dastand, das durch das wundervolle Rosettenfenster über dem Altar fiel. Die große Kathedrale war bis auf die Hochzeitsgesellschaft so gut wie leer. In der beeindruckenden Gewaltigkeit schien etwas Stilles, Unerkanntes vorhanden zu sein. Dominique spürte es mit jedem Atemzug, und es erfüllte sie mit Gelassenheit.

»Mademoiselle«, murmelte der Pfarrer, »Monsieur ...«

Seinen Anweisungen folgend knieten sie auf dem Betstuhl vor

dem Altar nieder, Seite an Seite, jedoch ohne sich zu berühren. Josephine und ihre Zofe standen hinter ihnen.
Kurz bevor Dominique niederkniete, drückte Josephine ihr ein Bouquet weißer Lilien in die Hände. Ihr berauschender Duft, der in Paris im Herbst so selten war, vermischte sich mit all den anderen erhabenen, faszinierenden Eindrücken des Augenblicks und verklärten sie ganz und gar.
Sie hatte die Kathedrale als überraschte und unsichere junge Frau betreten. Hier vor dem Altar, angesichts des Allmächtigen, war sie demütig und unendlich dankbar für die Liebe, die trotz aller bitterer Schicksalsschläge zu ihr gekommen war.
Paul fühlte ganz ähnlich. Hätte man ihn dazu gedrängt, hätte er sich wohl kaum als religiösen Menschen bezeichnet. Gewiß war in seinem Leben vieles geschehen, das ihn dazu gebracht hatte, sich von dem schlichten Glauben seiner Kindheit abzuwenden. Dennoch war er noch vorhanden; so stark wie eh und je, der höchste Lehrer und Führer.
Der Pfarrer hatte zu sprechen begonnen. Die Worte, alt und schön, flossen über sie dahin. Dominiques Kopf war gesenkt, ihr Blick auf die zarten Blüten in ihrem Arm gerichtet, bis sie aus dem Augenwinkel bemerkte, daß Paul die Hand nach ihr ausstreckte.
Bereitwillig gab sie ihm die ihre, ohne daran zu denken, was für ein Verstoß gegen das Protokoll das sein mochte. Der Pfarrer bemerkte es offenbar nicht, oder er war viel zu diplomatisch, um es zu zeigen. Einige Augenblicke später bedeutete er ihnen aufzustehen.
»Meine Kinder«, sagte er feierlich, »ihr seid jetzt im heiligsten Stand vereint, der für die Menschheit erschaffen wurde. Möge eure Ehe ein Leuchtfeuer für die Welt sein und das Licht der Liebe und Treue über alle verströmen.«
Dominiques Kehle war wie zugeschnürt; sie war zu bewegt, um zu sprechen. Glücklicherweise war das auch nicht nötig. Nichts war nötig, außer daß sie Pauls Kuß entgegennahm, der

sanft und beruhigend war und ihr eine Vielzahl von Versprechen gab.
Hinter ihnen schniefte Josephine leise. Dieses Geräusch verlor sich im Klang des großen Glockenspiels von Notre Dame, das die Stunde schlug und fröhlich über dem Herzen von Paris ertönte, über der neugeborenen Stadt, über einer Welt, aus der jegliche Finsternis gewichen zu sein schien.

Kapitel 24

Paul ...?« Dominique erwachte unruhig in dem breiten, weichen Bett und starrte auf die Silhouette ihres Mannes, der einsam und grübelnd am Fenster stand.

Trotz der Daunendecke, unter der sie lag, war ihr plötzlich kalt. Seit ihrer Hochzeit vor drei Wochen spürte sie, daß Paul in seinem Inneren einen heftigen Kampf ausfocht. Sie wußte, daß das damit zu tun hatte, daß in Paris Gerüchte kursierten, es würde bald einen Regierungswechsel geben, doch sie wollte nicht weiter darüber nachdenken.

»Paul ...«, sagte sie noch einmal, diesmal lauter, um seine Gedanken zu durchdringen.

Er wandte sich überrascht um und sah sie an. »Dominique ... ich dachte, du würdest schlafen.«

»Ich bin aufgewacht«, sagte sie mit einem sanften Lächeln, »als ich spürte, daß du nicht mehr neben mir lagst.« In dem schwachen Licht, das durch die Vorhänge strömte, blaß, streckte sie ihm ihre schlanken Arme entgegen. »Bitte, komm wieder her.«

Er zögerte einen Augenblick, bevor die Kälte – des Geistes, nicht des Körpers – ihn nachgeben ließ.

Als er wieder neben ihr ins Bett geglitten war, kuschelte Dominique sich eng an ihn. Beide waren nackt. Sie hatten sich zu Beginn der Nacht lange und ausgedehnt geliebt. Für gewöhnlich hätte Dominique nach der wundervollen Ekstase, die sie erlebt hatte, bis zum Morgen durchgeschlafen, doch unbewußt hatte sie Pauls innere Unruhe wahrgenommen und war aufgewacht.

»Sprich mit mir«, murmelte sie an seiner Haut. »Erzähl mir, worüber du nachgrübelst. Vielleicht kann ich dir helfen.«

Er lächelte und streichelte ihr zärtlich und liebevoll über den Rücken. »Liebling, das hast du bereits getan, einfach, weil du hier bist.«

Sie wollte ihm unbedingt glauben, doch ihre Zweifel blieben. Er war es gewöhnt, allein zu sein, seine Entscheidungen strikt nach dem zu treffen, was er für richtig hielt. Jetzt hatte er auf einmal eine Frau, auf die er Rücksicht nehmen mußte, obwohl er vielleicht lieber unabhängig gewesen wäre.

»Bereust du es...« Die Worte waren heraus, bevor sie sie zurückhalten konnte. In der Stille des Zimmers schienen sie heftig widerzuhallen.

Paul wandte sich abrupt um. Er betrachtete Dominique mit einem Blick, der gleichzeitig zärtlich und vorwurfsvoll war. »Das kannst du nicht ernst meinen.«

»Nein... vielleicht... ich weiß nicht. Es kommt mir einfach so vor, als wäre dir leichter ums Herz, wenn du dir keine Sorgen um mich machen müßtest.«

»Zweifellos.«

Er lachte leise, weil sich ihre Wangen sofort röteten. »Ach Dominique, verstehst du denn nicht? Vor drei Wochen habe ich eingestanden, daß wir beide zusammengehören, ganz gleich, wie aufreizend unabhängig du sein magst. Nichts kann mich jemals dazu bringen, das zu bereuen.«

Er sagte die Wahrheit, während er sie gleichzeitig neckte. Außerdem spürte sie, daß er sie ablenken und das Gespräch von seinen Sorgen auf ihre Unabhängigkeit bringen wollte.

Diesmal würde sie das nicht zulassen. Sie schob ihr schweres, offenes Haar beiseite und sagte: »Warum bist du so überzeugt davon, daß General Bonaparte eine Bedrohung für Frankreich ist?«

Paul zuckte die Schultern. »Instinkt, Erfahrung, was immer du willst. Ich bin mir nur sicher, daß es auf jeden Fall dumm, vielleicht sogar gefährlich ist, die zivile Macht in die Hände eines Militärs zu legen.«

»Die meisten Leute würden dem widersprechen. Die Menge liebt Bonaparte.«

»Oh ja«, sagte Paul bitter. »Diesen blinden Wunsch, geführt zu werden, habe ich schon einmal gesehen. Und du auch.«

»Der General ist nicht Robespierre«, protestierte Dominique.

»Nein«, stimmte Paul zu, »aber ich bin mir nicht so sicher, ob er nicht das gleiche Potential hat, unschuldigen Menschen Leid zuzufügen.«

Dominique seufzte. Das Letzte, was sie wollte, war, eine politische Diskussion anzufangen, während sie nackt neben ihrem Mann im Bett lag. Doch sie konnte Pauls Sorge verstehen. Das Streben nach Freiheit bestimmte sein Leben. Nach seiner Denkweise bedrohte Napoleon alles, für das er so viele Jahre erbittert gekämpft hatte.

»Was hast du vor?« fragte sie sanft.

»Ich weiß nicht«, gestand er. »Das kommt darauf an, wie weit Bonaparte gehen will.«

»Und wenn du dich irgendwie mit ihm arrangieren könntest...?«

»Meinst du, das sollte ich tun?«

»Vielleicht... wieso nicht? Schließlich hast du doch genug getan, oder nicht? Du hast so viel durchgemacht. Was gibt es daran auszusetzen, sich ein wenig zurückzuziehen und etwas für dich selbst zu tun?«

Sie fürchtete, ihre Worte könnten ihn verärgern, aber statt dessen sah er sie nur sanft an. »Du bist immer so pragmatisch, Dominique.«

Aus seinem Mund klang das wie der liebenswerteste Charakterzug, dennoch hatte sie den Drang, sich zu verteidigen.

»Das mußte ich sein. Immer hing das Überleben anderer Menschen von mir ab. Das läßt nicht viel Raum für Ideale.«

»Nein«, gestand er ruhig ein, »das stimmt. In vielerlei Hinsicht hattest du es viel schwieriger als ich.«

»Das ist nicht wahr. Ich war in England und in Sicherheit, während du ...«

Er verschloß ihr den Mund mit seinen Lippen – fest, beharrlich, überzeugend. »Reden wir jetzt nicht davon. Die Hauptsache ist, daß man nichts bereut, richtig?«

»Gar nichts«, sagte sie aufrichtig, »nicht zwischen uns. Ich liebe dich schon so viele Jahre. Deine Frau zu sein ist die Erfüllung aller Träume, die ich jemals hatte.«

Diese schlichte, ehrliche Aussage traf ihn bis ins Mark. Er verbarg seinen Kopf an der weichen, duftenden Haut ihrer Brüste und liebte sie mit einer beinahe wilden Verzweiflung, die sie verblüffte. Im Mahlstrom ihrer Leidenschaft klammerte sie sich hilflos an ihn, wollte verstehen, wollte helfen, fürchtete jedoch, irgend etwas könnte schrecklich schiefgehen.

***

»Ich verstehe«, sagte Talleyrand langsam. Er senkte den kristallenen Briefbeschwerer, den er versonnen betrachtet hatte, und lächelte Paul an. »Nun, ich denke, Sie treffen die richtige Entscheidung. Dem General ist jedenfalls sehr an Ihrer Unterstützung gelegen.«

»Ich habe nicht gesagt, daß ich sie ihm gewähren werde«, sagte Paul kalt. In der letzten Nacht hatte er keine Minute geschlafen, sondern mit Dominique in den Armen wach gelegen, nachdem die Erschöpfung sie übermannt hatte. Er hatte zur Decke hinaufgestarrt und nur daran denken können, welche Verantwortung er ihr gegenüber hatte. Sie konnte mit Recht erwarten, daß er umsichtig handelte, nicht nur hehren Idealen folgend, die bereits in der Vergangenheit dazu geführt hatten, daß sie beide viel zu sehr gelitten hatten.

Aber konnte er das tun? Das war die Schlüsselfrage, die ihn

beschäftigte, als er in Talleyrands luxuriösem Büro im Luxembourg-Palast stand, in dem das Direktorat sein Hauptquartier hatte. Der Außenminister belegte eine exzellente Suite mit Räumen, die auf die wunderbaren Gärten hinausblickten. Doch an diesem Tag schien Talleyrand seine Umgebung nicht wahrzunehmen. All seine Aufmerksamkeit konzentrierte sich auf den stolzen, selbstbewußten Mann, der vor ihm stand.

»Haben Sie sich nie gefragt«, fragte Talleyrand plötzlich, »wieso Bonaparte Ihre Unterstützung so unbedingt will, daß er sogar darum bittet? Das tut er für gewöhnlich nämlich nicht, müssen Sie wissen.«

»Das hatte ich vermutet«, sagte Paul trocken. »Ich nehme an, Sie werden es mir verraten.«

Der Außenminister lehnte sich in seinem breiten Stuhl zurück und blickte den Jüngeren wohlwollend an. »Sie verfügen über eine seltene Gabe. Nicht nur Einfluß oder Geld, das wäre viel zu gewöhnlich. Ihre besondere Eigenschaft ist Integrität. Die Menschen vertrauen Ihnen. Was Sie tun und sagen gilt als richtig, einfach aufgrund Ihres Rufes.«

Paul zuckte die Schultern. Er war ein wenig beschämt, wenn auch nicht über die Maßen. Tief in seinem Inneren dachte er, daß Talleyrand ihm nur schmeicheln wollte.

»Ich verstehe nicht ...« setzte er an.

»Ah«, unterbrach der Außenminister, »ich aber schon, und Bonaparte auch. Er weiß, daß er Männer wie sie brauchen wird, nachdem der erste Sturm von Enthusiasmus abgeklungen ist und der ernste Regierungsalltag beginnt.«

Pauls Augen verengten sich. Keine andere Regung zeigte die Auswirkung dessen, was er gerade gehört hatte. Hatte Talleyrand versehentlich die wahren Absichten des Generals offenbart, oder war das absichtlich geschehen?

»Korrigieren Sie mich, falls ich mich irre«, sagte Paul ruhig, »aber meines Wissens gehört Bonaparte nicht der Regierung an.«

»Im Augenblick nicht«, räumte Talleyrand ein, »aber viele von uns haben den Eindruck, daß dieses Manko rasch behoben werden sollte.«

»Und welchen der gegenwärtigen Direktoren wollen Sie zurücktreten lassen, um Platz für den General zu schaffen?« fragte Paul sarkastisch. Er wußte nur zu gut, daß keiner der fünf Männer, die gemeinsam den herrschenden Rat Frankreichs bildeten, freiwillig seine Macht abgeben würde.

Auch Talleyrand wußte das. Er lächelte Paul süffisant zu. »Nun, zugegeben, hier ist noch Überredungsarbeit zu leisten.«

»Friedliche Überredungsarbeit?«

»Natürlich, was sonst? Wie Sie selbst herausgestellt haben, hat Frankreich genug vom Krieg.«

Paul runzelte die Stirn. Er war ganz und gar nicht überzeugt, daß Talleyrand ihm gegenüber vollkommen aufrichtig war. Doch das starke Verantwortungsgefühl, das er Dominique gegenüber empfand, bewirkte, daß er ihm glauben wollte. Auf jeden Fall würde es ihn nichts kosten, sich mit Napoleon zu treffen – zumindest sollte das wohl so sein.

»Komm doch zum Tee«, hatte Josephine gesagt, »und bring deinen reizenden Gatten mit. Wir werden ein wunderbares Tête-à-Tête haben, ohne dauernd gestört zu werden.«

Und wie genau wollte sie das erreichen, fragte sich Dominique, als sie die Kutsche verließ, die sie und Paul zur Residenz der Bonapartes gebracht hatte. Wie üblich hatte sich davor eine Menge versammelt, die neugierig jeden anstarrte, der das Haus betrat oder es verließ und die jubelte, wenn ein bekanntes Gesicht zu sehen war.

Kaum war Paul aus der Kutsche gestiegen, brach ein Begeisterungssturm los. Sowohl er als auch Dominique hatten das nicht erwartet. Ein Weg teilte sich vor ihnen, der zur Eingangstür führte. Paul nahm Dominiques Ellenbogen, und sie gingen los, bei jedem Schritt konfrontiert mit lächelnden Männern und Frauen.

»Guten Tag, Doktor«, murmelte jemand respektvoll. Andere wiederholten den Gruß.

»Gott segne Sie, Sir«, sagte eine Frau.

Paul blieb stehen und sah sie an. Sanft frage er: »Warum sagen Sie das?«

Die Frau wirkte überrascht, so plötzlich im Mittelpunkt des Interesses zu stehen, doch sie sammelte sich rasch. Mit lauter Stimme, damit jeder sie hören konnte, sagte sie: »Nun, weil Sie meinem Sohn das Leben gerettet haben, darum. Er ist mit einer schrecklichen Verletzung aus Ägypten heimgekehrt, und im Militärkrankenhaus konnte man ihm nicht helfen. Haben gesagt, es wäre zu schlimm.«

Ihr Bericht wurde von erzürntem Schimpfen beflügelt.

»Aber Ihr Krankenhaus hat ihn aufgenommen. Die Ärzte dort haben ihn versorgt, und jetzt ist er wieder zu Hause und ist auf dem Weg der Besserung. Wir alle wissen, daß Sie alles aus eigener Tasche bezahlt haben und daß es durch Ihr Bemühen das ist, was es ist.«

»Das stimmt«, sagte ein Mann neben ihr. »Jeder kennt Doktor Delamare und weiß, was er getan hat.« Stolz ergänzte er: »Mein Junge war während des Terrors im Widerstand. Er hat uns erzählt, wie Sie in den schlimmsten Zeiten alles zusammengehalten haben.«

Verwirrt schüttelte Paul den Kopf. »Ich habe nur sehr wenig getan...«

»Natürlich glauben Sie das, Doktor«, sagte eine weitere Frau. »Sie sind so bescheiden. Aber wir alle kennen die Wahrheit, und glauben Sie nicht, daß wir das nicht zu schätzen wissen, ganz im Gegenteil.«

Paul wollte weiter protestieren, ließ jedoch davon ab, als Dominique rasch seinen Arm drückte. Ihre Augen, die zu ihm aufsahen, waren voller Liebe und den Tränen gefährlich nahe.

»Ich bin so stolz auf dich«, murmelte sie, so daß nur er es hören konnte.
Er seufzte, denn ihm wurde klar, daß jetzt nicht Zeit und Ort war, um darauf zu beharren, daß er nur getan hatte, was jeder vernünftige, mitleidige Mensch tun würde. Eine solche Äußerung würde nur zu weiterer Lobhudelei führen – und darauf konnte er gut verzichten.
Mit einem liebenswürdigen Kopfnicken an die Menge führte er Dominique ins Haus.
»Was für ein Unsinn«, sagte er, als sie bis auf den gleichgültigen Butler, der ihnen die Mäntel abnahm, allein in der Eingangshalle standen.
»Ganz und gar nicht«, warf Josephine ein, die aus dem Salon kam, um sie zu begrüßen. Sie sah so reizend aus wie immer, ihre Wangen glühten, und ihre Augen waren dunkel vor Aufregung. »Ich habe aus dem Fenster gesehen«, erklärte sie, während sie Dominique rasch umarmte und auf die Wangen küßte. »War Ihnen wirklich nicht bewußt, wie die Leute von Ihnen denken?«
Paul zuckte unsicher die Schultern. »Ich glaube, ich hatte keine Zeit, mich darum zu kümmern.«
»Und noch weniger Interesse?« fragte eine zweite Stimme. Alle wandten sich um und gewahrten Bonaparte selbst, der auf sie zukam. Wie immer trug er die Uniform eines Generals der Nationalen Armee, jedoch ohne die Vielzahl von Orden und Streifen, mit denen andere Männer in seiner Position sich schmückten. Vielmehr wirkte er schlicht und von natürlichem Selbstvertrauen. Ein Lächeln umspielte seinen wohlgeformten Mund, als er den Kopf leicht neigte, weil er ihre Überraschung bemerkte.
»Ich hoffe, Sie nehmen es uns nicht übel, Monsieur le Docteur, aber wir haben Sie gewisserweise unter falschen Voraussetzungen hergelockt. Das heißt, Madame Delamare ist herzlich eingeladen, mit meiner Frau Tee zu trinken. Mir

jedoch wäre es lieber, wenn wir uns vertraulich unterhalten könnten.«
Paul unterdrückte seinen aufkeimenden Ärger. Er konnte dem General, der bereits früher den Wunsch geäußert hatte, mit ihm zu sprechen, kaum Vorwürfe machen. Außerdem hatte Talleyrand mehr als deutlich angezeigt, daß ein solches Treffen stattfinden würde. Mit einem knappen Kopfnicken willigte er ein.
Bonaparte trat beiseite, um Paul in sein privates Studierzimmer zu führen. Die beiden Frauen warfen einander einen hoffnungsvollen Blick zu, als die Tür sich hinter ihnen schloß.

Eine Stunde später wandte sich Dominique in der Kutsche, die sie nach Hause brachte, eifrig an Paul. »Was hat er gesagt?«
»Vieles, wovon das meiste mit Frankreichs Stellung in der Welt und unserem Schicksal zu tun hatte.«
»Oh.« Dominique runzelte die Stirn. Sie erkannte Pauls bitteren, zynischen Tonfall, der sie beunruhigte. Sie konnte ihm nicht vorwerfen, daß er solchen grandiosen Themen skeptisch gegenüberstand – besonders, wenn so viele greifbare, realistische Dinge noch ungeklärt waren.
»War das alles?« fragte sie vorsichtig.
»Nicht ganz.« Paul schloß einen Augenblick lang müde die Augen. Als er sie wieder öffnete, stellte er fest, daß Dominique ihn anstarrte, ihr hübsches Gesicht voller Sorge.
Sofort bereute er, daß er sie beunruhigt hatte. »Es tut mir leid, Liebling. Es gibt wirklich keinen Grund zur Besorgnis. Bonaparte und ich haben uns ganz freundschaftlich unterhalten.«
»Wirklich?« Sie konnte ihren Unglauben nicht verbergen. Er war so offensichtlich, daß Paul lachte.
»Wirklich.« Ernst fügte er hinzu: »Er ist brillant, das muß ich ihm lassen. Und er hat ein Gespür für Menschen, obwohl es

eine völlig andere Sache ist, ob er ein Gespür für sich selbst hat.«

»Was meinst du damit?«

»Daß er auf mich wirkt, als sei er zwei Menschen. Einerseits ein wirklich großer Führer mit einer noblen Vision für die Zukunft seines Landes. Und andererseits der Mann, der nach Macht strebt, nur um seine eigene Eitelkeit zu befriedigen. Das gibt mir zu denken.«

Es lag Dominique auf der Zunge zu sagen, daß er sich sicher irrte, daß es keinen Grund zur Besorgnis gebe, doch sie hielt sich zurück. Wenn sie ehrlich war, kannte sie Bonaparte auch nicht besser als jeder andere. Paul mit seinem ruhigen Scharfsinn und Verständnis kannte ihn wahrscheinlich mindestens genauso gut wie all jene, die behaupteten, seine Vertrauten zu sein. Und wenn er sich Sorgen machte ...

»Worum hat er dich gebeten?«

»Zunächst um meine Unterstützung. Als er merkte, daß ich damit noch immer zögerte, bat er, daß ich mich einfach nicht gegen ihn aussprechen solle. Offenbar ist er immer noch der Ansicht, daß mein Urteil ein gewisses Gewicht hat.«

»Das sollte er auch. Du hast doch gesehen, wie die Menge reagiert hat, aber was noch wichtiger ist: in der Regierung gibt es viele, die auf dich hören würden. Talleyrand würde dir nicht so hofieren, wenn das nicht stimmte.«

Paul lächelte schwach. »Du bist mir in dieser Hinsicht überlegen, Liebling. Wenn es um politische Schachzüge geht, betrete ich Neuland.«

»Ach«, sagte sie und kuschelte sich an ihn, »es ist nur gerecht, daß ich auch mal erfahrener bin als du.« Neckisch ergänzte sie: »Warum lehnst du dich nicht einfach zurück, entspannst dich und läßt dir von mir zeigen, wie man es macht?«

Das Funkeln in seinen Augen zeigte ihr, daß er das Spiel genoß, daß sie jedoch nicht erwarten sollte, zu lange die Oberhand zu behalten. Sie erschauerte vor Vorfreude. Sie konnte es kaum erwarten, wieder mit ihm zu Hause zu sein, allein in ihrem stillen, hohen Schlafzimmer, in dem die ganze Welt außen vor blieb.

Als sich sein stolzer Kopf neigte und seine Lippen auf ihre trafen, schloß sie die Augen und schwor sich im stillen, daß sie nichts voneinander trennen würde.

Kapitel 25

Er hat nicht gesagt, daß er ihn bekämpfen wird«, beharrte Dominique ruhig. »Er sagte, er würde sich nicht gegen den General äußern, solange er die Integrität der Verfassung respektiere und sich friedlich verhalte.«

Josephine atmete heftig und ärgerlich aus. Sie und Dominique hatten sich zufällig im Geschäft des eleganten *Modiste* auf der rue St.Honoré getroffen. Die beiden Frauen hatten einander seit Pauls Gespräch mit Bonaparte in der vorangegangenen Woche nicht gesehen. Dominique war sich nicht ganz sicher, ob Josephine sie mied, aber sie hatte die Vermutung.

»Begreift er denn nicht«, wollte Josephine wissen, »daß man Napoleon einfach keine Vorschriften machen kann? Er ist zu sehr von seinen eigenen Visionen eingenommen, um sich derartig einschränken zu lassen.«

»Aber Paul hat doch gar nicht viel verlangt«, protestierte Dominique. Sie sprach weiterhin leise, um in dem Geschäft kein Aufsehen zu erregen, aber sie konnte ihre Verärgerung nicht vollständig verbergen. Ihre Hand zitterte, als sie eine Bahn feine, weiße Seide beiseite legte, die sie betrachtet hatte.

»Wir alle wollen nichts anderes als Frieden«, sagte sie scharf. »Das ist doch wohl nicht zuviel verlangt?«

»Frieden ...« murmelte Josephine, als wüßte sie nicht genau, was die Worte bedeuteten. »Ich bin mir nicht sicher, ob es so etwas überhaupt gibt.«

Dominique grübelte noch immer darüber nach, als sie nach

Hause kam. Sie betrat das Haus und brannte darauf, mit Paul zu sprechen, doch ihr wurde gesagt, er sei noch nicht aus dem Krankenhaus zurückgekehrt. Das war nicht ungewöhnlich; es war noch früh. Dennoch blieb sie besorgt und war dankbar für den Stapel Briefe, der gekommen war und sie ablenkte.

David schrieb wie immer von seinem dringenden Wunsch, nach Frankreich zurückzukehren. Er war überzeugt, der Krieg sei beinahe vorbei, der Frieden würde bald verkündet werden und die beiden Länder, die er liebte, würden endlich Freunde werden. Dominique wünschte nur, sie könne seinen Optimismus teilen. Sie legte den Brief in der Absicht beiseite, ihm eine sanfte, doch bestimmte Absage zu schicken. David hatte gerade sein letztes Jahr in Eton begonnen. Er konnte warten, bis er es beendet hatte, bevor er sein Erbe in Frankreich antrat.

Nicole dagegen schien die Unzufriedenheit ihres Bruders ganz und gar nicht zu teilen. Sie schrieb einen fröhlichen, heiteren Brief mit munterem Klatsch, der vor jugendlichem Enthusiasmus überquoll. Dominique mußte mehrere Male laut auflachen, als sie die treffenden Bemerkungen ihrer Schwester zu gemeinsamen Bekannten las. Überrascht wurde ihr klar, daß Nicole nur noch drei weitere Schuljahre vor sich hatte, bevor sie in die Gesellschaft eingeführt werden würde. Sie schüttelte ungläubig den Kopf, während sie sich fragte, wie London damit fertig werden würde.

Desweiteren hatte sie eine Nachricht von Maggie bekommen, die Dominique besonders erwartungsvoll öffnete. Obwohl sie gut verstehen konnte, daß ihre Zofe in Kriegszeiten nur ungern von England nach Frankreich umsiedeln wollte, vermißte sie sie schrecklich. Ihr Ersatz, eine geduldige Französin mit den besten Absichten, verstand ihr Handwerk recht gut, aber niemand würde Maggie jemals gleichkommen.

Daher nahm Dominique mit großer Freude zur Kenntnis, daß die junge Frau den Umzug ernsthaft in Betracht zog. Sie und ihr Patrick hatten geheiratet und wollten gerne einen neuen Anfang wagen. Da Frieden mit jedem Tag wahrscheinlicher zu werden schien, wollten sie wissen, ob Dominique eine Stelle für sie haben würde.

Ganz gewiß, dachte sie, als sie sich an ihr Schreibpult setzte, um rasch eine Antwort zu formulieren. Mademoiselle Helene würde ohne Schwierigkeiten eine neue Anstellung finden. Wahrscheinlich wäre sie sogar viel glücklicher mit einer Dienstherrin, die einen Sinn für Mode hatte, anstatt ihr vollkommen gleichgültig gegenüber zu stehen. Und Maggie würde Paris lieben – die Promenaden, die Geschäfte, die großen *Modistes*. Oh ja, Maggie wäre hier absolut in ihrem Element.

Als sie ihr letztes Antwortschreiben beendet hatte, war es bereits dunkel. Ein Butler war schweigend hereingekommen, um die Lampen anzuzünden, und dann wieder verschwunden. Die Vorbereitungen für das Abendessen waren im Gange. Dominique konnte den Essensduft riechen, der aus den Küchen heraufstieg.

Sie schnüffelte anerkennend und bemerkte zum ersten Mal an diesem Tag, daß sie absolut ausgehungert war. Doch einen Augenblick später verschwand ihr Appetit, und plötzlich überkam sie Übelkeit.

Nach Atem ringend klammerte sie sich an die Schreibtischkante, bis die Welt sich wieder einrenkte und sie wagte, tief Luft zu holen.

Langsam wurde ihr Gesicht nachdenklich. Das war bereits das dritte Mal – nein, das vierte – in den letzten Tagen, daß sie dieses Gefühl gehabt hatte. War es möglich, daß ...

Ihre Augen erstrahlten in reinster Freude, als sie ehrfürchtig eine Hand auf ihren Bauch legte. Ihr Körper unter dem schmalen Seidenkleid fühlte sich unverändert an, doch Dominique wußte es besser. Sie fühlte sich voller Leben, aufgewühlt durch das große, ewige Geheimnis, das dem Dasein zugrunde lag.

Diese Erkenntnis machte sie gleichzeitig überschwenglich und demütig. Sie saß ganz still und stellte sich vor, wie glücklich Paul sein würde. Es gab ganz bestimmt keinen Mann, der ein Kind mehr lieben oder ein besserer Vater sein würde. Sie konnte es kaum erwarten, ihm davon zu berichten.
Plötzlich runzelte sie die Stirn und sah auf die Uhr. Es war bereits später, als sie vermutet hatte. Paul hätte eigentlich schon zu Hause sein müssen. Rasch stand sie auf und ging hinunter in die Eingangshalle.
»François«, sagte sie, als sie auf den diensthabenden Butler traf, »hat Monsieur le Marquis eine Nachricht gesandt?«
Der junge Mann schüttelte den Kopf. »Nein, Madame, aber wenn Sie wünschen, kann ich jemanden hinunter zum Krankenhaus schicken, um festzustellen, ob er noch dort ist, oder ich kann auch selbst gehen.«
Dominique, die dieser Vorschlag überraschte, sagte: »Oh, ich glaube nicht, daß das unbedingt notwendig ist, François. Wahrscheinlich wurde er nur von einem Patienten aufgehalten.«
Der junge Mann sah sie erstaunt an. »Ich dachte, Sie wüßten es schon, Madame, aber Sie waren ja fast den ganzen Nachmittag zu Hause, nicht wahr? General Bonaparte hat die Armee in Paris unter sein Kommando gestellt. Die Direktoren wurden verhaftet. Man spricht von einem Staatsstreich.«
Jegliche Farbe wich aus Dominiques Gesicht. Sie schwankte und wäre gestürzt, wenn der junge Mann sie nicht aufgefangen hätte. Während er sie vorsichtig auf einen Stuhl in der Nähe setzte, rief er die anderen Diener zu Hilfe.
In dem Durcheinander, das dann folgte, übernahm die Zofe Helene unverzüglich die Verantwortung. Die ernste, sachliche Frau von vierzig Jahren, die vor der Revolution Kammerzofe gewesen war, wußte nur zu gut, wie man Befehle erteilte.
»Schickt sofort jemanden nach Monsieur le Docteur, Madame muß sich oben ausruhen. Du, Jules, und du, Henri, hebt sie mit dem Stuhl hoch. Vorsicht, ihr Trottel! Langsam ...«

Dominique wurde mit wenig Komfort und viel Umständen in ihr Boudoir verfrachtet. Einmal dort angekommen, erholte sie sich soweit von dem Schock, daß sie das Kommando übernehmen konnte.

»Es geht mir bestens, Helene«, teilte sie der Zofe mit, »obwohl ich Ihnen für Ihre Fürsorge dankbar bin. Henri und Jules werden zusammen nach Monsieur Delamare suchen.« Sie waren beide kräftige junge Männer, die immer recht besonnen gewirkt hatten. Dennoch fühlte sie sich gezwungen zu ergänzen: »Sie sollen sich jedoch nicht lange auf der Straße aufhalten. Wenn sie seine Lordschaft nicht bald finden, müssen sie zurückkommen. Dort draußen herrscht vielleicht Gefahr.«

Die Männer, die ihre Rücksichtnahme zu schätzen wußten, nickten kurz und brachen sofort auf. Als sie fort waren, zwang Dominique sich, ganz still in dem Stuhl neben dem Fenster sitzenzubleiben. Um ein wenig Zeit für sich zu gewinnen, willigte sie ein, als ihre Zofe eine Tasse Tee vorschlug.

Irgendwie mußte sie die Kraft finden, mit dem fertig zu werden, was sie erwartete. Doch als Helene mit dem dampfenden Kamillentee zurückkam, war Dominique ihrem Ziel noch nicht näher gekommen. Sie starrte weiterhin mit weißem, angespanntem Gesicht auf die leere Straße hinab und betete, Paul möge wie durch ein Wunder auftauchen.

Jules und Henri kehrten kurze Zeit später zurück und berichteten, Paul sei am frühen Nachmittag aus dem Krankenhaus abberufen und seitdem nicht mehr gesehen worden. Dominique nahm diese Nachricht äußerlich ruhig entgegen, doch innerlich verzehrte sie sich vor Angst.

Die Stunden verstrichen quälend langsam. Paris schien in Stille gehüllt zu sein, als hielte die gesamte Stadt den Atem an. Die Straßen waren unheimlich leer, weil die Bürger in ihren eigenen vier Wänden blieben und sich so gut wie möglich Trost verschafften.

Für Dominique gab es keinen. Die langen Stunden der Nacht über blieb sie in dem Stuhl am Fenster sitzen und wartete auf das, was nicht geschehen würde, wie ihr allmählich klar wurde. Gegen Morgen hatte sie die Wahrheit akzeptiert.

Sie zog sich mit großer Sorgfalt an und überraschte Helene dadurch, daß sie ausnahmsweise großen Wert auf Details legte. Als sie mit ihrer Erscheinung zufrieden war, wies sie Henri an, ihre Kutsche vorzufahren. Es war noch früh, als sie das Haus verließ und zur Residenz der Bonapartes aufbrach.

Mehr als alles andere sagte ihr das Fehlen der üblichen Menschenmenge alles, was sie wissen mußte. Wenn nichts Ungewöhnliches geschehen wäre, würden die Anhänger des Generals wie üblich an Ort und Stelle sein und jubeln, wann immer er zu sehen war. Doch jetzt hielten selbst sie sich zurück und warteten ab, was geschehen würde.

Josephine jedoch tat das nicht. Sie war bereits aufgestanden und angezogen und saß vor einer silbernen Teekanne und einem Teller Brioches in ihrem Salon.

»Setz dich«, sagte sie sanft, als sie die blasse, angespannte Erscheinung ihres Gastes wahrnahm. »Niemand hat etwas davon, wenn du zusammenbrichst.«

»Das weiß ich«, murmelte Dominique und setzte sich auf den angebotenen Stuhl. Jetzt, wo sie tatsächlich hier war, drohte ihr Mut sie zu verlassen. Ihre schmalen Hände verkrampften sich in ihrem Schoß, während sie ihre Freundin anstarrte.

»O Josephine, was soll ich nur tun?«

Die ältere Frau seufzte. Mit munterer Freundlichkeit hielt sie ihr eine Tasse Tee entgegen. »Erst einmal trink das hier, und dann iß etwas. So, wie du jetzt aussiehst, ist das das Wichtigste. Und dann werden wir uns unterhalten.«

»Du weißt von Paul ...?«

»Ich konnte mir keinen anderen Grund für dein Kommen vor-

stellen. Aber im Ernst, Dominique, was hast du denn gedacht, was passieren wird?«
»Ich weiß nicht. Ich hatte gehofft...«
Josephine lächelte gequält und setzte ihr einen Teller mit einem wunderbaren, goldenen Brioche vor. »Daß er vernünftig sein und den sicheren Weg einschlagen würde? Oder vielleicht noch mehr, nämlich daß er die Gelegenheit ergreifen und sich Bonaparte annähern würde?«
»Nein, ich wußte, daß er das niemals tun würde. Er traut dem General nicht.«
»Sehr vernünftig«, sagte Josephine mit resignierter Belustigung. »Aber er hätte sich für Sicherheit entscheiden können.«
Dominiques Hände umklammerten einander noch fester. Sie schloß einen Augenblick lang die Augen in der Befürchtung, sie könne in Tränen ausbrechen.
»Oh, meine Liebe«, rief Josephine aus, die sofort bereute, »es war wirklich grausam von mir, dir nicht sogleich Bescheid zu sagen. Ihm fehlt nichts. Er ist nur ... aus dem Verkehr gezogen worden.«
»Verhaftet?« Hoffnung, die so überwältigend war, daß sie beinahe schmerzte, keimte in ihr auf und erstickte sie beinahe. Jetzt, wo sie wußte, daß das Schlimmste nicht geschehen war, glaubte sie, alles verkraften zu können.
Josephine nickte. Sie hatte den Takt, beschämt zu wirken, als sie sagte: »Es gab eine Liste, weißt du. Offenbar stand Pauls Name seit letzter Woche auch darauf.«
»Also war es nicht genug, daß er versprochen hat, sich nicht einzumischen, solange Bonaparte die Regierung respektiert und Frieden bewahrt?«
»Natürlich nicht. Der General hatte niemals die Absicht, auch nur eines von beidem zu tun.«
Dominique holte tief und zitternd Luft und atmete langsam wieder aus. »Was hat er vor?«

»Frankreich zu beherrschen, absolut und uneingeschränkt, ganz gleich, was er Gegenteiliges behauptet. Aber wirf dir nicht vor, daß du das nicht durchschaut hast. Es gibt noch immer viele Menschen, denen es genauso geht, und darunter sind viele, die es besser hätten wissen sollen.«

»Talleyrand?« fragte Dominique vorsichtig in dem Bemühen, die Lücken zu füllen und zu verstehen, was geschehen war.

Josephine lachte. »Gütiger Himmel, nein. Der gerissene alte Fuchs wußte die ganze Zeit über genau, was geschehen würde. Napoleon und er haben sich perfekt verstanden. Trotzdem«, ergänzte sie, »du darfst es ihm nicht zum Vorwurf machen, daß er versucht hat, Paul auf ihre Seite zu ziehen. Er hat höchsten Respekt vor deinem Mann.«

»Wie nett«, murmelte Dominique angespannt. »Er respektiert ihn so sehr, daß er seine Verhaftung duldet.«

»Die andere Alternative war seine Hinrichtung. Wäre dir das lieber gewesen?«

Dominique starrte ihre Gastgeberin aus weit aufgerissenen, dunklen Augen an. »Du bist ... sehr direkt.«

Josephine zuckte ohne Bedauern die schmalen Schultern. »Das Leben hat mich gelehrt, daß es wenig Sinn macht, das nicht zu sein.« Wohlüberlegt ergänzte sie: »Ich hätte gedacht, du hättest die gleiche Erfahrung gemacht.«

Dominique setzte ihre Teetasse ab. Langsam nickte sie. Einen Augenblick lang sah sie sich in dem eleganten, prächtigen Zimmer um. Von draußen schallte durch die hohen, geöffneten Fenster der Straßenlärm von Paris herein, soweit er in dieser äußerst vornehmen Gegend überhaupt vorhanden war.

All das war ihr schmerzlich vertraut und lieb. Dies war ihre Heimat, der einzige Ort, an dem sie sich jemals wirklich zu Hause gefühlt hatte. Trotz allem, was geschehen war, wollte sie immer noch am liebsten hier bleiben.

Mit einer Ausnahme.

Ruhig sagte sie: »Ich denke, ich weiß, was zu tun ist.«

Der Eingang zum Luxembourg-Palast wurde nicht von den üblichen Gardetruppen bewacht, sondern von einem Zug kampferprobter Veteranen, die mit finsterem Gesichtsausdruck schweigend dastanden und jeden beobachteten, der kam und ging. Diejenigen, die sie passieren mußten, sahen ausnahmslos vorsichtig und oft sogar ängstlich aus.
Dominique bemühte sich, beides zu vermeiden. Sie ging mit erhobenem Kopf und entschlossenem Blick auf den ersten Wachposten zu, den sie sah. Mit einer leisen Spur von Arroganz sagte sie: »Ich habe eine Nachricht für Seine Exzellenz General Bonaparte von Frau Bonaparte. Ich muß sofort zu ihm.«
Der Wachposten runzelte die Stirn und sah sie mißtrauisch an. Er streckte eine große, behaarte Hand aus. »Geben Sie sie mir.«
Dominique schüttelte entschieden den Kopf. »Auf keinen Fall. Sie ist nur für den General bestimmt.«
»Den ersten Konsul«, korrigierte eine jüngere Stimme belustigt. Dominique wandte sich um und sah sich einem attraktiven Offizier Mitte Zwanzig gegenüber, der eine makellose Uniform trug und sie bewundernd musterte.
»Sie sind ...?« fragte er, während sein Blick über sie glitt.
»Madame la Marquise de Rochford«, sagte sie kühl. »Ich habe eine persönliche Nachricht für den General ... den ersten Konsul ... von Frau Bonaparte.«
»Darf ich sie sehen?« fragte der junge Mann.
Widerwillig zog Dominique die Nachricht hervor. Er nahm den schweren, geprägten Umschlag und drehte ihn um. Schweigend studierte er das Wachssiegel, mit dem er verschlossen war.
»Ich verstehe«, sagte er langsam, als er ihr die Nachricht zurückgab. »In Ordnung. Bitte folgen Sie mir, Madame.«
Die unnatürliche Stille, die über Paris lag, war innerhalb des Regierungspalastes nicht zu spüren. Hier schien das Chaos zu

herrschen. Kaum war Dominique hinter dem jungen Offizier eingetreten, stürzte ein Schwall von Eindrücken und Geräuschen auf sie ein.
Männer – zumeist in Uniform, einige Zivilisten – rannten die vergoldeten Korridore entlang, riefen einander Anweisungen oder Fragen zu, stürmten durch die Türen von Vorzimmern und sahen allesamt furchtbar geschäftig aus. Doch trotz dieser scheinbaren Disorganisation gab es keine Spur von Panik. Ganz im Gegenteil, die Stimmung zeugte von einer unnachgiebigen Entschlossenheit, die Dominique ernsthaft entmutigte.
Leise fragte sie: »Wie haben Sie den General noch mal genannt?«
Über die Schulter hinweg sagte der Offizier: »Erster Konsul.« Als hätte er selbst dafür gesorgt, sagte er stolz: »Das Direktorat ist abgeschafft. Frankreich wird jetzt von einem Konsulat unter dem Vorsitz von Bonaparte angeführt.«
Frankreich zu beherrschen, hatte Josephine gesagt. Offenbar hatte er dieses Ziel bereits erreicht. Und dennoch fragte Dominique sich, ob nicht noch mehr bevorstand.
»Gibt es noch weitere Konsuln?« fragte sie.
Der junge Mann nickte. »Der General wird sich die Macht mit zwei anderen teilen.«
Sie war versucht zu fragen, wie lange das wohl dauern sollte, hielt sich jedoch zurück. Sie näherten sich einer gewaltigen Doppeltür am Ende des Korridors. Die Türen waren geöffnet und gewährten Ausblick auf ein Büro, das so groß war, daß es mehrere hundert Menschen faßte. Und genauso viele schienen sich auch darin aufzuhalten.
Der Offizier bahnte ihnen den Weg und flüsterte dem Wachposten, der vor einer Innentür postiert war, einige Worte zu. Einen Augenblick später öffnete sich diese Tür, und Dominique wurde hineingeführt.
Bonaparte war allein. Er hatte dem Zimmer den Rücken zuge-

wandt und starrte aus dem einzigen Fenster. Im Gegensatz zu dem prächtigen Vorzimmer war dieser Raum von beinahe karger Schlichtheit. Er wirkte wie das Kommandozelt eines Offiziers im Feld.

Dominique, die sich nicht sicher war, was sie sagen oder tun sollte, stand unbeweglich da, bis Bonaparte sich plötzlich umwandte. Er hatte seine Uniformjacke ausgezogen und trug nur ein einfaches weißes Hemd, schwarze Hosen und Stiefel. Keine Insignien deuteten auf seinen Rang hin, aber sie nahm an, das sei auch nicht nötig. Er strahlte beinahe übermenschliche Kraft und Energie aus.

Er lächelte, als er auf einen Stuhl deutete. »Setzen Sie sich, Madame la Marquise. Ich habe Sie erwartet.«

Ihr Stolz verlangte, daß sie sich ihre Überraschung nicht anmerken ließ – ebensowenig wie ihre Furcht. Ruhig streckte sie ihm den Brief entgegen. »Madame Bonaparte schickt eine Nachricht.«

»Ah«, sagte er mit amüsiertem Blick. »Nun, dann wollen wir mal sehen, was sie mir mitzuteilen hat.«

Er nahm die Nachricht, öffnete sie und überflog die wenigen Zeilen in Sekundenschnelle. Sein Lächeln schwand. Seufzend warf er das Papier ins Feuer und zuckte die Schultern. »Meine Frau hält es für nötig, mich zu tadeln.«

Dominique erstarrte überrascht. Das hatte sie wirklich nicht erwartet. Als Josephine angeboten hatte, ihr ein Mittel zum Betreten des Palastes zu verschaffen, hatte Dominique angenommen, daß sie etwas Unverfängliches schreiben würde. Das Äußerste, worauf sie gehofft hatte, war gewesen, daß ihre Freundin sanft ein Wort zu ihren Gunsten einlegen würde. Jetzt hatte es den Anschein, als sei Josephine viel weiter gegangen.

»Ich werde die Frauen nie verstehen«, sagte Bonaparte. Er setzte sich lässig auf einen Segeltuchstuhl und legte die Füße auf eine daneben stehende Kiste. Sein Blick war finster, unergründlich und durchdringend, als er ergänzte: »Ich biete ihr jeglichen Luxus, verleihe ihr mehr Macht und Ehre, als sie jemals gekannt hat, und das ist erst der Anfang. Und trotzdem wirft sie mir vor, daß ich grausam gegenüber einem jungen Liebespaar bin.«

Er verzog das Gesicht und sagte: »Manchmal verstehe ich, wieso Beauharnais nach Amerika in den Krieg gezogen ist. Schließlich braucht ein Mann auch mal etwas Frieden.«

Der innere Widerspruch dieser Aussage schien den ersten Konsul nicht zu stören. Mit einem resignierten Schulterzukken sagte er: »Zweifellos muß ich sie irgendwie beschwichtigen.« Unvermittelt zog er eine Schublade auf und schüttete einige Leinenbeutel aus. Dominique rang nach Atem, als sich ein glitzernder Regen wertvoller Juwelen über die ramponierte Oberfläche ergoß.

»Wunderbar, nicht wahr?« sagte Napoleon, allerdings mit nicht mehr Gefühl, als ein vielbeschäftigter Mann einem lekkeren Essen oder einer guten Flasche Wein entgegenbringen würde. »Glauben Sie, sie würden Josephine gefallen?«

»Ohne Zweifel«, sagte Dominique trocken. »Woher stammen sie?«

»Wer weiß das schon? Ich habe sie heute morgen von einem Herren erhalten, der sich unbedingt meine Gunst erkaufen wollte. Er ist recht zufrieden wieder gegangen, in dem Glauben, es sei ihm gelungen.«

Und ohne Zweifel, dachte Dominique, war er nicht der Einzige. Die Männer, die durch die Revolution reich und mächtig geworden waren, würden Bonaparte umschmeicheln und eifrig darauf bedacht sein, dem kühnen Mann, der ihnen die Autorität vor der Nase weggeschnappt hatte, ihre Unterstützung zu versichern. Er war einer von ihnen – unverfroren, entschlossen, gnadenlos – und dennoch mehr, denn er handelte allein und wurde nur von seiner eigenen Vision getrieben. Und mehr als alles andere würde das diejenigen schrekken, die immer den Mob im Rücken brauchten, der sie antrieb.

»Also werden Sie reicher sein, als Sie es sich jemals erträumt hatten«, sagte sie ruhig und fragte sich, was das für einen Mann bedeuten mußte, der einer angesehenen, aber nicht gerade wohlhabenden Familie aus der entlegenen Provinz Korsika entstammte.

Napoleon zuckte die Schultern. »Das Geld ist nicht wichtig. Was zählt, ist die Macht.«

Dominique zweifelte nicht daran. Sie hörte die harte, unerbittliche Entschlossenheit in seinen Worten und fuhr zusammen.

Er lächelte vorwurfsvoll. »Warum so entsetzt, Madame? So ist die Welt nun mal.«

»Ihre Welt, Monsieur, nicht meine ... oder die meines Mannes.«

Bonapartes Lächeln wurde noch breiter. »Ach ja, der unbeugsame Doktor Delamare. Was sollen wir nur mit ihm machen?«

Dominique zwang sich zu schweigen. Der amüsierte, spöttische Tonfall des ersten Konsuls empörte sie zutiefst, und sie hätte es ihm nur zu gerne gesagt, wenn sie die möglichen Konsequenzen nicht gefürchtet hätte.

Abrupt wurde Bonaparte ernst. »Ich muß Ihnen ehrlich sagen, Madame, wenn es auf der Welt mehr Männer vom Schlag Ihres Mannes gäbe, dann hätten Kerle wie ich keine Chance.«

Das Kompliment – denn es klang wirklich wie eines – kam so unerwartet, daß Dominique ihn einfach nur anstarren konnte. Nach einem Augenblick fuhr Napoleon fort: »Zufällig ist Doktor Delamare aber nun mal in der Minderheit – ein Mann der Ehre und Integrität, der sich weder kaufen noch zwingen läßt. Solche Menschen sind äußerst gefährlich.«

»Nur für diejenigen, die anderen schaden, Monsieur«, sagte Dominique leise.

»Aber was bedeutet schaden?« wollte Napoleon wissen. Seine Augen funkelten, während er mit den Armen eine ausschweifende Geste vollführte. »Ich werde Frankreich zu einer nie gekannten Größe führen. Ich mache es zur mächtigsten und gefürchtetsten Nation der Welt. Und dabei werde ich eine Vielzahl von Franzosen reich machen. Wo, frage ich Sie, ist dabei der Schaden?«

»Es gäbe keinen«, bestätigte Dominique ruhig, »wenn man die Tatsache übersehen könnte, daß dabei eine Vielzahl von Franzosen und anderen Menschen sterben wird.«

»Ruhmreich, Madame. Ihre Namen werden unvergessen bleiben.«

Traurig schüttelte Dominique den Kopf. »Nein, Monsieur le General, *Ihr* Name wird unvergessen bleiben, was vermutlich genau Ihre Absicht ist. Aber wenn überhaupt, dann wird man sich nur an sehr wenige der Menschen erinnern, die in Ihren Schlachten sterben. *So* ist nämlich die Welt.«

Napoleon lehnte sich mit einem ernüchterten Seufzen zurück. Er sah sie wohlwollend an. »Sie haben zuviel Ihrem Mann zugehört, Madame.«

Bedauernd schüttelte Dominique den Kopf. »Nicht genug, glaube ich. Paul hat immer darauf beharrt, daß mit der Tyrannei kein Kompromiß möglich sei. Sie müsse von Grund auf bekämpft werden. Bis zu diesem Augenblick, als ich hörte, wie beiläufig Sie von den Toten sprechen, die es Ihretwegen geben wird, habe ich ihm jedoch nicht völlig zugestimmt. Sie haben keine Achtung vor dem Leben des einzelnen Menschen. Ihm jedoch ist es kostbar.«

Abrupt schwang Napoleon die Füße auf den Boden und setzte sich auf. Von der Kante seines Klappstuhls starrte er sie durchdringend an.

»Lieben Sie ihn?«

Obgleich die Frage so unerwartet kam, zögerte Dominique keinen Augenblick. Entschieden sagte sie: »Von ganzem Herzen.«

Napoleon sah sie noch einen Moment lang an, bis er offenbar eine Entscheidung traf. »Ich will Ihnen etwas sagen, Madame, und wenn Sie es jemals außerhalb dieses Zimmer wiederholen sollten, werden die Leute Sie für verrückt halten. Schon immer, schon seit ich ein kleiner Junge war, habe ich meine Bestimmung gekannt. Der Weg zum Ruhm hat sich mir deutlich offenbart. Ich weiß, daß ich triumphieren werde, aber ich weiß auch, daß das letzten Endes nichts zählen wird.«

»Ich verstehe Sie nicht«, murmelte Dominique.

»Denn letzten Endes ist es die Vision von Menschen wie Ihrem Mann, die Vision von Freiheit, die das Schicksal der Welt bestimmen wird. Im Augenblick ist seine Vision für viele Leute nur schwer zu fassen. Sie macht ihnen angst. Aber der Tag wird kommen, an dem sie schließlich genug haben von Männern wie mir. Dann werden sie sich diese Vision aneignen und sie zu der ihren machen.«

»Es könnte schon jetzt die Ihre sein«, rief Dominique aus. »Es steht in Ihrer Macht, sich für die Freiheit anstelle der Tyrannei zu entscheiden.«

Bedauernd schüttelte Napoleon den Kopf. »Nein, das stimmt nicht. Es ist meine vorbestimmte Rolle, einer von denen zu sein, die der Welt diese bittere Lektion erteilen. Zumindest in dieser Hinsicht trage ich dazu bei, sie auf das Bevorstehende vorzubereiten.«

»Und Paul?«

»Er hat die Wahl. Hier in Frankreich zu bleiben und – vergeblich – zu versuchen, mich zu bekämpfen, oder ins Exil zu gehen. Mein Platz in der Geschichte ist mir so wichtig, daß ich nicht die Verantwortung für den Tod eines solchen Mannes übernehmen möchte. Aber ich werde es dennoch tun, wenn er mich dazu zwingt.«

Dominique schluckte heftig und kämpfte gegen die Welle von Übelkeit an, die sie zu überkommen drohte. Sie hatte die schreckliche Befürchtung, daß Paul die Gefahr, die ihm drohte, nicht sehen würde oder daß sie ihn gleichgültig ließe. Hatte er sie nicht in England gelassen und war zurückgekehrt, um Robespierre zu bekämpfen? Hatte er nicht im Untergrund gelebt, ständig auf der Flucht, sein Leben ständig in Gefahr? Es war durchaus möglich, daß er glaubte, er könne es wieder tun.

Als hätte er ihre Gedanken gelesen, sagte Napoleon: »Ich bin nicht Robespierre, Madame. Machen Sie Ihrem Mann das klar. Ich hege keine irrsinnige Leidenschaft für den Tod, und ich sehe ihn nicht als den Engel meiner Vernichtung. Ich werde ihn eher vernichten, bevor ich ihm gestatte, meine Bestimmung zu zerstören.«

»Sie wollen, daß ich ihn zum Gehen überrede«, sagte sie langsam, während sie begriff, was das bedeuten würde.

»Ich will, daß Sie ihn bitten, ihn beknien, ihm gut zureden, ihm drohen – daß Sie das tun, was eine Frau tun muß.«

»Daß ich Ihre Waffe gegen ihn bin.«

Napoleon sah sie scharf an – ein fester, durchdringender Blick, als würde er einen Gegner entdecken, den er gefährlich unterschätzt hatte. Schließlich sagte er: »Ich hatte gehofft, Sie würden es nicht so sehen, Madame.«

»Aber darauf läuft es doch hinaus, oder nicht? Sie wollen, daß ich seine Liebe zu mir und sein Verantwortungsgefühl nutze, um ihn dazu zu überreden, alles aufzugeben, wofür er so viele Jahre gekämpft hat.«

Bonaparte setzte sich erneut hinter den Schreibtisch. Er griff nach einem Stapel Papiere und begann zu lesen. Ohne einen weiteren Blick in ihre Richtung sagte er: »Die Entscheidung liegt bei Ihnen, Madame, aber ich kann es Ihnen nicht vorwerfen, wenn Sie zögern. Sie würden eine bezaubernde Witwe abgeben.«

Kapitel 26

Jeder Schritt tiefer ins Innere der Conciergerie brachte Dominique ihren geheimsten Ängsten näher.
In der finsteren Steinfestung, die die Endstation für so viele Opfer des Terrors gewesen war – der Ort, dem Dominique selbst nur so knapp entkommen war –, schien es unablässig zu flüstern und zu stöhnen. Ehemalige Freunde und Bekannte, ganz zu schweigen von den Menschen, die sie geliebt hatte, schienen beinahe sichtbar vorbeizuschweben.
Wie lange würde es brauchen, bis die unglücklichen Seelen schließlich verschwanden? Seit der Zeit, in der die Schinderkarren regelmäßig zwischen der Conciergerie und der Guillotine hin- und hergefahren waren, waren nur wenige Jahre vergangen. War es dumm zu glauben, daß in diesen Mauern noch immer Reste dieser unglücklichen Opfer verblieben waren, die nach Vergeltung schrien?
Zitternd schlang sich Dominique ihren Mantel fester um die Schultern, während sie dem Wärter folgte. Als sie schließlich vor einer niedrigen, eisenbeschlagenen Tür stehenblieben, schien es, als seien sie so tief in der Erde begraben, daß sie niemals wieder hinausfinden würden.
Dieser Eindruck verstärkte sich noch, als die Tür sich öffnete und sie in ein feuchtes, dunkles Loch starrte, das nur von einer einzigen Kerze erleuchtet wurde. In dem Loch war undeutlich eine große, kräftige Gestalt zu erkennen.
»P-Paul . . . ?« All ihr festen Vorsätze, tapfer und gefaßt zu sein, wurden zunichte. Tränen strömten ihr über die Wangen, als sie sich in die Dunkelheit warf, in seine Arme.

»Mein Gott«, murmelte er und drückte sie an sich. Seine Umarmung war himmlisch – kräftig und warm und so liebevoll wirklich. Sie klammerte sich mit aller Kraft an ihn, bis der erste Schrecken schließlich nachließ und es ihr gelang, ein wenig die Kontrolle wiederzugewinnen.
Schwankend richtete sie sich auf und brachte ein schwaches Lächeln zustande. »Es tut mir leid. Das war wirklich nicht beabsichtigt.«
Er schüttelte ungläubig den Kopf. »Das macht doch nichts. Ich kann gar nicht glauben, daß du hier bist. Was ist geschehen?« Plötzlich starrte er sie angstvoll an. »Du bist doch nicht auch verhaftet worden, oder?«
»Nein«, beruhigte sie ihn rasch, »nichts dergleichen.«
Finster sagte Paul: »Dennoch solltest du nicht hier sein. Es hat keinen Sinn. Sie lassen mich in ein paar Stunden frei.«
»Sie lassen ...« Im schwachen Kerzenschein konnte er nicht sehen, wie sämtliche Farbe aus ihrem Gesicht wich. Doch er konnte spüren, wie ihr Körper in seinen Armen plötzlich zu zittern begann.
»Dominique, was ist los?«
»O Gott«, murmelte sie angespannt, »es ist noch schlimmer, als ich befürchtet hatte. Ihm ist klar geworden, daß er dich nicht hier lassen kann; die Leute würden sich empören, und man würde sich hier versammeln. Aber wenn er dich freiläßt ...«
»Das wird er bereuen«, sagte Paul unerbittlich, »aber trotzdem sehe ich noch immer keinen Grund, ihm das zu sagen. Wenn er so dumm ist, mich freizulassen ...«
»Das ist er nicht. Du wirst hier niemals lebend rauskommen, oder zumindest wirst du nicht sehr weit kommen. Du wirst einfach ein weiterer Leichnam sein, der in der Seine treibt.« Unwillkürlich überkam sie ein Schwall von Erinnerungen. Ihr Vater war ein solcher Leichnam gewesen, obwohl sein Tod eine rein private Tragödie ohne weitere Nebentöne gewesen war.

Dennoch hatte sie das stärker betroffen, als sie jemals eingestanden hatte, nicht einmal sich selbst gegenüber. Von diesem Augenblick an hatte sie die volle Verantwortung für die Erziehung ihres Bruders und ihrer Schwester übernommen. Sie hatte niemals zurückgeschaut, doch es gab noch immer Momente, in denen ihre Liebe zu den beiden wie eine Last wirkte, die fast zu schwer für sie war.

Würde Paul es genauso ergehen?

Lange Zeit sprach keiner von beiden. In der kleinen Kammer mit niedriger Decke schallte das Schweigen wie Eisen, das auf Stein trifft. Schließlich sagte Dominique: »Es gibt eine Alternative.«

Paul holte hörbar Luft. »Das hatte ich nicht erwartet. Warum sollte er so etwas tun?«

»Weil er sagt, daß er nicht will, daß die Geschichte ihn für den Tod eines Mannes wie dir verantwortlich macht.«

Bevor Paul eine – zweifellos sarkastische – Bemerkung dazu machen konnte, sagte sie: »Ich verstehe, was dir wichtig ist, und ich liebe dich viel zu sehr, um dir jemals im Weg stehen zu wollen. Ich werde ihm sagen, daß wir einverstanden sind, daß wir Frankreich zusammen verlassen. Er wird mir glauben, und das gibt dir Gelegenheit zur Flucht.«

»Um mich zu verstecken wie früher, um ihn zu treffen, wo er es am wenigsten erwartet?«

Benommen nickte sie.

»Und du?«

»Ich ... ich werde wirklich gehen. Ich könnte nicht hier bleiben, wenn ich wüßte, daß du in beständiger Gefahr schwebst. Außerdem würde ich ständig beobachtet werden, weil ich sie auf deine Spur führen könnte.«

Das sah sie vollkommen korrekt, dachte Paul. Sie sah sogar alles korrekt. Die vollkommen korrekte Ehefrau, die die vollkommen korrekte Entscheidung traf. Die ihre eigenen Bedürfnisse und Wünsche zurückstellte und tat, was der Anstand verlangte.

Wenn er ihr Angebot annahm, hätte er die Freiheit, seinem Traum dorthin zu folgen, wo er ihn hinführen würde. All die Sorgen eines gewöhnlichen Mannes – Frau, Heim, möglicherweise Kinder – würde er zurücklassen. Er würde wieder der einsame Krieger mit einer Vision sein, für den nur die höchsten Ideale zählten. Noch dazu erlaubte sie ihm, das ohne Schuldgefühle zu tun, mit Sicherheit das seltenste Geschenk.

Aus Liebe gemacht.

Es war verlockend, es anzunehmen, das mußte er zugeben. Aber genauso verlockte ihn das Verlangen, bei ihr zu bleiben, die Liebe dem Krieg vorzuziehen und einen anderen Weg zu finden.

Sie beobachtete seinen inneren Kampf mit einem Blick voller Verständnis und Mitgefühl. Er war ein stolzer Mann in einer unerträglichen Lage. Verzweifelt suchte sie nach einem Weg, ihm zu helfen.

Und dort unten in der dunklen, feuchten Kammer, an dem Ort, an dem das Licht der Freiheit niemals schien, schöpfte sie plötzlich leuchtende Hoffnung.

»Paul«, sagte sie langsam, »es muß auf der Welt doch einen Ort geben, an dem ein Mensch in Frieden leben und dafür kämpfen kann, andere zu befreien, und an dem er dennoch am Leben bleibt.«

»Es gibt ihn wirklich«, sagte er sofort, was ihr zeigte, daß er bereits daran gedacht hatte. »Der gleiche Ort, der Lafayette angezogen hat und den armen alten Beauharnais, ganz zu schweigen von unzähligen anderen. Aber ich glaube kaum, daß du jemals einverstanden wärst ...«

Jetzt ärgerte sie sich, daß er so begriffsstutzig war, ergriff seine breiten, festen Schultern und starrte ihn an. »Ich würde mit dir bis ans Ende der Welt gehen, wenn das bedeuten würde, daß du am Leben bleibst, du sturer, nervenaufreibender Mann. Glaubst du, irgend etwas sonst ist für mich wichtig? Wenn ich mein Leben in Palästen mit jedem erdenklichen

Luxus verbringen würde, wäre ich arm, solange du nicht da wärst.«

Sein Mund verzog sich zu einem Lächeln, als er auf sie hinunter blickte. Sie war so strahlend schön, so mitreißend lebendig, daß ihre bloße Anwesenheit auszureichen schien, um die größte Verzweiflung zu besiegen. Schon immer war es so gewesen, selbst in den hoffnungslosesten Tagen. Schon immer war sie ein Licht im Dunkeln gewesen, das ihn zum Besten in sich selbst und in der Welt geführt hatte.

Dennoch ließ er sich von Vorsicht leiten, als er weitersprach. »Dominique, ich rede von ... Amerika.«

Sie sah ihn einen Augenblick an, ohne zu verstehen. »Oh, du meinst die Kolonien.«

Er lachte, und seine Augen funkelten liebevoll belustigt. Generationen aristokratischer Vorfahren wären hocherfreut gewesen. Sanft korrigierte er sie. »Das sind keine Kolonien mehr. Diese Leute haben für ihre Befreiung gekämpft und gewonnen. Jetzt kämpfen sie, um sich ein Land aufzubauen. Das Leben dort ist nicht leicht; der Anfang von etwas ist niemals leicht. Aber ich glaube, daß das, was sie erreichen werden, weit über ihre Grenzen hinausgehen wird.«

»Amerika ...« wiederholte sie langsam und versuchte, sich an das Wort zu gewöhnen. Nicht England. Nicht das Land, das ihre zweite Heimat war, das Land, das sie kannte, sondern ein wilder, ungezähmter Ort, in dem es alle Arten von seltsamen Vorstellungen gab, was Menschen sein könnten.

»Amerika ...« Die Kerze flackerte. Schatten tanzten an den Steinmauern. Ein Lufthauch fuhr durch die Zelle. Sie hatte den Eindruck, hier, wo es niemals welche gegeben hatte, den Duft von Blumen wahrzunehmen, den Duft von knospenden Bäumen und weiten Flächen fruchtbaren Landes, das unter goldener Sonne glänzte. Jeder, der den Mut dazu hatte, konnte dort einen Neuanfang wagen.

Sie stellte sich auf Zehenspitzen und schlang die Arme um sei-

nen breiten Nacken. Ihre Körper drückten sich aneinander – warm, lebendig, voller Hoffnung auf das Leben.
»Bis ans Ende der Welt«, sagte sie.
Paul lachte wieder und neigte seinen Kopf zu ihrem herab. An ihrem Mund murmelte er: »Nicht direkt. Nur bis ...«
»Amerika.«

Drei Tage später hielt eine unauffällige schwarze Kutsche am Quai d'Orsay. Masten von Segelschiffen ragten in den Himmel auf. Das geschäftige Treiben war in hartes Herbstlicht getaucht, ebenso wie das Dock, an dem die *Marie Clare* lag, die in Kürze nach Boston auslaufen würde.
Ein Mann beugte sich ein wenig vor, um durch das Kutschenfenster zu sehen. Sein Gesicht war unergründlich, nur die dunklen, funkelnden Augen schienen lebendig zu sein. Sie waren auf den Mann und die Frau gerichtet, die sich ihren Weg durch die Menge und zur Gangway bahnten.
Paul hatte Dominique schützend den Arm um die Schultern gelegt. Sein großer, kräftiger Körper schirmte sie gut von allen anderen ab. Heute morgen war ihr beim Aufwachen übel gewesen, sie hatte ihn jedoch davon überzeugen wollen, daß das nur an der Aufregung der letzten Tage lag. Er hatte ihr natürlich nicht geglaubt, ihr jedoch noch nicht gesagt, wie sehr er sich auf ihr gemeinsames Kind freute. Das konnte warten, bis sie Frankreich sicher hinter sich zurückgelassen hatten.
Der Mann in der Kutsche wandte sich an seinen Begleiter. Ruhig sagte er: »Ich könnte sie noch immer aufhalten.«
»Aber das werden Sie nicht tun, mein lieber Bonaparte«, sagte Talleyrand.
Der Mund des ersten Konsuls zuckte. »Wieso nicht?«
»Weil Sie dadurch, daß Sie Paul Delamare leben lassen, der Zukunft in einer Weise Ihren Stempel aufdrücken, die weder er noch irgend jemand sonst jemals begreifen wird.«

Napoleon schwieg einen Augenblick und schüttelte dann langsam den Kopf. »Nein, es gibt einen anderen Grund.«

Talleyrand warf ihm einen fragenden Blick zu. »Und zwar welchen?«

Unverhofft hämmerte Napoleon gegen das Dach der Kutsche. Als der Fahrer losfuhr, blickte er noch einmal aus dem Fenster und sah dann entschlossen weg.

»Wenn ich ihn aufhielte, ihn tötete, würde ich eingestehen, wie sehr ich ihn beneide. Genauer gesagt, wie sehr ich sie beide beneide.«

Seine Augen spiegelten eine schmerzliche Erkenntnis wieder, als er sagte: »Du und ich, mein Freund, wir werden alle Macht und allen Ruhm der Welt haben. Aber diese beiden dort haben Liebe – und Freiheit, und beides hat einen weitaus höheren Ursprung. Was glauben Sie also, wer von uns ist der Sieger?«

Econ & List

Elizabeth Graham
Rivalinnen des Glücks
Roman
376 Seiten
TB 27702-2
Deutsche Erstaugabe

Kates Leben ist die Hölle. Aus Liebe ist sie dem Mann in die Staaten gefolgt, den ihre Schwester Alyssa verschmäht hat. Doch der junge Nicholas Talbot ist voller Mißtrauen ihr gegenüber und argwöhnt eine hinterhältige List der rothaarigen Kate, um ihn zur Heirat zu zwingen. Als Kate merkt, daß dieser schöne und starke Mann ihre Liebe niemals erwidern kann, nimmt sie sich vor, ihn sobald wie möglich zu verlassen. Doch keiner von beiden hat mit der Macht der Leidenschaft gerechnet, die schon bald aus ihnen hervorbricht und sie gegen ihren Willen aneinanderschmiedet. Dann kommt unerwartet Alyssa in Amerika an, um sich zu holen, was ihres ist, und zwischen den beiden Frauen bricht ein leidenschaftlicher Kampf aus, den nur gewinnen kann, wer wahrhaft liebt.

Spannung und Sinnlichkeit – ein faszinierender Liebesroman.

Econ & List

Sandra Marton
Nur mit deiner Liebe
Roman
448 Seiten
TB 27700-6
Deutsche Erstausgabe

Die junge New Yorkerin Kathryn Russell wird von merkwürdigen, auf unheimliche Art realen Träumen geplagt: Ein Mann, stark und von ungeheurer Sinnlichkeit, erscheint ihr, spricht zu ihr, berührt sie auf eine Art wie kein anderer zuvor … Als sie kurz darauf erfährt, daß sie ein Haus auf einer kleinen verwunschenen Insel inmitten der Karibik geerbt hat, entschließt sie sich zu einer Reise dorthin. Sie will verkaufen, doch da ist etwas, das sie zögern läßt, das sie herausfordert, sie verführt! Wider alle Vernunft gerät die kühle Computerfachfrau in den unheimlichen Sog einer faszinierenden Macht, und eine ganz andere Liebe, mächtig und fesselnd, nimmt ihren Anfang…

Ein packender Liebesroman voller Sinnlichkeit und Dramatik, angesiedelt in den paradiesischen Gefilden der Karibik.

075